A mon père qui m'a toujours dit...

Laisser vivre, faire vivre, vivre.

PRÉFACE

Se serait-on douté que « la marquise des Anges » dévoilerait à son vaste public sa véritable existence et lui offrirait de nouveaux sujets d'admiration ou d'émotion ? Michèle Mercier apporte la preuve, par ses Mémoires, qu'elle possède tous les talents, y compris celui de plaire par la plume. Qu'il s'agisse de son enfance, de sa jeunesse ou de son âge mûr, le récit est vif, pittoresque, humoristique, parfois dramatique, et ne cesse jamais d'être captivant. Les formules heureuses y abondent, sans qu'elle nous peigne un parfait bonheur. La vie de Michèle me semble symbolisée par une des premières anecdotes qu'elle nous conte : son grand-père, riche pharmacien de Nice, où elle est née, possédait une Rolls blanche, qu'il avait cachée durant la guerre et dans laquelle il promena la gamine à la Libération; mais cette somptueuse voiture, faute d'essence, marchait au gazogène, une épaisse fumée noire s'échappait d'une cheminée et Michèle descendit de la Rolls toute couverte de suie. Les belles voitures se sont succédées le long de sa carrière, en lui laissant des souvenirs non moins fuligineux.

Elle avait voulu d'abord être danseuse. Petit rat à l'Opéra de Nice, elle excitait la jalousie de ses camarades qui coupaient les rubans de ses chaussons et glissaient de menus cailloux à l'extrémité des pointes. Elle connut Maurice Chevalier, qui lui prédit le succès et la gloire. Elle devait y arriver, mais par une autre voie que la danse.

L'histoire de sa vie est également, cela va sans dire, celle de ses films et des pièces qu'elle a interprétées. L'envers du décor nous est montré, dans l'un et l'autre cas, d'une façon aussi impitoyable. Elle s'était fait une règle de ne pas céder à la salacité des producteurs. Cela lui valut, à dix-sept ans, d'être chassée d'une troupe de ballet, à Londres.

Dans l'un de ses premiers films, avec Denis de La Patellière, elle jouait le rôle d'une jolie bonne, séduite par Daniel Gélin. Elle devait se déshabiller sous sa blouse et retirer son slip pour rejoindre l'acteur, déjà nu, sous les draps. Le metteur en scène ne manqua pas de faire tourner de nouveau la scène pour le plaisir de l'imaginer elle-même nue dans cette situation; mais il fut stupéfait en lui voyant retirer un second slip. Il s'y reprit jusqu'à quatre fois et trouva réplique jusqu'au bout : elle avait mis cinq slips l'un sur l'autre.

Elle épouse un jeune cinéaste, prénommé William. Il devient alcoolique au point qu'il faut l'enfermer dans un asile. Quand elle demanda le divorce, elle fut étonnée d'apprendre qu'on ne divorce pas d'un homme interné. Elle y parvient tout de même, moyennant « la grosse somme ».

Le succès de la série des « Angélique » qu'elle commençait à tourner, dorait sa vie sans satisfaire son cœur.

Second mariage avec un prénommé Alain qui fut chargé de mission lorsque le président du Sénat Alain Poher fut président de la République par intérim, après la démission du général de Gaulle en 1969. Quand les mêmes circonstances, après la mort de Pompidou, ramenèrent à l'Élysée Poher et son chargé de mission, Michèle voulut avoir l'honneur de dormir au moins une fois sous les lambris officiels : le lit du chargé de mission n'était que d'une place et elle passa la nuit, tantôt sur lui, tantôt dessous, et le plus souvent par terre. Autre image symbolique de son passage éphémère parmi les grandeurs.

De 1973 à 1976, elle séjourne à Hollywood, avec l'exchargé de mission, qui en oublie sa principale mission, celle de seconder sa femme. Le divorce s'impose derechef, après le retour à Paris.

A Genève, où elle va présider une cérémonie du joaillier Arpels, elle rencontre un jeune et bel homme d'affaires, qui est veuf avec deux fils et qui s'éprend d'elle. Il a des appartements et des villas partout; il lui offre une Rolls blanche comme cadeau de fiançailles, car ils ont décidé de se marier. Hélas encore : le jeune milliardaire a un cancer, elle le soigne pendant quatre mois jour et nuit, malgré la hargne de ceux qui veulent écarter cette intruse. Dans ses derniers instants, il avait signé un papier donnant à la seule Michèle le droit de le soigner... sans qu'elle osât lui parler de ses intérêts personnels. Il meurt, ne lui laissant que ce papier et ses yeux pour pleurer.

Mais voici enfin la revanche des revanches! Un prince romain, en instance de divorce depuis plusieurs années, appartenant à une famille pontificale, amoureux d'elle depuis vingt ans – depuis les « Angélique », – veut épouser Michèle. Il l'invite à Rome et ensuite dans sa maison de campagne, où elle arrive avec quatre cents kilos de bagages. Le divorce civil étant prononcé, il n'attend plus que l'annulation de son mariage par le Saint-Siège. Décidé à brusquer les choses, il entend épouser Michèle civilement en juillet 1986. Je le rencontre deux fois chez elle à Paris où, comme elle le dit, étant son ami depuis très longtemps je serai l'un des rares à assister à la cérémonie. Et quelle cérémonie! « Le mariage du siècle ». Soudain Michèle, qui a vécu sous le toit de son prince pendant près de trois ans, remarque ses sautes d'humeur, et ses absences inexpliquées. Quand il revient de Rome, il ne fait plus sonner à sa voiture le klaxon joyeux qui signifiait « je t'aime »! Pendant qu'il est en voyage à Berlin, elle refait ses quatre cents kilos de bagages et retourne à Paris. Sa seule ressource, après tant d'espoirs et de désillusions, était de les raconter.

Ses Mémoires auraient pu s'appeler *Confession,* comme le poème de Baudelaire qui résume les secrets jaillis du cœur d'une autre femme : « Que rien ici-bas n'est certain, – Et que toujours, avec quelque soin qu'il se farde, – Se trahit l'égoïsme humain. – Que c'est un dur métier que d'être belle femme!... – Que tout craque, amour et beauté... » Si tout a « craqué » autour de Michèle Mercier, subsistent au moins la beauté de son visage et celle de son âme. Ses larmes n'ont pas effacé son sourire, parce qu'elle sait que, si elle a été naïve elle n'a rien à se reprocher. C'est ce qui fait le prix de cette œuvre d'art qu'est l'histoire de sa vie, – une des histoires les plus poignantes qu'une femme ait jamais écrite, dans le domaine du cœur.

Roger Peyrefitte

Plus tard, beaucoup plus tard, je me rendrai compte que chaque grand changement de ma vie a nécessité un voyage. Voulu par le destin ou pas, par amour ou par force, j'ai pris le bateau ou le train.

Histoire peut-être de m'habituer au changement, d'imaginer le futur plus calmement ou de réfléchir au passé.

J'ai le cœur lourd.

Je largue mes amarres, le vent du large me fait du bien.

Le ciel et la mer se confondent, tout est gris.

Mais là-bas très loin, ailleurs, je suis sûre que derrière ces nuages se cache *toujours* le soleil.

On me l'a *toujours* dit.

BONNES ANNÉES

1er janvier 1939.

Le 1er janvier n'est pas un jour comme un autre.

C'est une date fatidique. Une étape sur la route de l'éternité. On la franchit sans trop regarder en arrière. Seul l'avenir compte, dont on ne sait rien. En confiance, on l'accueille en rangeant ses soucis, ses peines. On s'embrasse sous le gui. Et les confettis, les serpentins sont lancés dans les rires. Les guirlandes et les robes en lamé sont un symbole d'or et d'argent pour l'an nouveau.

« Bonne et heureuse année. » Une fête païenne... Peut-être. Une fête sociale et humaine. Fraternelle. On se sent heureux et bons. Avec la sincérité du moment.

Le 1er janvier 1939 la France se refuse de croire à la guerre. Elle tonnera pourtant dans son ciel d'été.

Le 1er janvier 1939, je naissais : Jocelyne Yvonne Renée pour l'état civil. Un jour mémorable dans la famille Mercier.

– Que ma femme est jolie! devait penser mon père en contemplant ma jeune maman étendue sur son lit, lovée entre des coussins de satin blanc. Brune, le front haut, nez droit, yeux immenses et bleus. Liz Taylor avant l'heure, de qui l'on trouvera plus tard que maman a les traits frappants. Et c'est vrai. Savoyarde de naissance, avec un reste de sang bleu, elle a subjugué mon père. Le plus beau parti de Nice, un homme affable, bon, magnifique, héritier de l'empire pharmaceutique René Mercier.

– Tu n'es pas trop déçu, dit-elle avec une petite moue, une fille ?

– Que vas-tu chercher là ?

Évidemment, à l'inverse des nombreux oncles et cousins, je romps avec la tradition d'une lignée masculine, d'autant plus qu'après moi naîtront encore deux filles. Papa est heureux de ma venue au monde. L'enfant et la mère se portent bien. Mais n'aurait-il pas préféré un garçon ? Il y a la grande entreprise familiale à maintenir en vie, faire fructifier encore et toujours. Une fille en sera-t-elle capable ?

Ma mère aurait dû avoir un garçon ! Elle s'en veut comme d'une faute.

Y songe-t-elle en lui rendant son regard ?

Je ne puis présumer des pensées de chacun d'eux lorsque l'infirmière, heureuse de présenter l'enfant aux nouveaux parents, pénètre dans la chambre. Agée d'une heure, on me pose dans les bras de ma mère. Elle veut m'embrasser. Je m'y refuse, me racontera-t-elle souvent.

– Vous voyez, elle se dérobe à mon baiser, elle ne m'aime pas.

Me suis-je réellement détournée comme elle l'a toujours prétendu ? Peut-être que, dans sa déception, elle a eu un geste maladroit qui m'a fait réagir malencontreusement.

– Mais non, fait aussitôt l'infirmière, apaisante. Elle s'étire et bâille, cette mignonne. Regardez bien : elle cherche le sein. Ah, ces jeunes mamans impatientes !

Je naissais, ce 1er janvier 1939, frêle nourrisson chargé des promesses d'un destin exceptionnel que cette date surprenante m'attribuait.

– Elle ne m'aime pas, répète ma mère, en me regardant.

Ce furent, en ce 1er janvier 1939, les paroles accueillantes qui saluèrent ma venue au monde.

L'empire pharmaceutique Mercier, qu'entre nous nous appelions ainsi par boutade, était un ensemble important de laboratoires.

Il avait été créé par mon grand-père, René Mercier.

Venu d'Oran, ville trop étroite à nourrir ses ambitions, le pharmacien s'installe à Nice, avenue de la Victoire, aujourd'hui avenue Jean-Médecin, en plein centre ville. Il ajoute bientôt à son officine un laboratoire d'analyses. L'aspect engageant du salon d'attente surprenait agréablement la clientèle. L'élégance comptait parmi ses qualités professionnelles.

Le succès aidant, il aménage peu après, route de Turin, un véritable complexe industriel. Il y a là des laboratoires pharmaceutiques aux nombreuses spécialités : sirops, cachets, suppositoires, lotions, baumes... et la célèbre « pommade à papa », comme on dit familièrement dans la maison. Une pommade miracle, qui guérit tout : de la rougeur du nouveau-né en passant par les plaies, brûlures, jusqu'aux hémorroïdes. Cette pommade souveraine et, avec elle, bien d'autres produits originaux, c'était la meilleure façon pour mon grand-père de célébrer le culte du corps par la santé.

Mais l'extension se poursuit. Par des laboratoires de cosmétologie cette fois : crèmes nourrissantes pour la peau, lotions, shampooings, poudres de riz, toute une gamme de produits essentiellement à base de plantes, huiles, essences naturelles.

La « réclame » lui ouvre d'innombrables marchés. Slogans, prospectus, brochures, mille panneaux publicitaires dans le métro de Paris.

Toutes les demi-heures, les radios chantent :

« *Merci, Mercier,*
il faut remercier Mercier
de l'hamamélis Mercier. »

Bref, en 1936, il est connu de la France entière. De l'Europe et même des Américains méfiants chez qui sa gamme de produits de beauté naturels fait une percée remarquable.

C'était également sa façon à lui de célébrer le culte du corps : par la beauté.

Voilà de quel homme dynamique, entreprenant, génial en son genre, mon père était né. Pharmacien lui-même, il s'est attaché scrupuleusement à poursuivre et embellir une œuvre si bien commencée.

Contrairement à ce que pourrait faire croire la fortune dont jouissent mes parents, je n'ai pas été spécialement gâtée. Mes cadeaux de Noël et de fêtes n'ont rien d'extraordinaire. Sinon qu'ils ne sont jamais ceux dont j'ai envie. Certes, je ne manque de rien. Toujours bien vêtue, nourrie convenablement. Ce que je retiens surtout de mon enfance, c'est que ma mère a adopté envers moi une attitude pour le moins originale consistant à m'envoyer une gifle par jour. Il est vrai que je fais des bêtises. Par haine du mensonge, je m'en accuse et je reçois ma punition. A l'occasion, je prends sur moi les fautes de mes sœurs pour éviter de les voir pleurer. Une sorte de bravade.

C'est la guerre. En 1944, j'ai cinq ans. Nice est occupée, le ravitaillement sévère. Devant la menace d'un débarquement allié, les occupants deviennent nerveux. Nous allons bientôt nous trouver en première ligne. Mon père décide de nous replier à Gatières, dans les collines au-dessus de Nice où nous avons une petite propriété.

Un jour, le bruit fracassant d'avions passant au-dessus de la maison me fit courir à la fenêtre. J'ai vu la bombe tomber et le pont de la Manda se volatiliser.

Somme toute ce n'est pas ce qui m'a fait le plus peur, c'était plutôt spectaculaire, la maison tremblait beaucoup, le toit allait-il me tomber sur la tête ? En fait de toit c'est un monceau de papier qui s'écroula sur moi, des dizaines de guirlandes gluantes et puantes, avec des centaines de mouches mortes collées après.

Je hurlais de terreur.

Entortillée, ficelée, saucissonnée, rien ne me faisait plus horreur, je n'arrivais pas à m'en dépêtrer. Projetée par terre par la violence de l'explosion, à quatre pattes comme un petit chat, je me réfugiai alors sous un divan, tremblante et terrorisée.

Ce jour-là je mis très longtemps à répondre aux appels angoissés de ma pauvre mère qui me cherchait partout.

A la suite de ce bombardement, les Allemands perquisitionnent dans les maisons. Nous sommes là ma mère, ma grand-mère, mes deux petites sœurs dont la dernière Chantal est encore au berceau.

La famille fait front.

Un soldat bouscule ma grand-mère. Je me jette sur l'assaillant, le bourre de coups de poing et de coups de pied en criant : « Touche pas à ma mémé, touche pas à ma mémé, elle est à moi. »

L'autre se défend comme il peut.

– Il va me la tuer, hurla ma mère, livide.

Mais le soldat n'a pas pris la chose au tragique. Il parle quelques mots de français :

– Moi Polonais. Avoir des enfants. Ferai rien à la petite.

Le calme revient. Ma mère reprend ses couleurs. On se regarde. On se sourit.

L'épreuve est passée. La Libération redonne à la vie son cours ordinaire. Je suis à l'époque une petite fille dodue, le cheveu brun et ondulé encadrant un visage rond ouvert de larges yeux marron. Mon grand-père doit me faire sortir de moi-même. J'aime rire, sortir avec lui. Ma menotte serrée dans sa grande main, il me promène partout. Il est si grand que je dois pencher la tête en arrière pour lui adresser la parole.

Il m'emmène quelquefois à la pharmacie où l'on me donne des bonbons. Puis dans ses laboratoires.

Celui de cosmétologie, mon préféré. Je suis en extase devant la collection des petits pots multicolores, des flacons divers, dépolis ou brillants et de formes si différentes. Je plonge un œil curieux sur les broyeuses, les batteuses, les centrifugeuses. La machine à remplir les tubes de crème de beauté me fascine. Je cours de droite et de gauche, dans la savonnerie, les salles de conditionnement, le magasin. Je suis partout à la fois et dans les jambes du personnel en blouse blanche. La main-d'œuvre est nombreuse. C'est de cette manière que mon grand-père célèbre son culte du social et de l'humain.

Tout le monde me chouchoute, m'embrasse. On me demande :

– Qu'est-ce que tu aimes le plus au monde ?

– Mon grand-papa, il a une belle voiture avec une grande cheminée.

Et, pour m'expliquer davantage, j'ouvre tout grands les bras en écarquillant les yeux.

– Té, s'écrie une ouvrière, elle se mange la figure des yeux !

On se jette sur moi pour m'embrasser de nouveau.

On connaît la Rolls-Royce blanche de M. Mercier. Planquée dans un hangar pendant la guerre, il l'a ressortie à la Libération. Faute d'essence, il s'est résigné à l'équiper d'un gazogène. Le long cylindre noir, dégageant une fumée plus noire encore, m'impressionne. Après la promenade, la Rolls et ses occupants rentrent maculés d'une suie subtile et tenace.

– Oh ! regarde dans quel état tu as mis ta jolie robe rose, s'indigne ma mère qui me veut belle en petite fille de catalogue.

– Mais, maman, je n'ai pas fait exprès.

– Exprès? Il ne manquerait plus que ça! Tiens, voilà pour t'apprendre à soigner tes affaires.

La gifle du jour me ramène au dur contact des réalités. Mais je ne pleure pas, heureuse, malgré tout, de mon après-midi.

Évidemment, je ne suis pas le garçon attendu, mais grand-père, lui, ne m'en a jamais voulu. Je lui ressemble tellement. Je crois, avant sa mort, lui avoir donné une grande joie en répondant à la question qu'il m'a posée le jour de mes sept ans.

– Maintenant que te voilà une grande fille, sept ans c'est ce qu'on appelle l'âge de raison, sais-tu ce que tu veux faire dans la vie?

– Je veux devenir danseuse.

– Enfin, s'exclame mon grand-père aux anges, enfin une artiste dans la famille!

Mon père fait la moue. L'entreprise est lourde. Il aura besoin d'aide. Un jour je le décevrai. Impatiente de bâtir ma propre vie, indifférente à la richesse établie, je renoncerai à mes racines. Je tournerai le dos aux aspirations paternelles.

Par contre, ma mère rayonne. En dépit des enfants elle s'ennuie. Son mari trop occupé ne l'entoure pas assez. La vie d'artiste, c'est sa passion. Ses regrets aussi. Pas la lente élaboration de l'art, ses servitudes, ses sacrifices. Mais la gloire, la célébrité. Tout cela est enivrant! Ce qu'elle n'a pu réaliser par elle-même, elle s'efforcera d'y atteindre par sa fille. Sans les contraintes, le travail harassant de la préparation, elle partagera avec elle le succès et les honneurs. C'est tout ce qu'elle demande.

Mon désir de devenir danseuse n'est pas fortuit, accidentel. Je tiens ce penchant de mon grand-père. Jusque dans ses affaires, il manifeste son goût de l'art. Infatigable, il veut faire bénéficier de ses dons et de son esprit d'entreprise la ville tout entière. C'est dans ce but qu'il s'allie au maire de

Nice, Jean Médecin, dont il devient le premier adjoint. Avec les membres de son équipe dynamique, entre les deux guerres, il parvient à donner à la ville un ton nouveau, une nouvelle renommée. Non plus le refuge doré d'une clientèle cosmopolite, aristocratique et très fortunée à côté de l'autre, cossue, âgée et rhumatisante. Mais une ville vivante, rieuse, ouverte à toutes les bourses, à toutes les activités, aussi bien artistiques que culturelles, voire même scientifiques.

Nice doit à mon grand-père sa première bataille de fleurs.

A l'Opéra, il attire les plus glorieux concertistes, les plus grands ténors, danseurs et chorégraphes. Des vedettes de variétés passent au Casino, posé sur l'eau à l'époque dans un effet saisissant. Après le spectacle, il organise de magnifiques réceptions pour mieux connaître les artistes et les remercier.

Il reçoit des personnages célèbres. Georges Clemenceau est un de ses meilleurs amis. D'illustres écrivains. Il les accueille dans sa villa d'Anthéor. Elle se trouve sur la route de la Corniche, accrochée à un éperon rouge qui plonge à pic dans la mer. La maison a trois étages avec un ascenseur qui descend même directement sur la plage. Alors que ses invités dorment encore, mon grand-père se lève dès la pointe du jour. En bas, dans la crique où la barque est amarrée, le pêcheur l'attend. Quelques heures plus tard, il ramène des poissons encore frétillants qu'il cuisine lui-même, c'est sa passion et ses hôtes n'ont plus qu'à se mettre à table.

Cela aussi était, pour mon grand-père, une manière de célébrer tous les arts.

J'avais de qui tenir : la volonté d'entreprendre, de me battre, de devenir quelqu'un. Pas du fait de l'héritage familial qui m'attend. Mais par moi-même.

Et ça, je le prouverai.

Puisque mon désir de devenir danseuse est si grand, maman n'hésite pas à m'inscrire au Conservatoire et à des cours privés chez Mme Carolus-Durand pour accélérer et compléter ma formation. Elle en profite pour inscrire ma plus jeune sœur, Chantal, qui n'a que quatre ans.

Moi j'ai neuf ans.

Je remporte très vite les premiers prix de danse et solfège.

Je m'exerce aussi au piano, mais j'abandonne rapidement, mon professeur étant peut-être un peu trop revêche pour moi !

Entre deux cours et trois concours, je me fais croquer par un peintre qui sera connu plus tard. Moretti.

La ville a mis à sa disposition, pour qu'il puisse y travailler, les serres au fond du parc qui entoure la maison du Conservatoire.

Le décès de ma sœur cadette, dû à une fièvre typhoïde, fait verser bien des larmes à ma pauvre mère. Mon père, depuis ce jour, a, me semble-t-il bien changé. Leur chagrin est profond, digne et... muet.

Mario Brun, du journal *Nice-Matin,* parle de mes prix dans ses colonnes. Si ma mère en est heureuse, papa sourit tristement. « La danse, c'est bien. Mais l'école dans tout cela ? » Il voudrait me voir devenir pharmacienne. Hélas mes notes mensuelles ne sont guère réjouissantes.

Et pour cause. Je vis d'une manière dispersée. Si la danse donne toutes satisfactions, mon travail en classe en est avare. Je bûche par coups de cœur, selon les affinités que j'ai avec mes instituteurs et professeurs. Et les maîtres ne sont pas tous sympathiques. Là, comme à la maison, punie pour punie et souvent par une haine viscérale de l'injustice et du mensonge, j'endosse les châtiments de mes compagnes. Être mise à la porte de la classe me réjouit. Dans la cour je peux à mon aise gigoter, répéter mes entrechats, perfectionner tel ou tel mouvement.

Par-dessus tout, c'est la danse que j'aime. Maman me pousse à plus de résultats, de performances. Ce n'est jamais assez bien, jamais parfait. Tellement simple à dire! Je suis mes classes du Conservatoire avec assiduité, passe de l'une à l'autre avec succès et prépare mon entrée à l'Opéra. Je vais avoir douze ans. Mario Brun me félicite. Ses louanges me valent des ennemies. Pas forcément mes compagnes qui savent, comme moi, combien le métier est dur. Entre nous, dès le plus jeune âge, nous jugeons celles qui sont les meilleures. Il y a des rivalités, de la compétition. Pas de jalousie. Pas encore!

Mais les mamans, ambitieuses pour leurs filles, sont intraitables et féroces.

Je me souviens notamment d'un gala. Une fête de charité qui avait lieu au Palais de la Méditerranée. Les cours privés, à tour de rôle, y donnaient des représentations au bénéfice des personnes âgées ou handicapées, des œuvres de la Police, des Pompiers. Un divertissement peu onéreux pour les associations; un bon exercice pour nous, profitable aussi à la renommée des cours de danse et du Conservatoire.

Cette année-là, mon professeur, Mme Carolus-Durand me présente dans trois numéros. Deux où j'évolue seule, et le dernier, sur une valse de Chopin, ballet qui réunit cinq danseuses. Quatre en tutu noir et moi au milieu, en tutu blanc.

Pour ma première prestation, sur la « Valse triste » de Sibélius, je m'aperçois en enfilant mes chaussons que les lacets en sont coupés et que les pointes sont hérissées, à l'intérieur, de petits clous.

Maman, le sang à la tête, s'exalte et crie :

– Qui a pu me faire une chose pareille? On ne veut pas que ma fille triomphe!

Quant à moi, je pense plus simplement :

– On veut m'empêcher de danser. Je ne me laisserai pas faire!

La peur du scandale que ma mère commence à susciter active mon esprit. Sans tergiverser, je tape sur les clous, rafistole les lacets tant bien que mal avec des épingles à nourrice, et je me trouve en scène à la seconde exacte où l'orchestre attaque mon air.

A la fin de la danse, une mère m'interpelle dans la coulisse. Sa mine se voudrait compatissante :

– Alors, ça a été?

– Très bien, très bien.

Je l'aurai à l'œil le reste de l'après-midi. L'hypocrisie, j'ai horreur de ça.

Ma deuxième danse est celle de « L'esclave enchaînée » d'Hérodiade. Enchaînée? Les grosses mailles qui doivent enserrer mes poignets se sont volatilisées.

– Maman, où est la chaîne? Je ne la trouve pas.

Elle cherche affolée, s'égosille. Crie au sabotage. A la gloire que l'on me vole... Dans tout ce bruit, je ne perds pas mes moyens. Ce n'est pas le moment. Je me souviens que des bicyclettes sont rangées à l'entrée des artistes. Pendant que le gala se poursuit avec des numéros de variétés intercalés entre les ballets, je sors, saisis une chaîne pleine de cambouis, l'essuie du mieux possible.

La musique commence. Je contourne mes poignets dans la chaîne trop raide et, les avant-bras barbouillés de graisse noire, je danse avec une énergie, un désespoir qui seront fort applaudis.

Mais tout dans ce spectacle devait concourir à la catastrophe. Au moment d'interpréter le dernier ballet, le chef d'orchestre ne trouve plus la partition, il s'agit de la valse de Chopin que nous dansons en groupe. Le rideau se baisse. Le chef d'orchestre accourt au vestiaire. Il me demande à brûle-pourpoint :

– As-tu vu la partition ? et comme je fais « non » de la tête, en as-tu au moins un double ?

Je le cherche. En vain. Ma partition aussi s'est envolée. Ma mère est lancée. Qui l'arrêtera ? Elle va ameuter tout le monde. La honte, la terreur du scandale me font agir :

– S'il te plaît, maman, pas de cris. Nous allons régler ça.

Avec le chef et quelques musiciens – mon prix de solfège venant au secours de ma mémoire – nous reconstituons les ralentis, coupures, reprises que je connais par cœur.

Le ballet recevra un accueil chaleureux du public. Ce sera le clou de notre prestation.

Ce soir-là, en quittant le Palais de la Méditerranée, je m'adresse, suave, à la maman que je soupçonne de cette cascade de méfaits :

– Alors, comment avez-vous trouvé notre petit spectacle ? Un succès, pas vrai ?

Et je pouffe de rire. J'étais assez fière de m'être conduite, en ces circonstances, en grande personne responsable.

De plus, j'avais appris que la danse, école de maîtrise de soi, de discipline, d'endurance m'avait mise en mesure de résoudre les difficultés imprévues, de déjouer les traquenards.

Décidément, je tenais la preuve que j'étais bien faite pour elle.

Au fond de lui-même, papa ne veut pas convenir de ma vocation. Soucieux quant à l'avenir du patrimoine faramineux que va lui laisser un jour mon grand-père, il a beau me dire :

– Ta sœur et toi êtes les plus beaux partis de la Côte. Tu n'as pas besoin d'apprendre un métier, surtout celui de la danse. Un art difficile qui exige une santé de fer. Des exercices quotidiens épuisants. Laisse-toi donc vivre! Ou alors, deviens pharmacienne. Ne serais-tu pas heureuse de diriger un jour ces établissements?

Je réponds invariablement :

– Papa, la danse, c'est ma vie. Tu le sais.

– Bien sûr que je le sais. Mais si tu étudiais en classe avec autant d'acharnement qu'au Conservatoire ou à l'Opéra, peut-être prendrais-tu goût à l'étude. Faisons un pacte : si tu travailles bien au collège cette année, je t'offrirai un beau cadeau. Ce que tu voudras. D'accord?

– D'accord, papa. A condition que ce soit un poney.

– Un poney? Marché conclu!

Je mène donc de front mes études et la danse. Petit rat on me confie de plus en plus de petits rôles. Les veilles, les sacrifices des dimanches, matinées et soirées parfois. Dans le même temps je travaille durement en classe. J'obtiens de part et d'autre de brillants résultats.

Pourtant, je n'ai jamais eu de poney. Ce fut pour moi une cuisante déception. Je la ressens encore aujourd'hui. Papa n'a pas tenu sa promesse. Sur le coup, je me sens dégagée vis-à-vis de lui de toute obligation morale.

Forte de mes prix de fin d'année, je présente le concours d'entrée définitif à l'Opéra de Nice. Je passe avec succès une audition sévère qui m'ouvre les portes de cette maison prestigieuse.

Je deviens alors danseuse à part entière, et j'exhibe avec fierté mon premier bulletin de salaire. J'ai treize ans.

Bon gré, mal gré, mon père se rend à l'évidence : jamais, au grand jamais je ne serai pharmacienne. Il en vient à accepter que mon avenir soit sur les planches. Ma mère le conforte dans cette idée : faire de sa fille une danseuse professionnelle et non pas seulement une riche héritière. C'est également ma volonté de vivre ma propre vie, de révéler grâce à mon art ma personnalité et d'être moi-même à la force du poignet.

Ce qui n'est pas sans susciter bien des moqueries, des jalousies. Je ne comprends pas cette attitude. Moi, je suis prête à aimer tous mes camarades. Lutter comme eux, avec eux, me passionne. La réciproque n'est pas vraie. Je me sens mise à part.

– Qu'est-ce que vous attendez pour aller fabriquer vos crèmes et vos lotions? Votre place n'est pas ici. Combien de fois l'ai-je entendu!

Je fais la sourde oreille. Travaille. Et danse.

Un jour, nous apprenons que Maurice Chevalier est dans nos murs. Il tourne un film aux studios de la Victorine: *J'avais sept filles.* Le metteur en scène a besoin d'une danseuse qui dira : « merci Maria » pour une séquence qui se déroulera à l'Opéra. Il sélectionnera « l'élue » dans la troupe de ballets. A quinze ans, j'ai déjà atteint ma taille normale, 1,67 mètre. On me place dans le fond. Au premier rang en bonne position, sourire engageant, se trouve la petite amie du maître de ballet. Je n'ai aucune chance que l'on me voie.

Et pourtant... c'est moi que l'on choisit. Je suis folle de joie.

Maurice Chevalier arrive alors sur scène, chante et danse au milieu du ballet. A l'issue du tournage, on me présente à Maurice Chevalier. Avec la simplicité naturelle des enfants, et comme mon grand-père m'a parlé de lui, j'explique :

– Je suis la petite fille de René Mercier, le pharmacien.

Je vois s'épanouir le visage du grand artiste.

– Oh vous êtes... tu es sa petite-fille? Sa voix gouailleuse se fait amicale : Tu sais, il est merveilleux. Je vais lui écrire un mot. Dans le temps, il fabriquait une formidable " Potion des chanteurs "; et j'aimerais bien qu'il m'en redonne.

Mais bien sûr, lui dis-je, les laboratoires la font toujours! Chevalier éclate de rire.

– Dégueulasse, vraiment dégueulasse à avaler. Mais au

moins quand on est aphone, elle fait chanter quand même. C'est de la magie!

Parler de mon grand-père l'a ragaillardi, il se prête complaisamment à un reportage monté par Mario Brun, pour *Nice-Matin.* On nous verra sortir ensemble du porche de son hôtel, traverser la Promenade des Anglais et nous asseoir face à la mer sur les galets.

Il me parlera longtemps de grand-père et de ses fêtes où il avait été convié. Nous sommes un peu émus tous les deux. Le « clic » d'un photographe de presse nous arrache à nos souvenirs en fixant pour la postérité cet instant attendrissant.

Un autre journaliste est là, Jacques Médecin, fils du maire de cette époque. Il l'est devenu à son tour. C'est notre maire actuel.

– Déjà l'immortalité à l'aube de ta carrière, fait narquois l'incomparable Maurice en m'aidant à me relever. Puis, sur un ton sérieux, il prend mon coude dans sa main et me dit : Si un jour tu veux faire du cinéma, commencer par la danse comme tu le fais, c'est primordial.

– Oh non, je ne veux pas faire de cinéma, seulement danser, danser... Ou alors faire un film de danse, comme *Les Chaussons Rouges*. J'en rêve depuis des années! Il recule alors d'un pas, gardant une main dans la sienne, comme pour m'inviter à une valse, me regarde longuement et dit en riant, les yeux pleins de malice : Jolie comme tu es, si tu as du talent tu iras très loin. C'est moi qui te le dis! Oh! là là!

Il me quitte en fredonnant « Valentine... Valentine... ».

Notre entrevue a duré trop longtemps pour certains. L'attention affectueuse de notre grand fantaisiste me vaut bien des brimades. A mon retour à l'Opéra, le maître de ballet m'interpelle d'un ton aigre :

– Pourquoi as-tu été choisie? Parce que tu es la fille Mercier? Alors, retourne à tes potions, ma petite.

C'est ce qui me décide à en finir avec cette ville.

Mais comment?

Je suis devenue « petit sujet » dans l'ordre hiérarchique des danseuses. Le marquis de Cuevas m'auditionne. Il est favorablement impressionné, cependant une rencontre inopinée va me détourner de ses alléchantes propositions. On ne sait jamais trop pourquoi les choses se font et se défont. Je ne comprendrai jamais ce qui m'a pris ce jour-là.

Sur la Croisette, à Cannes, pendant le Festival, je tombe nez à nez avec Mario Brun, mon sympathique journaliste.

– Viens vite, Jocelyne, tu tombes à pic. Je te présente à Roland Petit.

D'emblée, celui-ci pense qu'une adolescente française s'acclimatera davantage dans sa troupe – au moins pour un temps – que dans les ballets du fastueux marquis. Il me presse de le rencontrer à Paris pour passer une audition.

Maman, pleine de sollicitude, me trouve un studio à Montmartre. Demande à mon père de me verser une pension qui me permettra tout juste de survivre. L'art est onéreux dans tous les domaines : les collants, les chaussons, les tutus, surtout les cours particuliers. Bien sûr, maman a sa petite idée : me suivre à Paris, ou m'y rejoindre le plus souvent possible pour se mêler de mes affaires. Heureusement, cela s'avère difficile. Chez Roland Petit, comme dans les cours privés, on ne tolère que les danseurs. Enfin seule! Je n'aurai plus à entendre « Jocelyne fais ceci, Jocelyne ton professeur a dit que... ». Finis les scandales, les minauderies. Ma terreur.

Avec succès je passe l'audition chez Roland Petit, je suis comblée. Je sors du studio transformée, exaltée. Mon énergie est décuplée. J'en aurai besoin pour affronter le dur travail qui m'attend.

Les répétitions ont lieu dans les studios de Clichy ou de la place Blanche, au gré des locations. Combien de danseurs, chanteurs, musiciens ont usé les marches et les parquets du studio Wacker, par exemple. Je sens encore l'odeur particulière de ses planches. Un relent de sueur, d'efforts ambitieux, de larmes, de fatigue, l'impalpable poussière de l'espoir. Mon odorat en sera toujours imprégné. Je mourrai avec cette senteur qui n'a d'égale que ma folie de la danse.

Avec Roland Petit nous répétons dur. Il est un maître exigeant. Et chacun de nous exige de soi en retour.

Mon entrée dans sa troupe me réserve une chance incroyable. Il se trouve que le mécène de cette compagnie est l'inimaginable, le féerique Paul-Louis Weiller que le Tout-Paris appelle « Le Commandant ». Pour son héroïsme pendant la guerre 14-18. C'est un être vigilant, il a l'œil à tout.

M'a-t-il vue lors d'une répétition! Lui a-t-on parlé de moi? Il sait que je suis la petite nouvelle, âgée de seize ans. Le Commandant ne se désintéresse pas des dernières recrues. Bien au contraire. Un jour, son secrétaire me téléphone :

– Le commandant Weiller désire que vous l'accompagniez au gala annuel de la Légion d'honneur qui a lieu à l'Opéra. Après le spectacle, vous dînerez chez Maxim's avec tous ses invités.

Le ciel paraît me tomber sur la tête! Je n'en reviens pas. Nice, soudain, me semble très loin.

En entrant dans la salle de l'Opéra au bras du Commandant, je découvre dans la loge voisine un personnage mythique pour moi : le président Coty... Seigneur! Où suis-je? Simplement dans une loge avec pour voisins Charlie Chaplin, Arthur Rubinstein, Marcel Achard, Marcel Pagnol accompagnés de leurs épouses. Cela me semble si extraordinaire que mes traits en restent pétrifiés toute la soirée. Je suis profondément remuée. Ne vois rien du ballet qui recueille pourtant des applaudissements mêlés d'exclamations admiratives. Je n'ai même pas aperçu la danseuse étoile. Être parmi de telles célébrités! Est-ce un rêve? -

Chez Maxim's je me dénoue un peu. Paul-Louis Weiller m'entoure et je me trouve à table justement à côté de ces personnages connus du monde entier. De près ils me paraissent moins intimidants. Charlie Chaplin est mon voisin immédiat. A plusieurs reprises il m'adresse la parole. Je réponds par monosyllabes. Je suis très intimidée. Il sait que je vais bientôt faire partie des ballets Roland Petit. On parle de la danse.

– Vous avez de grands yeux, les pommettes saillantes, un joli sourire, avez-vous songé à faire du cinéma?

– Oh non, je ne crois pas que je saurais, à moins que ce ne soit un film de danse comme *Les Chaussons Rouges*, ou... ou... comme ce si beau film que vous avez fait. Heu... *Limelight!... Les Lumières de la ville.*

Ouf, il était temps!

Il me sourit gentiment.

– Vous savez, je crois que ce genre de film se tourne en Angleterre ou en Amérique et pour cela il faut savoir aussi bien parler l'anglais que danser! *You understand,* vous comprenez?

– *OK I understand,* lui répondis-je soudain galvanisée, j'apprendrai! Puis mon extrême jeunesse lui inspire sans doute une confidence inattendue que je trouve cruelle pour lui :

– Oona, ma femme, est très jeune, dit-il, tellement plus jeune que moi!

Je contemple cette femme belle, souriante, à la voix douce, le visage rayonnant d'amour.

– Qu'est-ce que cela peut faire si vous vous aimez?

Charlot sourit. Ma réponse directe lui plaît.

– Vous avez raison. L'amour, c'est ce qu'il y a de plus important dans la vie. Il doit inspirer toutes nos actions.

C'est là ce que vous croyez? me dit-il.

– Absolument. Si je n'aimais pas la danse, je ne pourrais jamais réussir dans un métier comme le mien. Mais j'espère pouvoir un jour aimer un homme, comme Oona vous aime!

– Sérieuse petite fille, divine enfant, s'exclame-t-il! Eh bien, dansez maintenant!

Je le trouve rasséréné.

Quelques jours plus tard, je reçois de son secrétariat une invitation du commandant Weiller pour un repas qu'il donne dans l'un de ses hôtels particuliers. Je me sens flattée. Très honorée.

Ces temps derniers, j'ai beaucoup entendu parler de lui. Dans ses salons se croisent les plus grands du monde de la politique, de l'industrie, de la finance; des scientifiques, des artistes. Des privilégiés qui composent la haute société internationale. La population d'une petite sous-préfecture de France en regard des milliards d'êtres humains. L'élite du monde en marche. Ceux qui conçoivent, entreprennent, dirigent, grâce à des dons réels, le secours de la chance et une dévorante ambition.

Je m'interroge un instant sur ce qui me vaut la faveur inouïe de rencontrer quelques-uns de ces êtres d'exception. Des dons, du courage, je n'en manque pas. Le Commandant l'a-t-il pressenti? De toute façon, j'accepte l'invitation.

Le jour dit, une Rolls de couleur noire vient me prendre devant la porte de mon modeste studio de Montmartre. Le chauffeur me conduit au lieu du rendez-vous. Un majordome m'introduit dans le salon. Un jus d'orange m'est servi. Je suis on ne peut plus intimidée. Arrivée la première, j'attends les autres invités. Le temps passe. Personne.

Le Commandant arrive enfin. Après quelques paroles de bienvenue il me propose de passer à table. J'ai assez de courage pour demander :

– Nous n'attendons pas les autres invités?

Il a un petit rire amusé.

– Ma chère, je n'ai convié que vous. Pour mieux vous connaître. Parler de vos aspirations, vos projets. J'aimerais pouvoir vous aider.

Ce préambule anodin, d'une certaine façon, me met mal à l'aise.

– Tout le monde s'accorde à vous trouver très jolie, poursuit-il, et moi aussi. Alors voilà l'occasion de parler un peu de vous.

Nous déjeunons. Parlons de choses et d'autres. Je reste attentive à ce qui va suivre. Pour la première fois, je me trouve confrontée à une situation que je ne connais pas. Je compte simplement sur ma franchise et mon honnêteté pour y faire face. Cela ne m'empêche pas de me trouver coincée.

L'homme que j'ai devant moi, je ne l'ignore pas, toutes les femmes se jettent à sa tête. Du reste, au gala de la Légion d'honneur, les regards équivoques échangés entre Marcel Achard et Marcel Pagnol, lorsqu'ils m'ont vue arriver à son bras, sont de ceux qui donnent de l'esprit aux filles. Le Commandant est un homme du monde raffiné, poli, esthète, il ne fait qu'énoncer un sentiment d'admiration. Quel mal y a-t-il à cela? Et quand bien même... il ne me connaît pas encore!

– Enfin, dit mon hôte, vous êtes à Paris pour y vivre et réussir. La troupe de Roland Petit est votre chance. Je la connais bien, c'est une grande famille. Nous allons faire de vous une étoile.

Le Commandant est un homme sincère. Il parle net. Exprime ses intentions sans détours. Arrivé à ce niveau de la célébrité, tout faux-fuyant est une bassesse. Il laisse la diplomatie à ses quémandeurs. Lui, n'est pas protégé, il protège. A moi de me défendre.

A présent il me voit comme un animal pris au piège. Alors il a cette phrase sublime qui dévoilera devant lui la petite fille que je suis, tout juste sortie des jupes de sa mère, de son éducation sévère :

– Qu'avez-vous pensé de ma Rolls?

C'est l'occasion que j'attendais. Il faut lui faire voir qui je suis.

– Elle ne m'a pas tourné la tête. Mon grand-père en avait des tas, dont une que vous ne posséderez jamais.

Il me fixe déconcerté, interdit.

– Une toute blanche, avec une cheminée noire, énorme. Un engin mirobolant.

Je tente de lui expliquer cette voiture extravagante.

Nous nous esclaffons. Il comprend maintenant ce que le mot Rolls signifie pour moi. Grand-papa m'avait étonnée une bonne fois. Je ne pouvais plus l'être à nouveau.

Si son amour-propre a subi quelque dommage, il ne me le manifestera pas sur l'heure. Un peu plus tard il me battra froid, si peu. Cela ne comptera que le temps de la réflexion. Toujours Paul-Louis m'a prouvé son attachement. Il a également un infini respect pour moi. Je crois qu'il n'avait jamais rencontré un tel spécimen de sa vie. Le but que je m'étais fixé d'arriver par mon seul travail au fait de la gloire finalement l'enchantait.

– Vous êtes une lutteuse, ma chère, c'est bien, très bien, je vous admire. Arriver à vos fins par de nobles moyens! Ça alors, c'est rare, tellement rare, dit-il rêveur, le ton un peu narquois. Puis brusquement me regardant droit dans les yeux.

– Vous y croyez vraiment?

– Oui, Commandant, vraiment ce sera comme ça et pas autrement! Et je plantai à mon tour, mes yeux droit dans les siens.

Il prit mes deux mains qu'il joignit dans les siennes.

– C'est bien, petite fille, fais ton chemin, si un jour tu as besoin de moi, je serai là pour t'aider, quoi qu'il arrive, non seulement tu es très jolie, mais ton âme me paraît plus jolie encore.

Il m'adressait le plus beau compliment qui se puisse recevoir.

Souvent il reviendra dans mes souvenirs. Il m'a offert les plus beaux spectacles du monde. Conseiller attentif dans mes difficultés, cet homme remarquable possède une faculté singulière : celle de reprendre, parfois après des années, la conversation au point exact où nous l'avions laissée. J'en ai toujours été vivement impressionnée. Comme d'un sortilège. Il est au monde des êtres supérieurs. N'en doutons pas.

Sa petite fille m'a dit à maintes reprises :

– Il t'aime d'une manière spéciale. Comme il n'a jamais aimé personne.

Et je lui rends bien cette affection.

Chez Roland Petit mon rêve se poursuit en dépit d'un travail harassant. Je prends des cours avec d'excellents professeurs en compagnie des plus grandes étoiles de la danse. Je sympathise avec Serge Lifar, et Jacques Chazot devient mon plus fidèle ami. Pourtant pendant les exercices il nous encombre de ses jambes avec ses fouettés sur pointes, normalement réservés aux femmes. Il réussit à en faire plus de soixante et nous difficilement plus de trente-deux! Ça nous exaspère mais je l'adore.

Les conversations courent sur les représentations futures. Je ne songe qu'au moment de paraître en public, récompense de mes efforts. Paris sera mon parterre! Je ne puis rien imaginer de plus enivrant. Au cours d'une répétition Roland Petit vient nous annoncer :

– Mes enfants, j'ai une mauvaise nouvelle...

Son sourire au fond du regard contraste avec ses paroles. On pense tous à une bonne blague.

– ... Il n'y aura pas de représentation, Zizi attend un enfant. Dans ces conditions tout est annulé.

Zizi Jeanmaire, sa femme, est la danseuse étoile de la compagnie.

La consternation, tel un ange qui passe, nous tient muets de saisissement. Tant de travail perdu, d'espoirs déçus, plus de danse!

Je crois que je suis la plus affectée par la nouvelle assommoir. Je n'avais jamais songé que du jour au lendemain je pourrais être sans but. Et je ne veux plus retourner à Nice. C'est trop bête! Je ne savais pas qu'un an plus tard, on se retrouverait.

Par une amie de la troupe, j'apprends que Pierre Lacotte et Josette Clavier, sa partenaire, viennent de quitter l'Opéra pour fonder leur propre compagnie. Ils l'appellent : « Les Ballets de la Tour Eiffel ». J'y vais en courant, passe l'audition, obtiens l'engagement. Je vais danser, danser, rien que danser.

Là j'ai connu de merveilleux jours. Pas de place à la rivalité. Nous sommes dix jeunes décidés, à peine payés, ivres de faim, abrutis de répétitions. Étrangement, c'est ce que nous désirions. Dix fous de danse, unis par la musique, la constance, l'ardeur dans le travail, soudés par l'amour du métier. Nos repas sont expédiés : un sandwich, du café pris en hâte au Bar des Théâtres. Pas une goutte d'alcool. Pas l'ombre d'une cigarette. Bien des choses nous sont défendues, excepté les répétitions à outrance, dix heures par jour.

Nous préparons, entre autres, trois ballets de création. Charles Aznavour, alors à ses débuts, avait créé une musique de ballet : *Gosses de Paris.* Nous l'incorporons à notre répertoire. Sidney Bechet s'est également penché sur nous en écrivant *La Nuit est une sorcière.* Nous exhumons enfin de l'oubli « l'adagio » d'Albinoni qui devient célèbre du jour au lendemain.

Qui se souvient de ces splendides créations?

Qui se souvient de la compagnie, hélas éphémère, que furent « Les Ballets de la Tour Eiffel »?

Pierre Lacotte, sur les recommandations d'un ami, y avait investi toute sa fortune. Le spectacle fut bien accueilli. Le Théâtre des Champs-Élysées ne désemplissait pas. Il en fut ainsi pendant trois mois. Trop longtemps pour ne pas exaspérer des rivalités. L'« ami » qui avait encouragé cette création prend ombrage de son succès. Il fait publier dans la presse une critique retentissante. Le public se fait plus rare. Le capital de Lacotte s'épuise. Faute de l'aide d'un mécène, ce sera le dérapage.

Je me rappelle encore la dernière soirée de nos représentations. Nous avions travaillé jusqu'à l'épuisement. Nous mangions peu, faute d'argent. Qu'importe! Nous savourions les jouissances triomphantes qu'un spectacle parfait procure à ses protagonistes. C'est intraduisible.

J'attends mon entrée en scène, le ventre creux ainsi que mes camarades et je me dis que, le rideau tombé, notre groupe se disloquera pour toujours. Des mois réunis autour d'un foyer commun, dirigés par le maître, créateur et petit dieu, nous avons les mêmes aspirations, le même souci de perfection, l'incomparable bonheur d'œuvrer ensemble. Parlant peu si ce n'est du ballet. Oubliant nos orteils ensanglantés que nous enrobions parfois d'une escalope de veau dans nos chaussons pour soulager la douleur. Tout à l'heure nous allons être séparés, souffrir une sorte d'amputation. C'est aussi cela, la danse.

Lorsque le rideau se lève nos estomacs sont rassasiés, nous sommes belles et beaux, revêtus de blanc. L'émotion nous étreint. Les pointes se piquent sans défaillance, jambes tendues, les bras se soulèvent, la tête s'allège avec le corps. Nous dansons tous remarquablement. Pas une faute. Quelle équipe nous formons! Je ne suis plus moi-même. Je suis comme habitée. Payée de mes efforts. Enthousiaste et mesurée avec le public, mes camarades, mon métier, la musique est toute ma dimension. Illimitée et contenue. Sauts de chat, déboulés fouettés, je tourne. Le tutu auréole mon corps.

J'avance vers le public revenu nombreux ce soir, masse confondue dans le noir, souffle attentif derrière les feux de la rampe. Sur le plateau, l'éblouissement des projecteurs me garde dans la chaleur de sa féerie.

Subitement une pensée m'envahit : L'amour. « Ce doit être cela, l'amour, en plus beau. » Quelle vraie jeune fille ne songe au véritable amour ?

Sur des bravos de victoire, salle debout, le rideau tombe. Nous voilà tous sans situation. De quoi demain sera-t-il fait ? Je quitte la scène en vitesse pour fuir les fantômes déprimants; j'écourte les tristes adieux dans le partage des derniers sandwichs.

Ils sont moins bons.

Ma mère est venue pour assister à cet ultime spectacle et s'enivrer des applaudissements. Elle ne désire pas que j'abandonne sur cette déception. Mais elle parle de l'été qui approche, de ses attraits, de Saint-Tropez, de Nice où la famille m'attend.

J'ai le cœur gros et plus que jamais une passion : danser.

Le lendemain sera marqué par un incident que sur le moment, j'ai cru providentiel mais qui, en définitive, m'amènera à la ruine complète de ma carrière de danseuse.

UNE GIFLE DE TROP

Il se trouve que ce lendemain-là s'agrémente d'un soleil éclatant. Ce jour de juin révèle en moi des ressources mystérieuses. Insoupçonnées. Je découvre avec une entière lucidité le nouveau but que je dois m'assigner. Du moins je le crois : tourner un film digne de l'éblouissant *Chaussons Rouges*. Après tout, pourquoi pas ? Chevalier ne me l'a-t-il pas un peu soufflé ?

En France, cela s'avère impossible. Ce genre de production ne s'inscrit pas dans notre génie créateur. Et puis les producteurs s'attachent surtout à réaliser des économies. Tout ce que m'a dit Chaplin m'est resté en mémoire, j'y ai souvent pensé. J'en conclus qu'il faudra donc m'expatrier, soit en Amérique... c'est loin. A défaut en Angleterre, plus accessible. Apprendre également la langue, une réflexion de Gene Kelly me poursuit : « Impossible de tourner à Hollywood si on ne parle pas très bien l'anglais. » Ils ont tous raison.

D'autre part, je sens une carence dans mon art due au mode de formation de l'école française qui a évolué dans le bon sens depuis : c'était l'indigence de l'enseignement des bras. Au contraire, l'école anglaise possède cette discipline au plus haut degré. Margot Fonteyn en est un exemple vivant. La grâce de ses mouvements souples, de la ligne des épaules à la main, d'une inimitable beauté. Je souhaite lui ressembler, atteindre un tel état de perfection.

Avec cet espoir qui est chez la jeunesse une confiance dans la vie non de l'inconscience comme souvent on veut le faire croire, je pensais à de belles choses pour les faire naître. J'étais emplie de la certitude qu'à dix-sept ans tout commence.

Ce matin-là je suis en compagnie de ma mère sur le boulevard de la Madeleine. Les vitrines exercent leur malin pouvoir. Comment résister? Je m'extasie? La mode cette année-là est très féminine : taille de guêpe, poitrine avancée et bien prise dans le gant du tissu, jupes largement évasées sur des jupons amples, riches de broderie à troutrou, petits nœuds de velours coquins, excitants. Celui que je vois est superbe, il me fait envie.

– Maman! Regarde. Je n'ai rien vu de plus beau! Dès que j'aurai quatre sous je me paierai ce jupon.

Que se passe-t-il soudain dans l'esprit de ma mère? Elle est imprévisible. D'ailleurs que se passe-t-il dans son esprit à mon endroit en toutes occasions? Que s'est-il passé le jour de ma naissance lorsqu'elle a cru voir, dans l'inconscient vagissement d'un nourrisson, le refus de son affection? Si ce n'est la taille, elle n'a rien à m'envier. Je la vois ravissante. Son type de femme, Liz Taylor l'a précisément mis au goût du jour. Alors?

Je la regarde, riant de plaisir et, brusquement, là sur le boulevard, elle me flanque une gifle sonore, imparable. En pleine rue, elle ne l'avait jamais fait. C'est une première! La gifle de ma vie, celle qui compte désormais.

Trop, c'est trop. Et trop, c'est énorme pour moi. Quel scandale! Un de plus après tous ceux qu'elle a soulevés dans le passé : à l'école communale, au collège, à l'Opéra, à mes cours de danse. Étouffant ma personne, ma vie. M'humiliant d'une gifle quotidienne. Mais là, dans la rue! Subitement, toutes ces gifles accumulées embrasent mes joues. Je suis hors de moi. Cette gifle de trop, je ne puis l'encaisser.

Nerveusement je prends sa main et la serre dans la mienne. Les tendons de mon poignet endolorissent mon bras. Elle devrait crier de souffrance mais son orgueil lui tient lieu de courage. Je la tiens de toute ma rage, je siffle entre mes dents serrées :

– Je ne pensais plus avoir droit à ma gifle. Je ne peux plus l'accepter. Je ne le supporte plus!

Elle est verte, le souffle précipité. Ma résolution l'effraie.

– Tu m'entends bien? JA-MAIS-PLUS tu ne lèveras la main sur moi. Je ne te le permettrai pas.

Et je la plante là.

J'ai honte de moi. Je cours vers mon studio. Encore sous le coup, je téléphone à mon père, lui relate l'incident. Une fureur rentrée me donne toutes les audaces.

– Voilà, papa, je compte partir en Angleterre. J'ai l'adresse d'un « bed and breakfast ».

– Et c'est quoi ce bed et machin?

– Ce sont en général de vieilles dames, propriétaires de leur petite maison, qui ont connu des jours meilleurs et qu'un veuvage laisse sans ressources suffisantes. Elles prennent des locataires. Je t'en supplie, participe à mes frais. Il faut que je continue la danse. C'est toute ma vie. C'est sérieux tu comprends.

– Mais que feras-tu de plus en Angleterre?

– J'apprendrai l'anglais. C'est indispensable. Tout le monde l'affirme.

Papa hésite. Décidément cette fille aînée lui cause bien des problèmes. La vie d'artiste? Alors que la pharmacie, les laboratoires Mercier...

– Donne-moi juste de quoi vivre, je ne te demande pas plus.

Être obligée de quémander me tue mais je ne puis faire autrement.

Il cède enfin.

– Merci, papa. Je ne te décevrai pas.

L'aide qu'il m'accorde est serrée au plus près. Il ne manque pourtant pas d'argent. C'est l'époque où, riche ou pauvre, le Français pratique l'économie. On sort à peine du XIXe siècle. J'ai été nourrie de cet enseignement depuis l'enfance. Mon grand-père savait recevoir somptueusement ses invités, ce qui ne l'empêchait pas de vivre parcimonieusement en famille. Alors mon père en fait autant.

Le ferry-boat de Londres largue mes amarres. Ce départ préfigure mon départ dans la vie. Enfin!

A Londres je m'installe près de Hyde Park. Ma logeuse, grande bringue maigre-sèche, visage rébarbatif, la tête hérissée d'une forêt de bigoudis, m'accueille de son caractère revêche. Je crois voir une sorcière. Elle me fait peur mais j'en prends vite mon parti.

A proximité de Picadilly Circus, je m'inscris à un cours de danse. Nouveau prodige! Comme après chacun de mes déboires une compensation m'est offerte. Margot Fonteyn, toute star et danseuse étoile de première grandeur qu'elle soit, s'initie dans ce cours aux exercices qui se transforment sur scène en évolutions irréelles. J'admire mon idole toute simple.

Je travaille dix heures par jour. Le sandwich de midi, poussé d'un café, reprend ses droits. Le soir, la maigre-sèche logeuse nourrit, selon la convention établie, avec un léger supplément, tous ses locataires. Nous sommes quatre ou cinq. Le chauffage des chambres est individuel moyennant une pièce glissée dans la fente du radiateur à gaz. Je préfère souvent me passer de rosbif-légumes pour un peu de chaleur. Ces soirs-là le sandwich-frites graisse mes doigts. Les tranches de viande que l'on découpe en bas hantent mon imagination si bien que je me donne l'illusion de les savourer en grignotant mes frites refroidies.

On ne peut s'imaginer ce que cette période de ma vie évoque pour moi de faim, de froid, de solitude, de travail intensif. Une consolation – si l'on peut dire – c'est que je ne suis pas seule de ma condition. Je ne sais pas s'il faut toujours songer à toutes les frustrations qu'elles ont subies lorsqu'on admire les évolutions des danseuses, saxes enneigés de gaze, aux cheveux endiamantés. Le secret de la réussite, de nos jours, n'exige-t-il pas autant d'abnégation? J'en serais fort étonnée. La féerie que les danseurs dispensent au public est d'autant plus enchanteresse qu'elle est nourrie de beaucoup de sacrifices.

J'apprends l'anglais à l'école Berlitz. Jusqu'au moment où il m'est impossible d'imputer sur mon budget réduit les frais de cet enseignement. C'est alors que je fais connaissance de jeunes femmes qui me font cette proposition :

– Vous enseignerez la danse à nos filles et vous apprendrez l'anglais!

Voilà qui tombe à pic. Comme elles sont nombreuses j'ai en ces leçons particulières non seulement la chance de perfectionner mon anglais, mais aussi de percevoir un supplément d'argent réellement bienvenu.

Les jours passent. Je progresse en langue et en danse, toute vouée au travail. Je mène une vie sage. Si je rêve d'amour je ne pense pas à l'amant. Ce n'était pas inscrit dans les mœurs. D'ailleurs j'avais reçu une éducation sévère, particulièrement dans ce domaine.

Sur le parcours qui mène de Picadilly Circus à Hyde Park, un beau soir je vois des affiches annonçant la tournée des Ballets... nommons-les « du Trocadéro ». J'aurais même préféré passer sous silence cette page de ma vie, ce moment d'horrible détresse susceptible d'avoir, sur une jeune fille plus faible de caractère, des conséquences tragiques.

Les responsables de ma mésaventure ont une impulsion nouvelle, décisive et heureuse à ma carrière. Je ne leur en suis pas pour autant reconnaissante, bien loin de là. C'est d'eux que l'Évangile a dit : « Malheur à ceux par qui le scandale arrive. » D'autant plus grave lorsqu'il s'agit des enfants.

Et je n'étais alors qu'une enfant.

Bref, ces ballets se produisent à Londres. Ils sont auréolés d'un prestige international. Sans être les plus remarquables au monde, je tiens à le souligner, ils ont un nom. Je vois en eux une situation s'ils consentent à m'engager. Au bout du compte : plus de faim et beaucoup de chaleur dans ma chambre. Il se trouve qu'on se connaît. Si j'entre dans la compagnie je prouverai ainsi à mes parents mon aptitude à gagner ma vie. Dans ce contexte heureux je pourrai enfin me sentir libre et pour la première fois pouvoir penser à moi. Ils m'assurent d'un contrat prochain, mais rien n'est encore signé.

Le travail reprend, accablant, exécuté dans l'amour fou que je lui voue. On prépare un nouveau spectacle. J'y tiendrai un rôle important. La chorégraphie est sublime à mes yeux. Engagée comme danseuse classique, j'exerce mon art dans sa plénitude. Je vis des moments passionnants, exaltants.

J'aime mon maître et chorégraphe dont la célèbre danseuse étoile force mon admiration. Je les respecte infiniment dans des rapports de disciple à créateur, proches de la ferveur.

Les semaines s'écoulent sur le rythme que j'ai déjà longuement décrit. Avec quelque chose en plus cette fois. Il y a là un directeur de troupe qui fascine mon cœur épris d'idéal. Ses yeux veloutés, sa prestance ne me laissent pas indifférente. Je le trouve beau. Il l'est. Suis-je près de succomber ? J'ai peur. Timide, réservée, je ne fais pas un geste. Lui non plus. Le travail est notre guide, la perfection du spectacle notre but.

Un après-midi, le maître nous apprend que nous sommes tous invités le lendemain soir.

– Où? Où ça? fusent les voix de la troupe.

– A une réception donnée en notre honneur à l'ambassade de France.

Je vois des lumières, des salons dorés...

– Alors, mes enfants, tenez-vous prêts!

Il nous donne congé en claquant joyeusement des mains. Et il s'en va. Sur ce, le directeur s'approche de moi :

– Rendez-vous à l'hôtel deux heures avant la réception, nous avons à te parler pour le contrat.

Il me regarde avec un beau sourire. Je défaille de joie, de fierté, d'amour, de désir. Je n'en dors pas la nuit, rafraîchis ma plus belle toilette, passe la journée à me laver les cheveux, me maquiller, manger peu pour paraître plus mince. Toute parée, infiniment soignée, une once de parfum mêlée à ma coiffure, je me campe dans le hall de l'hôtel à l'heure exacte. On me donne le numéro des suites qu'occupent le maître, son directeur et sa danseuse étoile.

Je me trouve dans celle du directeur. Non sans surprise, je constate que toutes les portes sont ouvertes sur la longue enfilade des chambres-salons. De l'une à l'autre, les trois personnages vont et viennent en sortie de bain. A mon entrée, deux d'entre eux s'esquivent, narquois me semble-t-il. Le directeur s'approche de moi. Il me prend dans ses bras, m'embrasse gentiment. Toujours beau, prestance, œil de velours et sa bouche près de la mienne, sensuelle, attirante. Mon innocence oscille. J'ai l'impression que je vais m'évanouir. Il m'embrasse une deuxième fois. Il lui suffira d'un geste, je le sens bien, pour obtenir ce que personne n'a eu de moi. Mais toutes ces portes ouvertes sur la longue file des chambres me gênent.

A cet instant précis, le directeur m'écarte de lui, comme s'il partageait ma réticence.

– Tu vois, Jocelyne tu vas bientôt faire partie de la famille. Tu comprends cette immense faveur?

Je veux bien m'extasier mais les deux autres arrivent, peignoirs entrouverts. D'instinct je me méfie; toutefois je ne saisis pas encore très clairement. Ils me fixent, égrillards et lascifs. La machination intime de ce chorégraphe et de sa bande m'indispose. Pour tout dire elle m'écœure. De propos délibéré je souligne ma stupidité :

– Comment, vous n'êtes pas encore prêts, vous allez être en retard pour la réception, vous devriez vous dépêcher, non?

Mes trois interlocuteurs se regardent décontenancés. Ils sont déçus. Se tournent vers moi avec je ne sais quel dédain et, j'y ai réfléchi depuis, une sorte de honte orgueilleuse qu'ils ne me pardonneront jamais de leur avoir fait ressentir. « Espèce de gourde! » clament leurs expressions. Je suis cataloguée.

Ils se retirent, claquant la porte avec une fureur que ne peut motiver mon innocente question.

– Mais que leur ai-je fait, dis-je stupéfaite au directeur.

– Pose la question autrement, idiote : qu'est-ce que tu n'as pas voulu faire? T'es conne ou quoi? Tu n'as rien compris. On te considérait comme de la famille, tu piges. La FAMILLE c'est ça aussi!

Avec mon visage rond, ma bouche ronde, mes yeux écarquillés alors oui, j'ai l'air d'une idiote!

– Tu vois, tu as tout gâché. Un moment de plaisir à nous procurer et... regarde...

Il sort de dessous le lit une valise pleine à ras bords de livres sterling. Je n'avais jamais vu autant d'argent de ma vie.

– ... tu peux encore taper dedans. C'est à toi aussi si tu veux. Alors tu veux ou tu veux pas?

Il me tend un verre de champagne.

– Tiens, bois, ça t'aidera peut-être!

Je le repousse.

– Enfin quoi, la danse ce n'est pas cette souillure, cette ordure, dis?

– Mais c'est partout pareil, partout, il n'y a pas que la danse... D'où tu sors toi?

Je me sens terriblement seule, fatiguée. Et brusquement la nausée fait le vide en moi. Il ne manquait plus que cela! Une migraine atroce annonce une bonne crise de foie. Le dégoût a chez moi des réactions physiologiques immédiates et intenses. Mon estomac se contracte. Je ravale un haut-le-cœur. Je pleure, je ne sais plus où j'en suis.

Je file sur des jambes molles de désespoir, de répulsion, de honte.

Derrière moi claque encore une porte, une de plus, celle du directeur.

– Si tu en trouves une plus conne que toi, crie-t-il, bats-toi avec pour rester championne!

Il n'y aura pas pour moi de soirée à l'ambassade. Toute la nuit je suis malade. Manque de m'évanouir à plusieurs reprises. Éponge mes tempes glacées de sueur. Je suis une loque.

Trois heures de l'après-midi sonnent sur ma mine de papier mâché. Pas possible, j'ai dû cauchemarder. Je ne veux pas croire ce que j'ai vu ni ce que j'ai entendu. Je n'ai rien compris ou j'ai l'esprit tordu. Il faut que je m'explique avec eux.

Je me pointe au théâtre. La danseuse étoile, d'un pied méprisant, me nargue en claquant la porte de sa loge. On m'en fermera des portes au nez!

Le maître, sur scène, me crache à la figure :

– Qu'est-ce que tu fous ici, tu vois bien que je fais passer des auditions. Tu viens pour ça? fait-il goguenard.

– Alors fous-toi à la file et attends ton tour.

Le directeur, lui, ne me voit plus. Lessivée puissamment depuis la veille, j'en suis réduite à la transparence. Comment existerais-je? Je suis désespérée. Non vaincue.

Je me soumets telle une débutante à la mortifiante séance. Elle s'avère inutile pour la simple raison que, danseuse classique et engagée naguère pour cela, on exige de moi un enchaînement de pas et figures de danse contemporaine qui n'ont rien à voir avec ma formation.

Je patauge, essaie des contorsions déplorables. J'échoue lamentablement sous les railleries du maître suivi des concurrentes prêtes à toutes les flagorneries pour obtenir la place. J'attends dans un coin, remâchant mon désespoir, mon intraduisible désillusion. Il me faudra donc retourner chez mes parents. Ma mère ne manquera pas de souligner mon incapacité à vivre seule et son caractère possessif tentera de m'annihiler en me reprenant en main.

Il est tard. Toutes les candidates à la compagnie sont parties. Les lumières s'éteignent une à une. Soudain, le maître, accompagné du directeur, me voit.

– Toi, encore ici? On en a marre. Fous le camp, je t'ai dit. T'es trop moche, horrible, minable. Tu ne sais même pas danser. Tu t'es admirée en danse contemporaine?

En s'éloignant, il éclate de rire du bon tour qu'il m'a joué. Le directeur me pousse vers la sortie et me lance :

– Ma pauvre fille, tu as gâché tes chances. C'est foutu pour toi!

Je relève le menton, le défie du regard. C'est tout ce dont je suis capable.

Au fond de moi je suis désemparée. A bout. Ma pudeur outragée s'est soldée la veille par des malaises qui m'ont anéantie. Ce soir, les perfides discrédits, les dénigrements sur mon métier ont pouvoir de destruction.

– Ou je les tue, ou je me tue!

Je me rallie à cette dernière solution, pas moins dramatique pour ma famille, sûrement moins avilissante.

Je suis sortie du théâtre, à la tombée de la nuit. Dans Hyde Park déjà les bancs se vident. Il y a là un étang. Je m'y jetterai tout à l'heure, quand les portes seront fermées. L'eau n'est pas profonde, c'est vrai mais froide; l'hydrocution m'aidera dans ma résolution d'en finir avec la vie. Un gardien fait sa ronde. Je me cache. Demain il me trouvera morte.

Un bruit. Je me retourne. Seigneur! Quelle mine sinistre à ce type juste à ma hauteur! Je fais quelques pas. Il me suit. J'accélère, on dirait qu'il en fait autant.

A quelques mètres de moi, les yeux terribles roulent furieux. D'accord, j'ai une folle envie de mourir, mais d'une manière honnête, convenable en somme.

Après avoir brisé ma carrière en me dérobant à la canaillerie de débauchés sans scrupules, le comble à présent serait d'être violée. L'horreur quoi!

Alors je me mets à courir, vite, de plus en plus vite, pourvu que les grilles du parc ne soient pas fermées?

– Gardien, gardien! *Help, help!!!* je crie combinant anglais et français. Personne n'accourt.

J'arrive enfin à la porte, la franchis d'un bond. Je me sens perdue, vidée, les jambes molles, je m'écroule sur un banc, au milieu des passants.

J'en ris sur le coup et pleure à la fois ma détresse.

Le lendemain c'est un autre tableau : le découragement, la perte de mes illusions, la peur font que je me laisse dépérir.

A la pension je suis très malade. Depuis dix jours je ne mange plus. Anorexie. Je deviens le sosie de ma maigre-sèche logeuse. Je me serais laissée péricliter davantage si mon père n'avait téléphoné. Elle avait dû le prévenir.

Je ne raconte rien de ma mésaventure. Il l'apprendra par ce récit. Simplement je mets ma maladie sur le compte des répétitions, de la fatigue. Je ne manque pas de prétextes.

– Rentre à Nice; le soleil, l'air de la mer te manquent...

La proposition est tentante. Cependant je recule, tergiverse. Mon père finit par cerner ma difficulté.

– Bon, je t'envoie un billet d'avion. Arrive!

Je prépare un léger bagage et pars sans un regard en arrière.

RETOUR DE MANIVELLE

Lasse, désabusée, je débarque à Nice. Je me trouve au plus bas de ce que j'ai pu connaître jusque-là. Je n'en dirai rien à mes parents. Ils ne sauront qu'une chose : je suis très fatiguée par excès de travail. Dès notre première conversation, je bluffe un peu :

– Peut-être vais-je signer un contrat important avec la télévision britannique – il en était question, mais rien n'a été concrétisé.

Pour ne pas leur céder, parer à toute éventualité de rester à Nice, j'ai laissé la plupart de mes affaires à Londres. Au fond de moi, prête à jaillir, l'étincelle combative.

Papa est grand amateur de marche à pied. Nous sortons beaucoup ensemble. Comme au temps de mon adolescence, lorsque le dimanche nous suivions la route de Nice à Passable, une petite plage. Le long du chemin il me faisait observer la nature, les arbres, les plantes, la botanique n'a pas de secret pour lui. Au pied d'un monticule, il m'avait montré une longue guirlande de chenilles processionnaires. Je dois à ses leçons de choses les bonnes notes que j'obtenais régulièrement en rédaction. Une des rares matières qui me voyait en tête de la classe.

Ce matin papa est occupé. Je pars seule. Sur la Promenades des Anglais je trouve un monde fou. Je préfère m'isoler. Je descends vers les galets qui bordent la plage. Je m'assieds.

La pensée de Maurice Chevalier et de notre conversation m'effleure... un rien! La vision du temps où je travaillais à l'Opéra de Nice est plus tenace, plus forte.

J'avais alors quatorze, quinze ans. Mes camarades étaient chez le confiseur ou dans un bar tout proche pour se rafraîchir. Moi, j'avais traversé l'avenue. Je contemplais la mer. On était en mai, ou juin. Il faisait beau. L'Opéra tenait ses fenêtres ouvertes. Des salles de répétition en activité j'entendais les chanteurs, les pianos rythmés des salles de danse. En fond sonore, l'orchestre jouait... C'était merveilleux!

Devant moi, la mer immense tombe à l'horizon avec un pan de ciel sous l'œil assombri du soleil couchant. J'éprouve mille sensations qui vont du vertige à l'exaltation.

Je me souviens des parfums surtout. Ceux des algues, du sable, des pins, des mimosas, tant de senteurs marines et terrestres, intraduisibles. Le spectacle et le son lancinant du ressac me donnent une impression d'hypnose. Je communie avec la nature, bien au-delà d'un mièvre romantisme. Une force inconnue me possède. Bizarre, insistante. Visionnaire, je me vois promise à un avenir incroyable, extravagant et singulier. Poussée malgré moi, me semble-t-il, par la sensation d'une vie antérieure.

Je ne puis encore aujourd'hui expliquer ce phénomène que j'ai ressenti à plusieurs reprises. Notamment une fois, en Turquie, lors d'un tournage sur les rives du Bosphore. A quatorze ans, je me disais : « Quelles drôles d'idées tu as dans la tête! » Si je n'avais eu peur de la chose, plus tard, je me serais dit : « Je suis en extase. » Et maintenant, avec l'expérience, je sais que très jeune j'ai connu « l'état de grâce ».

Ce matin je suis moins malheureuse que d'habitude. Je songe à tout cela. Même si je n'éprouve pas « l'état de grâce », c'est malgré tout un moment privilégié. Je suis si bien là, les yeux ouverts sur cette baie des Anges magnifique. Une onde chaleureuse m'inonde en évoquant grand-père. Il a fait merveille sur la Côte d'Azur. Ce n'est plus le pharmacien, l'inventeur, le chef d'entreprise que je vois en lui, mais l'homme qu'il était. Tout simplement.

Prodigieux, dynamique, increvable, original! Excessif dans son habillement. Il portait toujours des cravates extravagantes pour l'époque. Quelquefois d'un goût douteux comme celle de la femme nue peinte à la main. Je crois qu'il affichait son désir, son plaisir de choquer. « Ça réveille les gens », disait-il.

Très grand, très fort et très chauve; selon son humeur du matin, il supportait ou non sa calvitie, mortifiante pour un homme si coquet. Alors, les jours sans bonhomie, il portait une perruque.

Il courait sur son compte des histoires cocasses. La presse ne perdait aucune occasion de remarquer cet homme hors du commun. Je me souviens de l'histoire du match de football. Une coupe importante. Le feu de l'action est au plus haut degré. L'enthousiasme de grand-père aussi. De retour à la maison, il constate qu'il a perdu sa perruque. Le lendemain, un journaliste facétieux écrit dans *Nice-Matin* : « Une perruque a été trouvée entre le stade Mercier et la pharmacie Mercier. A qui appartient-elle? »

Grand-père est le premier à en rire, donnant le ton à tout le personnel. L'humour à ses dépens n'était pas pour lui déplaire.

Du miracle de sa vie étonnante, mon grand-père me protège et ma petite sœur Michèle aussi je le sens, d'elle je ne parle jamais et pourtant je pense à elle très très souvent. Chaque fois que la roue de ma fortune tombe au plus bas, grâce à eux je sais qu'elle remontera bientôt. Ce que je ne sais pas encore, c'est qu'ils vont me propulser vers les sommets vertigineux du cinéma et de la célébrité.

Dans les studios de la Victorine, André Cayatte tourne un film. Une scène nécessite l'emploi d'une tente à oxygène que des accessoiristes sont venus emprunter à la pharmacie

Mercier bien connue des gens de cinéma. Il leur reste à utiliser convenablement cet appareil. Pour éviter toute erreur, mon père lui-même est appelé en renfort. Il m'entraîne avec lui.

– On me demande de passer au studio, viens avec moi; une bonne marche te fera du bien et ça te changera les idées.

La faiblesse de mon état me rend docile. Je lui suis reconnaissante de s'occuper de moi, de me sortir un peu. Je l'accompagne donc, il rentre sur le plateau. Tandis qu'il explique le maniement de la tente, je m'assieds dans un coin au fond du jardin, le plus possible à l'abri des curieux.

Mais dans l'enceinte des studios la solitude n'est jamais absolue. Sur un banc placé non loin de moi, deux messieurs discutent ferme. J'entends leur conversation par bribes.

« Oui... pour le premier rôle féminin... la soubrette... ne l'avons pas... le producteur... demain. » L'un d'eux se lève, déambule soucieux, une main dans la poche, l'autre crispée sur le fourneau d'une longue pipe coincée entre ses dents. Il se dégage de sa personne une force et une fermeté de caractère que je ressens très fort. Il marche de long en large, s'adresse à l'homme resté assis qui ne cesse d'écrire tout en soutenant la conversation.

A se promener de la sorte, le moment arrive où il s'aperçoit de ma présence. Nos regards se croisent. Une fois. Il retourne à ses quatre pas. Revient, me voit. S'en va, s'en retourne vivement en me fixant.

Il rejoint son compagnon concentré sur ses feuillets et lui chuchote quelques mots à l'oreille. L'autre glisse vers moi des petits yeux intelligents, vifs et acquiesce avec entrain, le visage de biais. Je suis cette scène comme un spectacle étranger à ma personne.

L'homme qui ne tient pas en place vient me trouver et sa question découle tout naturellement de ma présence dans les studios de la Victorine :

– Faites-vous du cinéma?

Il m'arrache à mes sombres pensées, à mon mutisme.

Prise au dépourvu, je bredouille un vague... heu!

– Un rôle de comédienne ne vous tente pas? dit-il, encourageant.

– Ah! ça non! Je suis danseuse classique et tiens à faire carrière dans ce seul domaine.

– L'un n'empêche pas l'autre, on fait aussi de la danse au cinéma. J'avais l'intention de...

Mon père arrive sur ces entrefaites. Alors tout va très vite. Il comprend en un clin d'œil ce qu'il se passe, minimise le côté récalcitrant de ma réponse. S'entretient avec ces deux messieurs après présentations de part et d'autre :

– René Mercier..., ma fille...

– Denys de la Patellière, metteur en scène... Michel Audiard, scénariste-dialoguiste.

Poignées de main chaleureuses. Mon père attaque, manifestement intéressé :

– De quoi s'agit-il?

– D'un rôle pour mademoiselle. Elle est l'héroïne que nous cherchons, dit le metteur en scène.

– Ah oui! Quel emploi lui proposez-vous?

– Tout à fait dans son genre. Un rôle qui devrait lui aller à la perfection, n'est-ce pas? soutient-il en regardant Michel Audiard. Les deux hommes se concertent des yeux, très satisfaits d'eux-mêmes.

– Mais encore, insiste mon père, un rôle de fille de famille?

– Pas du tout. Celui d'une jolie gourde! annonce La Patellière le plus sérieusement du monde. Depuis le temps que nous la cherchons. Dans ce rôle elle serait divine!

L'humour chez les Mercier a tous les droits. Nous rions de bon cœur; je m'étonne de ma propre gaieté.

– Seulement voilà, renâcle Denys de la Patellière, il nous faut à présent convaincre notre producteur. Il est duraille à décider.

– Qu'à cela ne tienne, s'exclame mon père épris de gageure, de quoi s'agit-il?

Ensemble ils concoctent un petit scénario pour conditionner le récalcitrant producteur et l'amener à composition. Le sujet de la comédie qu'en famille nous allons jouer tourne autour du rôle qu'on me destine dans le film. Je me laisse prendre à ce jeu qui réjouit tellement mon père. Je suis heureuse de la diversion apportée à ma profonde tristesse du moment. A vrai dire, je ne crois pas une seconde à mon succès. C'est précisément ce qui me sauvera. Pour l'instant, je m'amuse beaucoup!

Les principaux rôles étaient distribués. Les vedettes étaient la belle, séduisante Michèle Morgan, avec Daniel Gélin, alors jeune premier à la mode, la coqueluche de toutes les filles. Le second rôle féminin celui d'une soubrette attirante, un peu niaise, délicieusement maladroite. Elle agit à contretemps, contre-sens, casse, cogne d'une manière charmante. L'idiote des comédies américaines. C'est « la gourde » recherchée. La scène mise au point, mon père invite de la Patellière et Audiard à dîner le lendemain soir à la maison, avec le producteur. Je suis déguisée en soubrette. Distraite, j'ouvre la porte, sert l'apéritif, l'air concentré sur du vide. Renverse sauce et plateau, la mine convenable et ahurie. Il ne manque pas un impair à mon déplorable service. Denys de la Patellière est hilare sous des airs indifférents à l'action. Michel Audiard pointe son sourire doucement railleur sur son assiette, offrant au lustre un début de calvitie espiègle. Le producteur, d'abord incrédule, tombe en ravissement.

– La voilà, clame-t-il, profitant d'une de mes absences, plus vraie que nature, la voilà! Elle est superbe-idiote, la bonne. Nous tenons notre second rôle!

Il termine dans un silence de confessionnal :

– Où l'avez-vous trouvée, monsieur Mercier?

C'en est trop! On pouffe un bon moment. On avoue la supercherie. Notre producteur, fin et avisé, rit plus haut que tout le monde. Il m'engage sur l'heure.

J'accepte à mon tour ce rôle qui me portera chance.

La danse m'est refusée? C'est ma destinée. Le cinéma m'ouvre ses bras. Je m'y lance avec fougue et passion. Comme un fait exprès, le titre de mon premier film est étrangement prémonitoire : *Retour de manivelle.*

Le bien-nommé pour illustrer ma désillusion récente. Il sera le symbole de ma vie entière : éternel retour des jours de misère et de désespoir venant après des succès et des bonheurs fabuleux.

Bien souvent, la réalité dépassera la fiction!

Le film lui-même est noir, tiré d'un roman de James Hadley Chase. Michèle Morgan joue le contre-emploi d'une femme diabolique qui, aidée de son chauffeur (Daniel Gélin), cherche à assassiner son mari (Peter Van Eych), ivrogne milliardaire. Je me suis bien entendue avec tous mes partenaires, même avec Bernard Blier que l'on dit dur dans le métier. Je n'ai trouvé en lui – comme en Jean Gabin dont on m'avait décrit le caractère « épouvantable » – qu'un homme aimant son métier passionnément. Rigoureux, très professionnel, ce fut un plaisir de travailler avec lui.

Une petite histoire : celle de mon prénom. A l'état civil je m'appelle Jocelyne.

– Jocelyne Mercier. Jocelyne ne convient pas, fait Denys de la Patellière, réticent. Mercier va bien par contre. Mais Jocelyne... trop long. Ça fait vieux jeu. Pourquoi pas Michèle tout bonnement? Michèle Mercier, ça boum, non? M. M. : Michèle Morgan, M. M. : Michèle Mercier, sur l'affiche, c'est du tonnerre!

Michèle Morgan fut en quelque sorte ma marraine.

Moi, je me tais. Michèle... que de souvenirs tendres, doux, de larmes surtout que ce prénom évoque pour moi! C'était celui de ma petite sœur, morte très jeune, voilà des années. Le cœur chaviré, j'hésite à en parler à mes « parrain-marraine ». Je m'interroge sur ce que sera la réaction de mes parents. J'ai peur de leur causer du chagrin. Par ailleurs, en moi-même, je refuse ce prénom qui était celui de ma petite sœur chérie. Je le refuse net. Mes parents sauront mettre le holà. Je compte fermement sur leur opposition.

Je me trompe. Ils acceptent d'emblée, avec une joie évidente. Je me demande si cette enfant bien-aimée ne manque pas à leur amour. Ils apprécient la chance inespérée de prononcer le doux nom de Michèle.

Pour ma part, je ne sais que penser, ni quelle contenance prendre. Je reste étourdie de leur réaction. Mon père, qui bafouillait toujours en m'appelant : « Mich... Chant... Jocelyne! » ne trébuchera plus jamais. Et quand je dis jamais, c'est J-A-M-A-I-S. Je suis devenue d'un coup MICHÈLE.

Jocelyne Mercier : absente du monde – rayée – balayée. Je n'existe plus.

Je me sens en état de détresse. Une peur affreuse m'habite. Il y a deux personnes en moi : Jocelyne et Michèle à la fois. J'aurai deux vies à vivre désormais. Peut-être pas pour les autres. Seulement pour moi. La petite défunte s'immisce en moi, vit par moi. Je ne pardonne pas à mes parents leur surprenant abandon de ma personne. J'en ai longtemps frémi, tremblé, pleuré. J'en ai eu des accès de fureur rentrée.

Et puis la petite morte m'a prise sous son âme tendre. Elle devait m'aimer. Elle m'aime. Nous sommes ensemble. Ma vie est multipliée.

A Nice le tournage va se terminer. En comparaison de la discipline de fer de la danse, je trouve confortable et reposant de faire du cinéma. Après une minute ou deux de travail, une phrase suivie d'une exclamation, on arrête. On m'évente. « Vous n'êtes pas trop fatiguée... ? » Un peu de poudre, un coup de crayon, une touche de rouge...

Alors que les directeurs de ballet n'exigeraient pas moins de dix heures de travail par jour... tapes sur les fesses... « Allons, courage... encore un effort! » Je trouve ces gens de cinéma frivoles, légers. Ça ne fait pas très sérieux.

Le cinéma, c'est aussi les déménagements en équipe. Les extérieurs terminés, il faut rentrer à Paris. Rejoindre les studios, en l'occurrence ceux d'Épinay. On travaille. Des scènes rentrent dans la boîte. Les jours passent. On en arrive à une scène intime. Elle n'est pas la séquence finale du film. Mais elle semble avoir été réservée pour le dernier jour du tournage.

Déjà, pendant les heures précédentes, je m'étais rendu compte de certains détails. Une petite phrase qui traîne, l'œil allumé d'Audiard; des clins d'œil de Denys de la Patellière, une ambiance folâtre sur le plateau. L'amabilité de Daniel Gélin se fait plus pressante à l'annonce de la scène d'amour que nous devons tourner ensemble le lendemain. Le jeune premier que Paris adore – un défilé de filles l'attend toujours à la sortie des studios – s'offre de me ramener chez moi.

L'esprit aiguisé, je deviens d'une méfiance de chat. Ma pudeur l'agace un peu. Je suis innocente, c'est vrai. Pas bête! Je ne veux pas qu'il se fiche de moi. Ça, je le comprends très bien, sans dessin. Arrivée devant ma porte, je saute de la voiture de Daniel en lui jetant par-dessus mon épaule : « Je n'ai pas d'ascenseur et ma mère m'attend. Merci, Daniel, c'est chic de m'avoir raccompagnée. » Il est désappointé. Je fais semblant de rien.

L'instant fatidique arrive. Je me prépare dans ma loge et m'amuse follement. « Attendez, depuis hier vous me préparez une bonne histoire. C'est moi qui vous aurai! »

J'arrive sur le plateau dans ma blouse blanche. Un lit, quelques meubles représentant ma chambre de bonne.

– Alors prêts? crie le metteur en scène. Le rouge est mis. On tourne. Silence!

Premier « clac ». La scène commence. J'échange quelques mots du scénario avec Gélin qui se déshabille et, vite fait, se fourre entre les draps. De dos, sous ma blouse, je dois enlever mon slip. Je me trémousse, me déhanche, fait glisser la petite culotte que je jette et que la caméra découvre sur la couverture et hop! je rejoins Daniel dans le lit.

– C'est bien, crie le metteur en scène, parfait! Allez, on recommence!

Je m'y attendais. Tous rient sous cape, Daniel le premier. Mais ils ne comptent pas avec moi, ces petits chéris. Je savais qu'ils chercheraient tous à s'amuser à mes dépens. « Pense donc, une vraie jeune fille, avec la puissance de Gélin, ça ne va pas faire un pli! » se dit le plateau, grivois et attentif. L'ambiance est à la franche rigolade. Moi également.

– Allez, allez, hurle Patellière, c'est chaud, c'est chaud, ça marche! On re-tourne. Le rouge. Silence.

Deuxième « clac ». Je recommence ma scène, je me tortille de dos sous ma blouse et sors du bout de mes doigts qui les narguent... un second slip! Et puis, troisième « clac ». Un troisième slip! Quatrième « clac ». Encore un autre!

– Dis, tu en as combien comme ça? glapit Patellière, vexé.

– Cinq sur moi, et encore cinq qui m'attendent dans ma loge! Vous vouliez me flanquer toute nue auprès de Daniel? C'est raté, mes mignons, vous êtes feintés!

Mortifiés, mais beaux joueurs, ce fut pour tous un bon moment de détente.

Chaque semaine quelqu'un offre l'apéritif sur le plateau. Comme c'était mon dernier jour de tournage, avec une joie immense, j'annonce que ce soir c'est moi qui invite. Je suis très fière. C'est la première fois et, sans le savoir encore, le début d'une longue, longue série d'invitations à « l'apéro-plateau ».

« Donnez-moi ma chance. »

C'est le titre de mon second film, du metteur en scène Léonide Moguy, célèbre depuis le succès qu'a connu *Demain il sera trop tard*, avec Pierangeli.

Deuxième film de ma carrière et mon premier film de

vedette. Une de mes partenaires féminines est Nadine Tallier vive, pétillante.

Elle trouvera sa chance en épousant bientôt le baron Edmond de Rothschild.

C'est alors que le théâtre me fait signe, Robert Lamoureux vient d'écrire une pièce amusante : *La Brune que voilà.*

Ainsi qu'il est d'usage, le spectacle est rodé soit en province ou à l'étranger. En l'occurrence c'est à Bruxelles que pour la première fois, je mesure les réactions du public.

Après les représentations, la troupe doit prendre le train pour s'en retourner à Paris. Sauf Robert Lamoureux, qui possède une voiture américaine splendide, toute blanche, imposante, le dernier cri du confort et de l'aérodynamisme. Sur ce, maman me fait savoir qu'elle débarque à Paris le lendemain à l'aube pour assister à la « première ».

– Il faut que tu sois là pour m'ouvrir la porte de ton studio. Je n'ai pas la clef. Je ne peux tout de même pas attendre ton retour sur le palier!

Robert Lamoureux rentre le soir même. Gentiment, il m'offre une place dans sa voiture. J'accepte pour retrouver ma mère en temps et lieu.

C'est l'hiver, il a neigé toute la journée. Dans les plaines glaciaires du Nord, la nationale est bordée de congères. Nous filons à toute allure entre deux murs blancs. Griserie et frayeur. Surtout verglas. Nous glissons. La voiture se met en travers de la route. Robert essaie de se dégager d'une congère à l'autre. Marche avant – marche arrière.

– Merde, s'écrie-t-il, on ne va pas rester là toute la nuit!

La tempête s'est levée depuis un moment. Le vent souffle à 120 kilomètres à l'heure.

Je ne dis pas un mot, le laissant à ses manœuvres. Marche avant – marche arrière. Dix fois. Vingt fois... Une odeur de gaz me surprend. J'ouvre la vitre de mon côté. Le vent s'engouffre en rafale. Impossible de la remonter. On dirait que son mécanisme s'est gelé dans l'instant. A moins que?

– T'en fais pas, me rassure Robert, on s'en sortira. Timidement, je lui annonce en me penchant au dehors:

– Il y a comme de la lumière sous la voiture.

Il sort d'un bond. Le vent est si violent que son imperméable se gonfle comme un parachute et l'entraîne à reculons sur la route verglacée. Après des efforts désespérés, profitant de la moindre accalmie, il réussit à s'approcher de ma portière. Impossible de l'ouvrir, tout est bloqué! Un court-circuit sans doute. En quelques secondes l'avant de la voiture est en flammes. Par la fenêtre restée ouverte Robert essaie tant bien que mal de m'extraire, je reste accrochée, je perds une chaussure, les deux peut-être. Je pousse un petit cri. J'ai les pieds gelés. Il me porte alors dans ses bras loin du véhicule qui n'est bientôt plus qu'un brasier.

Et c'est le boum de l'explosion. On l'a échappé belle! Il ne restera au matin qu'un amas confus de ferraille et l'odeur âcre des pneus qui fument encore. Les gendarmes découvriront quelques heures plus tard des débris calcinés et se demanderont si ses occupants ne sont pas morts dans la tourmente. Je trouve cette situation cocasse, plutôt romanesque!

A Paris, c'est le scoop. Dès l'aube, la presse se fait l'écho de notre « mort tragique ». Bien entendu, nous n'en savons rien. Après une marche pénible dans la neige, nous avons été recueillis par des fermiers. Faute de téléphone, nous ne pouvons prévenir qui que ce soit. Nous passons là quelques heures, réconfortés par un gros café au lait. Au petit jour, Robert réussit à alerter le premier poste de police. Il rétablit alors les faits. Quelques heures plus tard trois sympathiques gendarmes nous récupèrent et nous amènent tout deux au train pour Paris.

Entre-temps, la vérité éclate : « Ils sont retrouvés! » Sur le quai de la gare du Nord, journalistes, photographes et badauds se déchaînent, il y a là Mme Lamoureux et plusieurs de ses enfants.

Devant une telle popularité ma mère jubile. Les journaux écrivent : « ils sont vivants ». « La brune que voilà n'est pas morte. » Publicité gratuite, inespérée pour la pièce qui marche rondement au théâtre des Variétés. Le succès est assuré, et je suis propulsée au sommet. Mais, d'une certaine manière, je vais le payer cher.

J'aime bien Robert. Il est drôle, intelligent, cultivé. Je lui voue une grande admiration. Et cela s'arrête là.

Pour éviter toute situation équivoque, je refuse à plusieurs reprises ses invitations à souper chez Maxim's après le spectacle. J'ai déjà bien assez de soucis comme ça. Je joue tous les soirs et parfois en matinée. J'ai besoin de tous mes moyens car je souffre horriblement du trac. Je ne fais que débuter au théâtre.

Ma mère venue pour la « première » à Paris avait regagné la province quelques jours après. Ne voilà-t-il pas que soudain! un beau soir, elle réapparaît, elle est là dans la salle. Robert l'apprend, la fait chercher. Après la représentation, il invite dans sa loge quelques amis. On me fait demander. J'arrive pour découvrir tout ce beau monde, ma mère au premier rang, très entourée, la physionomie tout excitée de plaisir. J'entends Robert déclarer : « Mes amis, je vous présente... (suspense) ma future femme! »

Ma mère s'illumine, mais moi, je demeure interloquée. Il s'agit certainement d'humour, plus ou moins grinçant, à l'image de Robert.

– Il faudrait d'abord terminer la pièce... et me demander mon avis!

Et je retourne vivement dans ma loge, furieuse.

Nous avons encore des semaines à jouer et cette perspective me paraît très vite pénible. Pendant les représentations, Robert ne cesse de jouer avec les mots, jouer avec les situations, ce qui est très dur pour moi qui ne suis qu'une jeune comédienne. Il s'ingéniait déjà de mille manières à ces facéties envers ses partenaires. Mais il semble les oublier tous, à mon seul bénéfice. Par exemple, le déplacement d'un siège où je dois m'affaler après quatre pas en arrière. Et je me ramasse, les jambes en l'air! Le public rit, d'accord, mais je ne suis pas fière de moi. Puis un accessoire manque : le téléphone en l'occurrence. Je le cherche à quatre pattes, improvisant un monologue pour meubler le temps mort.

Robert, l'esprit effervescent, imagine et met en pratique mille provocations pour m'amener à composition. S'il n'a pas de réplique, il tourne le dos au public, m'invective, et se défoule.

En réponse à tout cela, je décide de montrer les griffes une fois pour toutes.

La pièce, on le conçoit aisément, se déroule tant bien que mal. Le dernier acte se termine par une scène d'amour précédée d'une ou deux phrases très humoristiques. Celles-ci m'obligent à rire à gorge déployée, juste avant le (faux) baiser brûlant de mon partenaire. Un soir, il m'embrasse pour de bon, et quand je dis « pour de bon »... il étouffe ma réponse.

En guise de réplique, je lui mords la langue! Furibond, il relâche son étreinte en me jetant, hors texte, tout haut :

– Va te faire cuire un œuf!

Avec un sang-froid dont mes dix-neuf ans ne se seraient pas crus capables, je rétorque :

– Non, mon petit chéri, ce n'est pas un œuf que je vais te faire cuire, mais une omelette.

Et je quitte la scène en fulminant. Le public rit un peu. Puis c'est le silence. Le trou. Le vide.

Les frères Maurey, directeurs du théâtre, se précipitent affolés. Ils ont le souffle court, les yeux fous.

– Michèle, ne faites pas un truc pareil! Vite, retournez en scène!

– Non, je n'irai pas. Il veut jouer les matamores, alors qu'il se débrouille. Tout seul! J'en ai marre, marre! Je rends mon tablier.

Par respect pour le public, je reviens sur scène et la pièce se termine heureusement.

A partir de ce moment-là, tout va marcher sur des roulettes. Robert ne recommencera plus ses tracasseries. Non sans que nous ayons eu une chaude explication :

– Tu n'as pas le droit de me faire des trucs pareils. Ne recommence pas! braille-t-il, hors de lui.

– Ah! vraiment, je n'ai pas le droit? C'est ce que tu fais, toi, à longueur de spectacle avec tout le monde. Seulement, avec moi, ça ne prend plus. Je ne fais pas du cirque. Si tu veux travailler seul, sans filet, tu resteras seul. Sais-tu que je souffre de frayeurs pas croyables? La nuit, j'ai peur, je ne dors pas en me demandant ce que tu vas encore manigancer pour me nuire le lendemain. Écoute-moi bien : à ta prochaine algarade, je te plaque sur scène avant la fin du spectacle.

Il se l'est tenu pour dit.

Résultat, quelques mois de froid entre nous. Puis, tout s'est arrangé insensiblement. Nous sommes redevenus des amis. Parce que j'aime beaucoup Robert, c'est un homme plein de charme et de talent. Il m'a bien rendu cette affection puisque trois ans après les incidents que je relate, il m'a demandé de tourner le film *La Brune que voilà* avec lui. De toutes les anciennes protagonistes, je suis la seule qu'il ait réclamée.

Grâce à son intelligence, la réalisation de ce film fut un moment merveilleux de solide amitié.

LA VALSE DE L'EMPEREUR

L'année 1958 va me réserver des joies inattendues. Élue « Reine des Six Jours » (les derniers puisque le « Vel'd'Hiv' » sera démoli peu après), vingt fois par soirée je donne le signal des primes par un coup de revolver. L'émotion d'une de mes premières manifestations publiques de ce type s'ajoute à mon désarroi face à la sarabande de la piste, au hurlement des micros, aux nuages bleutés du tabac. Je garde un merveilleux souvenir de ces coureurs cyclistes à la volonté puissante de gagneurs, et de ce dernier tour de piste en compagnie des vainqueurs, Darigade, Anquetil et Terruzzi.

En juin, à une réunion de théâtre, je rencontre l'amour. Il se présente sous les traits d'un jeune homme séduisant et romantique. Nos regards se croisent et ses yeux sombres me captivent. J'en tombe amoureuse en coup de foudre. L'a-t-il ressenti immédiatement? Un sourire éclaire son visage. Il n'est pas homme à se livrer en public, bien qu'il fasse du cinéma.

Il m'aima dans l'instant, m'avouera-t-il plus tard. J'aime ce détachement qu'il donne à tous ses rôles. Un détachement qui n'est pas feint. C'est lui tout entier, sa personnalité, son âme. L'attrait de sa séduction. Il a un succès fou auprès des femmes. D'une exquise politesse à leur égard, il les observe de loin, l'air absent.

Étant donné ma carrière, les manchettes des magazines, l'image que le cinéma ou certaines circonstances donnent de moi, il me croit affranchie et plus délurée que je ne le serai jamais. Notre idylle spontanée débouche vite sur un amour moins platonique. Je n'ose rien lui avouer de peur qu'il me délaisse, par une crainte respectueuse de tout ce qui touche à la pureté. S'il avait su... mais voilà, il ne sait pas! Sa surprise est à la hauteur de ses sentiments, de l'amour qu'il me voue. Il est d'une douceur attentive, raffinée. Son regard me transporte. « C'est donc cela, l'amour! »

Il m'écrit des poèmes qu'il met en musique. Joue du piano à la perfection. Et moi, je l'écoute pendant des heures. Son regard profond reflète une âme impénétrable dont je soupçonne l'ardeur étrange. Son amour me comble et j'aurais pu vivre ainsi avec lui le reste de mes jours. L'amour!

L'amour, lui, ne trompe jamais.

Je l'appelle « Dji », à la mode américaine, de sa première initiale. Un soir, G... me dit :

– Michèle, as-tu la chemise blanche de ce que tu as appelé « notre nuit de noces » ?

– Je l'ai, assurais-je.

– Donne-la-moi.

Et il la jette dans le feu de la cheminée.

– A quoi te servent ces peluches, jouets de ton enfance et toutes ces choses auxquelles tu tiens, qui encombrent ton esprit et ton cœur ? De rien, n'est-ce pas ? Alors, brûlons-les! Il faut savoir se détacher d'ici-bas. Le bonheur total naît du renoncement.

Et je vois tous ces riens décolorés par mes larmes, mes baisers, mes confidences, le temps, mes souvenirs d'enfance se tordre dans les flammes avec des grésillements de reproches. J'en éprouve chagrins et remords.

– Faut-il que je t'aime! lui dis-je, le cœur en sanglots.

Je lui fais grâce de mes larmes.

– Et maintenant nous allons adorer le soleil, poursuit-il.

Il ouvre volets et fenêtres; assis là en position adéquate, nous attendons le lever de l'astre.

Ma vie change du tout au tout. Alors que je m'éveille à la sensualité, l'amour charnel doit être évité pour une longue période. Nos journées se passent à lire Gandhi. Le Sage devient notre unique élément de rencontre, notre nourriture de petit déjeuner, déjeuner, dîner; le compagnon ascétique de nos nuits. La vie matérielle est réduite à sa plus simple expression.

Je plonge dans un mysticisme qui, se prolongeant, devient étouffant. Les levers matinaux voués à l'adoration du soleil me privent des petits câlins sur l'oreiller que mon âge, ma nature vivante, curieuse, réclament impérativement. C'est bien la peine d'avoir attendu dix-neuf ans avant de me donner à l'homme que j'aime pour être aussitôt dépossédée de cette révélation. Je n'ai aucune vocation pour la vie de nonne. Bien que je sois profondément croyante et pleine de respect pour ma foi, mon appel est d'un tout autre ordre. La connaissance de l'amour me rend insatiable. Telle une petite scout à son service, je suis « toujours prête »! Hélas, je dois déchanter. Les adorations matinales se succèdent. Moi aussi j'adore le soleil. A midi, dans l'après-midi, à la plage, mais pas à cinq heures du matin où il est si doux, grisant d'être dans la chaleur de ses bras.

En octobre je n'en puis plus. Je téléphone à l'agence MCA qui s'occupe de mes contrats. Trois femmes en sont les principaux agents.

– Vite! Trouvez-moi quelque chose à faire. N'importe où. Je veux partir.

En quelques jours l'une d'entre elles me trouve un rôle dans un film italien qui, dans mon cas, résonne comme un défi : *Les Nuits de Lucrèce Borgia!* Le rôle principal est dévolu à Belinda Lee, tandis que je campe une princesse qui se fait enlever par un superbe chevalier.

Comme à mon habitude, avant mon départ pour Rome, je suis franche et directe :

– G..., je te laisse encore deux mois. Si au 1er janvier tu ne m'as pas donné l'assurance d'une vie normale, je romps définitivement avec toi.

J'arrive sur le quai de la gare de Rome. Le représentant de l'agence doit être là à m'attendre. Penchée à la portière, je le vois. Il est grand, élégant, ses bras sont chargés de fleurs. Aucun doute. Je m'avance vers lui d'un pas nonchalant et me présente :

– Je suis Michèle Mercier. C'est gentil à vous d'être venu.

Il est stupéfait. Je le décharge des fleurs machinalement. Il en profite pour ôter son chapeau et sourit d'un air amusé.

– Vous êtes ?

Je n'ai pas le temps de répondre. Arrive en gambadant un petit homme pressé en retard.

– Je suis votre agent, *signorina*. Votre agent de Rome, répète-t-il, comme je ne comprends pas.

– Alors, vous, monsieur ?... dis-je confuse. Quel quiproquo !

– Un quiproquo que je bénis, mademoiselle, car il me donne le grand bonheur de vous connaître.

Cet homme semble être un personnage. Il le manifeste dans son maintien, son allure désinvolte et respectueuse à la fois. Ses soixante-dix ans sont superbes. J'admire. Il m'assure qu'il reprendra contact avec moi sous peu car ses soirées sont connues pour être les plus cotées de Rome. Il me tend sa carte. Je lis « Charlie Fawcett ».

– Je serai si heureux de conduire vos premiers pas dans cette irremplaçable capitale, dit-il en conclusion.

Charlie Fawcett est excentrique et attachant, un membre recherché de la haute société. Sa compagnie ordinaire est celle des grands et des princes. A ceci près qu'il se garde d'occuper le devant de la scène. L'originalité de son caractère, fascinant et cocasse, en fait plutôt une sorte d'éminence grise. Reçu dans les palais, il loge dans une roulotte. « Pour simplifier sa vie », il la promène partout. On l'a remarqué un jour dans la cour intérieure de Buckingham Palace. Les rares qualités de cet original et sa distinction naturelle excuseront toujours la singularité de ses fantaisies. Il est l'ami personnel du Shah de Perse.

L'homme mystérieux – on le dit aussi influent à la CIA – dont j'ai fait fortuitement la connaissance en débarquant à Rome tient parole. Il m'invite à l'accompagner à une réception donnée à l'Excelsior, grand hôtel réputé de la capitale italienne. Dans ses salons sont réunies plus de 500 personnes venues rendre hommage à un hôte de marque : sa majesté Mohamed Reza Shah Pahlevi, légendaire Shah In Shah, empereur de Perse.

A l'Excelsior nous arrivons les derniers. Tout le monde est déjà là.

Quelle foule! S'apercevra-t-on seulement de ma présence tardive? Qui remarque qui dans ce genre d'assemblée? Qui entend qui dans ce brouhaha incessant, les empoignades aux buffets, les rivalités et les manigances des petits malins qui courent de droite, de gauche pour obtenir des grands quelque faveur. Je sais que la presse, les magazines à sensation et le cinéma ont étalé mon portrait partout. Les paparazzi sont les plus réputés au monde en matière de scoops. Pourtant, fraîchement débarquée, j'ai la modestie de croire que je suis encore inconnue.

Alors que je m'apprête à fendre péniblement la foule, c'est elle qui s'écarte, comme sur le signal d'un maître de cérémonie. Une longue allée bordée de parois humaines s'ouvre devant moi, et le Shah, rayonnant, se détache au bout de cette voie royale.

Placé derrière moi, Charlie Fawcett me pousse en direction du monarque. Un vertige me saisit. Je ne suis pas du tout sûre de moi. Je le devrais pourtant. Je porte une robe si belle, en tulle à tous petits plis, formant de grands pétales de rose. Un modèle parfait nuancé du vert pâle, presque blanc, au vert le plus soutenu.

En réalité j'ai très peur. Que signifie cette arrivée triomphale! Je fais trois pas. J'hésite. Le doigt de Charlie pointé dans mon dos comme un pistolet me pique et m'oblige d'avancer. J'avance. Quelques autres pas. « Vas-y » dit-il tout bas en continuant à me pousser fermement, « il ne va pas te manger! »

Je marque un nouveau temps d'arrêt et après une grande respiration, je marche résolument le long du tapis rouge qui me semble sans fin. Je souris au milieu d'un silence respectueux, comme s'il n'y avait là rien que de très naturel. Adulée, éblouie, je vis un rêve, éveillée. Ou plutôt non; je tourne un film. C'est du cinéma! Ce n'est pas explicable autrement.

J'arrive au terme de mon interminable approche. Le Shah, les yeux brillants, souriant, chaleureux, me tend une main secourable. J'y pose la mienne tout en m'inclinant dans une profonde révérence.

C'est alors que je note un détail précis dans son comportement : le Shah ne baise pas mes doigts. Pourquoi? On ne baise jamais la main d'une jeune fille, marque d'hommage réservé à la femme mariée. C'est donc que rien n'a filtré de mon aventure avec G... Notre secret est bien gardé. Je préfère.

Je ne saisis toujours pas toute la signification de cette cérémonie publique. Je suis trop jeune, inconsciente. Pour moi la surprise est si forte qu'elle m'interdit toute réflexion. Étourdie par ce qui m'arrive, je l'entends murmurer :

– Je voudrais vous connaître davantage, vous parler plus commodément qu'ici. J'ai l'intention de vous inviter à dîner un prochain soir. Vous voudrez bien me faire le plaisir d'accepter ?

Mon Dieu, quel honneur! Dans un état second, je bégaie :

– Me... Merci, Majesté.

L'entretien est terminé. Aussitôt la foule se referme sur moi, m'étouffant de questions, elle m'interroge, s'intéresse à mes goûts, au film que je tourne. Je me reprends, toujours un peu abasourdie, mais ravie.

Je serais même totalement heureuse si G... consentait enfin à me donner de ses nouvelles. Aucun signe de vie, le chagrin me mine. Je suis toujours amoureuse de lui et quand j'aime je suis désespérément fidèle. Dans ma mémoire, en mon cœur, il est constamment présent, proche. Les heures de tournage achevées c'est à lui, à lui seul que je pense. Je ne demande qu'une chose : pouvoir vivre avec lui cet amour idéal que je poursuis depuis l'adolescence.

Deux semaines plus tard, Charlie Fawcett vient me chercher à « l'Hôtel de la Ville » où je suis descendue, pour me conduire au dîner intime que le Shah donne dans son palais de Rome. Un de ces somptueux palazzi italien qui se louent au prix fort.

J'ai revêtu pour la circonstance une robe de Carven courte, en mousseline bleu nuit, toute plissée. Elle est d'une simplicité grand chic. Charlie me complimente, une étincelle amusée dans le regard.

En arrivant au palais, je m'extasie devant l'architecture. L'extérieur magnifique laisse prévoir la splendeur des appartements. A petits pas je gravis dans l'enchantement les marches de l'escalier monumental. De chaque côté des murs les personnages des tableaux me fixent blasés dans le dédain de leur expérience séculaire. Je découvre ces merveilles dans l'innocence de ma jeunesse. Je me demande comment on peut supporter d'un cœur léger le poids – et les risques – de toutes ces richesses.

Mais tout ce que je pouvais imaginer du dehors est au-dessous de ce qui s'offre à mes yeux. J'en ai le souffle coupé!

Mais pourquoi moi ici? Qu'ai-je fait pour mériter ces marques d'honneur? Je suis choisie en vertu et à propos de quoi? Ce que j'ignore à ce moment-là, c'est que le Shah, qui s'est séparé douloureusement de Soraya pour les raisons que l'on sait, est à la recherche d'une épouse. Il la veut jeune, belle, éclatante de santé. La femme idéale pour lui donner de nombreux et beaux enfants. Une photo de moi, entre autres, a retenu son attention, parue en couverture de magazines: « ma photo à la rose », qui m'avait élevée au rang de jeune fille fleur par excellence. On m'y voyait, une rose à la main, dans une robe très romantique, coiffure en bandeau, surélevée d'un modeste diadème.

Le Shah m'avait trouvé une vague ressemblance avec Soraya. Bref, ce portrait l'avait séduit. Charlie Fawcett avait reçu mission de me présenter.

Le hasard seul avait-il présidé à ce que j'avais pris pour une rencontre fortuite en gare de Rome, à ma descente du train de Paris? Je sais que Charlie est à l'origine de toutes ces réceptions. Mais pourquoi? Par amitié pour moi? Sur le moment je le crois.

Comment ai-je pu être assez candide!

Sans doute cette politesse exquise, la courtoisie des propos.

Ici tout est réservé, feutré, raffiné.

Dans un immense salon, ils sont quelques-uns à converser.

Le Shah se trouve de dos à mon entrée. Devant les regards fixes qui plongent au-dessus de son épaule, il se retourne. Ses yeux s'attachent aux miens tandis que je le salue, déférente, avec quelque appréhension. Je m'aperçois que je suis la seule femme. D'un iris gris amusé, Charlie Fawcett m'encourage. J'accepte un apéritif que je ne boirai pas. Un valet annonce le dîner.

Sur une table qui peut contenir cinquante couverts, huit sont espacés à large distance. Le menu est recherché. Il débute par un caviar à la louche, luisant, doré. Saveur exquise... J'en mange volontiers, renonçant rapidement au plat par pure politesse.

– Le caviar, vous aimez?

– Oh oui Majesté, j'en prendrais même tous les matins pour le petit déjeuner!

– Qu'à cela ne tienne, vous en aurez autant que vous voudrez!

Surprise je le questionne des yeux, Charlie sourit amusé, les autres aussi.

– Peut-être ai-je manqué une occasion de me taire, je suis soudain très embarrassée, je n'ose comprendre.

– Michèle. Rien de ce qui est VOUS ne nous est étranger. Vous n'avez pas idée à quel point!

Le Shah, le regard appuyé, l'expression sérieuse toute impériale avait conclu par un : « je sais tout de vous » sans réplique. Apparemment tout se passe bien. Il règne toutefois une sorte de tension. Je le ressens nettement.

Sur un signe de la main du Shah, un orchestre se met à jouer. On ne le voit pas. Il est dissimulé dans la pièce attenante. De ma place j'ai vue sur cette pièce immense, somptueusement meublée, plafond doré à la feuille, tableaux de maîtres, tapisseries de couleurs vives.

Le Shah se lève, m'invite à la danse. Une valse. Suivie d'une autre. Puis d'un slow. Cela m'amuse cinq minutes. Je trouve l'empereur trop petit pour ma taille, traits burinés, les tempes grisonnantes. Pour mes dix-neuf ans il me paraît âgé. Soudain, je songe que les studios m'attendent à l'aube. Il est déjà tard. Comment prendre congé? Dieu merci, la danse s'arrête. Le Shah, par un autre geste, non seulement interrompt l'orchestre mais donne le signal d'une procession peu ordinaire. Quatre serviteurs arrivent échelonnés par rang de taille. Chacun porte une boîte en rapport avec sa stature : au plus grand, la plus grande, et ainsi de suite. Je vois les boîtes. Je ne vois plus qu'elles. Posées sur les mains en présentoirs.

La première est énorme. Le Shah l'ouvre et dans l'écrin de velours j'aperçois une éclatante rivière de diamants. Même en bimbeloterie le cinéma ne m'a jamais comblée à ce point. C'est phénoménal. Le plus petit diamant semble à mes yeux exorbités de la taille d'un œuf! Hallucinant! Avec la spontanéité qui me caractérise, j'ai envie de m'écrier : « C'est du vrai ou du faux? »

Je lève un regard incrédule sur ce prince des Mille et une Nuits. Je m'inquiète. Je me demande si l'on ne se moque pas de moi. Je suis frappée par la similitude avec la scène que j'ai jouée le jour même. César Borgia m'avait offert, lui aussi, une rivière de diamants. En toc garanti celle-là!

Le Shah prend l'incomparable collier et avec une tendre délicatesse le passe autour de mon cou. Je le laisse faire. Curieuse comme toute femme, il me tarde de connaître le contenu des autres coffrets. Moins imposant, le second s'ouvre sur un bracelet : une chose qui envahit mon bras. Toute scintillante. Assortie au collier.

Le troisième écrin, d'une taille normale, présente des boucles d'oreilles superbes. Et la dernière boîte, plus petite : la bague.

Je ne dis rien. Je suis hébétée. Tout cela n'a pas de nom. Ni d'adjectif. Dépasse l'imagination. Je ploie sous les pierres précieuses dans ce palais indescriptible de magnificence. Des miroirs antiques ornent les murs. Tremblante d'émotion je tente de m'approcher de l'un d'eux. Surprise! Le flou de son ancienneté dédouble l'énormité des joyaux. Ils n'en avaient pas besoin. Je reste pétrifiée un long moment.

C'est plus fort que moi, je recule en riant :

– Je rêve, Majesté, c'est du vrai ou du faux?

La gaffe irrattrapable! Je l'ai dite. Je me sens dégrisée. Manifestement dépité, le Shah in Shah me regarde. Je réalise ma bévue, essaie de minimiser mon exclamation blessante :

– C'est sublime. Merci, Majesté, d'avoir bien voulu me montrer ces merveilles.

J'entreprends d'ôter le collier et n'y parviens pas. Tant bien que mal, le bracelet, les pendants d'oreilles et la bague réintègrent leurs écrins. Reste la rivière de diamants.

Le Shah me considère, immobile. Ainsi, j'ose! Il commande :

– Que faites-vous? Ne les enlevez pas. Ces bijoux sont vôtres!

– Je trouve cette parure divine. Mais, Sire, je ne peux pas la garder. C'est inconcevable!

– Et pourquoi, demande le Shah avec le plus grand étonnement, puisque je le désire.

– Parce que c'est trop. Et à quel titre accepterais-je tout cela?

– A quel titre? Mademoiselle! J'ai pour vous une admiration sans borne. Et moi, le Shah d'Iran, j'offre ces bijoux pour mon bon plaisir.

– Non, franchement, Majesté, je ne peux pas. J'ajoute avec douceur : Dans mon pays, une jeune fille qui accepte de tels présents se verrait en échange obligée de donner d'autres choses. Et moi je ne m'y sens pas disposée.

Il m'interrompt :

– Et moi, dans mon pays, Mademoiselle, une femme ne discute pas. Quand un empereur offre des présents, elle s'incline et se tait!

Décidément, nous ne nous comprenons pas.

– Majesté, dans votre pays, peut-être; dans le mien, pas. C'est trop. Beaucoup trop! ne comprenez-vous pas mon embarras?

– Pour moi, finit-il pas lancer, c'est comme si je vous envoyais des fleurs!

– Alors, Sire, envoyez-moi donc des fleurs!

L'image de G... passe devant mes yeux. Il n'a pas un sou, lui, malgré cela je l'aime. Peut-être que si je ne l'avais pas connu, j'aurais tenté l'aventure? Je ne sais pas. Seulement voilà, G... existe et j'en suis amoureuse. Follement amoureuse. Le Shah, tout empereur de Perse, qu'il est ne m'intéresse pas. En ami, peut-être. Sûrement pas en amant. Encore moins en...

Je réalise soudain la phrase subtile de Charlie Fawcett au cours du repas. Et je ne m'étais pas méfiée. Aucune sonnette de prudence ne m'avait alarmée. Ils savent tout de moi? Ils se sont donc informés! Dans ce cas, pour quelle raison? Pour être la maîtresse d'un soir? Non, le Shah a d'autres intentions à mon égard. Plus nobles. Il m'a assez susurré en dansant que « j'étais belle, racée, digne d'un trône!... ».

Mon attitude avait pu faire croire à une approbation. Mais mon avis personnel dans tout cela? Je n'ai pas vingt ans, le Shah?... Et puis, ça m'est égal! Je ne l'aime pas.

Insidieusement, le cousin du Shah pénètre dans la pièce, bientôt suivi de Charlie, perspicace, prêt à détendre l'atmosphère. Le Shah, perplexe, me demande :

– Vous n'acceptez jamais de cadeaux?

– Pas de cet ordre, Sire. Mais si vous y tenez, puisque nous approchons de Noël, j'accepterais une toute petite chose. Si vous y tenez vraiment. Mais pas tout ça!

Après un thé à la menthe servi pour adoucir les humeurs, j'ai pris congé suivie de Charlie.

J'appris alors qu'une enquête discrète avait été menée auprès des voisins, d'amis, de mes parents eux-mêmes. Il faut croire que les conclusions avaient toutes été en ma faveur pour justifier la solennité de ma réception à l'Excelsior, et, aujourd'hui, à ce dîner éblouissant.

Quand mes parents apprendront cette histoire, ils manqueront s'évanouir. « Cette fille est folle, folle! » Oui, mais l'amour est plus fou encore.

Le lendemain ma suite de l'hôtel est une serre. Des

corbeilles de fleurs partout. C'est à peine si, au retour du long tournage dans les studios, je puis pénétrer dans ma chambre, trouver mon lit pour m'effondrer dans le sommeil. La veille de Noël je reçois une nouvelle gerbe de fleurs avec trois petites boîtes. Elles contiennent des bijoux tout à fait portables. Pour le « Shah in Shah » ce n'était pas plus important que des fleurs. Quelques graines, probablement.

Je n'ai jamais regretté ma décision. Elle est à mon image. Du moment que j'avais refusé à Londres, brisant ma carrière de danseuse qui représenterait pour moi la vie elle-même, je ne pouvais céder à ce genre de marché. Impossible d'imaginer un mariage sans amour, même assorti d'un conte des *Mille et une Nuits*. Je n'aurais pas vendu mon cœur pour un empire.

C'est dans cet état d'esprit qu'il faut découvrir la chance attachée aux bijoux que j'ai gardé. J'ai subi plusieurs désastres financiers dans ma vie. Pour faire face j'ai porté ces bijoux au mont-de-piété. Au bout d'un temps un événement fantastique se produisait, vrai signe magique puisque ma situation s'était redressée. J'allais alors les rechercher jusqu'à la prochaine catastrophe.

En général quand j'en arrive à ce point-là c'est que ça va très mal. Et comme dirait un ami à chaque fois : ruinée mais pas pauvre!

Le 31 décembre arrive. Le monde entier prépare des réjouissances comme pour séduire cet an nouveau chargé de toutes les promesses.

Je suis triste et seule dans la suite de mon hôtel de Rome.

Charlie Fawcett me téléphone. Nous sommes devenus très amis. Il me presse de participer au réveillon.

– L'équipe entière de *Ben-Hur*, techniciens et acteurs, sera là. Je te présenterai au metteur en scène William Wyler. Je passe te chercher.

J'accepte pour me distraire de mon chagrin. G... n'a pas donné de ses nouvelles. Cela fait maintenant deux mois. Je l'imagine très bien, égaré dans son adoration du soleil. Cet astre indifférent est devenu pour moi un rival. Il fait obstacle à notre amour. S'il doit adorer quelqu'un, c'est d'abord moi – moi qui l'adore. J'enrage. Je suis furieuse. A minuit le délai que je lui ai donné expirera. Pourquoi n'est-il auprès de moi pour fêter mon vingtième anniversaire!

Le réveillon bat son plein. Il y a foule. Charlie me fait faire la connaissance d'un tas de gens. Un homme jeune, sosie de William Holden, retient mon attention. Il est séduisant. Très seul également. Placés l'un près de l'autre, nous lions conversation. Et en raison de sa ressemblance avec le grand acteur américain, il deviendra, pour lui et pour moi, William.

Il est le metteur en scène de la deuxième équipe de tournage. C'est-à-dire qu'il filme surtout les extérieurs, les foules et la fameuse « bataille navale », par opposition au premier metteur en scène qui se réserve les intérieurs, les dialogues, les séquences intimes, psychologiques, les gros plans. Nous passons une charmante soirée.

Aujourd'hui j'ai vingt ans, 1er janvier 1959. Toujours pas de signes de G... Je ressens une sorte de brisure, la rupture de la convention qui nous liait, faite d'amour, de tendresse, avec un foyer, des enfants. Son silence me mine et m'enlève toute joie de vivre. L'échéance que je lui ai fixée arrive. Il est prévenu. A lui de décider : du soleil ou de moi!

Trop sollicitée à passer de bras en bras, je m'y refuse de tout mon être. Je cherche la stabilité, la tendre affection, les prévenances d'un époux aimé. Appartenir à deux hommes en même temps n'est pas mon style. Je ne demande qu'à demeurer fidèle. Étrangement constante, je n'ai pas le destin dont je rêvais. Un ami me disait dernièrement :

– Dans le fond, tu ressembles beaucoup à Ava Gardner. Voilà comme toi une femme vivante, gaie, d'une beauté remarquable et d'un caractère popote, petit-bourgeois : un foyer et des tas d'enfants. Comme toi, la vie l'a trahie, l'entraînant loin de ce qui aurait fait son bonheur.

Il a raison. En dehors de mon métier j'ai toujours voulu mener une vie toute simple. La simplicité est-elle chose introuvable ?

Ce premier janvier menace de me plonger dans le désespoir. Pour ne pas y sombrer, il existe un bon moyen : qu'un autre homme entre dans ma vie et consomme cette rupture aujourd'hui devenue inévitable ! Le nouvel an exauce mon souhait. Le soir même, William me téléphone pour m'inviter à dîner. Ses yeux bleus m'attirent, sa fossette au menton est touchante. Un cheveu sur la langue le rend vulnérable et fragile. Nous nous découvrons bien des points communs. Le vin italien est généreux. Je trouve qu'il en boit un peu trop, mais ce soir c'est la fête !

Bien des fois, après le tournage de nos films respectifs, nous renouvellerons ces rencontres sympathiques en explorant les divers restaurants de la vieille cité. Selon l'humeur et nos goûts du moment. Son film est terminé. Il retourne à Paris. Je ne tarderai pas à en faire autant, à l'achèvement des *Nuits de Lucrèce Borgia.*

A Paris, une lettre de G... m'attend. « Tu as trois semaines de retard. Tant pis pour toi ! Ce qui a été dit est dit. » Le ton de ma réponse est trop sec. Je crois qu'il en a éprouvé un réel chagrin. Il ne s'y attendait sans doute pas. N'ai-je pas été trop pressée, trop brutale dans ma réaction ? Je m'en suis voulu. Il faut le temps des choses. C'est ce qui me rendra plus circonspecte, plus patiente à l'avenir. Trop. Au point de supporter interminablement des situations boiteuses qui, faute d'y mettre bon ordre en temps utile, ont manqué me rendre folle ou, même, failli me coûter la vie.

Ma carrière cinématographique se poursuit favorablement, sans plus, lorsqu'un appel téléphonique de mon agence m'offre de tenter ma chance à Hollywood. Il s'agit de passer des tests en vue de tourner une comédie musicale – mon désir de toujours! avec une grande vedette à l'époque, Elvis Presley. C'est la fortune qui passe à ma portée. Il faut la saisir.

William est d'accord. Je pars.

Je me vois déjà lancée aux États-Unis. J'appartiens à la plus grande agence, MCA, fondée et dirigée par Jules Stein. Un grand monsieur, patron de l'Universal. Son agence a des bureaux dans le monde entier. Avec un tel support on ne se sent pas perdu. Dans n'importe quelle ville on a un point de chute où les agents s'occupent de nos contrats. Ils nous font rencontrer producteurs, photographes, journalistes, etc.

J'arrive à Hollywood remplie d'une joie impatiente. Je suis logée au Château-Marmont, l'hôtel à la mode de Los Angeles. Une belle limousine vient m'y chercher le lendemain. On m'annonce que je passerai prochainement des tests pendant trois jours. En attendant on me remet des textes à apprendre pour jouer des scènes comiques, dramatiques, d'autres parlées ou chantonnées ou parlées tout en dansant. Le jour de l'audition, la limousine revient me prendre et me conduit aux studios. L'ambiance de plateau, techniciens compris, est semblable à celle de la salle où siègent les juges. D'une froideur toute professionnelle. Pas de sentiment. Ils en ont vu d'autres.

Les deux premiers jours n'ont pas posé de difficultés. Le troisième, on me demande de chanter. Vraiment chanter. J'avoue dramatiquement mon incompétence dans ce domaine.

Une telle demande peut paraître exorbitante en France. En Amérique elle est naturelle : Marilyn, Dean Martin et combien d'autres ont dansé et chanté. On est artiste complet aux États-Unis. Des chanteurs comme Frank Sinatra, Bing

Crosby, bien que crooners, n'ignoraient rien des claquettes ni de la danse.

Le metteur en scène m'encourage :

– Votre voix parlée est très belle. Pour le chant, avec quelques leçons, vous obtiendrez une qualité vocale suffisante. Chantez-nous quand même quelque chose.

J'attaque *La Vie en rose* a cappella. A la fin du premier couplet tous les machinistes, les électriciens prennent en chœur le refrain avec moi. L'effet est extraordinaire. Je me sentais bien ce soir-là. C'était un vendredi. J'étais contente de mes tests. Heureuse.

– Ça va, ça va. Ça a marché. Je suis très content, me dit le metteur en scène.

J'étais pendue à ses lèvres.

– Les grands patrons sont déjà au courant. Ils ont vu vos rushes (épreuves de tournage). Ils approuvent. C'est bien. C'est bon.

Je vais quitter les studios le cœur léger, pensant que le lundi j'aurai sans doute une réponse favorable. Déjà j'entrevois un week-end de balades dans Los Angeles que je ne connais pas encore.

Devant la porte des studios stationnent trois limousines noires, chacune avec chauffeur. L'un d'eux s'avance vers moi ôtant poliment sa casquette.

– Je viens de la part de votre producteur, Hall Wallis. Il voudrait beaucoup vous rencontrer. Il m'a demandé de vous prendre pour vous présenter à ses amis à Palm Springs.

Au même moment je vois sortir le metteur en scène. Il monte dans une autre limousine. Je l'interpelle :

– Où allez-vous ?

– A Palm Springs évidemment.

– On me demande justement d'y aller...

– Ah bien oui, reprend-il, il faut y aller.

– A Palm Springs ? Mais pourquoi faire ? Tout ce que je voudrais savoir, c'est si mes tests ont été jugés satisfaisants.

– Bien sûr! Très très bons. D'ailleurs ils le savent, je vous l'ai dit tout à l'heure. Écoutez-moi...

Je scrute son visage à la recherche d'une explication.

– ... ici c'est comme ça. Ils seront contents de vous connaître. Et puis vous allez rencontrer Elvis Presley, Frank Sinatra...

Je prends peur. Je ne connais personne à Los Angeles. Je me demande avec angoisse où je vais mettre les pieds. Pas un ami pour me protéger. C'est la panique! Je me dis : « Voilà Londres qui recommence. » Palm Springs, j'en avais entendu parler. Sa réputation n'était plus à faire. Si c'était à portée de mon hôtel, je pourrais toujours m'échapper à la moindre alerte. Mais c'est à deux heures d'avion de Los Angeles.

Je suis dans un état terrible. Le film musical que je voulais tant tourner, qui hante mes nuits depuis ma petite enfance, va m'être refusé parce que je ne me prêterai pas à leur jeu. Il y a décidément un maléfice rivé à tout ce qui touche à la danse. Je suis folle de rage et de désespoir. Non, non, non! Pour un film, je ne descendrai pas aussi bas. Je me tourne vers le chauffeur, le visage sans expression :

– Non, merci. Dites à ces messieurs que je reprends l'avion pour Paris.

J'ai compris que l'on ne signerait mon contrat qu'après Palm Springs. Si mon test est si bon, pourquoi m'imposer un tel marché? Il était écrit que la danse ne me rendrait pas l'amour que je lui porte. Dans le plus complet désarroi, je rentre à l'hôtel; je pleure tout mon saoul le week-end entier en répétant : « Quelle horreur! Quelle horreur! » Je ne veux pas suivre l'exemple de ces grandes stars américaines qui, de dégoût, boivent ou se droguent et meurent prématurément. J'ai William. Il me défendra contre le monde entier. Je lui appartiens. La preuve de ma fidélité l'assurera de mon amour. Oui! Nous le bâtirons ce foyer!

WILLIAM

A Paris je retrouvai William. Il était plus beau que dans mon court souvenir. Nous fêtons nos retrouvailles verre en main. Il boit copieusement mais supporte bien l'alcool. Je l'aime tendrement. Après le choc américain je trouve bon de me consacrer à notre bonheur.

L'appartement s'avérant trop petit, je déniche un endroit vraiment mirifique à Poissy. Dans l'île des Migneaux. La maison n'est pas très belle. Par contre la nature est splendide.

Pour s'occuper du ménage, depuis quelque temps j'ai à mon service une personne extraordinaire. Travailleuse, honnête, aux petits soins pour moi. D'origine alsacienne elle a un fort accent et d'excellents certificats. L'un d'eux m'a étonné :

– Tiens, vous avez travaillé chez Maurice Utrillo?

– Pentant quinze ans, Matame.

– Et pourquoi avez-vous quitté son service?

Elle a un air gêné, danse d'un pied sur l'autre.

– Comprenez-moi, je ne vous demande pas ça par indiscrétion; j'aimerais tout de même savoir pourquoi vous avez quitté un peintre d'un tel renom pour venir travailler chez moi.

– Je fais fous dire. M. Utrillo a appris à poire à mon mari et depuis ce temps-là ce feignant ne dessoûle plus. Mais c'est un homme honnête, M. Utrillo. Quand je suis partie il m'a fait cadeau de quelques croûtes, comme il dit.

Tandis que quelques chromos ornent nos murs, sa chambre est tapissée de toiles du grand peintre! William et moi en avons ri. Très vite Jeanne fera partie de ma vie; elle m'est tellement proche qu'ensemble nous partageons peines et joies. Elle m'aide à construire le « nid d'amour » que nous désirons. Nous avons deux bergers allemands que nous appelons Kaiser et Kali.

Pendant l'année qui va s'écouler, je jouerai un rôle de prostituée dans le film de François Truffaut *Tirez sur le pianiste.* A sa sortie, l'échec commercial est déroutant. Heureusement, depuis, le public a rectifié son tir, si j'ose dire, et le film tient dans la cinémathèque sa bonne place.

J'étais heureuse de retrouver à cette occasion Charles Aznavour que j'avais connu lors de la création de son *Gosse de Paris* qu'il avait créé pour les Ballets de la Tour Eiffel.

Les années ne nous ont pas séparés et nous avons engagé la conversation comme si nous nous étions quittés la veille.

C'est un homme vif, plein de gaieté, de pudeur et d'humilité, fort et tendre, doté d'un immense talent.

A l'arrivée des beaux jours je m'occupe à nouveau de la maison. Je me lève tôt pour profiter de mon île. Aussi pour aider le personnel débordé. Jeanne et son mari n'y suffisent pas d'autant que ce dernier, lorsqu'il consent à secouer sa paresse, apporte une aide discutable. Ainsi un beau matin, saisi d'une crise d'énergie, l'idée le prend de tailler les arbres. Pauvres arbres! En pleine feuillaison, rien de tel pour les faire dépérir. De sa cuisine Jeanne découvre le désastre. Elle pousse des cris stridents qui me font craindre un accident. J'accours.

– Regartez, Matame, un grand malheur! Gouper les pranches maintenant c'est tuer les arpres!

Il faut la voir, armée d'un solide bâton, poursuivre son mari en l'accablant de tous les noms. Une bonne scène de film!

Les jours passent, radieux. Les mois s'enchaînent. William et moi ne nous quittons pas. Nous n'avons guère de conversation si ce n'est sur le cinéma. Mais nous sommes bien ensemble. Les couples heureux ont-ils une histoire?

Cet été-là nous apporte une diversion très agréable. Paul-Louis Weiller nous invite à passer quelques jours dans sa villa « La Reine Jeanne », à Bormes-les-Mimosas. Nous ne sommes pas seuls. Chez lui, c'est un incessant défilé de personnalités. Il aime à surprendre ses hôtes. Après un repas de midi, il annonce d'un air mystérieux :

– Je vous emmène prendre le café ailleurs. Vous avez dix minutes pour vous préparer. Pas une de plus!

En un clin d'œil, nous sommes tous à bord du bateau de Paul-Louis qui accoste le superbe *Christina* d'Aristote Onassis. Il y a là l'épouse d'Alexandre de Yougoslavie, la princesse Maria-Pia de Savoie qui deviendra une amie fidèle, délicate et attentionnée; Aristote Onassis, évidemment, qui nous fait les honneurs de son yacht. Sa femme, Christina, nous donne l'occasion d'admirer ses évolutions sur skis nautiques. Elle est exquise de grâce, très belle dans son maillot à jupette. Derrière ses larges lunettes, Greta Garbo porte avec un charme indifférent un long short parfaitement démodé. Tout à son mystère elle ne dira pas un seul mot pendant tout le temps où nous serons à bord. « Hello », c'est tout. Dommage, j'aurais tellement eu envie de lui parler, d'entendre sa voix. Je pensais en moi-même « si elle ne veut pas montrer ses yeux, qu'elle parle au moins! ». Eh bien non, elle n'a pas parlé. Ces yeux que nous ne voyons pas cachent-ils la joie, le bonheur, la tristesse ou le drame? Tout le monde autour de moi semble se poser la même question. Le commandant Weiller a réussi cependant à lui glisser quelques mots à l'oreille. Personne n'entendra la réponse. A-t-elle seulement répondu? C'est à ce moment précis que, tel « Sindbad le marin » sorti de l'eau, surgit sur le pont du bateau... souriant, éclatant de gaieté et tout mouillé... Douglas Fairbanks junior en personne! J'ai rarement vu un homme aussi beau, séduisant, rayonnant.

C'est bien lui, il n'y a pas à en douter. En toute simplicité, il nous explique qu'il venait de parcourir un petit kilomètre à la nage, quelques brasses en somme, juste pour se sentir en forme!

Transportée dans les années 50 je le revois comme en cet instant au sortir de l'eau sur une plage de Bassora, le Palais de Bagdad, les Mille et une Nuits... Ce film a bercé longtemps mes songes de jeune fille. Et aujourd'hui, Douglas Fairbanks – Sindbad – est devant moi dans ce palais flottant où nous sommes réunis face à la plage de la Reine Jeanne à Bormes-les-Mimosas. Le rêve et la réalité un instant se confondent, je me sens privilégiée, bénie des dieux. Une petite douleur au bras me fait sursauter et redescendre sur terre. William m'a pincée. Le regard en vrille il chuchote à mon oreille : « Ferme la bouche tu entendras aussi bien! » Serait-il jaloux par hasard? Je ne l'ai jamais vu ainsi. La lampe d'Aladin s'est éteinte avec sa magie.

Nous sommes tous installés autour de la piscine, dégustant nos cafés. Petit à petit le niveau de l'eau s'abaisse et, du fond du bassin, monte lentement une piste de danse. Féerique! On visite le *Christina.* Le luxe de « Dallas » et de « Dynasty » me paraissent dérisoires, quand j'y pense, en comparaison de ce que j'ai vu là. Les plus beaux tableaux du monde, anciens et contemporains, ornent cabines et salons. Les robinetteries sont en or massif, on marche sur des marbres précieux, des tapis rares. Je pense : « Et si ce bateau coulait avec toutes ses merveilles? »

Nous gardons un souvenir ébloui de ces instants privilégiés en regagnant notre maison de l'île des Migneaux.

A part quelques rares sorties, William travaille énormément. Notre maison devient le point de chute de grands producteurs, metteurs en scène, dramaturges, scénaristes : Sam Spiegel et David Lean, réalisateurs du *Pont de la rivière Kwaï*, qui préparent ensemble une autre super-production; Martin Ritt, Anatole Litvak. Tous ont été nos hôtes à Poissy.

Jeanne se surpasse en cuisine. Mais à quoi bon? Ses longues préparations culinaires sont expédiées en quelques coups de fourchette. Les repas deviennent de véritables séances de travail. Pour ne pas interrompre les discussions, je fais le service de la cuisine à la salle à manger, manipulant plats et couverts. Les convives quittent la table sans tarder pour déployer croquis et documents sur les meubles du salon. Les propositions des uns et des autres sont analysées, remaniées, passées au peigne fin. Un soir, au dîner, tout en allant et venant, je constate qu'un silence rêveur s'est installé autour de la table. Suivent quelques réflexions :

– Il la faut pas trop connue, dit l'un.

– Tout de même, murmure un autre, elle doit avoir du métier.

– Jolie, précise William. Je la vois grande, brune de préférence, une fille bien faite au visage fin, les yeux larges et noirs.

– Ah, s'exclame l'un d'entre eux, ce serait évidemment l'héroïne idéale que nous cherchons.

Qu'est-ce que j'entends? C'est mon portrait! C'est moi!

Interloquée, je n'arrive pas à articuler un mot. Ils sont là tous, l'esprit ailleurs, me regardant sans réagir. J'ai l'impression d'être dépersonnalisée, un fantôme dans ma maison. Il faudrait les réveiller, leur chanter : « Vous, qui passez sans me voir...! »

Je ne dirai rien. William et moi étions convenus de ne jamais tourner ensemble. Je ne voulais pas que l'on dise méchamment : « Ouais! Elle doit sa carrière à son mari! » Par-dessus tout, je tiens à mon indépendance. Je l'ai suffisamment montré en tournant le dos au confort facile de la fortune familiale. Mais si, par scrupule personnel, je ne voulais pas travailler sous les ordres de mon époux, rien ne m'empêchait de le faire avec l'un des grands metteurs en scène de première équipe qui étaient mes hôtes depuis des semaines. Ces messieurs recherchaient une héroïne dont les profil, portrait et caractère étaient les miens. Qu'attendaient-ils pour l'admettre? Depuis trois mois que j'accomplissais mon service, j'avais fini par disparaître aux yeux de ces professionnels pour n'être plus qu'une employée, un meuble!

C'est en prenant conscience de cette fâcheuse transformation que le lendemain je téléphone à mon agent :

– Vous n'auriez pas, quelque part dans les environs, un film à me proposer?

Dix jours après, on me fait signe pour un policier que je tourne consciencieusement mais qui, dans mon esprit, prend la forme d'une protestation, d'un défi. Assurément, je n'en veux pas à William. Comment le pourrais-je? Je l'aime. La séparation de G... m'avait coûté mon premier amour. Celui-ci je tiens à le préserver. Je refuse des contrats à l'étranger ou de trop longs tournages pour suivre William partout. Entre amis, sans cachet, je me prête à une scène amusante. Anatole Litvak, pour son film *Aimez-vous Brahms?* a reconstitué en studio le Maxim's. Joie de danser avec Yves Montand, de voir la grande et hiératique Bergman, le spirituel Anthony Perkins qui par la suite viendra souvent à la maison. Et là, au moins, je suis auprès de William. On me voit partout avec lui. Si j'ai peur du mariage en ce qu'il représente pour moi de définitif, cette nouvelle existence m'y prépare naturellement. Amoureusement. Je suis heureuse.

Sam Spiegel et David Lean vont commencer *Lawrence d'Arabie* dont le tournage durera trois ans. Les premières prises de vues auront lieu en Jordanie. William fait partie de la deuxième équipe pour les scènes de poursuites dans le désert. Peter O'Toole et Omar Sharif, encore peu connus, vont devenir des célébrités grâce à ce film.

William et moi partons quinze jours à l'avance pour une petite virée en Israël. Voyage d'amoureux. Je suis dans un état euphorique. Voir les lieux saints! Je suis un peu mystique. A Jérusalem, j'ai pris la Via Dolorosa pour atteindre le Golgotha où, sur les lieux mêmes de la crucifixion, s'élève la basilique composite du Saint-Sépulcre. Grand moment de recueillement. Et là, toute à ma foi, je me vois décerner un certificat de bonne chrétienne. Je suis offensée. Eh quoi! pour une simple visite, à cette époque, on recevait un diplôme! Le protestantisme de William a beau jeu de se moquer de moi, ouvertement. Par bonheur, la simplicité émouvante de Bethléem me rassérène et me donne l'occasion d'une revanche sur les railleries de William.

Sur la mer Morte je danse le *Lac des Cygnes* pour rire. Je suis photographiée lisant assise sur l'eau. Cette mer alourdie de sel aux reflets noirs métalliques me fascine. Le mystère de la ville engloutie sous ses eaux nourrit mon imagination.

La guerre entre Israël et les États arabes fait rage. Il nous faudra parlementer, discuter, finalement avoir recours à un autre passeport, vierge de tout tampon israélien, pour franchir la frontière de la Jordanie. Là, d'autres tracasseries nous attendent. Sam Spiegel, le producteur, est juif. Prudent et avisé, il a préparé ses arrières en entretenant une correspondance avec S.M. le roi Hussein. Tout est paré pour accueillir sur le sol jordanien acteurs, techniciens et leurs suites. Ils dresseront leur campement dans le désert. Des restrictions subsistent malgré tout quant au producteur lui-même en raison de ses origines. Qu'à cela ne tienne, Sam fait amarrer au fond du golfe d'Akaba son bateau personnel, *le Malhan*, petit paquebot à la cheminée de transatlantique. Ainsi il n'est pas éloigné des lieux du tournage. Car ce n'est par un producteur ordinaire. Il exige de suivre la réalisation des œuvres qu'il finance. Aldrich a dit de lui : « C'est un producteur-collaborateur avec le metteur en scène. Il apporte quelque chose à la valeur artistique de son film. C'est par cette qualité qu'il est important. » De son bateau, il dirige et surveille les opérations. A terre, arme au poing, les soldats jordaniens veillent à ce qu'aucune infraction n'ait lieu : le juif ne mettra pas le pied en terre d'islam!

Entre la presqu'île du Sinaï et l'Arabie, de quelle splendeur est cette coulée de la mer Rouge avec ses couchers de soleil intenses! Sur le bateau nous sommes peu nombreux : Sam Spiegel, David Lean, le metteur en scène et son épouse, une jeune hindoue sublime, tellement aimable; Robert Bolt, maître dramaturge, le plus apte à parer cette adaptation de la théâtralité nécessaire, William et moi. Ces gens sont étonnants, légendaires dans le cinéma. Pas seulement pour se dire bonjour-bonsoir, mais les suivre dans leurs activités, leurs travaux, leurs relations. Rien de plus exaltant pour la jeune femme que je suis.

La vie à bord est paradisiaque. James, le majordome noir, est aux petits soins pour nous, avec une gentillesse, un tact incomparables. La table est en harmonie avec le luxe du bateau. Je ne me plains pas de manquer de caviar! Dans l'eau autour de notre maison flottante, une nuée de requins interdit toute baignade. Dommage!

Le tournage se poursuit. Un matin, très tôt, nous apprenons qu'une tempête de sable meurtrière a sévi en pleine zone du camping de l'équipe. Les renseignements se précisent. C'est une tornade. Courte, violente, tourbillonnante. Elle a littéralement aspiré une tente avec ses deux occupants, les emportant on ne sait où. Volatilisés!

Les dégâts matériels font hausser les épaules de Sam. « Il doit y avoir des blessés. » Il ne songe qu'aux victimes. Le danger qu'encourent ses collaborateurs l'inquiète vivement. Il s'efforce en vain de toucher le roi Hussein. Probablement absent. Il fait toutefois parvenir un message aux autorités pour demander l'autorisation exceptionnelle d'aller au secours de ses hommes.

Sans attendre la réponse, avec une témérité folle, il descend la passerelle de débarquement. Tout en sachant ce qu'il s'est passé, les soldats jordaniens l'attendent de pied ferme, visage fermé. C'est la guerre! Sam continue d'avancer sans tenir compte de la menace. Devant sa détermination, ils ne tirent pas.

Du pont du bateau, le cœur battant, nous admirons son intrépide attitude, nous en avons tous les larmes aux yeux.

De retour en France, j'apprends que je suis conviée à participer au Festival de Berlin. Mon absence durera dix jours. Je pars l'esprit tranquille car, avec cette sorte d'héroïsme qui consiste chaque jour à faire les mêmes choses, Jeanne veille à la bonne marche de la maison.

Il était prévu qu'en arrivant à Berlin je ferais un reportage pour le magazine de télévision « Télé 59 » sur les installations nouvelles de la télévision allemande. L'envoyé spécial du journal était Maurice Gardett, irrésistible de drôlerie, j'ai rarement autant ri qu'en sa compagnie.

Au point de passage de Berlin-Est, dans un geste primesautier, j'embrasse la joue du soldat russe en faction. Cela ne se faisait pas. Une photo sera prise par son équipe qui nous suivait partout. Nous nous sommes beaucoup amusés.

Au Festival, je connais peu de monde. J'en connaîtrai beaucoup en repartant. Je suis séduite par l'accueil qui m'est fait, par tout ce que je vois et entends.

Ma rencontre avec Elia Kazan me confond de bonheur. Il se penche sur moi alors que je ne suis pas célèbre : quelques films, une pièce de théâtre... à peu près rien! Il me confie qu'il souhaiterait tourner avec moi. Je regarde, étonnée et ravie, son visage allongé aux yeux fendus vers les tempes, la bouche forte, le front haut sous la masse élevée des cheveux. Il a lancé James Dean dans *A l'est d'Eden*, tourné *Le Maître de la prairie* avec le couple inimitable Tracy-Hepburn et le tragique *Tramway nommé Désir* dont Vivien Leigh et Marlon Brando sont les vedettes.

– Mais à présent, me dit-il, j'ai des problèmes, d'énormes difficultés pour tourner un film. Ils m'ont inscrit sur la « liste noire ». Toi, je t'aime bien. Lorsque tu viendras à New York, je te montrerai cette ville monstrueuse et captivante; je t'emmènerai visiter mon école, « l'Actor's Studio » où Brando et Marilyn ont fait leurs classes. J'ai créé cette école avec Lee Strassberg.

Une méthode nouvelle de travail : l'acteur ne joue plus, il sent et s'exprime avec son corps, gestes à l'appui, émotions à outrance.

Ces mimes hystériques ne paraissent déjà plus le convaincre lui-même.

Plusieurs années après, je serai l'une des rares à savoir où il réside, à New York, Los Angeles ou ailleurs.

L'ambiance à Paris est tout autre. William est aux cent coups, effondré. Il a un peu bu. Que se passe-t-il?

Avec une stupéfaction mêlée de rage impuissante, j'apprends qu'en mon absence maman a passé trois jours à Paris. Informée par je ne sais quel vague écho, totalement infondé, de mon « prochain mariage » avec William, elle est venue sur place. Si William avait été un riche producteur, elle n'aurait pas tari de louanges. Ce n'est pas le cas. Dans son amour possessif insensé pour moi, dans ses ambitions démesurées pour ma carrière, elle ne veut pas d'un mariage qui pourrait définitivement la priver d'une célébrité dont elle tient à recueillir sa part.

Pendant son séjour, elle agace William, l'oblige à la sortir. Et finalement lui déclare :

– Ma fille n'est pas pour vous. Michèle n'a que faire d'un metteur en scène de deuxième ordre. J'ai pour elle des ambitions plus hautes. D'ailleurs elle ne tardera pas à vous laisser tomber. Elle ne tient pas à vous.

Puis elle est repartie sans attendre mon retour, elle qui se plaint si souvent de ne pas assez me voir.

Furieuse, je l'appelle au téléphone.

– Maman, mais qu'as-tu raconté à William? Quelle honte!

– Michèle, tu m'entends, jamais tu n'épouseras cet homme!

– Ah bon! Et pourquoi?

– Parce que d'abord, tu n'es pas une fille mariable. Tu dois voir d'autres choses, d'autres horizons. Ce garçon est gentil peut-être, mais sans avenir. Tu gâcheras ta vie. Tu m'avais laissé entendre que tu hésitais à l'épouser. Alors, tu as changé d'avis? Je te le défends, c'est un ordre.

Je contiens difficilement ma colère.

– Maman, c'est vrai, je n'avais pas l'intention de me marier, du moins pas tout de suite. Mais maintenant je veux la paix. La paix! Je ne veux plus être dirigée de loin ou de près, je te l'ai dit cent fois, et je ne veux pas davantage de scandale chez moi pour un oui ou pour un non. Je ne supporte plus tes manigances et encore moins tes « ordres ». Puisque c'est ainsi dans quinze jours je serai sa femme!

Qu'on se mêlât ainsi de mes affaires m'irritait au dernier degré.

La colère n'est pas bonne conseillère. Y céder est un signe de faiblesse. Mon intuition aurait dû me guider. Le peu d'empressement que j'apportais à me marier avait ses raisons : agissements, comportements, réflexions de William, des riens indéfinissables qui me mettaient mal à l'aise et ne m'incitaient pas à m'engager. D'un autre côté je l'aimais. Il était tendre, fragile. L'intervention de maman l'avait plongé dans un tel trouble! J'étais partagée et, tout autant, voulais réagir.

Notre union fut un coup de tête. Encore un défi que j'essaierai d'infléchir à notre avantage.

Quant à lui, il s'installera sans ménagement dans le mariage.

C'est au moment de la publication des bans que William me fait part de sa judaïté comme d'une tare. « Mon père est protestant », s'empresse-t-il d'ajouter, « seule ma mère est juive ». Je me fâche contre lui, non parce qu'il est juif, mais pour sa méfiance envers moi.

– Je t'aime, William. Que m'importent tes origines! Ce qui me peine c'est ta dissimulation. Tu m'as menti pendant toutes ces années, quelque chose de toi m'était caché. Tu connais l'horreur que m'inspire le mensonge. Tu m'as menti. As-tu si peu confiance en moi? En notre amour?

Enfin! J'oublie. J'ose espérer qu'à mon contact, d'une franchise un peu brutale, il changera de comportement.

La cérémonie est fixée au 5 août 1961.

Trois jours auparavant, nous arrivons à l'aéroport de Nice où nous attendent nos parents respectifs. Ma sœur montre un visage lugubre. Je ne suis pas mécontente de revoir des cousins éloignés, des amis dont les hasards de la vie m'ont séparée. Le mariage n'aura pas lieu à Nice mais à Saint-Paul-de-Vence où les parents de William possèdent une maison.

A peine ai-je posé le pied sur mon sol natal que ma mère s'empresse d'écourter les conversations pour me déclarer :

– Tu loges à la maison bien entendu.

– A la maison, mais pour quoi faire? Les parents de William...

– Voyons, tu es à la veille de te marier, il n'est pas convenable qu'une jeune fille...

Je suis scandalisée par son attitude hypocrite.

– Maman voilà deux ans que William et moi vivons ensemble au vu et au su de tous. N'ajoute pas le ridicule à une situation que je n'ai plus à dissimuler.

– A ce que je vois, tu as le feu aux fesses!

Cette phrase, qu'elle me lance comme une insulte, me

fait de la peine, c'est pire qu'une gifle, je suis rouge de honte. Je préfère ne pas relever cet affront pour éviter un scandale.

Les futurs beaux-parents qui me considèrent depuis longtemps comme leur fille en ont le souffle coupé. La mère de William, d'un caractère excessivement gai, vif, serviable, est toujours de bonne humeur. Cependant elle est prête à répondre vertement à ma mère pour me défendre. Elle m'aime beaucoup et je le lui rends bien. Du regard j'appelle au secours mon père qui détourne la tête et ne dit rien. Il veut la paix. Je dois faire un très grand effort sur moi-même pour annoncer calmement, avec le sourire et un lyrisme grandiloquent :

– Chers beaux-parents, William chéri, mon cher fiancé, je vous retrouverai donc demain, à la mairie, les bras chargés de lys blancs, vrai signe de pureté de la jeune fille que tu vas épouser !

Il faut bien respecter les conventions !

J'allai dormir chez mes parents pour la dernière fois.

Pour la circonstance, Carven a créé pour moi une robe bustier droit en guipure blanche.

Elle s'accompagne d'une veste sobre, cintrée à la taille, ce qui donne à l'ensemble illusion d'un tailleur classique. Une toque à résille ensert mes cheveux. La veste et le chapeau, ôtés pour la réception, redonneront à la robe son élégance raffinée du soir. Nous sommes tous prêts depuis plus d'une heure. Mais ma sœur a une crise de nerfs. Sa robe ne lui va pas. Son maquillage non plus. Elle ne parvient pas à se coiffer.

Après deux heures de patiente faction, le maire de Saint-Paul-de-Vence enregistre nos consentements. J'aurais souhaité me marier à l'église. Mais William est protestant. De plus il est divorcé.

Je le trouve très beau dans son complet bleu marine, décidément il ressemble beaucoup à William Holden. La cérémonie, bien que laïque, m'avait marquée. Désormais j'étais mariée.

Il s'était passé quelque chose en moi. Le maire nous avait lu les articles traitant des devoirs entre époux dans ce bon vieux Code civil que la libération de la femme n'avait pas encore trop entamé. Ces contraintes légales m'inspiraient paradoxalement un sentiment de responsabilité, de respectabilité, me donnaient un nouveau rôle qui n'était pas pour me déplaire. Je ne conçois pas la vie sans engagement. N'avais-je pas eu tort de tant hésiter à prendre celui-là ? L'égoïsme est l'ennemi de l'amour partagé. Et moi j'aime William comme William m'aime.

Le lendemain de ce beau jour, nous prenons tous deux l'avion pour Berlin. Billy Wilder a commencé son film *One-Two-Three* et, comme à l'accoutumée, William dirige la deuxième équipe. Dès notre arrivée il se met au travail. Logés à l'hôtel Hilton, j'attends son retour tout en rangeant le contenu de nos valises.

A l'aube du jour suivant, avec son assistant, il part faire des repérages dans la campagne. Je passe ma journée à lire, à me promener dans Berlin. La soirée s'avance, dix heures sonnent au clocher voisin, William n'a pas reparu. Je téléphone à Billy Wilder.

– Avez-vous vu William ? Vous savez que nous sommes mariés depuis avant-hier, en pleine lune de miel, et je serais heureuse de récupérer mon mari, dis-je en riant.

Étonnement général. On le cherche partout ainsi que son assistant. On finit par apprendre qu'en procédant à des relevés et diverses mesures dans les champs, ils ont par inadvertance passé la ligne de démarcation et ont été embarqués de l'autre côté du Rideau de Fer! Je me crois veuve!

On finit par les récupérer l'un et l'autre, après de longues palabres. Une grande joie après une belle émotion.

Nous réintégrons Poissy dès la fin du tournage. A peine y

étions-nous depuis quelques jours, heureux de retrouver notre chez nous, que William m'annonce son départ pour la Malaisie. Il s'absente pour six mois. Un film précisément avec William Holden, et Capucine. Je n'ai pas le temps de revenir de ma surprise qu'il ajoute :

– Tu restes à la maison cette fois. Là-bas le climat est malsain, humide. Il y a les maladies tropicales. Nous tournons parfois dans la jungle, dans des coins où, de toute manière, tu ne pourrais pas me suivre.

Ulcérée, j'accepte. Le cœur n'y est pas.

Les jours, les semaines passent. Je suis sans nouvelles. Déjà deux mois. Rien. Les factures, le loyer, les gages de Jeanne, assurances, électricité, téléphone, tout cela épuise mes dernières ressources. Il ne se manifeste toujours pas. Ses parents ne savent rien non plus. Moi, je suis folle d'inquiétude. Je ne sais même pas si l'équipe est arrivée à bon port.

Jeanne fait de son mieux pour me réconforter. Son dévouement, son abnégation, son affection ont raison de la torpeur qui, progressivement, m'a envahie. J'en sors pour me dire qu'il me faut prendre mes responsabilités, trouver une issue. J'appelle MCA, mon agence à Paris et leur expose ma situation. Je me fais pressante :

– Soyez gentille, sortez-moi de là. Trouvez-moi du travail. N'importe quel film. N'importe quoi! Faites vite.

Quelques jours après je signais un contrat pour deux films en Italie.

Jeanne me suit avec Kali tandis que son mari gardera la maison avec Kaiser.

Je tourne les deux films en même temps. Deux récits de cape et d'épée. Seuls mes partenaires sont différents. Le même vieux bateau, retapé pour la circonstance, sert alternativement pour *Le Boucanier des îles* et *L'Ile des filles perdues*. Cet arrangement bâtard sera la cause d'imbroglios invraisemblables. Par moments je ne sais plus très bien dans quel film je tourne. Il m'arrivera une fois de me tromper d'héroïne, jouant l'une plutôt que l'autre. Incident de parcours... Mais le pire c'est que ce vieux rafiot ne tient pas la mer. La moindre brise nous fait essuyer des tempêtes. Abominablement secouée, l'équipe entière a le mal de mer.

En fin de tournage, j'attends encore les premières nouvelles de William. Il m'a quittée depuis cinq mois maintenant sans donner signe de vie. Pas une lettre, ni un coup de téléphone, pas même un télégramme. Cinq longs mois qui me ramènent plus de deux ans en arrière, aux jours amers de solitude où le silence de G... m'avait alors plongée. En Italie, justement, comme aujourd'hui. A quoi servent les serments du mariage si la première séparation m'impose les mêmes épreuves.

Ce qui m'apporte une maigre compensation, pourtant loin d'être négligeable, c'est l'attachement maternel de Jeanne. La consolation me vient également de Pina, mon habilleuse, petite femme forte, aux yeux tendres, un peu humides. Adorable, elle s'occupe de moi, elle est là où il faut, claudiquant sa pénible infirmité avec une sainte résignation. Nigra et Franco Palombi, coiffeuse et maquilleur; ils m'ont adoptée, moi aussi. Il y a enfin les jappements joyeux, les sauts désordonnés de ma brave Kali. Quelle bonté dans tous ces yeux qui m'aiment et que j'aime!

L'abstinence sexuelle n'est pas ce qui me pèse le plus. Fidèle à n'en plus pouvoir, j'étais prête à tous les sacrifices. Bien mieux, avec le secours d'un mot d'amour par-ci, par-là, je les aurais aimés. William va-t-il me faire croire, avec le tempérament que je lui connais, qu'il tient, lui, ses promesses de mariage? Insensible aux tentations? Je sais ce qu'il en coûte, moi qui suis très courtisée.

Cette réflexion finit par libérer quelque chose en moi. Un jour vient où je décide, comme chaque fois qu'il faut en finir avec le passé, de rompre le maléfice par un acte irrémédiable. « Si j'appartiens à un autre, je le lui dirai et ce sera fini entre nous. » De propos délibéré je cède à la cour pressante de mon partenaire de *L'Ile aux filles perdues*. Perdue... pour William! J'y vois une sorte de symbole.

Cette aventure très passagère m'a sauvée de moi-même. Malade de chagrin, de jalousie, d'une inquiétude morbide, qui sait à quelle solution ultime j'aurais eu recours? J'en étais capable. Je frémis d'y penser. Ne valait-il pas ce compromis avec mes idées noires?

Le souvenir de Guy Madison est aussi léger dans ma mémoire que ses évolutions en « Zoro » dans la série télévisée. Pour moi, comme pour les enfants du monde, il ne vieillira jamais.

Que de pleurs William verse à cet aveu qui devait normalement consommer notre rupture! Je désirais en finir à son retour. Nous en avons discuté toute une soirée. Toute une nuit. Vers le matin il me lance : « Je te croyais si fidèle. Je sais que tu l'es par nature. Je pensais sincèrement que tu m'attendrais tranquillement à la maison. »

Comment ose-t-il m'attaquer sur ma fidélité? Me l'envoyer comme une gifle au visage?

– En pleine lune de miel, tu pars. Pour six mois. Pourquoi pas pour six ans? Tu me laisses sans nouvelles, sans argent. Qu'est-ce que j'allais devenir? D'accord, je t'ai trompé. Mais cette faute vénielle en a écarté une maudite et définitive. Si je ne l'avais pas faite, jusqu'où m'auraient poussé le dégoût, le désespoir, la peur de la solitude, cette peur qui a conduit à se détruire tant de stars parmi les plus réputées? Fidèle, je le suis du fond de l'âme. Ce qu'il faut à des hommes comme toi, ce sont des garces, des putes qui te pompent ton argent pour tenir ton machisme en éveil. Avec une bonne femme tranquille comme moi, tu t'étais dit : « Y a rien à craindre; on peut y aller. »

Il ne répond pas. Pas davantage à mes questions. Je ne saurai jamais comment se sont passés ces six mois en

Malaisie. Si j'insiste, il devient évasif. De par son mutisme, cette séparation restera un trou sans fond dans le temps.

Je me calme. « Écoute, William il vaut mieux tirer carrément la leçon de toute cette affaire. En finir une bonne fois. Séparons-nous. OK? Basta!

A ma stupéfaction il s'accroche. Non, il ne m'en veut pas. Il me pardonne. Il oubliera cette passade sans importance. Il veut absolument me garder...

J'ai longtemps tergiversé. Je n'aurais pas dû reprendre la vie commune avec lui. Mais je ne voulais pas croire au malheur. Indéniablement, j'étais convaincue que rien ne serait pareil entre nous. Quel instinct m'a poussée, contre toute logique, à lui rouvrir les bras? A suivre le chemin le plus difficile parce qu'il m'a semblé le plus droit. J'ai cédé devant sa mine effondrée, ses yeux suppliants, ses larmes. Un sentiment de compassion devant sa faiblesse n'aurait pourtant pas suffi pour dissiper mes dernières réticences. Sans doute n'avais-je pas cessé de l'aimer, d'espérer envers et malgré tout l'attacher à moi, de croire qu'il serait possible de refaire notre bonheur.

Je reviens donc à William sans trop d'arrière-pensées, avec la ferme résolution de fonder dorénavant notre foyer sur des bases solides. La tâche qui m'attendait serait d'avoir des enfants. Être mère est l'accomplissement parfait de la femme. J'en ressens physiquement le besoin. Quelques mois s'écoulent dans une relative tranquillité. Je reprends espoir.

Il fait beau. Au travers des vitres le soleil réchauffe la petite table où Jeanne a mis le couvert avec l'amour, le soin méticuleux qu'elle apporte à son service. Les yeux de William sont d'un bleu soutenu. Sa fossette au menton rit dans son visage. Nous sommes apparemment heureux d'être ensemble. Très consciente, assurée d'être entendue et comprise, je lui fais part de mon désir d'avoir des enfants. Qu'ai-je dit là? Brusquement, il se lève, s'essuie les lèvres avec la serviette qu'il jette avec un geste coléreux sur la table.

– Des enfants? Je les ai en horreur. Il n'en est pas question! Débrouille-toi comme tu veux mais il ne m'en faut pas.

Il part furieux, me laissant abasourdie.

Au fur et à mesure que la journée s'avance, la colère m'envahit, mêlée d'une sorte de frustration. Je pleure de rage et de chagrin. Quand il revient le soir à la maison, l'atmosphère est chargée d'électricité de part et d'autre. Il est clair que notre couple ne se reformera pas. Il vacillait depuis la Malaisie. Maintenant, je sens qu'il s'effondre!

Pendant ce temps-là, mes deux films tournés en Italie remportent un succès non négligeable. La presse, là-bas, m'aime beaucoup. Elle publie mes photos accompagnées d'articles élogieux. C'est en découvrant l'un de ces films que Luigi Zampa me remarque. Il m'appelle pour tourner en vedette avec Gino Cervi et Nino Manfredi, tous deux admirables en tant qu'hommes et artistes. Au point où j'en suis, pourquoi ne pas accepter? Le succès de ma carrière rachètera peut-être l'échec de mon ménage.

Ettore Scola est l'adaptateur du roman de Gogol *Le Réviseur des comptes.* L'action, située par l'auteur dans la Russie du XIXe siècle, est ici transposée dans l'Italie fasciste des années 30. Cervi joue le rôle d'un maire corrompu qui détourne à son profit les subventions versées à sa commune. J'interprète celui de sa fille que n'émeut guère l'arrivée d'un contrôleur.

Le titre italien de cette comédie satirique, *Anni Rugenti*, « *Années Rugissantes* » est, à lui seul, évocateur de la période de terreur qui s'abattait sur ce pays. Pina, fidèle à son poste, est heureuse et fière de m'habiller.

Ce premier grand film que je tourne dans la péninsule fera de moi une vedette véritablement italienne. C'est en cette qualité que je recevrai, au Festival international de Locarno, la « Voile d'argent » qui récompense mon premier prix d'interprétation féminine. Au grand étonnement des cinéastes français qui refusaient de convenir de mes capacités. Nul n'est prophète en son pays, dit l'adage.

A partir de ce prix, c'est l'éclatement de ma carrière. Je suis bien mieux payée. On ne me propose que de bons scénarios. En Italie, la mode est aux films à sketches. J'en ai tourné successivement une bonne dizaine. C'est un exercice d'école passionnant que d'incarner toute espèce de personnages. Le tournage est bref : quinze jours, trois semaines en général. On me réclame de tous côtés. A un certain moment, tenue par un contrat à Paris dans *Symphonie pour un massacre* de Jacques Deray, avec Michel Auclair, Jean Rochefort et Claude Dauphin, je suis dans le même temps engagée à Rome. Heureusement, les tournages n'ont pas lieu aux mêmes heures. Jacques Deray travaille surtout la nuit sur les berges de la Seine. Dès la dernière prise de vue, une voiture m'emmène à l'aéroport afin d'arriver aux studios Cinecitta de Rome à l'heure d'ouverture, avec mon maquillage de la veille. Je passe toute la journée sous les projecteurs. Le soir à dix-huit heures, je reprends l'avion pour Paris où je suis rendue pour le tournage nocturne. Durant trois jours consécutifs, j'accomplis cette performance épuisante. Il m'est arrivé de me changer, de me démaquiller et remaquiller dans l'avion. C'était hallucinant de courir de Paris à Rome et de Rome à Paris, vingt-quatre heures sur vingt-quatre, sans dormir ou si peu!

A la fin de *Symphonie pour un massacre*, je dois jouer une scène de désespoir. Je n'ai nul besoin d'un maquillage spécial. La fatigue a si bien ravagé mon visage que je peux, sans le moindre artifice, exécuter cette séquence dramatique.

Les années 1962 et 1963 sont celles de ma première période italienne. Je tourne films sur films. A commencer par *La Pupa* qui confirmera mon succès. Le metteur en scène Orlandini, ancien assistant de Bolognini, y fait ses premières armes. Dans son histoire, un mélange explosif réjouissant de *Bus-Stop* et d'*Irma la Douce*, j'interprète le rôle d'une prostituée. Ignorante du comportement de ces dames, de leur accoutrement, de leur langage, je décide Orlandini de m'accompagner, le soir, dans les quartiers chauds de Rome, sur les bords du Tibre, pour mieux observer les intéressées. Le premier soir, nous nous regardons sans dire un mot. Mais le second, elles nous demandent, dans leur langage imagé très professionnel, ce que nous leur voulons. On leur explique alors que je joue le personnage d'une prostituée dans un film et que, ne sachant rien de leur métier, je viens m'informer. Elles se sont beaucoup amusées à me communiquer mille renseignements très très drôles. J'ai aussi appris que leurs costumes originaux, introuvables dans le commerce, sont souvent confectionnés par leurs mères ou leurs sœurs.

– On ira vous voir au cinéma, m'assurent-elles.

Nous étions devenues très copines.

Les extérieurs sont tournés à Bologne. Il y a des scènes d'un comique désopilant. Les Bolognais ont beaucoup d'humour. Je n'avais jamais tenu un rôle de ce genre et me suis follement amusée en l'interprétant.

Et William dans tout ça?

Eh bien, pour lui, parce que j'estime cela très important, je décide de faire une pause. Pour lui, je rentre à Paris. Depuis quelques années, mon mari connaît un producteur du nom de Harry Salzman. Pas très célèbre à l'époque. Il deviendra le grand producteur des *James Bond.* Harry aime beaucoup William. Il porte intérêt à sa carrière. Il entend faire de lui un metteur en scène de première équipe. William est enthousiaste. Je le vois transformé, dynamisé. L'ennui, c'est que Harry Salzman n'a pas un sou. Pourchassé en Angleterre par le fisc, il a quitté Londres en catastrophe. Installé à Paris avec femme et enfants, il projette de porter à l'écran un excellent sujet intitulé *Un Homme de trop*. Comme dans toute entreprise, il faut d'abord rassembler des capitaux. Il n'en a pas. William non plus. Sans tergiverser, je décide d'engager les miens, produit de mon travail en Italie, dans la société créée en vue de la réalisation de ce film. Il paraît que cela ne suffit pas. Je mets alors au clou les fameux bijoux du Shah.

Pour des raisons de commodité, nous quittons Poissy où Jeanne restera avec son mari et Kali. Des amis, amateurs d'un berger allemand, hériteront de Kaiser. William et moi campons provisoirement dans une chambre, au fond de l'appartement parisien de mes beaux-parents. Résolument on monte notre affaire : des tables, des chaises, un secrétaire... Après un long travail d'adaptation, de mise au point du scénario, on choisit les acteurs. Des grands noms : Yves Montand, Serge Reggiani. Tout est prêt. On va tourner.

Coup de théâtre : William craque!

– Je ne peux pas. Je n'y arriverai jamais...

– Comment, s'écrie Harry, après ce travail que tu as fait, que nous avons fait, tu ne vas pas lâcher ? On a bûché comme des dingues depuis des mois et des mois. Allons, allons, ressaisis-toi, mon vieux!

– Je le sais bien, Harry, mais je ne me sens pas capable d'affronter la caméra.

Il tremble de la tête aux pieds.

– William, William! lui dis-je angoissée, ce n'est pas possible? Tu ne peux pas NOUS abandonner!

– Je n'ai pas le courage, Michèle.

Il est décomposé; complètement abattu. Aucun argument ne le raffermira.

Mon mari jusque-là buvait déjà beaucoup. Mais il « tenait » bien l'alcool. Peut-être le voyais-je certains soirs un peu plus gai, plus euphorique que le matin. Il avait l'habitude, la mauvaise habitude prise au contact de certains Américains, d'entamer la journée par une généreuse rasade de whisky.

Pour échapper aux conséquences de son lâchage, il boira plus que de raison. Je passe mon temps à cacher les bouteilles. A court d'alcool à la maison, il traîne dans les bars jusqu'au jour. En l'absence de ses parents, il m'est arrivé plus d'une fois de le laisser seul à l'appartement, le temps d'une course. En rentrant, je trouve porte close : William est sorti et rentrera Dieu sait quand. Faute de clé, je l'attends sur le palier où je finis par m'endormir. Plus ordinairement, je vais à sa recherche dans les cafés d'alentour, avenue Mac-Mahon. Je le surprends en compagnie de fêtards, de prostituées, tous les paumés de l'aube. Des gens comme lui.

A ce moment-là, surtout dans ce moment-là, je suis décidée à ne pas le quitter, en dépit de la brisure de notre ménage. Il est si vulnérable! Je me convaincs qu'il n'y a pas lieu de se désoler. L'avenir est devant nous. Ma renommée de jeune vedette primée à Locarno, de l'Italie gagne la France. On ne tardera pas à m'offrir ici d'intéressants contrats qui restaureront mes finances. Seul compte le rétablissement de William. Il faut le sauver de lui-même. Je me persuade qu'il va se reprendre. Il ne peut en être autrement. Une gentillesse, un vague effort, tout est sujet d'espoir. A quoi ne se raccroche-t-on pas?

Hélas, l'avenir détruira ces illusions. Son impuissance à devenir premier metteur en scène l'a atteint en profondeur. Il s'est enfermé dans un cauchemar. Ne veut plus travailler. DU TOUT. Pas même en deuxième équipe. Il a subi une humiliation envers lui-même qu'il ne se pardonne pas.

Pourquoi Harry et moi l'avons-nous dérangé? Nous avons trop présumé de lui. Il ne fallait pas briser sa bulle.

Sombre, irritable, il me regarde fixement avec des yeux de porcelaine. Puis-je encore quelque chose pour lui?

Les nécessités me contraignent très vite à prendre en main mes intérêts. William n'est plus bon à rien, du moins dans l'immédiat. L'échec de notre entreprise cinématographique m'a ruinée. Les facture, telles les feuilles de platane à l'automne, tombent dru, imputrescibles et ininflammables. En quête d'un contrat, je tombe sur un rôle à Hollywood, dans un film de Bob Hope, *Papa Play-boy*. Refuser serait de mauvais goût. Je fais mes valises.

Chacun sait que « diseur de bons mots a mauvais caractère ». Son génie de comique rend Bob Hope odieux dans la vie courante. D'une susceptibilité qu'aiguise ses toquades de super-vedette, il est la terreur de son entourage. Comment se rebiffer quand on sait qu'il est son propre producteur; que metteurs en scène, techniciens, machinistes, studios, tout lui appartient. Y compris les acteurs qu'il ravale au rang de simples faire-valoir.

Dans quel guêpier suis-je encore allée me fourrer? Je me suis posé la question en constatant qu'on avait fait appel à moi parce que le rôle exigeait une Européenne. D'ailleurs, je remplace une actrice allemande qui s'était récusée. Elle devait connaître l'oiseau!

Avec lui je revis les plus mauvais jours de Robert Lamoureux. Lorsque la scène exige qu'il soit de dos, Bob Hope ne cesse pas un instant ses facéties afin d'attirer l'attention et m'induire en erreur. Il n'hésitera pas à m'empoigner par la manche pour se placer, lui, devant la caméra et grimacer ses mimiques. Continuellement, il change ses répliques, coupe mes phrases. Ainsi bousculée, prise de court dans une langue qui me met mal à l'aise, je patauge péniblement pour suivre ses improvisations.

Lamentable. Je ne suis pas dupe mais je laisse courir les scènes qui ne sont pas essentielles pour moi, me réservant pour les meilleures. J'attends impatiemment le point de non-retour, c'est-à-dire le degré d'avancement du film à partir duquel on ne pourra plus se passer de moi. Avec ardeur je perfectionne mon anglais, mon « américain » devrais-je dire. J'apprends mon rôle sur le bout des doigts. Un jour je m'estime capable d'affronter le personnage. Hardiment, j'interromps sa tirade, modifie ma réplique, le pousse et prends sa place devant les caméras. Rendu furieux, il éclate :

– C'est impossible de travailler avec vous. Vous bousillez le film. Qu'est-ce qui vous prend ?

– Il me prend que j'agis exactement comme vous. Pas drôle, hein ? Alors, monsieur Hope, maintenant ça suffit. Je ne suis pas venue pour tourner de dos, ou pour montrer mon profil à demi caché par une masse de cheveux. Ou vous me laissez dire mon texte et jouer ma partie, ou je poursuis ce manège agaçant. D'accord ?

Un froid de glace saisit le plateau. Qui au monde se serait permis la moindre remarque à l'égard de ce monsieur ? Ma révolte sidère tout le monde. Bob Hope, d'un seul coup calmé, se fait complaisant.

– Ne t'énerve pas, Michèle. Allez, viens. Faisons un petit pas de danse. Tu connais les claquettes ? Il fait son numéro.

« A ton tour. » Je m'exécute.

– Pas mal, pas mal, concède-t-il.

Mais il se rend bien compte que ce jour-là je n'ai plus envie de tourner. Et puisqu'il pique des caprices, je pique aussi le mien. Après tout on doit aimer ça ici !

Pour détendre l'atmosphère et amener les rieurs de son côté – il sent bien qu'il a perdu la face vis-à-vis des siens – il y va d'une histoire sans doute cent fois racontée, écoutée religieusement par tout son personnel, technos, électros, metteurs en scène, assistants et seconds rôles. A la fin on rit très fort et on applaudit chaleureusement. Je ne bronche pas.

– Eh bien, Michèle, tu n'as pas compris ? demande Bob.

– Si très bien.

– Et tu ne ris pas ?

– Non, pourquoi ? Il faut ?

– Bien sûr que non, il faut pas. Enfin, tout de même...

– Quoi tout de même ? Elle est complètement idiote votre histoire. Je ne trouve pas ça drôle du tout.

Surprise ! Le plateau décongestionné éclate d'un vrai rire. Enfin, quelqu'un avait dit la vérité face à M. Hope.

Je suis ainsi ? C'est pourquoi on est si partagé à m'aimer. Ou on apprécie mon caractère direct, ou alors je déplais.

Après cette matinée mémorable, le tournage reprend normalement. Rares sont parmi les plus grands ces comédiens tyranniques et fats à la façon de Bob Hope. Tant d'autres ont su résister au vertige de la gloire, rester eux-mêmes, sympathiques camarades comme Jean-Paul Belmondo, l'élégant Gregory Peck, Marcello Mastroianni, homme courtois par excellence.

Un mois déjà que je suis à Hollywood sans parvenir à m'adapter à la vie américaine. Travail sérieux, journées bien remplies, complétées chaque soir par l'attente du verdict des responsables, après visionnage des prises de vue quotidiennes que l'on appelle les « rushes ». A peine libérée, j'affronte photographes et journalistes qui m'interviewent. Je mène une vie trépidante qui me laisse une impression de vide. Aux USA, la femme seule n'est guère invitée. Les couples, les familles s'en méfient. Il faut être deux. A fortiori une Française, traditionnellement suspectée d'être une femme légère, briseuse de foyers ! Je m'ennuie ferme.

Comme dérivatif, une poussée de dent de sagesse me provoque une fâcheuse fluxion de la joue. On la dissimule sous une masse de cheveux. Le tournage n'en souffre guère. Au contraire, moins On me voit, mieux On se porte ! Sur place tous les moyens sont mis en œuvre pour me soulager. La médecine américaine ne fait pas dans la douceur. Les calmants que l'on m'administre me plongent dans le sommeil. Suivi d'une infinie tristesse.

Le souvenir de William me hante. Je n'ai que lui. Je revois

les heures merveilleuses passées dans ses bras. L'inquiétude aussi de l'avoir laissé aux prises avec sa maladive passion de l'alcool. L'idée de le faire venir me sourit. Le changement d'horizon lui serait bénéfique. Et pourquoi pas à notre couple? Je me persuade qu'il en repartirait d'un meilleur pied.

Pleine d'espoir, je lui téléphone. Miracle! Il est à la maison. « Viens me retrouver. J'ai besoin de ta présence. Je suis trop seule... Viens, mon chéri. Ce sera bon pour toi..., pour moi... Vite! Je t'attends. » Il crie : « J'arrive... J'arrive! »

Je raccroche épanouie.

Deux jours, trois jours s'écoulent. Une semaine. Rien! De nouveaux jours, une autre semaine. Toujours rien. J'appelle ses parents.

– Mon Dieu, que se passe-t-il? Lui est-il arrivé quelque chose? Il est malade? Où est-il?

– Rassurez-vous, me répond sa mère avec naturel, il est parti.

– Parti? Comment, il est parti? Il n'est jamais arrivé!

– Vous savez, dit-elle philosophiquement, le bateau... ça met du temps.

Je l'écoute anéantie. Je n'en crois pas mes oreilles. Le bateau? Il a pris le bateau!

Dans mon désarroi je m'étais tournée vers lui. J'étais si pressée de le revoir! Apparemment la réciproque n'est pas vraie.

Au bout de trois semaines, il débarque à mon hôtel. Il était temps, le tournage tire à sa fin. On n'a guère le loisir de s'expliquer, il est en compagnie de M. et Mme Cartwright. Ces personnes sont justement les propriétaires du Beverley Wilshire Hotel. Des gens aimables. Ils sont sympathiques, chaleureux comme savent l'être les Américains. Mais les affaires sont les affaires. J'en ai la preuve tangible à la fin de la semaine. Ma note hebdomadaire est considérablement augmentée. Multipliée! Une erreur sûrement. J'alerte le directeur qui approuve : « En effet, il y a un gros supplément. » Il m'en signale l'origine. J'échange un regard avec William qui répond gêné :

– Oui, j'oubliais de te dire, la traversée était fantastique. On a fait la fête. J'ai offert le champagne et le caviar à toute la première classe.

– Eh ben, dis donc, tu as les moyens, toi !

– Pas précisément, mais les Cartwright étant les propriétaires de ton hôtel, je me suis permis de leur emprunter de l'argent. Avec tout ce que tu gagnes ici, tu n'auras pas de mal à les rembourser.

Les sommes sont exorbitantes. Je vais quitter Hollywood sans un sou en poche. Après avoir tant travaillé, avalé tant de couleuvres avec ce mégalo de Hope pendant des semaines, je suis ramenée à la case départ ! Mes gros cachets en dollars désormais travestis en bulles de champagne et perles de caviar. Et dire que j'ai agencé son voyage pour guérir ma tristesse et lui rendre sa bonne humeur ! Pour ça, c'est gagné. Il n'a même pas attendu d'arriver à Los Angeles et de me tenir dans ses bras pour faire la foire. Quant à mon vague à l'âme, il a fait place à une belle excitation. J'appelle résolument mon agent à Rome. Une fois encore, il vole à mon secours. Oui, il a justement d'excellentes propositions à me faire. Ma cote là-bas est toujours au zénith. On m'attend.

J'ai planté là William en lui laissant en viatique :

– Écoute-moi bien. Si tu as tellement d'argent à dépenser, va le dépenser où tu veux, avec qui tu veux. Trouve-le où tu veux surtout. Pour moi, ça suffit !

Et du jour au lendemain, je me retrouve en Italie.

Ma seconde période italienne sera intense. Je serai à l'affiche dans tous les cinémas.

Cela commence par un film à sketches de Luigi Zampa. *Frénésie de l'été.* Vittorio Gassman est mon partenaire. J'ai déjà eu affaire à lui il y a quelques années dans *Les Monstres.* A l'époque, je lui avais écrit pour le remercier du rôle qu'il m'avait réservé dans l'un de ses films. Peut-être avais-je un peu trop exprimé l'admiration éperdue que je portais à son immense talent? Pensez, Gassman! Le fait est qu'il s'était mépris. Mais à la suite d'un incident aucun doute n'avait pu subsister dans son esprit quant à la fidélité que je portais à mon mari.

Dans le film qui va nous réunir, je joue un rôle de composition qui m'amuse énormément. L'histoire est la suivante : une compagnie française de travestis se produit dans un spectacle. L'on s'aperçoit au dernier moment qu'il en manque un à l'appel. En hâte, on demande à une fille – moi en l'occurrence – de le remplacer : cheveux courts, tête de « joli » garçon. Des quiproquos vont surgir évidemment. Car, déguisée en femme, je fais plus qu'illusion.

J'arrive donc à l'aéroport de Rome après un long voyage de seize heures en avion. Je suis éreintée par la longue station assise et le décalage horaire. J'apprends que le film ne se tourne pas à Cinecitta; un train me conduira sur les lieux du tournage, une petite localité au bord de la mer. Une voiture m'attend pour me conduire à l'hôtel. Là, surprise, une nuée d'homosexuels, mignons, empressés, m'accueille chaleureusement. Ils sont heureux comme des enfants. Je signe des autographes. Réponds aux questions. Et cela dure, semble-t-il, une éternité. Je suis exténuée. Je dors debout et voudrais bien gagner ma chambre. Serviable, un tout jeune garçon m'apporte un café à la mode italienne. Dans l'euphorie générale l'un de mes admirateurs me tire les cartes. Je n'en peux plus; un bon somme me plairait davantage que n'importe quelle prédiction sur mon avenir.

– Ta destinée va changer, ma grande. Un homme que tu

connais va te téléphoner, c'est imminent. Il sera l'homme de ta vie!

Je balbutie à demi-somnambule : « Ah oui ? C'est impossible. Je suis ici on ne peut plus incognito. Ni ma famille, ni mes amis ne savent que je suis en Italie. Le seul à pouvoir me joindre est mon agent à Rome. Puis je n'ai personne en tête.

Prétextant ma fatigue, je me lève souriante et je prends congé. « Si vous le permettez je vais aller dormir. » A cet instant précis la sonnerie du téléphone retentit. C'est pour moi. L'homme « deviné » dans les cartes est au bout du fil.

– Michèle ? Alain Nebot.

– Alain ? Je suis stupéfaite. Je n'y comprends rien. Je me réveille. Alain ? Mais, comment sais-tu que je suis ici ? Dans cette toute petite ville d'Italie ? Personne au monde n'est au courant. Mon départ des États-Unis s'est décidé en quelques heures. Comment as-tu fait pour me joindre ?

Je suis abasourdie.

– Oh, je sais tout ce que tu fais. Depuis des années et des années. Tu t'en doutes bien, non ? Dernièrement, j'ai appris que toi et William ça n'allait pas.

– Tu le connais! Effectivement, de mal en pis, dis-je en soupirant. William et Alain sont copains. Ils se rencontrent assez souvent.

– Pauvre gars! La boisson le tuera. On m'a dit que tu passes des moments difficiles, alors je viens aux nouvelles. Toi, comment vas-tu ?

Notre conversation se prolonge un moment. Épatée, je repose le combiné. Que me veut ce diable d'homme assez rusé pour me dénicher dans ce coin perdu ?

Alain! Alain Nebot. Je n'en reviens pas. C'est un homme que j'ai quasiment toujours connu. Quand je dis un homme, c'est à cause de son âge, de ce qu'il est. Un passé glorieux. Héros de la Résistance à dix-sept ans, médaillé de la

Résistance, devenu depuis vétérinaire, c'était un garçon brillant qui faisait l'admiration de tous. Mes parents en parlaient quelquefois à la maison, j'avais une quinzaine d'années lui en avait trente.

Mon grand-père et le père d'Alain se connaissaient.

Ce dont je me souviens, c'est qu'il m'a toujours fait un peu peur, cet Alain diplômé, médaillé, vanté. La première fois que je l'avais rencontré, c'était à une fête à Nice où j'accompagnais mon père. Je devais avoir dix-neuf ans et ne connaissais pas encore Alain. Tout au long du repas, il m'adressait des regards insistants. Lorsqu'il lui arrivait de se détourner, je regardais attentivement son visage. Tout dans cet être me paraissait bizarre, un peu faux, trouble sous une vigueur de colosse. Car il était grand, fort, la poitrine tout en muscles que ne dissimulait pas son complet de bonne coupe. Je m'en aperçus quand il se leva, écartant dans un geste désinvolte les pans de sa veste. Il avait des hanches étroites bien posées sur l'assise de ses jambes.

Et voilà qu'il me rappelle tous ces souvenirs. Que veut-il de moi ? M'aider ? Dans une telle conjoncture, cette sollicitude arrive à point. Moralement je ne suis pas gaillarde. Mais je garde ma lucidité. La preuve en est la crainte que m'inspire son appel téléphonique.

Encore frémissante d'une sensation vague, je prends possession de ma chambre. J'ai du mal à tenir les yeux ouverts, je suis épuisée jusqu'à la nausée. Je n'aurais pas le courage de m'habiller, d'aller au restaurant, de remonter jusqu'ici. Bref, je commande un plateau de dîner, me douche et, revêtue d'une chemise de nuit de satin frais, je me coule dans les draps. Posé sur sa table de lit, le plateau est là, la couverture est faite. Douceur d'être allongée. Le bien-être. Mes yeux se ferment. Je dors déjà, sans dîner. Je dors.

On toque à la porte. C'était trop beau ! Le service sans doute. « Entrez », dis-je la voix mourante et je vois surgir le beau, l'extraordinaire Vittorio Gassman. Il se précipite vers moi. « La plus belle des belles! Je t'attendais avec impatience. Alors, on va travailler ensemble? Bella... Bellissima... »

Ses yeux noirs étincellent. Sa vitalité m'abat.

– Vittorio, Vittorio! dis-je, éreintée, « Pitié! Je suis morte de fatigue. Les fuseaux horaires, tu connais? Je n'ai pas dormi depuis trente-six heures. Je t'en supplie. Oui, je suis contente... A demain! Demain...

Qui peut faire entendre raison à cet Italien éperdument amoureux? Le plateau vole sur le tapis, les couvertures sont arrachées, il se plaque sur moi, ses mains appuyées sur les miennes pour m'interdire tout mouvement, il me tient captive. Au travers de ma fine chemise, je sens ses jambes enserrant les miennes comme des tenailles. J'ai autant envie de rire que de pleurer. J'ai du mal à articuler :

– Le premier affront ne t'a pas suffi. Tu en veux un autre?

Je n'abandonne pas la lutte. Je me débats comme je peux, gesticule, me détourne, le mords... et me mets en colère. Je lui échappe. Il me court après. Une table nous sépare.

– Vittorio, tu n'arriveras pas à tes fins comme ça. Pas avec moi. Chez toi, j'avais trouvé refuge dans un placard à balais. Ici, je n'ai qu'à hurler pour ameuter tout l'hôtel. Allez, va-t'en. Je n'en peux plus. J'ai tellement sommeil!

Aucune moue de ma part ne peut l'amadouer. Sans une parole, il se lance à nouveau sur moi. Je tente de me précipiter vers la porte, trébuche en cours de route, m'affale sur le tapis et suis étourdie. Quelques secondes sans doute.

Je le sens sur moi de nouveau. Grâce au ciel, je reprends conscience, gigote avec mes mollets de danseuse, réussis à m'enfuir à quatre pattes jusqu'à la porte. Je l'ouvre enfin et fonce au bout du couloir. Derrière moi j'entends le rire fameux du grand Vittorio, vaincu mais beau joueur. Le séducteur se moque de lui! Au bruit que je fais, une femme sort de sa chambre. C'est ma brave Pina, mon habilleuse aux yeux tendres et mouillés.

– Ma ché? Qu'est-ce qui arrive à Madame?

Le ciel est avec moi. « Pina, je viens de faire un cauchemar, j'ai eu très peur. »

Elle me calmera, me ramènera dans ma chambre, réparera le désordre. Comprend-elle ce qui s'est passé? Elle n'en dit rien. Me conseille de m'enfermer à clé, ce que je fais. Enfin je peux dormir! Ce n'était qu'un incident de parcours. Vittorio est le mâle-macho dans toute sa splendeur. Intelligent, vif, très séduisant. Très. Les femmes sont sa passion. Je l'ai reconnu tel qu'il est dans la vie, incarnant le rôle principal de son film *Passion de femmes*. Comment lui en vouloir? On lui a tellement dit qu'il est irrésistible!

Alain, à la suite du contact téléphonique inopiné, récidive chaque jour. Son insistance est déroutante. Il n'arrête pas. C'est à penser qu'il me suit. Je ne suis pas plutôt arrivée dans ma chambre que le téléphone grésille. Fin psychologue, il s'intéresse avec passion à mon métier, à tout ce qui a le plus de chance de retenir mon attention.

– Viens à Paris. Des tas de choses s'y préparent. J'ai un ami producteur qui a un projet sensationnel et je ne vois que toi pour le réaliser. Je lui en ai parlé à plusieurs reprises.

– Merci, merci. Mais Paris...

Paris, William s'y trouve, de retour des États-Unis. Il a fini par savoir où me joindre. Lui non plus n'arrête pas de m'appeler. Je ne lui mâche pas mes mots. « Non, je ne reprendrai pas la vie commune. Je ne rentre pas à Paris. J'en ai marre, marre de tes excentricités. Marre d'habiter chez tes parents, confinée dans cette chambre minable au fond du couloir. Marre de ne pas avoir le moyen, après mon travail, de me délasser seule ou avec toi ou avec les amis que j'aime. Voilà ce qui me rebute dans Paris. Je reste en Italie, j'y suis très bien. »

En substance c'est aussi ce que je réponds à la proposition d'Alain.

– Je vais tourner un sketch à Parme, avec Ugo Tognazzi et Bernard Blier. Mario Monicelli en assure la direction. *Haute-fidélité.* Tu parles d'un titre! Je ne raterai pas ça.

– Arrête, Michèle, arrête un peu avec l'Italie. Un grand film se prépare ici, insiste Alain. Il s'appelle *Angélique,* tiré d'un roman qui fait le tour du monde. Je suis certain que tu y serais merveilleuse. Tu sais, l'Italie...

– Quoi l'Italie? C'est un pays prodigieux. Les gens sont les plus braves du monde. J'ai loué un appartement meublé. Si tu voyais! Super terrasse, vue sur le Tibre, et *tutti quanti.* En apprenant que j'allais devoir le quitter, Jacqueline Kennedy accompagnée de Liz Taylor est venue le visiter.

– Tu trouveras les mêmes en France.

– Et qui m'attend à Paris? Ici, je suis la coqueluche du pays; on m'a classée « Vedette n° 1 ». Je tourne avec Zampa, Monicelli, Risi, te rends-tu compte de ma chance? Mes partenaires sont Gassmann, éblouissant, Cervi, Manfredi, Tognazzi. Tous des ténors. Tu vois, Alain, ce que je laisserais sur place pour un hypothétique contrat à Paris?

– Encore mieux, je t'assure! J'ai comme l'idée que ta chance va changer de pôle maintenant. C'est à Paris que la vraie consécration te sera donnée.

Je me le demande. En attendant, j'enchaîne avec des tests photographiques pour Peter Brooks. Il a un projet qui nous transportera très loin. J'incarnerai le rôle d'une Asiatique. Des photos sont nécessaires pour savoir si avec un bon maquillage je correspondrai au personnage.

Le film de Mario Monicelli, *Haute infidélité,* se tourne dans une ambiance excellente. Avec Ugo Tognazzi et Bernard Blier comme voisins de table, j'ai de quoi me nourrir. Ils rivalisent de recettes de cuisine. Ne parlent que de bouffes passées, présentes et à venir. Mon estomac rétréci de danseuse est soumis à dur régime. Mais quelle chaude bonhomie se dégage d'êtres pareils! Gais, bons vivants, ils me sont toniques. Je les quitte à regret.

A Rome, le résultat de mes tests photographiques est génial. J'aurais dû naître fille du Soleil levant. Cette épreuve passée je dispose de trois semaines de battement. L'obstination d'Alain, ma curiosité aussi me poussent à aller faire un tour à Paris.

Paris, c'est d'abord William. Je découvre sur son visage les premiers stigmates de l'alcool. Sa lèvre inférieure, desséchée, pend légèrement. La clarté de ses traits se fane. En revanche, ce n'est plus l'épave qui m'avait tant irritée à Los Angeles. Je trouve en lui le joyeux, le gentil garçon que j'ai tant aimé. Il s'est mis dans la tête de me reconquérir, de se faire pardonner et cela... par un gaspillage émouvant, époustouflant, parfaitement absurde.

Puisque je ne voulais pas réintégrer le toit de ses parents, il a succombé à la folie de nous loger dans l'appartement de Marcel Proust, loué par la famille. Un immeuble de l'île Saint-Louis. A la pointe de terre où confluent les eaux de la Seine. La vue est splendide. Sur trois côtés, le regard se pose sur l'eau; on a l'impression de se trouver à la proue d'un navire. Les bateaux-mouches, la nuit, passent perlés de lumière. La princesse Bibesco habite l'étage au-dessus. Quelle vieille dame charmante! Dans un élan amical, elle me donnera sa vie à lire. Voudra que j'en sois l'héroïne à l'écran. Mes contrats en décideront autrement.

Notre appartement est à l'image du grand écrivain qui « vit » toujours en ces lieux augustes. Peu de meubles d'une rare beauté contre les murs ornés de tableaux de grands maîtres aux encadrements d'or vieilli et des livres, des livres aux superbes reliures. Les pièces sont immenses, hautes de plafond. Une salle de réception magnifique, suivie d'une salle à manger, des chambres à l'avenant. Le bureau est en rapport avec les autres pièces. Le parquet grince, gondolé; il semble soulever les meubles posés sur lui de guingois. La décoration est d'autant plus séduisante que les artisans concernés ont renouvelé avec un goût parfait peintures, tentures et tapisseries. L'élégance et le caractère de chaque élément donnent un charme particulier à l'ensemble. On devine ma confusion.

– Tu es fou. C'est trop!

– Pour toi, rien n'est trop beau. J'ai dépensé une for-tu-ne dans ces murs. Pour toi! Rien que pour toi.

Il s'agite, l'œil enflammé de contentement.

– Voilà enfin un cadre digne de ta personne.

Je suis confondue, assommée par cet empressement tardif. L'intermède de la Malaisie n'est pas si éloigné et sa décevante promptitude à me rejoindre aux USA remonte à quelques mois seulement. Que penser? Une idée pratique m'assaille brusquement : « Dis donc, William d'où as-tu tiré les fonds pour couvrir tous ces frais? »

– De notre compte commun, avoue-t-il spontanément comme une évidence.

Notre compte commun! Là où je vire régulièrement mes cachets. Ainsi, une fois de plus, il m'a ruinée. Tout le produit de mon travail italien est englouti dans cette location, ces peintures, ces tentures... Augmenté de ce qu'il a pu gagner de son côté.

L'argent n'est que sable entre ses mains.

Il me scrute d'un œil métallique. Une fureur froide le dévore. La peur me serre le ventre. Je ne veux pas la lui montrer. La confiance mitigée mais la voix claire, je tente de lui faire entendre raison.

– Écoute. En ce moment il existe une sorte d'incompatibilité entre nous. Cela s'arrangera – quoique j'en doute de plus en plus –. En attendant je m'installerai dans une chambre, toi dans l'autre. Ensuite nous aviserons.

Il esquisse un sourire soulagé « Du moment que tu es là » qui me cause une surprise embarrassée.

ANGÉLIQUE ANGÉLIQUE

Comme convenu, Alain Nebot m'attend. Il me conseille de lire au plus vite les *Angélique* d'Anne et Serge Golon.

Je dévore ces gros volumes en un temps record. Je m'extasie sur le personnage de l'héroïne. J'aime cette Angélique. Elle me passionne. Je la « sens » dans les fibres de mon être. Mieux, je SUIS Angélique! Elle est mon portrait physique, moral, psychologique. Ses réactions sont les miennes. Impétueuse, la pire adversité ne peut l'abattre. Elle retrousse ses manches, se met à l'ouvrage. Son chemin est semé d'embûches : elle ressort intacte de tous les traquenards. Elle est inébranlable. Riche, adulée, on la voit ruinée en quelques heures. Travail, volonté, courage et la fameuse chance, et c'est la fortune de nouveau! La passion d'un être incomparable la trouve pure à l'amour. L'amour est le phare qui illumine sa route. L'envoyé du Shah de Perse s'entremet-il pour son seigneur et maître? Elle lui préfère l'homme qu'elle aime.

Cette femme, c'est tout moi. Ses aventures, je les ai vécues. Les oscillations de sa fortune, des sommets de la réussite aux bas-fonds des pires revers, s'identifient aux aléas de ma rebondissante carrière. Jamais plus je ne rencontrerai autant de coïncidences. C'est un signe du destin. Je dois touner ce film!

Alain me présente au producteur, morne tête de cocker, tristounette, les oreilles un peu moins longues simplement. Alain est présent partout, dans mes entrevues, entretiens, discussions. Il ne me quitte pas d'une semelle. Sa cour s'accentue, insistante. Je ne peux me retenir un jour de lui déclarer : « Alain, j'aimerais que tu te calmes un peu, ne serait-ce que par décence à l'égard de mon mari. »

Il ne se le tient pas pour dit. N'importe quelle éventualité est bonne pour lui. Il débarque à la maison pour le moindre prétexte et un jour il en possède un bon : on me convoque pour passer des tests dans *Angélique.*

– Des tests, mais pourquoi faire? J'ai vingt-six films derrière moi, inclus celui de Bob Hope. Crois-moi, les Américains, c'est une référence.

– Le producteur désire savoir si...

– Si quoi? Et si mon test n'est pas fameux, on me jettera aux chiens. Tu vois, autant je repasserais volontiers d'autres tests aux États-Unis, parce que pour eux un mauvais essai ne signifie qu'une chose : on n'est pas le personnage demandé. C'est tout. Mais ils ne bousillent pas ta carrière pour d'autres rôles. En France, c'est tout le contraire. Un mauvais test est une fin de non-recevoir, le refus « définitif » pour tout autre rôle. Alors pas de test. J'ai assez donné de preuves de ma photogénie, de mes capacités. En Italie je suis vedette numéro un. Je ne veux pas redescendre l'échelle. Toi, tu sais bien qu'indiscutablement je SUIS Angélique.

– Tout à fait d'accord, Michèle, mais d'autres se sont présentées avant toi. C'est bien simple, toutes les actrices blondes de Paris ont subi ces tests.

Ce test m'embarrasse au plus haut point. Mais je veux obtenir ce rôle.

– Bon, bon. D'accord. J'y consens. A mes conditions toutefois : à l'américaine. Puisque c'est un film en costume, qu'on me donne atours, perruques taillés à la mode d'Angélique, maquillage approprié et tout le saint-frusquin! Je veux représenter la véritable héroïne conçue par les auteurs du livre. Car, en définitive, ce sont eux, n'est-ce pas, qui donnent leur accord? Leur avis est prépondérant.

J'admets qu'en France, si je suis connue, je ne suis guère « reconnue ». Mes films italiens, tournés avec d'excellents metteurs en scène, ne sont pas passés sur les écrans français. De ce fait on m'inflige les tests de débutantes.

Ces essais ont lieu à Boulogne, dans un hangar. Une toiture haute, quatre murs percés çà et là de portes et fenêtres. Et plus rien. Pour tout décor trois chiffons qui pendouillent, deux lumières falotes et l'horizon des cent mètres dudit hangar.

Un jury. Toujours le même : metteur en scène, assistants, techniciens. Toujours goguenard : « Qu'est-ce qu'elle va encore nous sortir, celle-là ! » Le metteur en scène donne un ordre :

– Pour commencer, tu vas jouer les petites jeunes filles.

– Faites-moi des nattes, s'il vous plaît, dis-je à la coiffeuse.

– A propos, pas de maquillage !

– Enlevez mon maquillage (à la maquilleuse).

– Dis ton texte.

Il est débile. Je fais « ni-ni-na – na-na-gna – gna-gnan...

– Bien. Maintenant une scène dramatique !

Je change de robe, de perruque. Le texte est aberrant. Impossible qu'il soit tiré du roman. Je ne le retrouve pas en le débitant.

– Parfait. A présent, sois triste.

– . . . .

– Vite : ris aux éclats !... Bon, tu pleures à chaudes larmes !

Changement de robe.

– Marche. Que je te voie dans cette toilette de reine !

Heureusement, je sais marcher, m'asseoir, me lever, courir, être effrayée. Deux longs jours de ces épreuves pénibles, crispantes pour quelqu'un rodé au métier. J'ai envie d'envoyer tout le monde balader.

C'est à la fin de cette seconde journée très déplaisante que le metteur en scène se récrie : « J'oubliais, la colère. On n'a pas fait la colère. Pique-moi une crise mémorable! »

Mes cheveux se dressent sous ma perruque. Je suis hors de moi, en pleine forme je hurle :

– Ah! on n'a pas fait la colère! Je vais vous en enfourcher une, moi. Depuis deux jours que vous me malmenez, que vous me traitez moins que rien, comme une débutante! Je suis vedette en Italie, ne l'oubliez pas et soyez plus professionnels que vous ne l'êtes. Vous n'avez aucune considération pour les artistes. Vous vous croyez tout permis. Vous êtes des incapables, même pas fichus de me donner un texte pour cette scène. Passez m'en un au moins qui vaille la peine d'être dit intelligemment!

– Non, ça va très bien, tu n'en as pas besoin. C'est parfait.

Ils sont tous hilares. Je sens que j'ai gâché ma chance. Tant pis pour moi. « Après tout, je m'en moque, vous pouvez rire, vous ficher de moi. De toute manière vous ne ferez que ce que vous voudrez! »

Je suis partie exaspérée, les yeux brillants sans larmes, en costume et perruque d'Angélique. Sûre et certaine de mon échec. « Je les ai énervés. C'est foutu, je suis trop impulsive. »

Le lendemain, coup de téléphone du producteur.

– Michèle, la marquise des Anges, c'est toi!

Ils étaient sortis nombreux et enchantés après la projection de mes essais. Anne et Serge Golon, les auteurs, s'étaient exclamés : « C'est elle, Angélique. Aucune erreur, c'est elle que nous voulons. »

Par ailleurs, personne ne perdait de vue l'aspect commercial et publicitaire de l'affaire. Je suis célèbre en Italie et capable non seulement de doubler le film en italien, mais de le promouvoir.

Comment ne pas mettre tous ces atouts dans son jeu? Une pareille production est un enjeu considérable. Une gageure.

Savait-on par avance le succès que remporterait ce film à épisodes ? Beaucoup en doutaient.

Moi, je ne doutais pas. J'étais Angélique. J'allais jouer ma propre vie. Je ne savais pas encore à quel point.

Je signe donc le contrat d'*Angélique* avec une ingénuité, une naïveté de novice. J'en découvrirai jour après jour les conséquences déplorables à bien des égards, en particulier pour ma bourse. J'accepte un cachet dérisoire pour bénéficier, en compensation, d'un pourcentage sur revenus nets, alors qu'à l'instar d'un bon champagne, il ne doit être savouré que brut. Après tant de vicissitudes endurées, imperturbables, j'ai gardé foi dans mes semblables. La confiance est mon maître mot. « Tu es une pure » disent mes amis. Idiote, doivent penser d'autres. A croire que toutes mes tribulations n'ont pas suffi à m'ouvrir les yeux sur la rouerie et la fausseté des gens. Je suis droite et ne sait pas mentir. Deux forces féroces qui me joueront bien des tours. Ce contrat que j'approuve à la légère me mettra-t-il en garde une bonne fois contre les pièges tendus par les esprits retors aux innocents de mon espèce ?

Mon excuse tient, pour une large part, à l'énormité de mes responsabilités dans cette production gigantesque et aux conséquences inestimables qu'elle aura sur ma carrière. Je suis de chaque scène, de chaque plan. Des sommes astronomiques sont engagées pour garantir les frais de décors, costumes, acteurs, figurants, machineries, déplacements, location de châteaux, d'abbayes, etc. Trop heureuse de participer à cette grande œuvre, je ne m'attarde pas à l'examen de l'habile calcul de mes rétributions. C'est là mon tort.

On débute par les intérieurs dans les studios de Boulogne-Billancourt. Les deux premiers films de la série, *Angélique marquise des Anges* et *Merveilleuse Angélique*, sont tournés durant la même période. Ils seront livrés au public à un an d'intervalle. Pour des commodités de décors, de disponibilité des acteurs, aussi pour des raisons d'économie, les deux tournages simultanés seront conciliés, coordonnés. Selon le plan de travail établi, il m'arrive d'interpréter le matin une scène du deuxième *Angélique,* où l'on me voit femme et mère de vingt-cinq ans, et l'après-midi deux grandes séquences du premier où je n'ai que dix-sept ans. Cela en fonction du décor où nous évoluons.

Pour un acteur au travail, un film se présente comme une succession de scènes, décousues, fragmentées. Sans logique. Il lui est difficile de créer l'ambiance psychologique. C'est là qu'interviennent son intelligence, sa parfaite connaissance du rôle, la maîtrise de ses réactions. Le metteur en scène, lui, sait où il va. Il doit vous guider, vous aider. Quant il est inventif, ces deux forces conjuguées donnent au film sa valeur. Le monteur a autant d'importance que le metteur en scène. Devant sa table de montage, il peut souligner les qualités d'un film ou les détruire complètement.

Le cinéma, plus que toute autre entreprise artistique, est la prouesse d'une équipe. La Nuit des Césars en dégage bien l'esprit. Les grandes vedettes, les metteurs en scène, se voient décerner des récompenses. Mais les techniciens, électriciens, monteurs, preneurs de son, musiciens, sont aussi à l'honneur. Ce n'est que justice. Derrière les éblouissants projecteurs, le travail minutieux de ces ombres silencieuses, à l'écoute, sont la lumière, la voix qui donnent vie authentique au film. La musique, ensuite mettra en valeur les émotions diverses ressenties par les images et les acteurs.

A Paris, où je continue de résider, William me cause de graves soucis. On dirait qu'il s'efforce par tous les moyens de me détourner de mon travail. Je vis avec lui sans lui appartenir. Je serais bien incapable de mener une vie normale. Trop de choses douloureuses sont survenues entre nous. Si le pardon est facile, la plaie, elle, est à jamais sensible et suinte à vie. La blessure ne se fait pas oublier. Elle se souvient.

Alors que pendant les deux premières années et demie que nous vivions ensemble nous ne nous étions jamais quittés, voilà qu'aussitôt après notre mariage il part pour six mois, ne laissant derrière lui qu'un sillage épais de silence. Six longs mois d'un mutisme incompréhensible et inexpliqué.

A son retour, j'investis tout ce que je possède dans une société de films pour lui donner sa chance de premier metteur en scène. Et il abandonne, ruinant les efforts, les espoirs de ses collaborateurs et de ses commanditaires.

Enfin, je l'attends impatiemment à Hollywood, dans un pays étranger dont la langue ne m'est pas familière, aux coutumes différentes des nôtres; un travail certes merveilleusement professionnel, mais sans concession, impitoyable. Il prend le bateau, arrive à la fin du tournage après avoir claqué au vent de la traversée le plus clair de mes cachets. J'avais besoin de son aide, du réconfort de sa présence, de sa tendresse. Tout pouvait encore recommencer.

Sans cette maudite boisson qui me révulse dans nos rapports. Son haleine rebutante dès le matin. Son visage livide. Ses iris bleus, naguère si clairs, nageant sur la cornée injectée de sang. Les propos désordonnés qu'il tient. Son cerveau qui se liquéfie. La paresse qui s'ensuit. Il était talentueux, intelligent... Je veux bien vivre à ses côtés. Plus avec lui. Je tâcherai de l'aider s'il y consent. Il ne le veut pas.

Il ne le veut pas? J'ai compris plus tard pourquoi. Sur le moment, je suis trop occupée. La chance passe, elle poursuit rarement un réfractaire. Il s'agit de la saisir dès qu'elle vous tend la main. C'est ce que je fais aux *Angélique.* Je ne veux pas rater ma rentrée en France. Il y va de tout mon avenir.

J'en suis intimement convaincue. Pas de temps à perdre. Travailler. Travailler.

William dénigre ce film. J'ai toutes les peines du monde à lui faire lire au moins un des livres des époux Golon.

– Minable! Qu'est-ce que c'est que cette histoire à la noix? Seuls les Américains seraient capables de monter un film sur ce thème. Et encore...

Je ne pouvais convenir que le moins jaloux des hommes qui m'aient approchée est en fait celui qui l'est le plus. Jaloux de ce que je fais, du succès que je remporte. Qu'a-t-il à m'envier? Travaillant auprès des meilleurs, les David Lean, Litvak, Wilder, Spiegel, sans devenir mon Pygmalion, il avait tout naturellement vocation à une forte honnête notoriété. En réalité, il était par-dessus tout préoccupé de freiner mon ascension, de m'entretenir dans d'obscures fonctions ménagères afin de dissimuler ma personnalité, de détourner de moi, comme ce fut le cas à Poissy, l'attention de ses collègues metteurs en scène.

A maintes reprises, ces dernières années, je m'étais demandé s'il m'aimait réellement. Il ne s'intéressait pas à moi. Ce que je pensais n'était pas son souci. La manière dont je passais mes journées ne lui inspirait aucune curiosité. Tenait-il de ses ancêtres nordiques la froideur dont mon tempérament de Méditerranéenne s'inquiétait? Au début, j'avais trouvé son attitude reposante, calme, libérale. Au bout de trois ans, je me posais la question de savoir si elle n'était pas qu'indifférence à mes faits et gestes.

– William, tu ne me demandes jamais ce que je fais, d'où je viens, quels sont mes projets, mes idées sur nous, sur les autres. Pourquoi ce silence?

– Tu le dis si tu veux, fit-il en haussant les épaules, ou tu ne dis rien.

Un manque de communication total. Attristée, je constate que nous ne vivons pas ensemble, seulement à côté l'un de l'autre depuis des années. A vrai dire, c'est un gentil garçon.

Un grand enfant dépensier aux tendances mégalomanes. Un grand jaloux de ma chance, lui qui n'avait pas eu le courage de saisir la sienne quand nous l'avions mise à sa portée.
Je suis malheureuse.

Au courant de mes difficultés conjugales, le producteur est à même d'estimer leurs répercussions sur mon moral. C'est dans un état dépressif que je vais chaque matin aborder mon travail en m'efforçant d'oublier ce qui pourrait m'en distraire. Je rentre le soir à l'appartement avec la perspective noire de retrouver mon mari au bord de je ne sais quel trouble névrotique. Il en donnait des signes alarmants. Conduire une voiture dans ces conditions constituerait un danger permanent. N'en sentant pas la force, la veille du tournage je fais part de mes craintes au producteur qui déclare, magnanime : « T'en fais pas, Michèle. *No problem.* Je t'enverrai Mumu demain matin. »

Je reconnaissais bien le brave homme qui, dans une voiture de la production, tous les jours pendant des mois, m'avait trimbalée dans Paris chez Mme Gromseff, la costumière. Il m'avait attendue devant chez elle des heures entières. Cependant qu'il me ramenait à l'île Saint-Louis, je repensais à l'enchantement de ces toilettes. Le poids des tissus, le fil de la coupe, la richesse des coloris. Deux femmes étaient à l'origine de ces créations : la styliste, Rosine Delamare, à l'imagination féconde et originale, et l'exécutante de ses modèles, Mme Gromseff, d'une stupéfiante adresse. Une anecdote illustre bien la haute conscience professionnelle de cette couturière hors de pair, amoureuse de sa profession. C'était pour le troisième film d'Angélique si j'ai bonne mémoire.

Il est tard. La robe chamarrée de pierreries qu'elle termine doit être livrée le lendemain. Méticuleusement elle l'examine sur toutes les coutures. A son avis, il manque quelques perles. Sur sa cheminée traîne un collier à l'orient identique. Voilà sa fortune! Sans réfléchir plus avant, elle en rompt le fil, emploie une perle de-ci, de-là. Le rang y passe en entier. Le lendemain, la désolation irritée de sa sœur qui avait déposé là, en l'oubliant, son collier de véritables perles, la met aux cent coups. On les a cherchées longtemps parmi les centaines d'autres. Je n'ai jamais su si elles furent retrouvées.

Pour l'instant, je guette Mumu, tandis qu'une 2 CV s'avance, lourdement balancée sous le poids de cageots de poireaux, tomates, salades, patates et autres victuailles. J'y jette un œil distrait, attentive à surprendre le chauffeur au débouché de la rue.

– Madame Mercier! J' suis à vot' service.

– Mumu! Que faites-vous ici? Je veux dire avec ce chargement?

– J' viens vous prendre.

J'éclate de rire en lui décochant une œillade narquoise.

– C'est tout ce que vous avez à m'offrir pour arriver en fanfare aux studios et affronter la presse?

– C'est la voiture qu'on m'a désignée pour venir vous chercher.

– Et ces légumes, toutes ces provisions, c'est pour quoi faire?

– Le repas de midi pour toute l'équipe. Montez, on va être en retard.

Prise de doute mais intrépide, je monte dans la guimbarde près de se disloquer. Nous voilà en route pour les studios. La 2 CV s'essouffle, halète, démarre suppliante aux feux verts.

– Mumu, vous avez dû vous tromper. La production est en train de me lancer comme un produit surnaturel. Le premier jour du tournage, vous pensez bien que les médias sont alertés. Je vais avoir bonne mine à débarquer dans ce brillant équipage! Je vais être la risée de Paris, Angélique avec moi. Si c'est un gag, j'aurais dû venir en tricycle ou en patins à roulettes!

Sa physionomie ennuyée rejoint mon malaise.

– Bon, arrêtez-moi un peu avant. Je gagnerai le studio à pied. C'est préférable. Je sais que ce n'est pas de votre faute. Et merci!

Je ne suis pas bégueule mais mon intuition discerne une anomalie. Devant les studios, je suis assaillie par une meute impatiente de journalistes. Pas un mot sur ma vie privée; par contre je serai diserte sur le film, avec ce qu'il faut d'ambiguïté pour créer le suspense. Et pour conclure :

– Messieurs, lisez les livres des « Angélique » et vous saurez tout! – Et je m'engouffre dans les studios.

Le lendemain, la presse titrera : « Un milliard sur la tête de Michèle Mercier. »

La porte franchie, je vois se dresser devant moi la longue figure du producteur. Je lui expose ma déconvenue quant à la voiture. Les pouces pris dans les entournures de son gilet, il écarte les doigts en signe d'impuissance.

– Moi je... Moi je n'ai rien d'autre sous la main. Et comme je l'interroge s'il en sera ainsi chaque jour : « Tu peux y compter », fait-il sans complexe, ravi de ce qu'il croit être mon acceptation à ses moindres frais. Deux femmes jacassantes s'interposent entre nous. Leurs regards prétentieux me soupèsent. Qui sont ces donzelles? Sûrement pas des figurantes. Il en faut davantage pour m'interrompre. J'attaque :

– C'est idiot! Vous lancez à coups de super-publicités des grands films d'aventures basés sur une héroïne de rêve et vous lésinez sur les moyens de la mettre en valeur, de la rendre crédible? Je vous l'assure, je suis plutôt simple de goûts, mais il y a des règles à observer, le décorum. Autant valable pour moi que pour vous et pour la production. Une voiture convenable pour mes déplacements ne serait pas un luxe superflu. Vous me l'aviez bien accordée pour me rendre aux essayages, ce qui n'avait pas la même importance. J'avoue ne m'être jamais heurtée à ce genre de difficultés ni en Amérique, ni en Italie. Ils ont le sens du prestige, eux!

Piqué au vif, le producteur étire sa maigreur, les pouces toujours agrippés à son gilet il agite des doigts frénétiques :

– Moi je... Moi je n'ai rien stipulé de tel dans le contrat que vous avez signé.

– Ça n'était pas non plus stipulé dans mes contrats américains et italiens. Ces détails tombent sous le sens.

Survient le metteur en scène Bernard Borderie. Il me salue. C'est un homme charmant, de haute stature, fort. Je pensais qu'il tombait à pic pour appuyer ma requête. Je le prends à témoin.

– Bernard, je ne demande pas une Rolls à air conditionné. Simplement une voiture décente. Pas celle du ravitaillement!

On me bouscule et, par ce biais, je remarque que nous discutons au milieu d'un tohu-bohu grandissant. Je n'ai, de ma vie, rien connu de tel sur un plateau. Des gens vont, viennent complètement étrangers à la préparation du film.

– Qui sont ces personnes? La figuration?

– Non, rit Bernard, ma femme, ma fille, d'autres épouses. Et les petites amies de certains. Des amis, quoi!

Je saisis instantanément la balle au bond, une lueur de gaieté dans le regard :

– Et comment les avez-vous acheminés jusqu'ici? Avec les voitures de la production?

– Seulement quelques-uns, laisse échapper le producteur.

Je jubile. « Alors, qui peut le plus peut le moins », et me tournant vers le metteur en scène : « Intercédez pour moi auprès de votre père, Bernard. N'est-il pas coproducteur dans les *Angélique*?

Il jette un œil timoré au producteur, sans plus. De quoi lui sert d'être bon garçon?

Toute la durée du tournage parisien, ponctuelle, matin et soir, la crevarde et chuintante 2 CV sera ma seule voiture de fonction.

De retour des studios, un soir, je vois William une cuiller en argent en travers de la bouche. Il parle, parle sans arrêt. Son discours insolite n'a pas spécialement trait à me souhaiter le bonsoir. Je passe outre.

– Qu'est-ce que tu fais là?

– Tu le vois, je répète un texte. Comme j'ai un cheveu sur la langue, j'apprends à m'en débarrasser.

– Ce serait dommage parce qu'il te va bien, ce cheveu. Il n'empêche pas Simone Signoret de faire une belle carrière. Au contraire, c'est un charme de plus.

– J'ai rencontré Yves Ciampi hier, dit-il, la cuiller toujours coincée entre les dents. Il veut qu'on tourne ensemble.

Je suis ravie. William reprend le travail. « Tu seras de la deuxième équipe, c'est formidable! »

– T'emballe pas. Je vais tourner en tant qu'acteur.

– Toi acteur?

Où cette lubie allait-elle encore nous entraîner?

– Il paraît que j'ai la gueule de l'emploi. Un officier chef d'escadrille dans un film d'hommes. Il cherche quelqu'un à la William Holden.

– William, soyons sérieux. Puisque tu ne veux plus faire de mise en scène, assiste-moi dans mon métier. Prends la défense de mes intérêts. Collaborons ensemble. J'ai peur d'être débordée par ce rôle écrasant d'Angélique. Avec toi j'aurai du courage. Nous serons plus forts tous les deux. Comme par le passé. Tu me ferais tant plaisir!

– N'insiste pas, Michèle, ce n'est pas le moment. Yves Ciampi a été formel : je suis le personnage qu'il lui faut. Je ne peux pas refuser.

Et toujours sa maudite cuiller.

– Enlève cet ustensile de ta bouche quand tu parles, c'est désagréable à la fin.

– C'est la méthode d'Elia Kazan à l'Actor's Studio de New York. Susan Strassberg que j'ai rencontrée hier... Et il part dans une longue explication.

– Bon. Moi, j'ai un texte à étudier pour demain. Si tu ne veux pas m'aider à répéter, je vais travailler seule dans ma chambre.

La porte s'ouvre. Kali se jette dans mes jambes, gémissant, tournant et se retournant, la queue battant le parquet, un meuble au passage. Elle exprime sa joie de me revoir en fin de journée, ses beaux yeux en amande emplis de tendresse. Jeanne aussitôt derrière elle me libère de mes affaires, lance un regard de compassion à William, me chuchote : « Je vous prépare un thé et des toasts, madame. » Indispensable Jeanne. Elle a la maison en main. Cela me réconforte, me rend paisible.

Et nous voilà, soirée après soirée, William dans une chambre, moi dans une autre, à réciter nos textes respectifs.

Mes journées sont pleines. Où est le temps de la jeune débutante que l'on évente après chaque mot prononcé devant la caméra ? Je ne suis plus aussi protégée. Noblesse oblige. Je veux être la meilleure. Jouer avec mes tripes. Extirper de moi, sans artifice, la profondeur de mes sentiments. Émouvoir d'un regard, traduire la volupté simplement en y « pensant ».

A mesure que les jours passent, William répète de moins en moins; moi, de plus en plus. Les journaux spécialisés parlent de moi. La presse quotidienne s'en mêle. William semble me découvrir. Il est frappé de mon succès grandissant. En contrecoup il boit de plus en plus. Au dîner, l'un en face de l'autre, j'ai une assiette devant moi; lui, un verre et un flacon de whisky. Je ne cache plus les bouteilles. A quoi bon? Mieux vaut qu'il boive à la maison et reste ici tranquille.

Une manie le saisit. Il pénètre au milieu de la nuit dans ma chambre et se met à parler. De tout, de rien, un langage incohérent, sans fin, pose des questions, fais les réponses. Dans un demi-sommeil, je tente de le calmer. « William je t'en supplie. Demain je dois être aux studios à six heures. Va te reposer. » Il ne m'entend pas. Il parle. Impossible de le faire taire. Je me lève, l'aide à se recoucher avec des « chut... chut » consolants. Je lui tiens la main un moment. Il a l'air de dormir. Cinq minutes après il est de nouveau dans ma chambre, à parler. Cette comédie se renouvelle chaque nuit. Pendant des semaines.

Les lendemains au studio je ne suis pas fraîche. Heureusement, ma maquilleuse fait merveille. Elle s'appelle Maguy Vernadet. Véritable Titi parisien, on ne peut plus drôle. Une vraie chasse-spleen. Elle connaît parfaitement son métier, semble l'inventer à chaque coup de houppette, de pinceau. Je lui dois d'être belle même les jours où je ne le suis pas. Une fée. Elle me suivra tout le long de ma carrière. Elle sera une petite mère pour moi. Je serai une amie pour elle. Nous ne nous quitterons plus.

A la fin de ces journées harassantes, je retrouve le bavardage continuel de William sur les lèvres luisantes et sanguines, son haleine aux relents d'alcool. Il me dérange toutes les nuits. Extravagant. Grands gestes. Je ne comprends rien à ce qu'il dit. Un tissu de mots qu'il gargouille sans perdre haleine. Excédée, un beau matin je le menace de m'en aller.

– Si tu pars je me suicide!

Il en serait capable. Faut-il admettre que je l'aime encore? Je prends patience. La vie est lente. Il m'en a trop coûté, jadis, d'avoir renvoyé G... comme ça, en claquant des doigts. Que faire? Il me rend malade avec lui. Je n'assume plus aussi bien mon travail. Trop de gens comptent sur moi que je vais décevoir. Leurs qualités professionnelles, leur renom sont en jeu avec la réussite du film. Des intérêts considérables sont menacés par les fantaisies d'un buveur. Une décision s'impose.

Une nuit que ses perpétuelles parlotes m'ont mise hors de moi, j'ouvre toute grande la fenêtre :

– Tu veux te suicider? Allez, saute mon vieux. Je ne te retiens pas!

Sa réponse me laisse d'abord médusée.

– Que je saute? Oh que non! Tu serais trop contente d'en finir rapidement avec moi. Je te réserve autre chose. Mieux. Beaucoup mieux.

Il a un de ces airs mauvais qui me donne la frousse. Vite, je saisis mes affaires de toilette, un manteau accroché dans le hall, je traverse en pleine nuit le pont qui relie l'île Saint-Louis à la rive gauche et me réfugie dans le premier hôtel venu. Malgré l'heure indue, j'appelle la production pour demander qu'on vienne dorénavant me prendre ici et non plus chez moi.

Il en sera ainsi tous les jours de la semaine. Le samedi et le dimanche, je réintègre, pour la journée seulement, mon appartement. Je change de toilette et m'occupe de la maison. Il ne faut pas que Jeanne et Kali se sentent abandonnées. Je veille sur William quoiqu'il m'en coûte. Je le vois par intermittence. Ou il dort sur son whisky, ou il est de sortie. Parfois il est là. Je le dévisage avec nonchalance pour ne pas l'inquiéter. Il y a en lui une attitude indéfinissable, des expressions fugitives troublantes.

Un soir, j'appelle Jeanne de l'hôtel pour prendre des nouvelles. « Ça va à la maison? »

– La maison, oui. Euh...

Je la trouve embarrassée. « Et comment est Monsieur? »

– Il a eu une crise. Le docteur est venu.

– Une crise de quoi?

– Je sais pas. Il faut fous tire, ce matin on l'a troufé étendu par terre, la langue noire. Il tremblait de tout le corps. Évanoui! On l'a couché dans son lit.

J'arrive aussitôt. Je n'ai que la rue à traverser et le petit pont au pied de la maison. Dès l'entrée, Jeanne m'explique en long, en large l'attaque de Monsieur, ses tremblements, sa langue effrayante. Je pense au delirium tremens particulier des alcooliques. Dans sa chambre, il est étendu par terre, agité de convulsions. Il tire une langue si noire que je panique. « Vite, Jeanne, appelle le médecin. »

– Che comprends pas, fait-elle, l'accent alsacien plus prononcé que de coutume, l'émotion sans doute, tout à l'heure on l'avait couché, le docteur et moi!

Il est calme et semble dormir. Le docteur n'est pas chez lui. Un remplaçant arrive sans tarder. Il examine soigneusement William que nous avons étendu sur le lit. La consultation terminée, je raccompagne le médecin et lui fait part de mes craintes. « C'est la seconde crise aujourd'hui. Sa langue noire me fait peur. Il finira par s'étouffer. »

– Non, madame. La langue noire, c'est un bon coup d'encre de Chine. Cette crise est simulée. La première était peut-être réelle. Celle-ci, je puis vous le garantir, n'est qu'une comédie.

J'ai du mal à m'enfoncer cela dans la tête. Il faut en avoir le cœur net. Je reviens dans la chambre et dis à haute voix à Jeanne, plongée à dessein dans une parfaite détresse : « Puisque Monsieur est si malade, je ne vois qu'une solution, c'est l'hôpital. Appelez une ambulance! »

Cette perspective agit sur notre malade à la façon d'un déclic. Il se dresse sur son lit : « Non, inutile, je me sens mieux. Tu vois, je me lève. Je peux même me recoucher seul. »

La preuve est faite. Le médecin a raison, c'est un coup monté.

– Fini tes comédies. Tu frimes parfaitement bien. Mais ça ne prend plus. Tu as trop de fois crié « Au loup! ». Je vais demander le divorce.

– Tu ne divorceras pas.

– C'est ce qu'on verra, mon ami.

– C'est tout vu. Je vais devenir fou. Fou à lier. Et d'un fou personne ne peut divorcer. C'est la loi.

Il rit, dément.

– Ah, tu vas devenir fou! Comme ça, sur commande? Et comment t'y prendras-tu?

– C'est très simple. En plus de l'alcool que je bois, je n'ai qu'à avaler valium, librium, barbituriques et je serai fou en un rien de temps. De cette façon tu ne me quitteras jamais. Je ne peux pas vivre sans toi, Michèle. Je t'en supplie, ne me quitte pas. Je ferai n'importe quoi pour t'en empêcher.

Nous avons passé tout un week-end à discuter. Il se sentait déclassé. Par son incapacité il avait perdu sa propre estime. Le travail seul le sortirait de son marasme.

– Si tu travaillais, lui dis-je, tu n'aurais pas d'idées lugubres. Pourquoi ne reprends-tu pas? Tu as du talent, un vrai talent dans ton métier. Doucement, j'essaie de lui faire entendre : « Cesse de boire... »

– Trop tard! Mais je ne veux pas que tu t'en ailles. Je t'enchaînerai à moi. A vie! Tu ne pourras pas aller vers d'autres.

Je faisais face à ce visage ravagé par les larmes. J'allai voir ses parents. Ils m'avaient toujours aimée. En réalité, sa mère était remariée à un homme délicieux. Cet homme était donc le beau-père de William. Son vrai père vivait encore. Il venait assez souvent nous voir. Quelle courtoisie en cet officier de marine originaire de Lille. Tous trois m'exhortèrent à la patience.

J'en manquais, je l'avoue, en ces années agitées. Le rythme des tournages d'*Angélique* était accablant. Mes beaux-parents avaient beau avoir une tendre affection pour moi, ils défendaient leur fils. C'est humain. Je leur disais : « Il faut qu'il se mette au travail. Encouragez-le à le faire. »

– Pas dans son état. Mon fils est très malade, disait ma belle-mère.

Et moi, moi, je ne pouvais plus vivre avec lui. Ses yeux braqués sur moi étaient remplis de suspicion, d'hostilité. Je me sentait psychiquement menacée. Comment aurais-je pu vivre avec lui ? J'aurais sombré dans sa folie. Je manquais de force pour demeurer normale à son contact. Il y allait d'une certaine contagion. Je promis d'attendre encore un peu et regagnai mon hôtel.

Le samedi suivant, William affichait une meilleure humeur.

– Passe-moi la voiture, j'aimerais faire un tour. Cela me distraira.

Une voiture légère, Alfa Romeo achetée récemment à crédit.

– Tu as raison, ça ne peut que te faire du bien, lui dis-je en lui remettant les clefs. Prends-là et surtout sois prudent.

Il m'en faut peu pour reprendre espoir.

Heureusement, parce qu'aux studios ça ne s'arrange pas. La foule des amis, des « amies » devrai-je dire, est toujours présente. Accapare les sièges trop rares. Je mendierai souvent une place assise pour reposer mes jambes, qu'on m'accordera de mauvaise grâce. Je sens dans mon dos des regards hostiles. Sous les feux des projecteurs, mon âme vulnérable aiguise sa perception. Ce public importun cherche à me nuire, freine mes élans, me déconcerte. En suis-je la seule victime ? Pourquoi le producteur tolère-t-il tout ce monde sur le plateau ? ce bruit, ce désordre permanent préjudiciable au jeu des acteurs ? Sans jamais percer la motivation de cette attitude déroutante, j'en subirai longuement les odieux effets.

Il serait inexact de dire que ma vie aux studios fut un enfer. J'avais de merveilleuses compensations. Elles avaient des prénoms chantants très France laborieuse et chacune d'elles, dans sa partie, était géniale. Maguy, observatrice, impitoyable aux méchants, la langue verte et juste. Que d'ironie, dans son regard une vie qui jusque-là ne l'a point gâtée. Quelle volonté pour la dominer et en sortir vainqueur! Elle est la maquilleuse rêvée de toutes stars. Mariette l'habilleuse, au prénom de comédie, toujours de bonne humeur. Huguette et Jacqueline, les deux sœurs coiffeuses. L'une s'acharnant plus spécialement sur ma tête et l'autre principalement sur les perruques, elles créaient avec beaucoup de talent pour chaque scène des coiffures nouvelles. Toutes quatre souverainement présentes.

Les trois mousquetaires étaient quatre; aussi je les appellerai les « trois grâces ». Elles voient ce qui se passe et en sont outrées. Elles me comprennent, me confortent, m'encouragent, m'aiment. Elles sont mon rempart, mon bouclier. Et dans la jungle de cette production pas comme les autres, leur discrète affection m'est précieuse. Sans elles le film n'aurait pas été ce qu'il fut. Nous nous suivrons longtemps. Que de moments pathétiques, plaisants, ridicules ou comiques, avons-nous vécus ensemble! Quels fous rires mémorables! Elles aimaient à s'égayer autant que moi. Leur force tranquille et ma jeunesse m'ont sauvée des drames qu'elles ont partagé avec moi.

En apprenant les journées hallucinantes que je vivais, Alain Nebot s'était rapproché de moi. Il m'agaçait moins. Faisait tout pour me réconforter. Me distraire. Parfois, il m'invitait avec des amis au restaurant. J'avais en lui un véritable chevalier servant, courtois, fidèle, aux petits soins. Mais, si je n'appartenais plus à William, je n'étais pas à Alain. Il n'en était pas question. Je ne voulais pas retomber dans les bras d'un homme. Ceux de William étaient un étau dont je n'étais pas dégagée. Et puis, il faut bien le souligner, je ne pensais qu'à *Angélique.* Ce film était mon obsession. Le travail mon seul but.

Dès mon arrivée à l'hôtel, j'appelle ma brave Jeanne. Pour une fois, ce soir, les nouvelles seront-elles meilleures ? Hélas! elles sont pires qu'à l'accoutumée.

– Ça va à la maison ?

– Ça fa pas du tout. On est fenu cambrioler cette nuit.

– Quoi ? Cambrioler ?

Je cours haletante jusqu'à l'appartement. Un tour vite fait, les meubles, les tableaux, les livres de Marcel Proust sont tous là. Ouf! Dans la penderie de William, tout est en ordre.

– Enfin, qu'a-t-on cambriolé, Jeanne ?

– Fos affaires. Toutes fos affaires!

De fait, ma penderie est entièrement vide. Plus une robe, une chaussure, ni lingerie, ni manteaux.

– Et mon manteau de panthère ?

– Plus là non plus, Matame.

C'est affolant. Je n'ai même pas fini de le payer. Un manteau neuf et d'un tel prix! Et ma voiture ? Je me penche à la fenêtre. Elle est là, au débouché du pont piétonnier. Apparemment, c'est tout ce qu'il me reste.

– Où est Monsieur ?

– Il m'a fait une crande crise. Sa mère arrivait justement. le docteur l'a fait rentrer à Sainte-Anne. Mon Tieu! Mon Tieu!

A Sainte- Anne ? En psychiatrie. Ma première réaction fut de penser : « Au moins là, il ne commettra plus de bêtises. »

Le sort de mes affaires ne manque pas de me tracasser J'ai parlé de vol au commissaire de police. Il n'est pas convaincu.

– Si on avait tout volé chez vous ou, au moins, les objets les plus précieux, d'accord. Mais rien que vos affaires, ça ressemble plus à une farce qu'à un cambriolage. Voyez donc un peu autour de vous.

William n'est pas le seul que je suspecte. La secrétaire que nous avons en commun, chargée de la menue correspondance, de la frappe des manuscrits, des scénari, etc., cette dévouée secrétaire s'est évaporée. Introuvable. En même temps que mes robes et mon manteau de fourrure. Que dois-je penser? Qui puis-je accuser?

William, lui, avait tenu parole. Sur son organisme délabré, les tranquillisants mêlés aux barbituriques et délayés dans des litres de whisky avaient eu raison de son cerveau. Tous les jours ou presque au sortir de mon travail, harassée, j'allais le voir à Sainte-Anne. Entre deux accès il avait des rémissions importantes et ne sombrait dans des divagations qu'en entendant le mot « divorce ». Ou alors, il se contentait de me jeter un œil rapide et gardait un silence entêté derrière un demi-sourire plein de sous-entendus. Je le sentais très fier de lui, comme d'un bon tour qu'il m'aurait joué. Devant cette attitude j'étais désemparée. C'est ce qu'il voulait. Il faisait même de la surenchère :

– On ne divorce pas d'un fou, je te l'ai dit cent fois. Et j'ai l'intention de le devenir totalement. Mon avocat a ajouté que tu devras payer pour moi toute ta vie.

– C'est ce que je fais depuis des années. Crois-tu que les soins ici sont gratuits? Je paie pour toi, n'aie pas peur!

– Ce n'est rien à côté de la pension alimentaire que tu vas être obligée de me verser maintenant.

D'un bond je suis sur mes pieds. Fou... mais malin homme d'affaires également! Je prends rendez-vous avec son avocat.

– C'est exact, madame. Puisque votre mari n'est plus en mesure de travailler et que vous avez un emploi, c'est à vous d'assumer les frais du ménage, des soins, sans oublier les impôts en retard. Et en cas de divorce, à supposer que vous puissiez l'obtenir, de lui payer une pension alimentaire.

– Vous n'y pensez pas, maître, j'ai à peine vingt-cinq ans et je devrais payer, toute ma vie, une pension à un homme qui a refusé lâchement de travailler, qui s'est volontairement intoxiqué afin de devenir fou? Ça jamais!

– Vous ne pourrez pas divorcer.

– Je veux bien payer les soins. Un jour, bientôt j'espère, une fois guéri, il reprendra une vie normale. Mais ne me parlez pas de lui payer une rente.

Décidée à éclaircir ce point, je vois les médecins sans tarder. L'impression que j'en retire n'est guère stimulante. Le cas de William est grave.

– Que voulez-vous, madame, les excès auxquels votre mari s'est livré ont miné son organisme. Cela d'autant mieux qu'ils trouvaient chez lui un terrain propice, en raison d'antécédents familiaux.

Je ressens une peine très profonde pour William.

Dans un accès de lucidité je réalise mon impuissance à le sauver. Il partira seul sur la route de ses folies multiples. Je ne l'abandonne pas. Je me préserve. En le suivant je participerais à sa maladie. Je succomberais à mon tour. Or je veux mener une existence normale.

A quelque temps de là, j'apprends que des copains atterrissent à Orly. Étant donné mes occupations dans la journée, je ne puis aller les chercher. J'arrive à joindre un fidèle de toujours, Michel Lemoine. Le véritable ami. Toujours là quand on a besoin de lui, sans ostentation, avec humour et affection. Je peux compter sur lui, il ira à l'aéroport à ma place.

Je lui remets les clefs de ma voiture. En route! Il n'ira pas très loin. A quelques kilomètres de Paris, la direction de l'Alfa Romeo ne répond plus. L'accident. Michel rentre si habilement dans le décor qu'il s'en sort indemne. On ne peut pas en dire autant de la voiture. A sa place, moi qui conduis si vite, je me serais tuée immanquablement. Une voiture neuve! qu'a-t-il pu se passer? Un garagiste remorque l'épave bonne pour la ferraille.

Et je poursuis ma vie active. Après deux mois, le tournage en studio prend fin. Nous allons bientôt partir pour les extérieurs. William est installé pour une longue période à l'hôpital. Je réintègre l'île Saint-Louis pour remettre de l'ordre dans la maison et entamer le déménagement. Ranger les papiers que la secrétaire et William ont laissés à l'abandon. Des dossiers partout. Des notes éparses. J'en lis quelques-unes. Je tombe sur un scénario, une nouvelle. Que c'est beau! William a du talent. S'il voulait! En soupirant j'empile dans des caisses, des malles. Classé proprement : un manuscrit. Il a l'air complet. Sa présentation est soignée. L'envie de le lire l'emporte sur l'heure.

« Elle le quitte. Il ne veut pas. Lui dit qu'il l'aime. Trop déçue, elle ne l'écoute plus. Il va se venger. Combine un meurtre. Il sciera l'arbre de direction de sa voiture, une Alfa Romeo rouge. Elle conduit vite. Elle se tuera, c'est certain. »... Un scénario qui me fait froid dans le dos.

J'en parle à Michel qui va retrouver le garagiste. Celui-ci, sur le moment, n'avait fait qu'un examen rapide. Ni blessé ni mort? Une voiture irrécupérable. Pas le temps de s'en occuper. Aujourd'hui il se penche avec plus d'attention sur la carcasse disloquée. L'arbre de direction, indéniablement, a été scié. Je ne veux pas en savoir davantage. Écarte les rabâchages. J'enfouis tout dans mon subconscient, en ferme la porte.

Une pensée, cependant, vive, obsédante : Michel aurait pu être tué. Grâce à son sang-froid, il a échappé à la mort. Avec drôlerie il me surnomme « Miss Catastrophe ». Plus d'une fois il n'aura pas tort de m'appeler ainsi.

Je n'ai pas voulu revoir William. Nos échanges se faisaient par avocats interposés. J'avais pris pour ma défense Me Robert Badinter. Patient, efficace, il prendra grand soin de mes intérêts dans cette lamentable affaire.

– Certes, on ne divorce pas d'un malade mental, me dit-il. Par ailleurs, votre mari s'y oppose. Prenons un peu de recul.

Il comprendra peut-être un jour la situation difficile et boiteuse que vous vivez.

William a « compris » quatre ans plus tard moyennant une confortable transaction. Le divorce est prononcé discrètement en 1967.

Divorce! A moins de l'avoir subi, on ne peut savoir à quel point ce mot renferme de soucis, larmes, querelles, traumatismes. Les lettres injurieuses, sordides, qu'en ce temps-là les époux devaient s'adresser. On finissait par y croire. On se haïssait. L'horreur écrite, décrite, soulignée, détaillée. A cet égard, les mœurs se sont adoucies, les procédures humanisées.

Je continue d'avancer dans le temps. J'ai quitté l'île Saint-Louis. Les parents de William sont venus prendre nos affaires. Je leur ai tout donné. Les mesquineries du partage me sont intolérables. Je bâtirai un décor nouveau. Changerai de vie en changeant d'appartement. Je loue un duplex. Jeanne et son mari l'installent. Ils m'y attendent avec Kali. Au fil des années, des amis de William, arguant de leurs difficultés financières, sont venus en nombre me demander de les rembourser. Mon mari avait contracté pas mal d'emprunts. J'ai payé ses dettes jusqu'au dernier centime.

Après ces tristes formalités, avec beaucoup de mal, j'ai détourné mes yeux du passé. Pour toujours. Je voulais retrouver la sérénité, l'équilibre dont un être humain a besoin pour vivre.

Naissait l'espoir de bâtir un jour ce foyer qui était ma raison d'être.

Nous touchons à la fin des intérieurs du film. Ils sont dans les boîtes.

A nous les extérieurs! Ma joie est immense. Je veux oublier Boulogne-Billancourt, mes misères, ces femmes oisives qui se mêlaient de tout et n'entendaient rien à rien, l'intrusion des regards derrière les caméras, les critiques impertinentes. Désormais nous serons entre nous, les travailleurs.

Montbard, près de Dijon. Première étape de notre long périple qui nous transportera dans plusieurs châteaux de France. De celui de Marigny, demeure paternelle de la jeune Angélique, au château d'Esclimont, cache secrète où Angélique dissimulera le coffret renfermant le poison visant à assassiner le roi.

Aux environs de l'abbaye de Fontenay se déroulera, chaste et sensuelle, une des plus belles scènes d'amour entre Peyrac et Angélique. Il la regarde, passionnément, tout en caressant une statue découverte depuis peu dans son domaine et qu'il dépouille délicatement de la terre qui la recouvre encore. Elle a peut-être mille ans, tout comme l'amour intense qui vient de naître entre ces deux êtres et qu'ils découvrent en même temps.

Leurs regards se croisent, se détachent, s'attachent et ne se quitteront plus quoi qu'il arrive pour l'éternité.

Une vieille carrière de sable désaffectée servira l'action d'une manière mémorable pour ma part.

Le producteur avait élu ce cœur de la Bourgogne pour situer la première partie de ses films. Il y avait déjà tourné *Le Repos du guerrier*. C'est là qu'il avait fait la connaissance d'Alain qui était devenu son grand ami. Ce choix répondait on ne peut mieux aux visées personnelles de mon soupirant. A Dijon, il serait sur place pour me rencontrer à loisir pendant des mois. Il nous démontrera son influence auprès du chanoine Kir, député-maire de la ville, en obtenant pour les besoins du film des autorisations de tournage – que l'on n'accorde en principe jamais – dans certains secteurs de la région. Souvent, lorsque l'équipe au grand complet se déplacera, nous serons escortés par des motards et des voitures de la gendarmerie tel un petit convoi militaire. Devant ce déploiement de forces, nous serons tous, évidemment, aux anges!

La mise en route est prévue pour le 20 avril. Le printemps est en place. Il fait beau. C'est agréable. Dépourvue de voiture, désargentée à force de payer dettes et traites, je rentrai à Dijon par le train.

Sur le quai je retrouve, bruyante et réjouie, la bande des techniciens, toutes spécialités confondues, des artistes de second plan également. Une troupe sympathique, enthousiaste, bonhomme, le cœur sans détour. Je suis bien parmi eux. Détendue. Je crois qu'ils me rendent ce sentiment de solidarité professionnelle et de camaraderie qu'au-delà des années nous poursuivrons.

Le tournage en extérieur va commencer sous d'heureux auspices. Heureuse de tourner le dos à Paris, à mes ennuis. Un léger pincement au cœur en me remémorant ma chienne que j'ai été forcée de laisser à la maison. Mais Jeanne en profitera pour lui faire mijoter pendant des heures de trop abondantes et savoureuses pâtées. Ce que je lui ai formellement interdit. Quand je rentrerai elle aura sûrement grossi, pas Jeanne... mais Kali! Je loge dans une auberge tenue par M. Belin. L'Hôtel de la gare. Je goûte dès le soir sa délicieuse cuisine. Sa carte est surprenante; il me confie qu'il a une réserve de Romanée-Conti, X... années d'âge. A faire rêver mes papilles gustatives. Le vin des dieux est inabordable à ma mini-bourse. On me prévient de l'heure du lever pour le lendemain. L'aurore épanouie me trouve en bas prête à partir. Un minibus passe prendre les maquilleuses, habilleuses, coiffeuses et des comédiens de rôles épisodiques. Moi, j'attends. Enfin, on vient me chercher et je débarque en lanterne rouge sur le lieu du tournage.

Stupeur! Tout le monde est à son poste sans exception :

épouses, filles, petites amies, amis. Il s'est organisé, paraît-il, une navette de voitures entre Paris et Dijon pour ces messieurs et ces dames et je me retrouve à la place que l'on m'a assignée dès le début : la dernière. Il en sera de même chaque jour, matin et soir. Au point que ma bonne Maguy finit par s'émouvoir du procédé. Le soir, au bord de la route, attendant le bon vouloir du producteur à la méprisante superbe, elle me tient compagnie pour m'éviter isolement et découragement. Une partie de bras de fer s'était engagée entre le producteur et moi. Je devais la gagner en tant que femme, artiste, vedette et, sans doute le plus naturellement du monde, par simple souci de ma dignité.

Mes soirées à l'auberge sont chargées. Tenue sans décontraction puisque des journalistes m'attendent pour des entrevues parfois longues. Mon comportement ne relève plus seulement d'une comédienne, mais d'une star et cela sans forfanterie. Ainsi l'exigent la superproduction et surtout les médias.

Aux reporters, correspondants régionaux, j'essaie de répondre avec légèreté, humour, courant parfois au-devant du paradoxe, tandis que m'aveuglent les flashes des photographes : à un envoyé spécial de *Lui,* ayant refusé depuis longtemps de faire des photos de « nus » même à prix d'or, je répondrai :

Question : Quels sont vos atouts physiques et moraux ?

Réponse : Une grosse tête avec rien dedans, en apparence.

Q. – Votre plus affriolante scène d'amour ?

R. – Je regrette, elle appartient à ma vie privée.

Q. – Quelle est pour vous la différence entre une actrice et une femme ordinaire ?

R. – La femme ordinaire joue souvent mieux la comédie que l'actrice.

Q. – La popularité peut-elle changer le caractère ?

R. – Elle est un des éléments de la célébrité. Sans doute elle peut changer le caractère de certains. Parce qu'ils se prennent au jeu. Alors je les plains car la vie risque de les rappeler rapidement à l'humilité.

Q. – Vous êtes la vedette française numéro 1 en Italie. Qu'est-ce qui vous séduit le plus en France?

R. – Les grands vins de Bourgogne.

La presse régionale se rengorge. Le reporter parisien ne s'étonne pas. Il doit apprécier les vins de la région.

Lorsque je parviendrai à ma table pour dîner, les plats appétissants seront terminés. Je me contenterai de manger sans faim, en vitesse, une banale omelette, une cuisine vite faite. Heureusement l'aubergiste aura tôt fait de s'en apercevoir et me réservera par la suite ma part ou un plat cuisiné à mon intention. Avant de m'endormir, j'apprends mon texte pour le lendemain.

Le dimanche, quand le souvenir obsédant de William marque une pause – tout ne peut être noir dans l'existence –, un bonheur m'est donné. Si près des lieux du tournage, Alain est souvent là. Il n'est qu'un simple ami tout en me donnant l'impression de ne voir que moi, de ne s'occuper que de moi dès que nous sommes réunis. Absorbée comme je le suis par le tournage toute la sainte journée; il m'est impossible de gérer mes affaires. Alain propose de s'en occuper à ma place. Il prend mes intérêts en main. Je puis me délasser sans me tourmenter. Il est un soutien qui devient rapidement indispensable. Tout ce qu'il dit est parole d'évangile. Ce qu'il fait, sacrément. Ça s'appelle la foi. Il se glisse tendrement dans ma vie.

Alain est un vétérinaire qui a su aménager sa vie professionnelle de telle sorte qu'elle lui laisse du temps pour ses loisirs. Il loue une partie de son cabinet à un jeune confrère débutant qui profite ainsi d'une clientèle déjà fidèle. Les relations d'Alain sont innombrables dans tous les milieux jusqu'aux plus valeureux. Décoré à dix-sept ans de la Légion d'honneur par le général de Gaulle lui-même, le milieu politique n'a aucun secret pour lui. Il m'y fait pénétrer.

J'entends discourir des gens hors du commun qui veulent refaire le monde.

Il lui arrive de réunir des confrères et des médecins. Je retrouve mes racines, en adulte. Ils m'apprennent l'usage des expressions fortes, la langue verte de la profession, leurs histoires crues et abominables de salle de garde. Dans mon cas, elles sont plus qu'un délassement, une thérapie qui, par la violence verbale, la violence des images, me dégage de celles de ma vie privée, ou du monde du travail dans lequel j'évolue en ce moment. Je souligne : en ce moment.

Ce vétérinaire est également un sportif. Coureur automobile, il concourt dans les rallyes et les compétitions et remporte des prix. Je découvre avec lui un nouvel environnement. Ma soif de connaître est grande. Parmi ces mordus de l'automobile, il est un être unique, d'une exquise politesse, une classe folle, grand, mince, l'œil d'un bleu intense, le cheveu blond, qui d'emblée me subjugue. Déjà à cette époque il accrochait à son palmarès de nombreuses victoires au Tour de France automobile et aux Vingt-quatre heures du Mans.

J'ai beaucoup de plaisir à converser avec lui. Il me parle longuement d'Alain. De leur amitié. C'est la première fois qu'un tiers fait allusion à son divorce, non pour le dénoncer mais pour glisser dans la conversation l'existence du fils d'Alain.

– Comme il a pour prénom Alain comme son père, on l'a surnommé Junior. Le savais-tu ?

– Oui, Alain ne me l'a pas caché. Je sais qu'on l'appelle aussi « Bouboule », ou « La Boule » parce qu'il est tout rond.

– C'est un enfant adorable, as-tu fait sa connaissance ? Et comme je fais un signe de négation :

– Oh ! tu l'aimeras dès que tu le verras. Il est très mignon. Et la fréquentation des enfants est enrichissante.

Alain me distrait de mon travail. Il est autre chose. En

dehors. Mille autres choses. Tout le monde paraît l'aimer. S'engoue littéralement de lui. Je mettrai des années à découvrir les facettes nombreuses, surprenantes de cet homme insaisissable. Complexe. Pour le meilleur et pour le pire.

En attendant on tourne. Les journées sont épuisantes.

S'ajoutait l'illogisme, non pas du film, mais de l'ordonnance des scènes tournées au jour le jour. Un exemple concret : la première séquence du matin me présentait femme apprêtée, grand maquillage, coiffure haute enrubannée, bouclée. Deux heures après, j'étais la jeune fille sortant de l'eau, visage nu, cheveux mouillés pendants. Le début de l'après-midi, de nouveau grande dame, nœud de velours dans des boucles impeccables. Et nous terminions sur l'Angélique combative, crinière au vent, fardée légèrement. Je suggérai d'aborder la journée par la jeune fille sortant de l'eau, l'Angélique en pleine action afin d'arriver progressivement au maquillage complet, m'évitant les triturations irritantes du visage et les traitements infligés à mon cuir chevelu qui s'en trouvait tout hérissé.

Nous étions en juillet, torride. La chaleur provoquait l'abattement de tous. Je pense pouvoir dire que j'étais l'une des plus accablées dans mes pesants costumes d'époque.

Un matin, je dois tourner avec Robert Hossein, Joffrey de Peyrac, mon mari dans le film. C'est la fameuse scène de la transformation du minerai en or. Elle se déroule sous les yeux amoureusement admiratifs d'Angélique.

Le cadre est une ancienne carrière. Petit désert, clos de hautes falaises. Déjà le décor est planté. Les esclaves affranchis de Peyrac vont et viennent torses nus, luisants de sueur, autour des foyers incandescents entretenus à grand renfort de soufflets de forge. La compacité de chaleur de ces fonderies s'ajoute à celle du jour caniculaire. Il en est ainsi depuis plus d'une semaine. En dépit du ciel bleu, on souffre de la touffeur d'un orage encore dissimulé. Dans cette cuvette, sans le secours d'un coin d'ombre ni d'un souffle d'air, la chaleur menace de nous dessécher à moins que ce soit de nous dissoudre.

– A ne pas mettre un chameau dehors, dis-je à Maguy qui glousse joyeusement. « Si au moins je disposais d'une roulotte! »

Car depuis des mois j'ai pour toute loge trois pierres blotties derrière un buisson plus épineux que feuillu. A la faveur de quelques chiffonnailles tendues, je parviens, aidée de Mariette, l'habilleuse, à l'abri des curieux sinon des intempéries, à changer de costume trois à quatre fois par jour. Une situation inadmissible.

Bien des fois, je m'étais insurgée en claironnant au producteur :

– Et ma roulotte?

– Une roulotte? Pour quoi faire? avait-il rétorqué, dégrafant pour la première fois les pouces des entournures.

– Pour quoi faire? Mais pour me déshabiller, m'habiller, coiffer, maquiller, me reposer entre deux scènes. Respirer. Quoi, ça va de soi, non?

Soudain saisi d'un accès mystique, il leva les bras au ciel comme pour s'en rapporter à sa miséricorde. Il ne l'inspira pas. Je ne vis pas poindre la roulotte. Notre installation précaire est une insupportable brimade dont nous pâtissons toutes les cinq. La température approche les quarante degrés à l'ombre. Dans ma robe de fin lainage, montante, et boutonnée jusqu'au col; sanglée, corsetée, enjuponnée, chapeau monumental, gants longs. N'aurait-on pu, ce jour-là, me faire porter une robe légère et même décolletée, très décolletée, pour une fois, je n'aurais pas rouspété. Seul, mon visage est à l'air libre. Dans cette scène j'arrive en calèche, quelques répliques échangées dans l'intérieur du véhicule nécessitent des lampes puissantes. Je marmonnais alors :

Il ne manquait plus que ça, d'ailleurs les lampes claquent

les unes après les autres sous la chaleur. Il me faut rester en place, le temps de les changer. Je bous, près de défaillir. Maguy en profite pour tamponner mon front, mes tempes. M'évente avec un morceau de carton. Jacqueline ou Huguette lui succèdent. Bouclent, crantent mes cheveux longs. Une fois de plus. Le corset me comprime l'estomac sur les reins, entrave ma respiration.

– Je déplace un peu la robe et le corset? fait Mariette prévenante.

– Si tu me dilates, tu ne pourras plus resserrer la taille sur ses crans.

La scène reprend. Je descends de la voiture et me promène dans la carrière autour des feux puissants où la gangue fond pour libérer le précieux métal, pour le moment c'est moi qui me liquéfie... Je produis pourtant l'illusion d'une jeune femme fraîche, épatante qui s'émerveille devant l'œuvre magique du Comte de Peyrac son époux. Je suis à deux expirations de la syncope.

La suite de la scène suppose un long travelling, la caméra fixée sur un chariot lui-même fixé sur des rails. Nouvelle interruption, le chariot a déraillé!

J'attends la reprise du tournage assise sur une pierre. C'est fou ce que c'est confortable! Pour me distraire je repense à l'Italie. Chouchoutée, dorlotée, on prenait soin de moi. A tel point parfois que j'en étais gênée, une vraie reine entourée par tous ses sujets, je n'avais même pas le temps de lever le petit doigt et j'étais déjà comblée.

Quant à l'Amérique, il va de soi que tout le monde à son confort, même des acteurs de second plan.

La rage m'envahit, le ras-le-bol et mon droit me suggèrent un projet. Je souris, amusée, les dents serrées.

– Mes enfants, je vous réserve une belle surprise. Je sens que je vais tomber malade.

– Enfin, s'écrie Maguy radieuse, tu redeviens toi-même.

– Vas-y, c'est le moment.

Elle ne croyait pas si bien dire : dans les heures qui suivront, la nature magnifiera ma préméditation et me libérera pour un temps du joug de mon tyran de producteur.

Le travail reprend, je me lève, vite qu'on en finisse. Mais je suis frappée d'un étourdissement, le soleil réverbéré par des milliards de cristaux de sable m'aveugle, me sonne. J'étouffe, je m'asphyxie. Il n'apparaîtra rien à l'écran.

Robert s'approche de moi, charmeur, visage d'époux aimant. Je lui souris. M'efforce de tenir, tenir jusqu'au bout, et tente de me souvenir, à peu près, de la maxime célèbre de Guillaumat, l'ami de Saint-Exupéry : « Ce que j'ai fait aucune bête ne l'aurait accompli. » Tenir. Lui dans la brûlure des neiges, moi sous la morsure du soleil.

– Vite, vite! dis-je au cameraman. Je ne me sens pas bien.

La prise de vue s'accélère. Quatre fois recommencée seulement. Je remonte sans hâte dans la calèche – étuve, le visage en apparence reposé, souriant. Une ultime réplique échangée, la voiture repart, la scène se termine. J'entends Bernard s'enthousiasmer :

– Formidable, on la tient, la scène! Elle est en boîte!

... Et je suis dans les pommes!

Transportée inconsciente vers mon buisson, je ruisselle dans le sauna de mon costume. On me déshabille. En plein air. On me change. A-t-on attendu pour me revêtir? A-t-on pensé à éponger mon corps? Je n'en sais rien. Dans tous les cas j'ai pris mal.

L'orage éclate dans la nuit en même temps que mon rhume. Je réponds aux grondements du tonnerre par de bruyants éternuements. Une toux va bientôt succéder aux picotements de ma gorge. Le médecin appelé d'urgence diagnostique un sérieux refroidissement, avec une importante chute de tension. De fait, je suis une loque.

Le toc-toc matinal à ma porte, « il est six heures, on vous attend » se renouvelle trois fois avant que, d'une voix atone, je réponde par un « je suis malade », suivi d'éternuements significatifs. Le lit sera toute la journée mon meilleur compagnon.

Le jour suivant, le producteur s'affole. Il me téléphonera trois ou quatre fois.

– On procède à des raccords, des scènes de chevauchées. Et toi, comment tu vas?

– Mal.

Et je tousse. Le troisième jour, il montre patte blanche pour pénétrer dans ma chambre. Il traîne une mine de cocker désespéré, les yeux las; son nez mélancolique allonge ses traits maigres.

– Je suis venu prendre de tes nouvelles. Comment te sens-tu?

Mille salamalecs d'usage qui me démoralisent. Enfin, il touche à l'essentiel, là ou je l'attends :

– Ton absence perturbe considérablement le planning. Si elle devait se prolonger, tu me créerais des ennuis multiples (comme s'il avait partagé les miens!). Tu as combien de jours de repos?

– Huit. Mais le docteur veut m'en prescrire quinze. Je vais devoir accepter. Je me sens faible, ma tension est nulle. Je ne suis pas en état de me lever.

Sous le jeu mouvant de ses iris affligés, je constate son expression calamiteuse, évaluant, pesant l'incidence de mon invalidité sur ses frais généraux. Loquace, il m'explique que son assurance ne prévoit au pire que trois jours d'arrêt de travail couverts par une copieuse indemnisation.

– Je t'en céderai... – et ses bras se tendent vers moi dans un geste d'incommensurable générosité – un tiers, et tu reprends le travail demain.

Je tâte mon pouls. Balbutie :

– Je sens diminuer ma tension.

– Bon! tu veux la moitié? Okay! lance-t-il dans une folle prodigalité.

Je le trouve ignoble. La voix moqueuse et dure, la colère intériorisée, j'essaie de l'amener à ce que je considère comme mon droit le plus strict.

– Non, tu es trop bon. Garde ton pognon, je m'en fous! En tournant avec toi je gagne une misère comparativement à mes cachets italiens. A la signature du contrat tu as invoqué mon pourcentage. Ça, on verra plus tard. Pour l'instant, il y a plus urgent : ma santé. S'agit pas de fric, mon vieux!

Il s'énerve.

– Un contrat c'est un contrat. Que veux-tu à la fin?

Je suis furieuse.

– Ce que je veux, tu le sais très bien. Je te l'ai déjà dit : une roulotte. Une roulotte pour me changer, me maquiller, me coiffer. Me reposer aussi, ne t'en déplaise. Je me tue à le répéter : je travaille dans des conditions barbares. Avec toi, je n'ai même pas droit à une chaise! Il faut le vivre pour le croire.

Comme en Italie, comme en Amérique, je veux ma chaise avec mon nom dessus. Pas pour mon nom, mais pour qu'on ne me la fauche pas. Ma chaise. Ma roulotte. Même si, comme tu le dis courtoisement, elles ne sont pas stipulées dans le contrat.

Parlons-en de ce foutu contrat. J'avais l'habitude d'en signer des plus volumineux, beaucoup plus détaillés, figure-toi. A la lecture de ces quelques feuilles, même pas écrites en bon français, j'ai eu des doutes. J'ai téléphoné alors à ton grand ami Alain pour qu'il me conseille. Il m'a dit de n'avoir aucune crainte à ton égard, que tu ne voulais que mon bien et serais avec moi un vrai « papa gâteau ». Ma parole, ce doit-être des gâteaux diététiques pour diabétiques, à moins qu'ils ne soient empoisonnés!

Avec ce minimum de confort, j'aurais évité la maladie qui me cloue au lit aujourd'hui.

– Stop Michèle! Tu l'auras, ta chaise, s'exclame-t-il, libéral.

– Je veux ma roulotte en plus. Ma roulotte! Ma roulotte!

– Ça coûte cher, trop cher.

– Je sens que je vais avoir du mal à me remettre sur pieds. Une petite quinzaine me sera nécessaire.

Je lui brandis le certificat médical qui en compte déjà la moitié.

Une quinte violente de toux ne l'adoucit pas. Nous restons sur nos positions. Tandis qu'il s'éloigne, je lui sers pour achever sa sortie :

– Sans la couleur d'une roulotte, je vais rechuter et cette fois je serai très souffrante!

Je l'étais en vérité. Inutile de faire semblant.

Alain, absent les jours précédents, survient pour me trouver alitée, fiévreuse, avec un de ces rhumes d'été sournois à caractère grippal. Au récit de ma mésaventure liée à mes pénibles conditions de travail, il court trompetter sa colère au producteur.

– Mais qu'est-ce que tu veux? La démolir pour le plaisir? Aucune artiste au monde, je dis bien aucune, n'aurait accepté de tourner dans de pareilles conditions. Elle est à bout. Tu sais qu'elle porte le poids du film. Elle doit tourner cent soixante-deux jours sur cent soixante-sept, je les ai comptés. Elle est de tous les plans, de toutes les scènes, du début à la fin de chaque journée. Donne-lui sa roulotte et qu'on n'en parle plus. Elle te réclame un minimum pour poursuivre sans anicroche. Ce sera de l'argent bien placé.

Je me demande quelle sorte d'amitié lie ces deux-là? Le producteur persiste, ne veut rien entendre. Il me téléphone plusieurs fois par jour. Le discours ne change pas :

– Tu vas mieux, dis-moi, chérie?

– Je suis au plus mal. Tu vois où m'ont menée tes

économies de bouts de chandelle. Je n'en serais pas là si tu m'avais affecté une roulotte, etc.

Il ne cédera qu'à la hantise du certificat médical à venir dont je ne cesse de le menacer.

Lorsque j'appris avec quelle insistance, quelle fermeté, Alain m'avait défendue auprès du producteur, il me devint très cher. Je me souviens de ce soir-là. Délicatement il prit mon pouls et resta à l'écoute de ses légères pulsations. Ce geste me bouleversa. Je n'étais plus seule. Quelqu'un me protégeait, réellement. Chancelante, irrésistiblement attirée, je tombai dans ses bras puissants.

Le jour me réveillera différente. J'ouvris les yeux sur la femme nouvelle que cette nuit avait façonnée.

Et comme un bonheur ne vient jamais seul, la roulotte était annoncée. C'était décidé. Avec la chaise. Enfin, je pourrai me détendre, me sentir chez moi. Troquer mes vêtements autrement qu'à la sauvette sans craindre les voyeurs et les courants d'air. Ce petit « plus » transformerait ma vie et celle de mes aimables collaboratrices. Une victoire.

Ainsi stimulée, je me levai, agrippée à Alain, aux grands cris de mon médecin.

– C'est trop tôt. Vous compromettez votre guérison!

– Je l'aide au contraire. Joignez-vous à nous dans la salle à manger. Ce soir j'offre le Romanée-Conti à tous mes amis.

On me fit fête. A l'écart de l'état-major de la production, l'équipe qui logeait dans l'auberge savoura dignement ce grand cru. Il me revigora, colora mes joues, m'ouvrit l'appétit. Me remit sur pied.

A l'aube je reprenais le travail dans des conditions convenables. Dorénavant, Alain sera là presque chaque jour. Il arrive au moment des dernières prises de vues. M'accapare avec avidité. Nous vivons une folle passion. J'attends le soir impatiemment pour le retrouver. Je n'aime que lui. Ne vois que lui. Il le sait bien. Et pourtant. Il est d'une jalousie féroce, irrépressible. Un incident va bientôt dévoiler ce travers de sa nature. Il a lieu au cours d'une séquence avec Jean-Louis Trintignant. Pauvre Jean-Louis, quand j'y repense j'en veux toujours à Alain. Cet épisode est symptomatique de ce que sera ma vie avec cet homme que j'aime, que je crois fait pour moi, que je vais épouser.

Dans *Merveilleuse Angélique*, Jean-Louis Trintignant incarne le poète crotté, progressiste et pamphlétaire. Je le soustrais à la vindicte royale en le cachant dans ma demeure. Nous y vivons une romance assez poussée. Le poète est beau et ses écrits incendiaires le nimbent d'héroïsme. Il n'en faudra pas davantage pour enflammer la belle Angélique. Un feu de cheminée ronflant et stimulant, une peau de bête sauvage négligemment jetée sur le sol n'attendent que les corps alanguis des amants.

Jean-Louis est, de sa personne, timide et réservé. Il émane de lui une politesse agrémentée d'une pudeur sensible. Artiste racé, il exerce son métier avec le talent que l'on sait.

Nous interprétons notre scène d'amour dans des poses apparemment souples, naturelles, pleines d'aisance. C'est du cinéma. La nécessité de l'installation photogénique est un défi au plus élémentaire confort. J'ai un cube de bois sous la tête pour la soulever, accrocher la lumière; une bûche placée sous mon buste pour le tendre. Jean-Louis s'appuie sur un montant rigide habilement dissimulé. Esthétiquement tordus, biscornus et contorsionnés, nous souffrons de crampes douloureuses.

Dans un premier temps, le poète allongé sur moi m'embrasse. Je lui rends fougueusement ses baisers et nous roulons d'un côté, de l'autre, ivres de passion. En fin de compte, je dois me retrouver sur lui. Là, les ennuis commencent.

Plusieurs lampes claquent qu'il faut changer. Je ne suis pas assez haute et sors du champ. Jean-Louis a éternué, dépassé sa marque. Mille petits accrocs.

Pour une scène qui brillera quelques minutes à l'écran, nous avons travaillé près d'une heure. A se rouler, s'embrasser, se presser l'un contre l'autre dans des poses lascives et moi dans mon déshabillé arachnéen. La tiédeur des peaux se confondent et font naître chez mon partenaire une émotion bien naturelle. Jean-Louis, horriblement confus, regarde ailleurs, le corps paralysé sous l'effort de se vaincre. Le plus sérieusement du monde mais l'air contrit il demande alors au metteur en scène d'attendre quelques secondes avant de reprendre la scène. Il essaie de lui expliquer qu'à force de rester dans des positions aussi inconfortables, il en a attrapé une crampe... à la jambe!

L'équipe a des soupçons et traite bon vivant, bon enfant cet incident de tournage. Puis, les rires fusent. S'épanouissent en fous rires. Je participerais à la contagion si l'expression embarrassée de Jean-Louis ne me retenait. Pour en finir je glisse un œil par côté et je vois à ma hauteur deux pieds aux chaussures familières. Alain, entré en catimini, assiste à la scène. Mon œil remonte le long de ses jambes, du tronc sur son visage fermé.

– Eh bien, je vois qu'on ne s'ennuie pas par ici, grogne-t-il.

Le froid est jeté. Indignée, je me lève d'un bond, plantant mon regard innocent dans le sien. Ne comprenait-il pas notre malaise à Jean-Louis et à moi, empêtrés dans une situation qui nous incommodait l'un et l'autre? J'étais très irritée de son intervention, étalant ainsi devant l'équipe ses soupçons injustifiés que je prenais pour des injures. Alors qu'il était aimé de tous, en un clin d'œil sa popularité se mua en un désaveu unanime. Maguy, qui ne vouait déjà pas une sympathie débordante à mon « amoureux », ne put plus le supporter. Les autres suivirent son exemple. Mais elle se contenta de me consoler :

– Il ne voit pas combien tu es sérieuse et fidèle. Tu es un bourreau de travail, prête à arrondir les angles, à prendre des autres le meilleur. Tu sais te contenter de peu. Et tu ne vois rien. On se demande à quoi te servent ces grands yeux-là.

– Maguy, il changera, c'est certain. Lorsque nous serons mariés tout deviendra différent. Tout finira par s'arranger, ne t'inquiète pas.

Avec Jean-Louis Trintignant, qui poursuit une carrière sereine et estimable, d'autres comédiens m'ont accompagnée dans les *Angélique* et beaucoup au-delà de cette série mémorable. La plupart furent d'agréables camarades. Une seule exception, celle d'un comédien du « Français » qui se sentait déclassé dans ces « films à costumes, tout juste bons pour l'aider à survivre ».

– Alors, monsieur, survivez en ne crachant pas dans la soupe qui vous nourrit, lui ai-je lancé.

Il oublie immanquablement ses marques au sol, s'éjectant de la sorte du champ de la caméra, fait de l'ombre en se déplaçant, marche de biais et parle pointu. La scène d'amour que je tournerai avec lui me rebutera. Certaines peaux n'ont rien d'alléchant. En pareil cas, la partenaire doit boire la coupe, lie comprise.

M'inspirant des noces de Cana, j'ai servi le mauvais vin en premier. Je passe au meilleur, avec Jacques Toja de la Comédie-Française, qui en sera un jour l'élégant et efficient administrateur général. Il tournera avec une joie visible dans *Angélique et le Roi*. Jamais Louis XIV ne portera avec autant de naturel sa gravité majestueuse. Jacques est niçois comme moi. Mon grand-père l'avait connu, encouragé vivement dans sa carrière de comédien. Mon aîné de quelques années, je le contemplerai toujours avec beaucoup de tendresse. Bon camarade, serviable, dès mon arrivée à Paris il m'aide à répéter mes rôles. Le tournage du film se fera dans une complicité amicale qui n'a d'égale que notre estime mutuelle.

Jean Rochefort est le prodige qui sillonne les cinq films et les frappe de sa marque. Je l'ai adoré dans son rôle d'avocat véreux, puis de bon défenseur. Il finit dans la police du roi avec le superbe chien de concours, son compagnon, Sorbonne. Il sauvera Angélique à maintes reprises. Il est fin, sublime, énorme, rusé, très sympathique. Un grand.

Sami Frey, beau ténébreux, de caractère contenu, parlait peu. Nous avons de belles scènes ensemble. Son talent est certain. Mais je n'ai jamais exprimé avec lui cette spontanéité, cette chaleur qui m'animaient avec Hossein, Rochefort et Toja. Il est vrai que Sami Frey arrivait dans ce tournage avec du retard. Notre troupe était soudée depuis des mois. Il est difficile de rentrer de plain-pied dans une pareille équipe. Caractère circonspect ou pas, on se retrouve alors décalé par rapport aux autres. Néanmoins, j'en garde un bon souvenir.

Juliano Gemma jouera de sa beauté sauvage, de son irrésistible sourire, dans les deux premiers films. Un solide compagnon. J'aimerais souligner l'importance des rôles secondaires et de plus épisodiques encore. Chacun collaborant par sa prestation, aussi courte soit-elle, au succès d'un film. Hélas je ne pourrais pas les citer tous. Je me souviens en particulier de Bernard Lajarrige jouant le rôle du père d'Angélique avec beaucoup d'émotion et de sensibilité. Bernard Woringer, courtois, et toujours gai, dans le rôle de mon mari par procuration. Enfin! Elmunt Scheider (Colin Paturel) qui sauve Angélique d'une mort certaine en plein désert, avait un jeu sobre et attachant. Je reverrai toujours Michel Galabru portant avec rondeur son impressionnant chandelier dans les couloirs du palais de Versailles. Il a forgé du caractère à ce personnage passager. Il est devenu depuis la grande vedette que l'on sait. Jean Paredes, tonique bavard, impénitent, naïf, toujours surpris par les événements. Un jeu! Il m'a fait beaucoup rire.

Excepté le mien, il n'y a pas de très grands rôles pour femmes. Mais comment ne pas citer Denise Provence, chaleureuse, intelligente et convaincante. Elle sera Barbe dans le film, gardienne maternelle de mes enfants.

Des centaines d'acteurs ont tourné dans ces films et avec un pincement de cœur je n'arrive pas à me souvenir d'une seule petite conversation avec l'un d'entre eux. Je n'ai jamais eu le temps. Les rares fois où je n'étais pas du plan on en profitait pour me changer de coiffure, de robe ou de maquillage, quand ce n'était pas les journalistes qui me volaient ces quelques minutes de répit pour me poser des questions, ou des photographes cherchant « la photo jamais prise » – genre : en haut d'un cocotier en robe de cour. Vraiment quand j'y pense encore aujourd'hui je suis frustrée.

J'ai gardé Robert Hossein pour la fin, car justement avec lui il n'y en aura jamais... On s'entendait très bien. J'ai tourné tant de films avec lui! Qui peut nier son charme, sa force, son intelligence, son génie? Pour ma part, je l'ai toujours trouvé grandiose, bien avant qu'il soit reconnu comme tel.

Les décors de René Moulaert relevaient souvent du miracle, son goût pour le choix des meubles d'époque, pratiquement tous authentiques, était sans faille, comme son talent incontestable. J'aimerais nommer tout le monde et au fond de mon cœur j'ai décerné des Césars en masse. Que de souvenirs! de beaux souvenirs de ces amis épatants. Tous des as dans la profession.

La fin du tournage m'a dépouillée des dernières forces qui me restaient. Alain alors m'a proposé un voyage, un voyage-séjour reposant dans l'île de Port-Cros. C'est un endroit de conte de fée. Une île piétonne avec, pour tout véhicule, un âne qui en fait faire le tour aux visiteurs. On ne peut y accéder que par la mer.

La propriétaire est une vieille dame romantique, je dirais intemporelle. On l'appelle « la Dame Blanche » parce qu'elle est habillée de blanc. Elle n'est jamais sortie de sa propre histoire. Une histoire d'amour éternel. Elle vit seule depuis vingt ans. Elle ne l'a pas toujours été, seule. Une nuit de tempête, un bateau se fracasse sur les récifs de l'île. Le beau capitaine de l'épave est blessé. Elle le soigne. Le veille. Il guérit. Un immense amour les unit. Des années. Un beau matin le capitaine disparaît. Il a repris la mer. Vêtue du blanc de l'attente, patiente, amoureuse, elle l'espère. Elle mourra sans le revoir, je l'ai su depuis. Ce roman inachevé, qui s'ouvrira par sa mort sur l'éternité de l'espoir infini, me touche par la grandeur de la vertu comme par la simplicité de cette femme aimante.

Conrad aurait savouré ce conte. De son style lent, il nous eût déroulé un singulier roman de la mer, maîtresse inlassable des marins, redoutable rivale.

A l'hôtel où nous sommes, logent Jean-Louis Barrault et son épouse Madeleine Renaud. Dans la journée nos couples sont indépendants. Mais le soir après le dîner nous aimons à nous retrouver sur la petite place du village pour déguster la tisane de thym ou de romarin et bavarder de tout, de rien, de métier aussi. Madeleine Renaud me vante les qualités digestives de nos boissons avec ce sourire pénétrant qui attache du ravissement à sa physionomie. Jean-Louis Barrault insiste pour que je travaille avec eux. Inestimable maître que j'aurais eu là! Mais prise par le cinéma, je n'ai pu donner suite à leur précieuse proposition. C'est ainsi. Je le regrette.

Quelques randonnées sur l'eau puis Alain m'apprendra à faire du ski nautique. Une vraie catastrophe! Ni le temps, ni même le droit d'apprendre à faire du ski. Danseuse ou comédienne, on me l'a interdit. Je m'essaie donc à ce sport nouveau pour moi. Après un très très gros effort pour sortir de l'eau, au bout de quelques secondes, immanquablement, je pars en grand écart, et c'est la tasse à nouveau. Assez bu d'eau comme ça! Je déciderai qu'après tout, la sieste, c'est beaucoup moins fatigant.

Je passe des vacances reposantes bien méritées. Avec l'être aimé.

Casanova 70 est un film de Mario Monicelli que je tourne à Paris en 1964, gare de Lyon. Je suis la fiancée de Casanova qui n'est autre que Marcello Mastroianni. D'une politesse rare, le seul acteur à mon avis qui ne se serait jamais permis de passer une porte devant une dame, quel que fût son rang dans la production. Il possède ce savoir-vivre qui donne à son talent une qualité incomparable. Un Monsieur.

MARQUISE DES ANGES

La « Première » a lieu au Moulin-Rouge dans les premiers jours de décembre 1964. Paris me fait un triomphe. Je n'en reviens pas. Je suis ravie, étonnée, confondue de joie et de fierté. *Le Figaro* est si élogieux que je ne rapporterai pas ses compliments. Et la « une » de *France-soir, le Monde, Candide,* la presse en général, en font autant. *L'Aurore* publie : « Le public a acclamé la production pendant cinq minutes. » Là, nous sommes tous à l'honneur. C'est prodigieux.

Je tenais à passer Noël avec Alain et en famille. Nous accomplirions tout d'abord un petit voyage d'amoureux et nous ferions sur le chemin du retour une halte aux Rousses où Alain Junior, « Bouboule », le petit garçon d'Alain, se reposait avec sa nurse Naney. Ils étaient installés dans un chalet de montagne. Naney était une Suissesse de stricte éducation, un peu sévère, mais il ne faisait aucun doute qu'elle adorait cet enfant que j'allais rencontrer pour la première fois. J'avais autant de trac que le jour d'une audition.

Faire la connaissance de l'enfant de l'homme que j'aime, qui sera mon mari dès mon divorce d'avec William, est émouvant. Éprouvant. Je m'y préparais moralement. Tout sera simple et pur comme l'air respiré dans ces montagnes, la grande salle aux poutres où flambe un bon feu de bois. Nous buvons des chocolats épais, bouillants. Junior est mignon, bien bâti quoique de santé délicate. On le voit à son teint transparent. Troublée de ne pouvoir être sa mère je vais me donner corps et âme à cet enfant. Je l'aime déjà. Je le prends dans mes bras, l'embrasse. Par une pudeur instinctive, je n'ose l'accaparer mais dis tout bas son prénom. Il me regarde et sourit. Nous nous sommes conquis mutuellement.

– Tu voudras bien venir chez nous à Paris ?

– Oh oui, fait-il, une lueur de joie dans ses yeux marron.

– Je te garderai autant que tu désireras.

Il finira ses vacances en montagne. De retour à Paris, il sera avec moi à peu près toutes les semaines. Puis toutes les vacances de l'année. Mon offre a arrangé tout le monde et mon appartement vibre de ses cris, rires et pleurs. Il tombe, il se pince un doigt dans une porte. Vite, la « pommade à papa » qui guérit tout.

– Tu vois, chéri. C'est fini, tu n'a plus mal n'est-ce pas ?

Junior sèche ses larmes. Il se promène triomphant avec sa poupée de gaze au doigt.

Je le voyais grandir mais il restait pâlot. Il était aussi trop calme pour un enfant de son âge. J'en parle à Alain qui me répond.

– J'en toucherai un mot à sa mère. Après tout, c'est elle que ça regarde.

Discrètement je m'occuperai toujours de lui, lui réservant mon temps libre. Nous sommes si heureux ensemble. Le tenir serré dans mes bras, l'embrasser. C'est un grand bonheur de le voir s'ébattre dans la maison. Quand il repart, le dimanche soir, le droit de visite écoulé, je me sens seule. Un peu triste. J'attends déjà sa venue du samedi qui suit.

En février 1965, pour le gala de la Royal Performance à Londres, je suis placée entre deux grands artistes : James Garner, George Peppard, impressionnants gabarits, nonchalance; charme des stars d'outre-Atlantique. Nous sommes conviés à saluer le prince Philip d'Edimbourg, le mari de la reine Elizabeth d'Angleterre, qui nous passe en revue. Placés sur une ligne, nous voyons, devant chaque invité saluant ou en pose de révérence, le prince qui défile, l'œil allumé, souriant, la parole humoristique. On est anglais ou on ne l'est pas. Le prince est déjà là. Je plonge légèrement, le dos de ma main tendu en arrondi. Il chuchote quelques paroles à mon oreille. Elles s'impriment dans ma tête, vibrante de confusion. Ai-je répondu ou non par une formule de politesse. Je ne m'en souviens plus. Mais comment le compliment du prince a-t-il pu être entendu ? La presse l'a enregistré intégralement et l'étale noir sur blanc au lendemain de cette manifestation mondaine :

« Vous êtes marquise des Anges ? Ce n'est pas assez. Vous mériteriez d'être princesse ! »

Décidément, ce doit être un métier difficile que le journalisme. Il demande un don certain de voyance !

En cette année 1965, on me propose contrats sur contrats. Des sous-produits d'Angélique que je refuse. Ces films grandioses en costumes se suffisent à eux-mêmes. Je veux m'évader de la marquise des Anges, au moins le temps d'un film. Qu'on m'offre d'autres caractères à interpréter ! Dans la vie contemporaine par exemple.

Tandis que je double en italien un de mes films à sketches, un producteur français, Raymond Danon, gendre de M. Jacquin me propose de tourner avec Denys de la Patellière, mon premier metteur en scène du *Retour de manivelle.*

– Vous vous souvenez de lui? Il vous a donné votre première chance. En ce moment il réintègre les studios après avoir été très malade. Il vous faut l'aider comme il vous a aidée. Il a planché avec Pascal Jardin sur un sujet pour Gabin tiré d'un roman de Bernard Clavel.

Le producteur me laisse le scénario du *Tonnerre de Dieu* en me recommandant de l'accepter.

Mes amis parisiens font chorus :

– Tourner avec Gabin? Folie! Il a perdu la cote.

– La tienne est au zénith. Tu es en plein essor. Le summum. On ne parle que de toi. Jouer avec Gabin c'est casse-gueule.

– Eh les amis! Accordez vos violons. Vous dites que Gabin « ça n'est plus ça », et vous me mettez en garde contre lui. C'est contradictoire!

– Oui, mais, s'exclament-ils à l'unisson, Gabin c'est Gabin. Méfie-toi. Le scénario est écrit pour LUI. Les scènes sont faites POUR LUI. C'est vu, pensé, agencé POUR LUI. Tu vas lui servir la soupe. Forcément tu en sortiras diminuée.

– Servir la soupe à Gabin? C'est possible. Ça ne me dérange pas.

Bien sûr que je ne voudrais pas avoir l'air d'une niaise dans ce film. Par conséquent je me ferai écrire, moi aussi, quelques scènes personnelles, conformes à mon tempérament où je ne serai pas Angélique, car je ne veux pas m'identifier éternellement à ce personnage. Je téléphone à Danon.

– Je veux bien faire ce film. Je n'ai pas peur de travailler avec Gabin. On me dit qu'il va me manger toute crue? Je voudrais bien voir ça.

– Bravo! Je n'en attendais pas moins de vous. Vous êtes extra. Vous vaincrez votre peur.

– Si je ne me mesure pas maintenant avec Gabin, ce défi envers moi-même ne se représentera plus. Le cinéma, c'est du tennis. Avec un bon partenaire on fait des progrès. Gabin me renverra bien la balle et je serai meilleure qu'à l'ordinaire. Je suis sûre qu'on va s'entendre et que ce sera bon.

Cela étant, je retrouve Denys de la Patellière sans problème. Un charmant homme que son absence des studios avait fait oublier trop promptement. Nous bavardons entre amis :

– Un bon conseil, ma chérie, demain, n'arrive pas en retard pour le tournage. Gabin est à l'heure. Pile.

Je me suis fait un point d'honneur, chaque jour, d'arriver cinq minutes avant lui. C'est une marque de déférence envers ce personnage que je ne voulais pas indisposer.

Le premier jour, je suis quand même terrifiée. J'ai tort. Il a dans son œil bleu une lueur rassurante et compréhensive. Dès qu'il m'aperçoit sur le plateau, il me prend chouettement par les épaules en disant à la ronde :

– Toi, viens donc par ici, la Môme, tu me plais bien!

Je suis lancée dans ce film et l'expérience est formidable. J'incarne une prostituée peu satisfaite de son état. Gabin, riche propriétaire nantais, mari ivrogne et tyrannique, me ramasse dans un bar et, en me soustrayant à mon proxénète, me ramène chez lui. Sa femme – Lili Palmer, sublime – s'étonne à peine de la lubie de son époux. Je deviendrai l'enfant de ce couple stérile avant d'en faire les grands-parents du bébé que j'aurai avec le garde-chasse – le solide Georges Géret. Happy-end de ce film aux dialogues musclés.

J'ai fait bon ménage avec Jean Gabin. Assurément il était dur, sévère avec certains mais toujours avec ceux qui n'exerçaient pas sérieusement leur métier, faisaient perdre du temps, n'étaient pas professionnels. Lui, il était PRO.

A Nantes où nous avons engagé quelques extérieurs, il se détendait pendant les pauses. Un jour que nous dévorions des sandwichs, Maguy s'est approchée de lui, munie de son appareil photographique.

– Monsieur Gabin, ça ne vous ennuierait pas, juste une toute petite, pour mon album de souvenirs; avec Michèle, s'il vous plaît?

Il y avait là Pascal Jardin, le dialoguiste, puis l'habilleuse et la maquilleuse de Jean Gabin, toujours les mêmes depuis des lustres. Amusé, Gabin m'a ordonné d'une voix gouailleuse :

– Allez, viens ici, la Môme, viens t'asseoir sur mes genoux!

Je ne l'aurais jamais osé autrement. Qui l'aurait pu? Tout le monde avait un tel respect pour lui.

La photo a été prise dans un rire général. Pascal Jardin s'était approché de moi en risquant doucement : « Je peux aussi? » Il est à jamais fixé, tenant l'épaulette de ma robe. Image de spontanéité.

J'en fis part en téléphonant à Alain le soir même. Bien qu'éloignée en raison du tournage, je restais en étroit contact avec les miens. Avec lui en particulier. Je déplorais notre séparation. Il se préparait à une course automobile à Cefalú en Sicile. C'était un fanatique de ce parcours si dangereux qu'il a été interdit peu après.

– Je t'attends sans faute. Tu as bien pris un congé de huit jours. Surtout ne me fais pas faux bond!

– Impossible, mon chéri. Un week-end seulement. J'y serai.

Encore quelques semaines pour en finir avec le *Tonnerre de Dieu*. Quand le film est sorti à Paris, il a fait en exclusivité 965 000 entrées. Ce film avait battu tous les records de recettes jamais vus en France. Pour l'époque une sacrée performance!

Merveilleuse Angélique, le second film de la série des *Angélique,* sort sur les Champs-Élysées vers le 15 juin.

Aura-t-il le même succès? Ça l'acteur ne peut le savoir qu'en faisant partie du public. Je mets un foulard, des lunettes et fais la queue devant le cinéma « Le Paris ». Au guichet, plus de places. Pas même un strapontin? Je prends une entrée et trouve à m'asseoir sur les marches entre deux travées.

Curieux de constater l'enthousiasme de la salle, les réactions autour de moi, les exclamations et les visages attentifs. Le spectacle est dans la salle.

Sur l'écran, *Merveilleuse Angélique.* Mais aussi merveilleuse osmose de l'artiste et du public.

Angélique et le Roi. Nous réaliserons ce film en été 1965. Le travail durera trois à quatre mois. Les jardins de Versailles sont splendides. Quelques salons nous seront prêtés pour certaines scènes. J'ai retrouvé la même équipe au grand complet, amicale, enjouée et complice. Je me sens au milieu d'eux en perpétuelle récréation. Je suis tellement heureuse de les revoir que je décide de donner « l'apéro au plateau » pratiquement chaque fin de semaine, moment de détente et de folle gaieté; quant au producteur, il est aux anges, pendant ce temps ce n'est pas lui qui débourse son argent! Le film se tournera donc entièrement à Paris, et dans les châteaux des environs. Dès la fin de journée, en quittant le studio j'en ferme mentalement les portes jusqu'au lendemain. Je vis ma vie de famille. Veille, jalouse, à ce qu'on ne vienne pas m'en distraire. Si Junior est là, c'est un jour faste. Sinon, Alain à lui seul comble mon amour. Ma fidèle Jeanne, toujours souriante, m'a pourtant fait quelques réflexions sur « Monsieur Alain ».

– Quand fous êtes pas là, c'est pas tout à fait bareil.

– Comment ça, pas pareil?

– Y a comme un mauvais fond. Enfin, peut-être je me trombe.

– Prenez patience, Jeanne, il faut se faire aux gens. Après ça ira mieux, vous verrez.

J'avoue que je ne m'appesantis pas. Mais ces riens sont dits. Ma mémoire enregistre.

J'adore faire la cuisine. On me dit cordon-bleu. Avec Jeanne je mets en train le dîner. Nous recevons des amis, presque chaque soir. Je veille à tout : table, vaisselle, fleurs évidemment. Le linge passe entièrement par mes mains, nappes, serviettes, draps. Surtout celui, personnel, d'Alain, qui est très méticuleux. Il s'accroche au plus petit fil qui dépasse, au moindre faux pli.

Parfois Alain invitera des amis à déjeuner. Je serai au boulot. Minutieusement, la veille, je prépare le menu avec Jeanne. Il m'arrivera de téléphoner du studio pour lui rappeler mes consignes, le temps de cuisson du rôti, le choix de la nappe, la coupe de fleurs que j'ai préparée. Les verres à vin du Rhin. Le doux souci de diriger ma maison. Une autre façon d'être présente auprès de nos invités. Plaisir du foyer.

Le beau métier que le mien! Après *Angélique et le Roi*, je tourne *La Seconde Vérité*. Cheveux très blonds, courts, très courts. En réalité un postiche dissimule la longue chevelure vénitienne d'Angélique. Le rôle me plaît énormément. Moderne. Pour la cause, j'avais commandé une folie d'ensembles pour après-midi, cocktails, soirées, chez Coco Chanel. Elle-même avait tenu à dessiner toutes mes robes. Je les ai gardées, les porte encore. Belles, toujours actuelles. Divine Chanel, étrangère au temps, jamais au corps de la femme!

Malheureusement, la mode des mini-jupes est lancée. Je ne puis m'y soustraire. Trop jeune aussi en cela pour garder un œil passéiste. Le film de Christian-Jaque sera tourné à Dijon. Mes partenaires sont Robert Hossein et le consciencieux et modeste Bernard Tiphaine. Je regrette qu'on ne l'ait pas employé plus souvent selon ses qualités. Il crève l'écran. L'Amérique n'aurait pas laissé dans l'ombre ce visage particulier et charmeur.

L'histoire, d'après le livre de Jean Laborde *Un Homme à part entière*, est tirée d'un fait divers survenu à Genève en 1958, « l'affaire Jaccoud ». Sombre drame intellectuel qui se situe dans les milieux judiciaires. Robert Hossein est avocat, Bernard Thiphaine, son assistant. Moi, une étudiante en médecine amoureuse de l'avocat. Je finis par me suicider.

L'équipe réunie est la plus expérimentée qui soit. Pierre Petit, le meilleur opérateur. Archambaud pour le son. Le caméraman est Noël Martin.

Un personnage efficace et discret : le photographe de plateau. Le public ne connaît pas ou mal cette profession qui a tant d'importance pour un film. Dans *La Seconde Vérité*, M. Corbeau se démenait. D'une réputation à toute épreuve. Il photographiait les scènes, celles qui apparaissent en affichage dans les salles de cinéma, dans les journaux spécialisés. Ces photographies-là n'ont rien de commun avec les reportages photographiques de presse.

Pour exécuter son travail, M. Corbeau posait son appareil sur un trépied du bon vieux temps. On faisait silence comme pour le film. Ces photos sont belles. Artistiquement les plus belles. Je les revois avec émotion.

Un photographe de plateau d'un genre différent. Maurice Chapiron. Non moins talentueux. Il se serait caché, coulé dans la caméra s'il l'avait pu, ne voulant pas gêner. Il s'activait d'une manière moderne, rapide, sauvage même, à l'emporte-pièce. C'est probablement lui qui m'aura photographié le plus, il a travaillé avec moi sur une dizaine de films.

A Dijon, Alain et moi ne nous quittons pas. Je loge dans sa chambre de jeune homme, enquillée sous les toits. Minuscule, lit d'une place, lavabo contre, des livres poussiéreux sur une étagère, des jouets d'enfant... Mais cela n'est pas un problème pour le temps que j'y passe!

Les journées prises par le travail sont longues, les gens du pays participent à notre film, mêlés aux comédiens pour leur plus grande joie. Cela prolonge les journées avec des bavardages, des autographes.

Nos dîners sont presque toujours des invitations. Alain a des amis partout. Un particulièrement cher : son ami d'enfance le docteur Fyot. La vie de celui-ci est une suite de péripéties. Médecin, aventurier, baroudeur, il fait de la résistance, puis la campagne d'Alsace, l'Allemagne, l'Indochine, l'Algérie comme combattant. Médecin en Kabylie où il soigne les plus déshérités.

Il aura été deux fois en prison. En 43 par les Allemands, pendant la Résistance parce que gaulliste. En 61, par les gaullistes parce qu'il l'était un peu moins. Il est à l'origine de Médecins sans frontières, puis un peu plus tard Médecins du Monde.

Au retour de cette vie mouvementée, Alain lui a offert de venir s'installer au premier étage du petit hôtel particulier qu'il a acquis il y a quelques années pour une bouchée de pain, et d'y monter son laboratoire d'analyses. Évidemment, il y a tout à faire.

Je propose alors à Alain d'habiter au rez-de-chaussée, dans l'autre aile de la demeure. Mes cachets refont la toiture, les parquets Versailles, la meublent richement. Nous avons enfin notre chez nous. C'est ça l'amour.

Que d'événements pendant ce tournage! Au mois de janvier, je suis invitée au vol inaugural de l'avion Mirage III à la base aérienne de Dijon. A bord, quelques figures, un looping ou deux, des virages qui me collent à mon siège. A ma descente, le colonel me félicite de ma tenue. Je lui réponds, ravie, « que ce genre d'aventure m'exalte. » Le soir, grande réception au mess des « Cigognes », sur le terrain de Longevic. Le colonel Deroyer, charmant, reçoit une délégation de notre équipe, Christian-Jaque en tête. Le lendemain, un titre barre la une du *Bien Public*, le quotidien local : « La marquise des Anges veut monter au ciel. »

Autre moment fort après le vol sur Mirage III, mais dans un tout autre contexte, ce fut la célébration du quatre-vingt-dixième anniversaire du chanoine Kir, au palais ducal. Sa popularité fit qu'on y rencontra la ville entière. Une fête de l'unanimité. Le chanoine, député-maire de sa ville, est une figure légendaire. Personnage vivant, bon, et bon vivant. Il aime le vin blanc-cassis. « Si le vin brûle l'estomac, le cassis répare les dégâts. » C'est sa boisson préférée, devenue depuis mondialement connue. J'en ai bu en Amérique! Le chanoine prétendait ce breuvage dynamisant. La preuve en fut donnée par un cha-cha-cha endiablé que je dansai avec lui en improvisant des pas. Une danse nouvelle qui impressionna l'assistance et que l'on s'empressa de baptiser « le Kir-Kiss ».

Après la danse, le jeune nonagénaire clôtura la réception par un dernier verre, un « Kir royal », où l'on remplace le vin blanc par du champagne. La langue déliée, le héros du jour débita sa rengaine sur de Gaulle que chaque Dijonnais récite par cœur comme l'Ave Maria :

– Ce n'est pas de Gaulle qui a arrêté les Allemands en 1940, c'est moi. Ici. A Dijon. Je me suis mis à califourchon sur un canon et je leur ai interdit de passer. Les Allemands tiraient. Il est là, ce canon, criblé de balles.

Vieille histoire à laquelle le chanoine Kir tenait particulièrement.

La Seconde vérité me rappelle une autre anecdote amusante sur mon partenaire principal, Robert Hossein.

Le film nous promène dans Dijon, de la prison au palais de justice. Aussi à l'hôpital de la ville. Robert a la phobie des microbes. Tous ceux qui le fréquentent ne l'ignorent pas. Au restaurant il essuie méthodiquement assiettes et verres en se mettant à table. Maniaque, il lave, rince les fruits, les essuie. Les rince de nouveau... Quelques joyeux drilles de l'équipe montent une farce. Personnellement, je n'y adhère pas tellement et d'ailleurs n'en suis instruite qu'une fois lancée. Dans la journée, nous avions tourné des scènes dans des salles désaffectées de l'hôpital avec de faux malades. Malicieux, Christian-Jaque dit, le soir, à Robert :

– Je dois t'avouer la vérité. Nous avons filmé avec de véritables malades, des contagieux. Je te dis ça pour que tu prennes des précautions. Je ne voudrais pas qu'il t'arrive quelque chose.

Les traits de Robert se décomposent lentement devant nous.

Dans la nuit il se sent mal, il s'imagine avoir attrapé je ne sais quelle infection. Une éruption de boutons sur le visage, les mains, le met aux cent coups. Les bains de vinaigre ne l'apaisent pas. Il est dans tous ses états. Réellement j'ai peur. Il me demande s'il peut se faire faire une analyse de sang chez le docteur Fyot – mis dans la confidence – aussitôt dit...

Au petit déjeuner – où il ne boit que du thé – Robert s'entend dire :

– Paraît que tes analyses, c'est pas ça..., dit un de ses copains.

Il blêmit, reste muet.

– Non, ne l'écoute pas, Robert. Il exagère, fait un autre avec l'air de rabrouer le précédent. Tu n'as rien à craindre. C'est très bon, au contraire, je t'assure. On vient d'avoir un coup de fil du labo.

Robert, de plus en plus mal à l'aise, les regarde à tour de rôle. Qu'on lui dise qu'il n'a rien lui fait l'effet d'un mensonge absolu. Il doit être au plus mal! C'est certain. Son regard terrifié désarme l'un des auteurs de cette douteuse plaisanterie.

– Cessez de déconner, les gars. Dites-lui la vérité. Robert, tes analyses sont toutes négatives. Tu n'as absolument rien. C'était une blague!

Son inquiétude atteint le plus haut degré. Il filera en voiture jusqu'à Genève pour se faire faire « des analyses sérieuses ». A son retour, je n'ai pas pu m'empêcher de lui dire :

– C'était une sale blague, d'accord, mais tu l'as cherché après tout. Que veux-tu, ils ne comprennent pas que tu aies une telle horreur des microbes et que tu flirtes avec la première fille qui passe. Là, c'est du haut risque et, comme par hasard, tu n'y songes même pas!

Il les a tous regardés en riant.

– Et vous vous prenez pour des malins. Vous n'êtes qu'une bande de cons!

Tout est rentré dans l'ordre. A sa place, je ne sais pas si j'aurais pardonné si facilement. Je crois que c'était là une farce éminemment masculine. Il pouvait mieux comprendre!

J'ajoute que Robert est complètement changé depuis qu'il a épousé l'équilibrée, l'intelligente et douce Candice Patou. Cette jeune femme fait l'unanimité : elle a rendu Robert à lui-même.

Je serai l'ambassadrice de la Semaine française à Hambourg.

Cet événement n'est pas fortuit. Depuis quelques années Pierre Lazareff, patron de la grande presse : *France-Soir, France-Dimanche, Candide* et combien d'autres journaux, avait acheté les droits des *Angélique* pour publier ses aventures en bandes dessinées à la dernière page de son quotidien du soir. A la suite de cette innovation, le tirage du journal avait sensiblement augmenté.

Un jour, Angélique ne fut plus pour Lazareff un simple graphisme, un dessin. En faisant ma connaissance il découvrit celle qui personnifiait son héroïne. Il en éprouva une grande joie, se sentit subjugué. Sa femme, Hélène, qui dirigeait le magazine *Elle,* le suivit dans sa sympathie pour moi et je devins l'enfant chéri de la maison. A Louveciennes, ce couple prodigieux recevait en fin de semaine ses amis. J'étais souvent leur invitée, déjeunant familièrement avec Pompidou, Chaban-Delmas, Joseph Kessel, Albin Chalandon. Entre Paul-Louis Weiler et Pierre Lazareff, j'ai le sentiment d'avoir côtoyé le monde entier de l'époque.

Pierre fit tout ce qui était en son pouvoir, qui n'était pas mince, pour m'envoyer à Hambourg. Si Angélique profitait de sa publicité quotidienne à l'aide des bandes dessinées, en contrepartie le personnage-vedette que j'étais devenu était loin de le desservir. Ce fut un grand événement dans ma vie, et mon séjour d'une semaine en Allemagne, une continuelle féerie. Si je n'avais pas eu la tête solide, j'aurais pu me prendre pour un chef d'État. Trois jours plus tôt, la presse allemande annonçait ma venue avec éclat. Le *Bild Zeitung* en particulier, qui tirait à huit millions d'exemplaires par jour avec nombreuses photos à l'appui. Il ne pouvait être qu'à la hauteur des communiqués.

A ma descente d'avion, l'officiel tapis rouge. Le maire, à la tête de son conseil municipal, me salue solennellement. Une haie d'honneur est disposée de part et d'autre du tapis. Hommes et femmes sont alignés au cordeau, en costumes folkloriques lourds, bigarrés, chatoyants. Je tressaille d'émotion, la gorge contractée; je serais incapable de prononcer un mot.

Dans l'aérogare, des dizaines d'adorables jeunes filles m'attendent, coiffées à l'Angélique. Hélas, je serai la seule à ne pas l'être! Mon image du jour est celle d'une très jeune femme en ensemble Chanel sobre. N'ayant pu disposer d'une longue station chez le coiffeur, j'ai collé soigneusement le postiche que je porte dans *La Seconde Vérité.* Un postiche tout blond, aux cheveux coupés très court. Quelle déception pour cette jeunesse avide de me ressembler! Puis c'est l'ovation. Des autographes, des appels, Michèle, Michèle... On me conduit en ville à mon hôtel. Des gens attendent en nombre devant la porte. On me salue, on tend des mains, on m'interpelle. Je souris, Bonheur partagé.

J'apprendrai que dans les écoles où l'on enseigne le français, une heure de pause et de détente est accordée en l'honneur de mon arrivée. Précisément, le lendemain je visite l'une de ces écoles aux innombrables petites Angélique. C'est charmant. Mais je les déçois elles aussi avec ma coiffure de jeune garçon. Il me faudra la garder, à présent; elle est mon image de marque dans ce voyage. Je m'en serais bien passé tant elle demande quotidiennement de soins pour la mettre en place et m'inflige de gêne pour la garder du matin au soir.

La réception à la mairie est empreinte d'une chaleureuse cordialité. L'étiquette a vite perdu ses droits pour laisser place à l'émotion, à la joie d'accueillir une amie de l'écran, une amie française qui plus est. Il en faut bien pour éloigner des esprits les souvenirs haïssables de la guerre. Je le sens, sans vantardise, on est heureux de fêter une Française. En souvenir de ces retrouvailles, le maire me remet une gravure ancienne.

Le *Bild Zeitung* décrit mes pas, souligne mes mots, publie des photos prises sur le vif et me consacre des pages entières pendant cinq jours consécutifs. Lazareff lui-même n'en est pas revenu. Une soirée est consacrée à la projection d'*Angélique Marquise des Anges.* La fin du film est vivement acclamée.

Le cœur bondissant de joie, ardemment patriotique, je passerai en revue la flotte française amarrée à Hambourg pour la circonstance. On n'est jamais si fière d'être française qu'à l'étranger! A peine ai-je le pied sur l'échelle de coupée du bateau amiral, le *Chevalier Paul*, que les sifflets stridulent les commandements. Les hommes du piquet d'honneur, au garde-à-vous, dressent la tête, regard pointé sur l'horizon. Nos marins sont beaux, les plus gais du monde avec leur célèbre pompon rouge. L'amiral, courtoisement, me présente l'équipage, m'accompagne dans une brève visite de son bâtiment.

Un grand bal à bord clôture ces festivités. Une dernière surprise m'y est réservée. Toutes mes petites Angélique ont coupé leurs cheveux très court. Elles sont toutes blondes!

Je me réjouis de voir des Michèle Mercier en dizaines d'exemplaires, multiformes de visage, uniformes de coiffure.

Expérience unique pour moi ce jumelage pittoresque, animé d'une grande diversité de manifestations, parmi une population qui m'a frappée par son esprit inventif, son sens de l'organisation et sa cordialité.

Demain se déroulera la cinquantième course automobile de Cefalú en Sicile. Petit port au bord de la mer Tyrrhenienne, dominé par un rocher abrupt en forme de tête – d'où son nom du grec « Céphalé » –; il y adosse sa cathédrale de style roman arabo-normand, insolite de beauté et de grandeur.

Le circuit de la course part de la plage et grimpe, dans des lacets périlleux, à l'assaut de la montagne. Assez profondément à l'intérieur des terres, il gravite autour sur trois côtés. D'environ quatre-vingts kilomètres, il doit être parcouru dix fois. De nos jours, jugé trop dangereux, il est rayé des compétitions internationales.

Alain a choisi cette année de courir sur Porsche 2000 Carrera 6, imposant spécimen de bolide. Il était arrivé quelques jours auparavant pour le repérage du circuit, la localisation rigoureuse des caractéristiques du terrain : présence de parois rocheuses, d'à-pics, dénivellations, bosses, cassis, nids de poule, etc. Tout est noté soigneusement. La moindre hésitation peut être fatale au classement ou à la vie de l'homme, à la fraction de seconde près.

Lorsque je débarque, Alain en est à son ultime repérage. Dans les stands, je chronomètre le dernier parcours. Il arrive dans les temps. Je crois qu'il a des chances d'être classé parmi les meilleurs. Il a l'air heureux. Ce repérage matinal l'a mis en train et d'humeur combattive.

– Tu montes avec moi ? Je vais te faire faire un tour.

Il me l'avait proposé bien des fois. J'avais fait quelques kilomètres auprès de lui sur un véhicule de compétition, conduit cette voiture à tout berzingue dans une palpitante exaltation. Il n'aurait pas fallu que mon exhibition durât trop longtemps tout de même.

A Cefalú j'hésite à accepter sa proposition et, à la fois, je suis avide de tenter l'expérience. Il me plaisante aigrement sur ma réticence.

– Pourquoi, tu as peur ?

Je n'ose lui avouer la véritable raison. J'ai mal au cœur en voiture. Lignes droites comprises.

Tant pis. Je me coule dans la Porsche et je vais vite m'apercevoir que ce circuit est loin d'être de tout repos. Il exige des nerfs solides. Alain attaque ses virages en professionnel. Il a l'œil à tout, rien ne lui échappe. Vif, tendu à l'extrême, il reste flexible, tient son volant en souplesse.

Nous n'en sommes qu'aux essais et déjà la foule s'égrène sur le bord de la route. Je la trouve si dense ! Elle prend des risques à se parquer au ras des bolides. Un incident grave peut survenir à tout instant, l'éclatement d'un pneu, un écart de conduite. Si, au moins, elle restait en place. Mais non, je la vois s'avancer vers le centre, envahissant la chaussée. Foule austère, impénétrable, de tous âges et conditions. Tous ou presque de noir vêtus.

A notre passage, des bras se tendent, offrant des fruits, de l'eau. Les soucis seront pour après. Tous sont beaux, bons, radieux. Je les aime et j'aime l'Italie. Quel spectacle!

Mais Alain lance son offensive, les gens deviennent une ligne floue. La Porsche bondit à l'attaque de la côte. Il accélère. J'essaie de lui parler. Il ne répond pas. Il rit. Sûr qu'il ne m'entend pas dans le tintamarre pétaradant de son engin. Je voudrais qu'il ralentisse; tapote son bras. Rien à faire. Il enfonce le champignon, rétrograde, accélère de nouveau. En sourd-muet il m'indique d'un geste impératif de ne plus bouger, de regarder la route comme si moi-même je conduisais. Voulait-il me montrer ce qu'il savait faire? Ou me rendre malade. C'est réussi? Je le suis à mourir. Ça tourne, tourne tous les trente mètres. J'aspire à une voie sans virage.

– Assieds-toi bien droite, me disait mon père, fixe la route, cale-toi sur ton siège et suis les mouvements de la voiture sans opposer de résistance.

Plus ça va, plus je glisse sur mon siège; je m'enfonce dans l'habitacle. Je ferme les yeux. Si je continue je vais me retrouver sous le moteur. Et grondements furieux, crissements de freins, hurlements de décélération. Bien fait pour moi. Je voulais savoir, je sais. De temps à autre, j'entrouve une paupière. Je vois les gens, les bouches grandes ouvertes. Ils crient sûrement mais je n'entends pas. Une mascarade!

Je décide d'écouter mon père. Petit à petit, par des contorsions légères, je remonte sur mon siège. Me voilà assise bien droite, les yeux grands ouverts. Je m'applique ferme sur le dossier. Au fond ce n'est pas une mauvaise idée. Je me sens mieux. Mes nausées se dissipent. Je reprends mes pauvres esprits et finis par m'intéresser à la course. Revois les gens, les fleurs. Alain m'a épaté. Ce n'était pas difficile avec moi. Le plus étonnant est que je tienne le coup sans perdre le goût du risque.

Nous sommes sur le petit port. Encore un peu étourdie, j'essaie de m'extirper tant bien que mal de l'engin. Alain me retient près de lui en disant :

– Avoue que tu as eu peur.

Sa question résonne en moi désagréablement.

– Moi ? Pas du tout ! Mal au cœur, oui. Comme chaque fois que je mets le pied dans une voiture.

– Regarde-toi, tu es grise.

– Grise ? La poussière probable.

– Non, tu as eu bel et bien peur. Avoue-le. Une peur bleue.

Il commence à m'énerver.

– Et pourquoi donc ? Parce qu'une bagnole qui rampe à belle allure, tu appelles ça du sport ? Ce n'est rien à côté d'un Mirage III, avec ses loopings, ses virages à la verticale, à une vitesse impensable sur terre.

Piqué au vif, il me nargue.

– Ah, Madame préfère les Mirage. L'avion lui plaît donc ?

– Oui, c'est plus drôle. Quand on sort de là on n'est pas gris ! Seulement jaune citron ! Les photos prises à ma descente sont là pour le prouver et je pensais en moi-même, si elles avaient été en couleur on aurait pu remarquer que j'étais jaune citron.

– Parfait. Je t'invite à monter dans mon Jodel.

– Un petit truc, ça. Ça vole au moins ?

– Eh bien, encore. C'est le roi de l'acrobatie.

– Soit. J'y monterai.

Dans quelle aventure vais-je me lancer ? Nous faisions assaut de piques. Pourquoi cette joute entre nous ? Il me tend la main.

– Pari tenu ?

– Pari tenu !

Je descends de voiture le cerveau embrumé tandis qu'il rejoint son stand. Cette course folle... J'ai besoin de me changer les idées. Je me promène et me souviens. C'était l'an dernier alors que je tournais *Le Tonnerre de Dieu.* J'étais venue ici en coup de vent, le temps de l'épreuve. C'était la quarante-neuvième. De Nantes à Cefalú, les moyens de transport sont pour le moins incommodes. Un jour pour venir, le jour de la course, un autre pour rentrer, voilà mon séjour.

Néanmoins j'avais fait la rencontre d'un couple passionnant. Deux êtres fortement épris l'un de l'autre. Jean de F. était le coéquipier d'Alain. Dynamique, jovial, bel homme en vérité, il avait tout pour plaire. Il était aimé de « Simone » qui ne lui cédait en rien sur le plan de la naissance. Antérieurement, j'avais connu cette jolie jeune femme dans la haute société. Une sympathie commune nous avait alors rapprochées et je n'étais pas peu fière de son estime. Voilà qu'un malicieux destin, par le truchement de nos futurs époux, nous réunissait à nouveau. Personne ne devait nous reconnaître. L'une et l'autre étions en instance de divorce. Nous cachions nos cheveux sous des foulards ternes et d'énormes lunettes que Garbo nous eût enviées! Elle m'appelait Suzanne, je la nommais Simone. Comme deux petites sœurs en rupture de ban, nous étions ravies de déjouer les pièges des paparazzi. S'ils avaient su! Ils auraient tenu le bon scoop pour leurs hebdomadaires.

Cette année-ci, pour le cinquantième anniversaire, elle sera là. Jean de F. est toujours de la partie mais plus comme coéquipier d'Alain. Nous allons partager bien des émotions.

Le grand jour. Temps orageux. Inquiétant. Les repérages ont été faits par temps sec. Je tremble de voir le ciel s'assombrir peu à peu. Les nuages pendent comme des outres. S'il pleut c'est une catastrophe. La topographie du parcours en sera modifiée. Transformés les repères. Je suis préoccupée en abordant le stand. Simone est là, toujours déguisée pour n'être pas son personnage. Une anonyme. Une femme amoureuse, inquiète parmi nous. Nous nous embrassons, heureuses et pensives. Dans le box voisin, l'épouse de Bandini, son ombre fidèle. Plus loin, la femme de Bonnier, petite, brune, seule dans son coin. Les coureurs ont gagné leurs voitures, casqués, gantés, chacun à son poste. Tous concentrés. Les jeunes pilotes serrent leur volant nerveusement. Les anciens y posent les mains, les caressent ainsi qu'un être aimé, se détendent.

Le directeur de course lève son drapeau. Un cri monte de milliers de poitrines. C'est le départ. Le vacarme s'élève, assourdissant, déchirant l'air, nos tympans, en uppercut au centre de nos corps. Ils sont partis. Il ne reste flottant dans l'air qu'un mince filet de fumée bleue mêlée à la poussière. Dans les stands où nous sommes règne l'âcre odeur d'essence brûlée, des pneus carbonisés.

Un journaliste, esquivé l'année précédente, nous approche.

– Enfin, marquise, cette fois, je vous ai reconnue.

Et prenant Simone à témoin il lui raconte ma défection passée. Nous avons du mal à retenir des rires. D'un accord tacite, nos visages reflètent l'indifférence. Elle, il ne la reconnaît toujours pas. Il se lamente, regrette le bon temps. On ne voit plus, dit-il, les jolies femmes de Portago, Moss, Berra...

– Ce n'est pas galant pour nous ce que vous dites là.

Il rougit et s'en va. Simone et moi nous touchons du coude et rions sous cape. Près du relais radio, nous suivons la course. Le temps qui passe nous agite. Simone regarde son chronomètre, moi le mien. Rien de grave encore. Pluie fine. Pourvu qu'elle s'arrête! Nous achetons un sandwich pour calmer notre angoisse. Impossible d'avaler. Pas faim. Les gens discutent autour de nous :

– Ma, telle voiture n'est pas adaptée à ce genre de circuit.

– Bandini est le meilleur. Il gagnera.

– Pas d'accord. Vaccarella a plus de chances. Je le vois premier.

Merès, Müller, tant d'autres. Qui va gagner ?

La pluie tombe dru. Là-haut dans la montagne, le paysage a changé. Les routes deviennent des inconnues. Ils vont se laisser surprendre par des nuages bas, un terrain glissant, des trous remplis d'eau, des bosses dissimulées. « La course de la chance. » L'une des plus périlleuses.

Un coureur s'arrête, fuite d'huile. Il aurait dû stopper et se ranger sur place au lieu de continuer jusqu'ici. Manquement au règlement. Un autre le rejoint. Il a glissé. Ils s'insultent copieusement. Les voitures défilent moteurs à fond devant les stands. On reconnaît Jean de F. Signe de la main. Alain le suit. Repartis pour un tour. Vingt minutes se sont écoulées, la radio hurle « Accident ». Fumée au lointain. Visages effarés, Simone et moi nous nous regardons. On se tient la main, on se tient le cœur.

– Ce ne sont pas les nôtres.

– Non, le temps n'y est pas.

– Cela a l'air d'être trop loin. Qu'en penses-tu ?

Simone mâche fébrilement des bonbons. Je sens que je vais allumer mes cigarettes feu à feu. On prie. Avec des mots à nous. Pas appris, toujours les mêmes. « Mon Dieu, protégez-le. Non, pas le mien, Seigneur ! » Dans le box, silence total. Attente interminable. La radio grésille. « Bandini a quitté la piste... Voiture au fond du ravin. Lui, on le cherche partout. Apparemment il a été éjecté à temps. » La voix métallique, presque inaudible, du correspondant sur place précise : « Bris suspension, pneus éclatés, transmission cassée. »

Simone et moi respirons, soulagées. Nous sommes amoureusement égoïstes. Mais nous comprenons Mme Bandini. Immobile, digne, très pâle. Ses yeux seuls implorent.

Plus tard, on retrouvera son mari sur la route. Hagard. La

camionnette de secours le ramènera. Sous le choc, il a perdu la mémoire. Prostré, mais vivant.

Comment peut-on être femme, mère, d'un coureur automobile? Comment survivre à ces courses démentielles? On ne dira jamais assez ce qu'elles ont à supporter de souffrances, les interminables frayeurs de l'attente. Les lendemains de blessure... ou de mort INUTILE. Elles sont les sans-gloire et les tout-amour.

Nos chéris ont terminé dans un bon classement. Mais nous en concluons toutes les deux que ces émotions ne sont pas pour nous. Elles nous sont insupportables. Nous craquons. Il faut que ce soit le dernier Cefalú. Qu'on supprime ce défi à la raison! C'est ce qu'on fera.

Simone et moi, nous nous retrouvons maintenant pour des fêtes paisibles. A Noël 1986, ce couple d'amoureux, marié depuis de longues années, m'a invitée à passer le réveillon chez eux. Paul-Louis Weiler, portant magnifiquement ses quatre-vingt-dix ans, m'a conduite en voiture, reprenant au point où nous l'avions laissée notre conversation d'il y a six ans! En nous revoyant, Simone et moi nous sommes écriées ensemble, devant les invités médusés :

– Bonsoir Suzanne. Bonsoir Simone.

– Non, c'est moi Suzanne, toi Simone.

– Mais non, rappelle-toi. C'est tout le contraire!

Nous rions sous le regard amusé et bienveillant de Jean de F., le mari de mon amie. Bref, on ne se souvient plus. Comme on s'est empressé d'oublier le supplice vécu pendant la dangereuse course de Cefalú.

D'un coup d'aile j'atterris à Munich pour présenter l'un des *Angélique.* Du délire. Je suis empoignée par une foule qui fond sur moi comme sur une proie. Ils sont des milliers. On veut me voir, me toucher. Je suis envahie de toutes parts.

C'est un assaut, un bain de foule qui menace de m'engloutir. Je ne sais comment j'ai pu en sortir sans dommage. Je jauge, par l'enthousiasme démonstratif du public, l'impact de ce film. Dire que certains ont écrit qu'il était mauvais. Qu'en aurait-il été de moi s'ils l'avaient trouvé bon?

Presto je retrouve l'Italie pour un sketch bref de Luigi Zampa avec Jean-Claude Brialy. Tournage ensoleillé avec ce garçon à l'élégance charmeuse, primesautière. Il poétise les mots, les images.

De là, retour en Allemagne, à Hambourg, pour jouer dans *Comment j'ai appris à aimer les femmes.* Titre incongru. Luciano Salce en est le metteur en scène. Au rôle qui m'est attribué est attaché un cachet très confortable. Le producteur est d'origine soviétique, naturalisé américain, vivant en Italie. Son nom : Simov. Le paiement de mon cachet se fera en trois versements. Le premier au début du tournage; le second une semaine après, le troisième à expiration du contrat. J'avais pour habitude de me faire verser le solde huit jours avant la fin du film, parce que, celui-ci terminé, du jour au lendemain tout le monde s'égaille dans la nature et les rentrées sont plus aléatoires.

Les deux premiers versements ont bien lieu comme prévu, mais pas le dernier. J'étais fort ennuyée car je venais de m'engager pour l'achat d'une maison à Saint-Tropez. Ce village du bord de mer était toute mon enfance. Mes parents y avaient leur petit coin, je désirais avoir le mien. Non loin de « La Madrague » de Brigitte Bardot.

Il me tardait décidément de disposer de ce dernier cachet. Devrais-je recourir aux hommes de loi pour contraindre M. Simov?

Par ailleurs, j'allais devoir me battre avec le producteur des *Angélique.* Entre le troisième film que je venais de tourner et le quatrième, une option était levée. Ce qui me permettait de reconsidérer mon contrat de fond en comble. Finis les cachets de misère assortis d'un soi-disant pourcentage que JE

NE VIS JAMAIS et que le producteur, dans l'une de ses mémorables colères, avait juré de ne jamais me verser. Cette fois je stipulerai mes conditions.

Après une étude basée sur les énormes recettes drainées par les *Angélique*, j'étais en mesure d'imposer mon nouveau contrat comportant non plus les trois pauvres pages du précédent, mais trente! Mes prétentions allaient soulever un ouragan de cris, récriminations, protestations. Menaces de me remplacer par une vedette italienne, voire américaine. Je restai ferme sur mes positions. J'étais Angélique, le public l'aimait en moi et moi dans Angélique. Impossible, arrivé à ce point, de troquer une héroïne contre une autre sans briser cette mystique et compromettre dangereusement le succès des séries à venir. Une superproduction de cette dimension ne se satisferait point d'un raccommodage.

Ce sera l'occasion pour un journaliste, joueur malchanceux, assoiffé de copies à scandale, de prendre le parti du producteur, et, sans me connaître le moins du monde, de répandre sur moi des horreurs. M. Philippe Bouvard pensait-il par ce moyen accéder à la notoriété? J'ai usé de mon droit de réponse dans son journal à plusieurs reprises. Ce qui n'a pas suffi à mettre un terme à ses insultes et à ses calomnies. Il n'y a pas d'autre explication : je dois l'intéresser! J'attendrai mon heure.

Il y a plus urgent. Pour honorer mes traites je dois recouvrer mon dû. M. Simov m'affirme que l'argent est parti, les papiers signés en bonne et due forme. Parti, peut-être, mais toujours pas rentré. On fait des recherches et l'on s'aperçoit que l'argent n'a jamais bougé. Les papiers sont des faux, les signatures ont été apposées sur des papiers à en-tête d'une banque où ils ont été frauduleusement dérobés. Je prends l'un des plus grands pénalistes qui, en moins de deux, fait déclarer en faillite la société de Simov. L'affaire n'en restera pas là.

C'est alors qu'Alain réenfourche le dada qui trottinait dans sa tête depuis la fin des deux premiers *Angélique*. Il veut être producteur. Il ne manque plus que cela.

– Mon chéri, on ne s'improvise pas producteur. C'est un métier. Il y a un long apprentissage. N'oublie pas que tout ce qui brille n'est pas d'or. Pour un film réussi qui rapporte, combien te laissent les mains vides?

– Et la chance, qu'en fais-tu? Elle sourit aux audacieux.

– La chance dans ce métier est l'aboutissement d'un dur travail, d'une lente expérience. De contacts dans les milieux financiers et du spectacle. Avec des talents d'organisateur, un flair d'homme d'affaires. Ce n'est pas si simple!

– Eh bien, moi, je considère mon idée valable. Fais le compte des déboires, épreuves que tu viens de traverser. Des ennuis que je t'éviterai. Écoute-moi bien : fondons notre propre société. Je te choisirai les scénarios, réglerai tes contrats au mieux de tes intérêts qui seront désormais les nôtres. Tous les soucis financiers m'incomberont. Tu ne penseras qu'à ta carrière. Et tu deviendras la plus grande, mon petit chat. Je rêve pour toi de l'Amérique.

Je suis prête à me rendre à ses raisons. Mon métier ne me laisse aucun répit. C'est vrai que j'ai besoin d'aide. Et il dénonce tout cela avec tant de douceur, tant de charme; je ne puis résister à son dévouement. Il m'assure :

– Je ne veux que t'aider. C'est tout.

Sans doute a-t-il raison. Inlassablement, en 1966, je travaille. Sollicitée de tourner film sur film et de partir en représentation dans l'Europe entière. Je ne peux faire front à cette débauche d'engagements, de déplacements si Alain ne s'occupe pas de mes affaires comme il me le propose. Quand je tourne en France, même en Italie, je puis à la rigueur y jeter un coup d'œil. Mais je vais devoir partir bien plus loin. Il me faudra quelqu'un sur place qui prenne en main mes intérêts, pallie les difficultés, assure le courrier. Nous désirons nous marier. Je dois lui prouver ma confiance. Il sera ainsi P-DG de la Société qu'il crée, et que je lui offre par amour : SA société. Elle s'appellera : « TANGOS-FILMS ». Avec blancs-seings, délégations, pouvoirs, toute latitude susceptible de le rendre heureux, si je puis ainsi faire son bonheur et le mien.

Nous passons quelques jours en amoureux, Junior avec nous. Sans cet enfant aimé mon bonheur ne serait pas entier. Le temps file à toute allure. Je dois préparer mon départ pour le Sud algérien. C'est bien ma veine! En pleine chaleur nous allons tourner un film à Ouargla. Ce qui rendra plus pénible notre séparation.

« SOLEIL NOIR »

Un avion par semaine, c'est tout ce qui nous relie à la civilisation. L'équipe débarque en première vague pour le cantonnement, les repérages. J'arrive par l'avion suivant. En 1966, la fin de la guerre d'Algérie n'est pas si lointaine pour que les autorités locales dissimulent un reste d'agressivité à l'égard des Français. Armes au poing, on nous interdit de descendre de la carlingue avant le contrôle des papiers. Le soleil en prend à son aise. On cuit. Je vois fondre mes kilos. Enfin on peut mettre pied à terre. Un chien me souhaite la bienvenue. Il me renifle et s'attache à mes pas. « Les Trois Grâces » m'accompagnent. Évidemment nous quittons en voiture ce semblant d'aéroport pour notre hôtel. Le seul. L'Hôtel Transatlantique. Avec un océan de désert autour.

Il est quinze heures. Dans le hall, nous attendons le directeur de production qui, par principe, aurait dû nous accueillir. Personne. Nos valises et le chien sont autour de nous.

Je m'approche de la réception. Personne. Font-ils la sieste ?

D'une salle, sans doute le restaurant, nous parvient le cliquetis des couverts sur faïence et une rumeur de voix étouffées, comme si la chaleur assourdissait le bruit des convives. L'attente dans la carlingue de l'avion nous a coupé l'appétit et nous grimaçons tacitement à évoquer la nourriture.

– Y fait seulement soif, dit Maguy.

Mes trois suivantes s'affalent dans des fauteuils, Maguy difficilement avec sa jambe dans le plâtre. Elle a tenu à me suivre malgré mes protestations.

– Jamais je ne te laisserai aller seule dans un bled pareil.

Je ne connais personne de plus têtu qu'elle quand elle s'y met.

Le chien sur mes talons, je m'avise de faire le tour de l'hôtel. Toutes les portes des chambres sont ouvertes, ainsi que les fenêtres. Leurs occupants piquent un somme dans l'air surchauffé que brassent avec peine les pales des ventilateurs. Rien d'autre que des chambres. Aucune suite avec kitchenette. En redescendant, je me demande comment nous allons procéder, nous les femmes, pour nous rafraîchir dans cet hôtel. Nous ne pouvons pas dormir portes ouvertes!

Soudain, on crie « Au feu! Au feu! ». Les ventilateurs avaient eu raison d'une ligne électrique vétuste, certainement victime d'un excès d'entretien... Le premier étage est attaqué.

Comme une fusée, une femme sort du restaurant, court vers l'étage en hurlant. Interloquée, je crois comprendre :

– Laissez-moi, laissez-moi. Mes hémorroïdes! Mes hémorroïdes!

Elle est comique, et cependant le moment n'est pas au rire.

C'est l'actrice italienne Valentina Cortese qui écorche avec assurance le français et songe à sauver ses... émeraudes!

Le directeur de la production jaillit hors de sa chambre en sauvant ses propres affaires.

Le feu gagne. Les flammes lèchent portes et fenêtres. Des gens surpris dans leurs chambres poussent des cris de bêtes. Certains se jettent des étages. Le directeur de l'hôtel tente de protéger la pièce où le propane est entreposé. S'il explose c'est l'hôtel entier qui flambera. Horreur! Il a perdu son enfant. Où est-il? Tout le monde le cherche. On le retrouve enfin. Il pleure de joie. La voiture qui nous a amenés transporte dans un petit dispensaire ceux qui se sont blessés. L'un souffre de fractures ouvertes que le sable brûlant rend plus douloureuses.

Les chairs gonflent affreusement. Nous apprenons alors qu'il n'y a pas d'hôpital avant Sidi Messaoud environ cent cinquante kilomètres de Ouargla où nous sommes. Malgré la chaleur torride je frissonne. Quelques heures plus tard le feu sera circonscrit. Le problème se pose de recaser tout le monde.

Ne vous faites pas de soucis, me dit le régisseur, on va vous reloger chez l'habitant. Il paraît qu'il y a de nombreux appartements abandonnés depuis quatre ans par les Européens. Dernier cri du confort, air conditionné et tout et tout. Je ne tiens pas à laisser Maguy seule avec sa jambe dans le plâtre et encore moins de me séparer de mes mousquetaires. Le régisseur revient essoufflé, cramoisi. Le soleil peut-être? Drôle de maison. Béton armé, au dernier étage le toit en tôle ondulée, dans ce pays où il ne pleut pas tous les ans? Nous devons faire erreur.

Je rentre la première. En poussant la porte, je distingue une espèce de tapis noirâtre. Un tapis mouvant. Je m'avance prudemment et mes pieds s'enfoncent dans un crissement dégoûtant. Ce sont des légions de cafards qui couvrent le sol, explosent sous mes pas en éclaboussant mes jambes de leurs viscères gluants. Horrible! Je recule en hurlant, partagée entre la crise de nerfs et la nausée qui me soulève le cœur.

Le régisseur qui me connaît bien pour avoir fait d'autres films avec moi, sait à ne pas en douter qu'il va y avoir du grabuge. Lui-même n'est-il pas tout rouge de honte? Le soleil n'y est pour rien.

– Calmez-vous Michèle, on va tout nettoyer. Dans un moment vous serez chez vous. Attendez à l'hôtel – ou ce qu'il en reste! – on vous fera prévenir.

J'avais une folle envie de rentrer en France. « Les Trois Grâces » itou. Mais nous étions prisonnières à Ouargla au minimum pour une semaine puisqu'il n'y avait pas d'avion. Il nous fallait faire contre mauvaise fortune bon cœur. Accepter notre sort. Non sans tempêter pour ma part. Comment pouvait-on expédier ainsi à la légère acteurs, techniciens avec leur matériel, dans une nature hostile, à la pire saison, pour tourner un film. C'est se moquer du monde!

Après une attente qui nous semble interminable, nous rentrons dans notre fameuse maison. Une pièce centrale avec une table, trois chaises. Chacune notre chambre. Une douche dans un semblant de salle de bains. Pas de téléphone. J'en réclame un avec véhémence.

– Si je ne puis chaque soir appeler Paris, je ne tournerai pas. Vous m'infligez des conditions misérables, pénibles, un logement ignoble, infesté de cafards, doté d'un air conditionné poussif, au moins qu'il y ait le téléphone!

J'ai besoin de parler à mon fiancé pour me remonter le moral. Dans les vingt-quatre heures un appareil sera installé. Mais lequel! Il marche aussi bien que le climatiseur : ce truc est un gag. Il fait un bruit de moteur d'avion. On ne peut se parler qu'au diapason suraigu. Et Dieu sait si nous sommes bavardes. De plus il donne l'impression de chauffer la pièce au lieu de la refroidir. Avec les cinquante degrés extérieurs, ce n'est pas ce qu'on attend de lui.

– Une minute, Michèle, on va le mettre au point. C'est rien. Dans la maison d'à côté, il y a de la paille. On l'imbibe de vinaigre, on la fourre dans le machin et vous verrez, ça le dégrippe et ça marche!

– Je sais pertinemment que tout ça n'est pas de votre faute mais si vous continuez à me raconter des balivernes pareilles pour essayer de me calmer, c'est mon pied que je vous fourre dans le machin juste pour voir si ça vous dégrippe un peu et si ça vous fait mieux marcher!

Les filles se défoulent dans un fou rire homérique. Je ne peux m'empêcher d'en faire autant. Tout en pleurant de rire Maguy a sorti une aiguille à tricoter. Devant notre air ahuri elle explique : « C'est pour me gratter, mon plâtre commence à me serrer. »

– Je te l'avais dit, tu n'aurais jamais dû venir.

– Tu te trompes, dit-elle, butée, pour tout l'or du monde, je n'aurais pas voulu manquer ça. Tu sais ma chérie, me dit-elle, dans ma chienne de vie, j'en ai vécu des situations, mais comme celle-là jamais. Sur les deux cents films auxquels j'ai participé je n'ai jamais vu une organisation pareille! Moi je m'en fiche. Mais toi, toi c'est vraiment inadmissible. Ma parole, ces producteurs sont fous, complètement inconscients! Quand je pense qu'en ce moment ils prennent le frais sur le ponton de leurs bateaux.

– Où sont-ils d'après toi, me demande Jacqueline en s'épongeant le front?

Très certainement ancrés dans le port de Saint-Tropez. Comme souvent après le fou rire s'installe une pensive tristesse. La France est si douce, si belle, comme elle paraît loin d'ici. Nous commençons à broyer du noir. Ce n'est pas le moment. Je fais appel à des souvenirs appropriés pour les dérider.

Au fond j'en ai connu d'autre, tiens quand j'étais danseuse, comme par hasard toujours en plein été avec les ballets de l'opéra de Nice, à Nîmes, dans les arènes, j'ai connu la chaleur des chaleurs, embaumée de la puanteur qui se dégageait des torils qui nous servaient de loges. L'odeur attirait une multitude de mouches et moustiques qui ne nous laissaient pas en paix. Elles me regardent toutes deux de plus en plus effondrées.

Tu n'aurais pas une histoire plus drôle à nous raconter? Si tu continues, on va vraiment pleurer! Oui, vous avez raison, à propos de moustiques pendant un spectacle donné dans les jardins de l'Alhambra de Grenade, sur le podium, installé au bout de l'allée des colonnes, nous dansions les sylphides, nuit tombée. Dans un silence religieux, la danseuse étoile évoluait, légère telle une libellule, dans ce décor féerique. Nous, on devait rester à genoux, sans bouger, de très longues minutes, les bras arrondis au-dessus de la tête. C'est le moment qu'ont choisi pour nous attaquer une nuée de moustiques excités par le parfum de nos chairs fraîches. Ah les vaches! C'est alors, dans une respiration silencieuse de l'orchestre, qu'on entendit la claque sonore de ma main s'abattre sur l'un de ces insectes, qui s'était posé sur mon épaule. Envolé le symbolisme de la créature de rêve! Plus de romantisme. Je me suis payé un joli succès et pendant que les spectateurs rigolaient j'en profitais pour me gratter, les autres aussi d'ailleurs. Comme toi en ce moment Maguy, avec la différence que nous n'avions pas d'aiguilles à tricoter! Mes interlocutrices commencent à sourire.

– Tu as dû aussi te payer une sacrée engueulade!

– Oh oui, imaginez la fureur du maître de ballet, pendant l'entracte, il m'injuriait copieusement, me donnant toutes sortes de noms d'oiseaux en me courant derrière prêt à m'étrangler. Complètement hystérique!

Cette fois elles riaient de bon cœur.

– Et naturellement cela se passait en plein été?

– Évidemment.

– Tu ne veux pas nous raconter une belle histoire qui se passerait au pôle Nord! Peut-être que ça nous rafraîchirait qu'en penses-tu?

– Mais..., dit Jacqueline.

Le régisseur intervient, très soulagé devant notre hilarité.

– Il n'y a pas de mais! Vous connaissez cette histoire du berger rattrapant une chèvre après une longue course? « La chèvre mê... mê... mê... » : « Allez allez, y'a pas de mais! »

Le fou rire nous a repris pendant un long moment. Tout au long du film chaque fois qu'il y aura quelque chose qui ira de travers, les uns ou les autres et quelquefois dans un bel

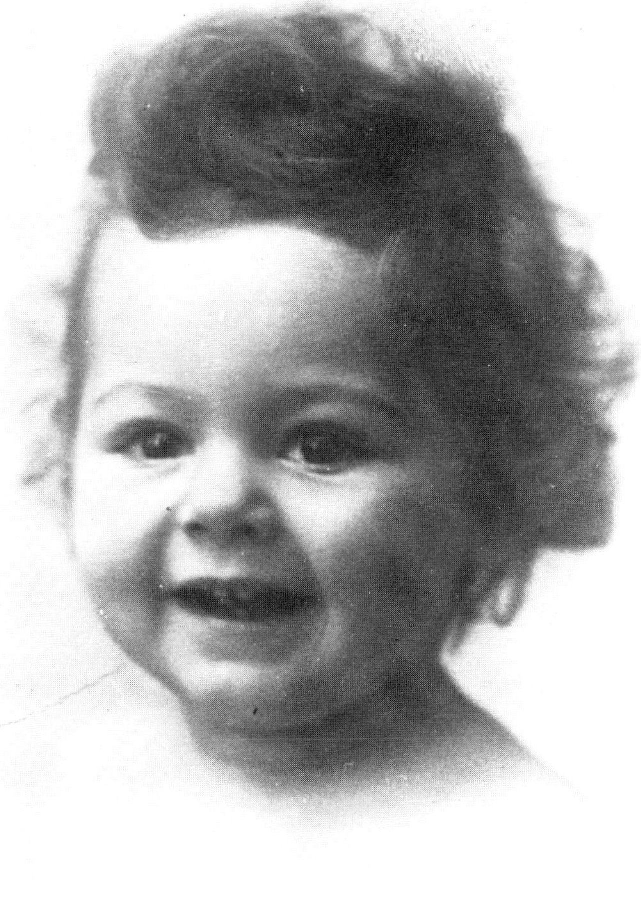

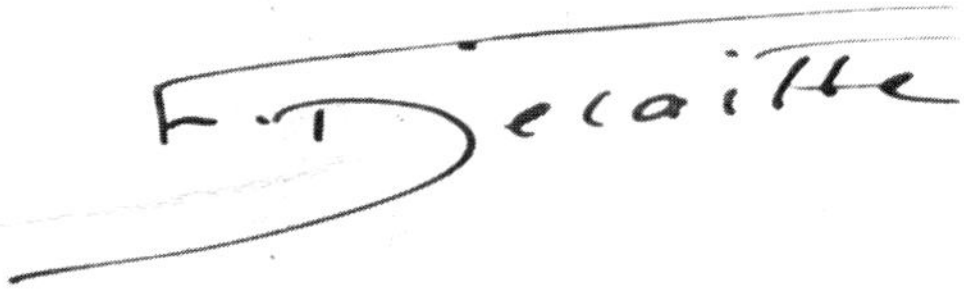

Un an et déjà indomptable et angélique.

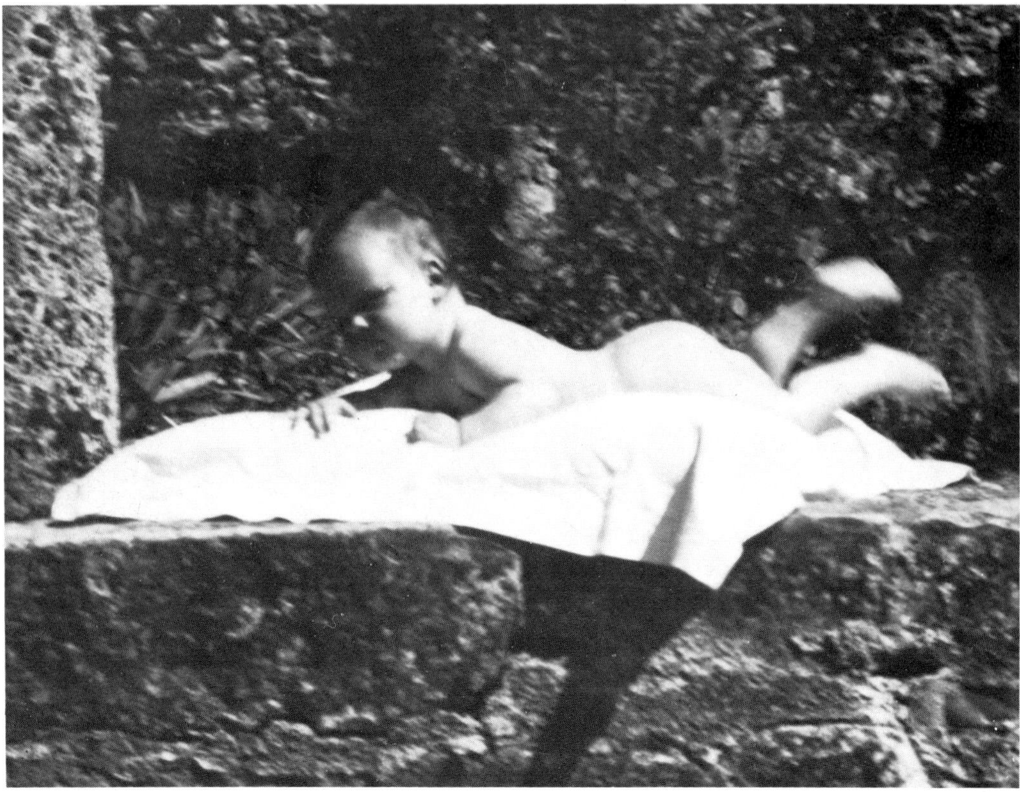

Premier et dernier nu.

Maman et ses trois filles.

A 16 ans chez Maxim's avec Charlie Chaplin.

Avec Maurice Chevalier à l'Opéra de Nice.

Avec Henri Vidal, Léonide Moguy, metteur en scène et Charles Boyer.

Avec ma chienne Kali.

Avec Jean-Paul Belmondo dans "L'aîné des Ferchaux" de Jean-Pierre Melville.

"La Pupa" de Giuseppe Orlandini. L'histoire d'une prostituée de Bologne.

"L'amour au travers des âges". Avec le petit agneau, mascotte de Cinecita.

"Donnez-moi ma chance" De gauche à droite : Nadine Tallier (Mme Edmond de Rothschild), Katia et Léonide Moguy, Blanche Montel, M. Roitfeld, Michèle Morgan avec son fils Mike Marshall et moi.

Avec Elia Kazan à Berlin.

Avec Bob Hope dans "Papa Playboy".

"Frénésie d'été" de Luigi Zampa.
La nuit, je suis femme...

...le jour, je me travestis en homme.

Avec Marcello Mastroiani dans "Casanova 70" de Mario Monicelli.

Rencontre avec Orson Welles.

Avec Brigitte Bardot, Michèle Morgan, Olga Horstig, Alain Delon et Mike Marshall à Saint-Tropez.

"Aimez-vous Brahms ?" d'Anatole Litvak.
De droite à gauche : Ingrid Bergman, Anthony Perkins, Yves Montand et moi.

"Angélique - La Marquise des Anges".

Avec Robert Hossein - "Angélique et Joffrey de Peyrac".

"Indomptable Angélique".

"Angélique, Marquise des Anges".

"Angélique et le Roy".

"Angélique et le Roy", avec Samy Frey.

Angélique avec Jean Rochefort.

"Angélique et le Sultan".

"Indomptable Angélique".

"Angélique".

"Merveilleuse Angélique" avec Giuliano Gemma.

"Angélique et le Roy" avec Jacques Toja.

Eternelle Angélique.

"Merveilleuse Angélique" avec Giuliano Gemma.

"Angélique et le Sultan" avec Ali Ben Ayed.

La Marquise des Anges.

Avec Brigitte Bardot à Saint-Tropez.

Présentation à la Cour Royale d'Angleterre. "Vous êtes Marquise des Anges ? Ce n'est pas assez. Vous mériteriez d'être princesse". Prince Philip, Duc d'Edinbourg.

Bal des Petits Lits Blancs avec Farah Diba.
Au centre Patrice Duchemin.

Une danse unique avec le Chanoine Kir.

Avec Robert Stack.

Avec Sean Connery et Michael Caine au cours d'un dîner pour la sortie de "Tonnerre de Dieu" de Denys de la Patellière.

"Tonnerre de Dieu" avec Jean Gabin.

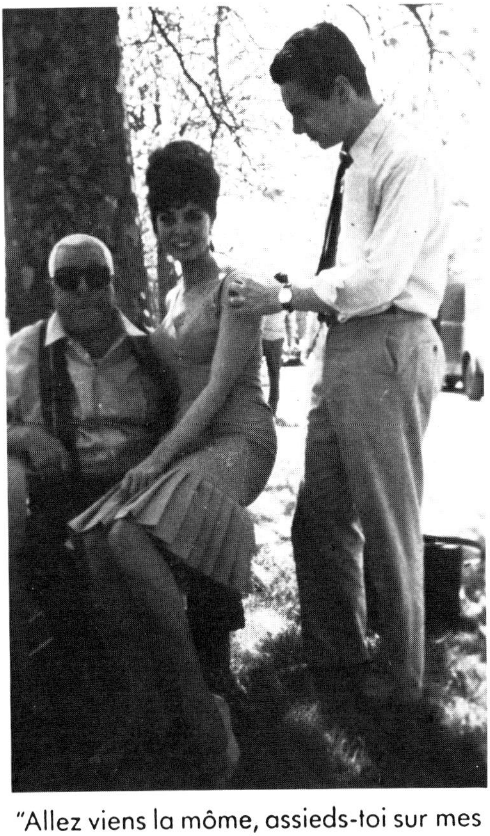

"Allez viens la môme, assieds-toi sur mes genoux". Jean Gabin et Pascal Jardin

"Tonnerre de Dieu".

"Soleil noir" de Denys de la Patellière avec Daniel Gélin.

Pendant le tournage de "La seconde vérité" mon père vient me rendre visite à Cannes.

"La seconde vérité" de Christian Jaque.

"Une corde, un colt" de et avec Robert Hossein.

Avec Pierre Lazareff
qui m'a toujours soutenue depuis mes débuts.

"Lady Hamilton" de Christian Jaque...

... Bergère elle devient Lady.

J'ai remis les chaussons de danse...

...pour le Boléro de Chazot".

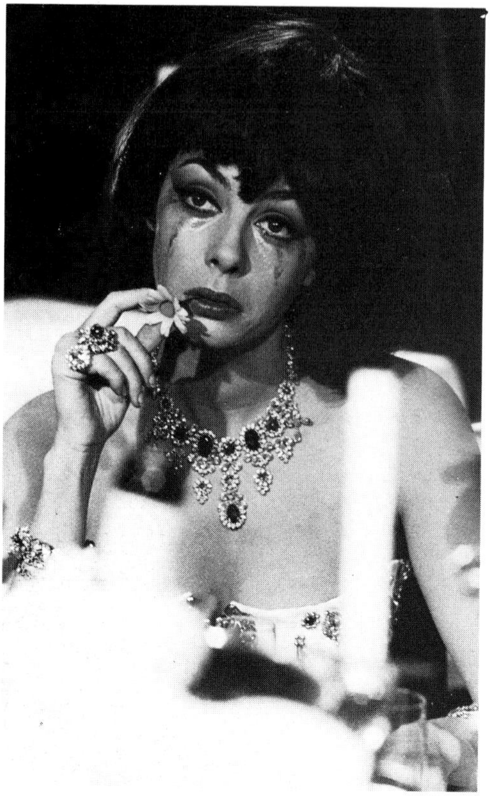

De tristesse, j'en mange des marguerites.

Pour séduire, je danse et chante.

De bonheur, je me marie...

La tragédie, je suis veuve ! Dans "La veuve en or" de Michel Audiard.

"Les baroudeurs" avec Charles Bronson et Tony Curtis.

Révolutionnaire dans "Les Baroudeurs".

"Opération Macédoine"
de Jacques Scandelari.

"Opération Macédoine" avec Pierre Brasseur.

"Opération Macédoine" avec Bernard Fresson.

"L'appel de la forêt" avec Charlton Heston.

Pendant le deuxième intérim avec Alain Poher dans les jardins de l'Elysée.

Premier Festival du Film Américain à Deauville avec Melanie Griffit et Don Johnson, aujourd'hui "Flic à Miami."

Remise de la Légion d'honneur à Jean-Paul Belmondo.
De gauche à droite : Jean Rochefort, moi, Robert Hossein et Jean-Paul Belmondo.

ensemble, on s'écriera « y'a pas de mais! ». Cela remettra un peu de gaieté. Et nous en avons eu bien souvent besoin.

Avant l'aube, chaque nuit, nous sommes debout. Il est trois heures du matin. Fidèle, le chien m'attend devant la porte. Je le caresse. Battant de la queue il me suit. Tournage jusqu'à neuf heures. On ne peut s'attarder davantage à l'extérieur. Des lampes s'enflamment, les caméras chauffent. Les voitures, leurs sièges, les volants brûlent. On s'amuse à faire cuire des œufs sur le capot. Le vent de sable se lève, enraye les appareils. Certains techniciens, des costauds qui ont fait la guerre, tombent dans les pommes comme d'évanescentes jeunes filles. Je tiens le coup avec « les Trois Grâces », nous sustentant de gouttes d'alcool de menthe sur des morceaux de sucre toutes les demi-heures. Le chien en profite aussi. Sans menthe... Quoiqu'il aimerait bien se rafraîchir. Je lui fais goûter. « Mais c'est qu'il aime ça! ce mignon. Je lui remonte le cœur. »

Sieste obligatoire. On somnole, on se tourne, retourne, transpire et le « truc-machin » infernal nous endort de son lourd bourdonnement, sans dégager une once de froid.

Mal adaptées à ce climat saharien, nous mangeons peu. Avant de quitter Paris, un expert de l'aventure comme le docteur Pierre Fyot m'avait conseillé :

– Faut pas boire ni bouffer ce qu'on te donne dans ces pays-là. Tu attrapes des cochonneries dans le bide, une vraie ménagerie. Le pire poison c'est l'eau.

– Tu en as de bonnes! Je ne vais pas passer un mois sans me nourrir... ni boire!

– Ne t'inquiète pas. On va te procurer des provisions. Et principalement ne lésine pas sur les médicaments.

Il m'indique une kyrielle de médecines à emporter. Ce que j'ai fait en bonne fille de pharmacien. En tout, une mallette pleine de médicaments, seringues hypodermiques et vaccins antivenimeux compris. Plus deux autres valises bourrées de rations militaires. Quand l'équipe s'en est avisée, ce fut une cascade de gros rires et de fines plaisanteries, jusqu'à la première dysenterie. Autant dire que je suis repartie les trois valises parfaitement vides en me réjouissant d'avoir sauvé les plus incrédules.

Alain m'appelle de Paris à vingt heures. Les communications sont mauvaises, interrompues, on s'entend mal. Je le sens gai au téléphone. Ça baigne là-bas. La société l'occupe beaucoup. Il n'a pas pu venir l'autre week-end. Ne viendra pas non plus celui-ci. Peut-être le prochain. Je me fais tendre. J'ai besoin de lui. Il ne le comprend pas. C'est trop simple. Je suis triste en raccrochant. Maguy s'énerve :

– Bien sûr. Il vient pas!

On repasse à la douche chacune son tour et, enroulées dans un drap humide qui sera sec en dix minutes, nous nous couchons. De leur lit, elles s'interpellent. Se renvoient la balle d'histoire en histoire. Forcée de me joindre à leurs railleries. Désopilant!

Un autre jour, le pilote du petit avion loué pour le tournage se tue accidentellement. On lui en a fait faire des loopings! Pauvre gars!

Ce soir-là, en rentrant, le nez du chien collé à mes mollets, j'entends soudain son hurlement. Il fait trois pas, gémit, me regarde tendrement, les yeux à demi clos, les ouvre dans un dernier adieu. Furtif, silencieux, venimeux, le reptile se réfugie sous une broussaille. J'appelle, je crie : « Une vipère! Une vipère cornue! » On la tuera. Mon doux chien m'a sauvé la vie. Je rentre sous notre toiture de tôle et tombe dans les bras de mes compagnes. Je pleure à chaudes larmes.

– Qu'a-t-on besoin, pour raconter une histoire, de faire vrai à ce point? Tourner ici en pareille saison? Par bêtise, nous avons eu un mort, des éclopés à vie dans un incendie, des éternels amibiens. Et maintenant le chien. Non! Non! Non!

J'appelle le numéro d'Alain. Il est absent. Jeanne m'apprend qu'il est sorti avec des amis. Elle fera la commission. Il me joindra dès son retour. J'attendrai en vain toute la nuit... Je me pose des questions. Je recommence à pleurer. Désespérée, de la tête je frappe la porte d'une armoire, probablement fragile, et je la casse. Je suis inconsolable. Seule, si seule. Sans le chien, j'aurais pu mourir loin des miens. Et que fait Alain de son côté ?

Bref, pour fuir ce Sahara inhumain, faute de combattants nous terminerons le film chez Jean Richard à Ermenonville.

Des acteurs, pourtant tous excellents, convaincants, Daniel Gélin le grand frère, Michel de Ré le vilain, Valentina Cortese la fofolle, Louis Seigner le père, Patrick Balkany le petit frère – aujourd'hui maire de Levallois-Perret – ne sauveront pas cette réalisation. Dans de pareilles circonstances, je suis toujours de très mauvaise humeur. Comment pourrait-il en être autrement ? Ce film me rappelle des horreurs.

A mon retour, les nerfs en pelote, exténuée de fatigue, l'acidité de mes réponses aux questions des journalistes me vaudra un superbe prix « Citron ». Ce qui est amusant, c'est qu'à l'inverse, à peu près dans le même temps, la presse italienne me décernait à l'unanimité, le prix « Orange », qui récompense l'acteur le plus sympathique de l'année.

Nul n'est prophète...

Repos ? Farniente. Alain retrouvé, tendre, lascif, amoureux. Mon adorable Junior. Les amis. Je coule des jours sans heurt.

L'argent rentre à la maison. Alain me dit qu'il est heureux. Il me préfère démaquillée. Vêtue en décontracté. Il est vrai que la plage se prête à des tenues vestimentaires relâchées, fraîches. Nous sortons tous les soirs avec des amis. La bande des copains nous a envahis. Eddie Barclay avec son gros cigare, et des journalistes sympathiques. C'est la joie. On se baigne, on se dore au soleil. On dit tout. On ne dit rien. Surtout des bêtises qui délassent.

Vers le soir, on décide de dîner en ville place des Lys, tout le monde mange dehors. Le cinéma, européen et américain, est bien représenté. Des chanteurs animent la soirée. Jean-Marie Rivière est sur scène. Il draine à lui les spectateurs qui ne se gênent pas pour faire un chahut pas possible. Notre bande, dans l'attente d'une table, s'oriente vers le bar, à l'intérieur. En passant dans la petite allée qui y mène, Eddie me file du coin de la bouche :

– Tiens, tiens, il y a là un grand ami à toi.

– Ah oui ? Qui donc ?

– Mais Bouvard, le plus « bref des laids » comme tu l'appelles, tu le cherches depuis si longtemps.

Ce soir je suis d'humeur pacifique. Comment ferai-je pour mettre ma menace à exécution ? Sans exception, tous mes amis savent que je me suis promis de flanquer une gifle à ce petit monsieur qui n'a de cesse de bavasser sa bile sur ma personne dans son journal. Par conséquent il me faut le faire. Chacun de me dire :

– Non, Michèle. Tu es folle ! Pas ça. Tu risques de te faire descendre. Si tu l'attaques, il ne te loupera pas.

– Que je sache, je ne l'ai pas attendu pour faire carrière. Et tout ce qu'il a pu inventer sur moi ne m'a pas causé l'ombre d'un préjudice. Je vais lui payer le prix de ses méchancetés. Toute peine mérite salaire. Sa joue poupine n'a jamais été aussi tentante. Une chance.

Je prends une grande respiration et, écartant mes amis qui font tout pour me retenir, je pars au combat. Je suis devant sa table. Il dîne avec André Pousse.

– André, sois gentil. Présente-moi ce monsieur qui est en face de toi.

– Comment ? Tu ne connais pas Philippe Bouvard ? fait-il étonné.

– Non, je ne l'ai jamais vu.

Se tournant vers Bouvard il demande :

– Vous ne connaissez pas Michèle ?

Plutôt rougeaud, la bouche en cul de poule, ce présomptueux dindon glougloute :

– Non, vraiment pas.

Toujours debout et ces messieurs assis, d'un ton grave et distinct, je l'apostrophe enfin :

– Monsieur ! Vous salissez une bien belle profession en écrivant des injures sur des personnes que vous n'avez jamais rencontrées. Un journaliste ne propage pas des rumeurs incontrôlées – au moins par respect pour son public s'il n'en éprouve pas pour lui-même. Vous publiez des abominations sur mon compte. Dans le but de mieux informer ses lecteurs, j'ai exercé à quelques reprises dans votre journal mon droit de réponse. Mais rien n'arrête votre instinct de démolisseur. Avec une obstination d'insecte, vous me poursuivez sans raison de votre hargne. Prise par d'autres soucis, je n'aurai donc jamais dans vos colonnes le dernier mot. Le « personnage insignifiant » que je suis, qui n'a selon vous « rien dans la tête » va vous montrer qu'il a, par contre, quelque chose dans la main.

En plein élan, je lui allonge une paire de gifles dont toute la presse européenne, hier encore disposée à propager ses infâmes ragots, se fait gaiement l'écho pendant plusieurs jours. Au long de ce monologue, le ton de ma voix était monté. La musique s'était interrompue. Mes paroles perçaient un silence général, contenaient les souffles. J'en terminai :

– Voilà, monsieur. Cette fois vous me connaissez. Mais si vous poursuivez, je n'en resterai pas là. Tenez-le-vous pour dit.

Les joues écarlates, la lèvre boudeuse, il resta assis, l'œil en bille de loto. Non sans avoir entendu les applaudissements, que j'avais suscités. Le public s'est levé, m'a entourée. Quelqu'un a crié : « Champagne pour tous! » La fête dura toute la nuit. Il y eut un geste qui me toucha à l'extrême : on alla réveiller la fleuriste du coin pour m'offrir des fleurs sous une longue ovation.

Manifestement, Bouvard n'avait pas que des amis. Quand je songe qu'il s'est attaqué également à Sam Spiegel, à Anatole Litvak, auteurs de véritables chefs-d'œuvre!

Je trouve que le surnom de plus « bref des laids » colle parfaitement à ce pantin boudiné. Bouvard ne s'est jamais entièrement remis de cet affront. Avant de se rendre à une soirée, il demandait la liste des invités par crainte de m'y rencontrer. Une fois, par l'entremise d'un journaliste ami, je priai mes hôtes de lui signaler ma présence. Dès qu'il me vit, Bouvard prit la poudre d'escampette.

On pourrait croire que ma démonstration mit un point final à nos rapports. Ce serait mal juger cet être obsédé par mon « insignifiance ». Dans sa rubrique « Carnet de bord », il rendit compte de cette piquante soirée en déduisant que « la demoiselle à la petite cervelle – c'est moi – n'avait pas de cervelle du tout. D'ailleurs, elle n'en a pas besoin : c'est une manuelle ».

Joli compliment pour tous ceux qui travaillent de leurs mains et sont donc, selon notre auteur, dispensés de cervelle. Un bon mot qui n'a pas été unanimement apprécié.

Par la suite, quand le petit Bouvard, dans une émission radio prononcera un mot sur moi, Jacques Chazot s'emportera :

– Si Michèle t'a balancé une gifle c'est que tu le méritais. Arrête de la déblatérer sinon je vais t'en envoyer une autre.

Ce n'est pas que la vengeance a du bon, mais elle soulage. Je finis mes vacances après cet incident valeureux, le cœur serein, l'esprit reposé.

Le 30 septembre 1966, la ville de Sorrente créait son festival de cinéma. Ici, le festival, c'est la fête. Cette première année, Sorrente est en liesse. Chaque soirée élit une marraine qui reçoit « un polichinelle d'or », prix de sa popularité. J'y suis élue en qualité d'actrice ayant tourné le plus de films en Italie ces dernières années. J'arrive sur le podium devant trois mille personnes. Rosana Schiaffino, Alida Valli, Catherine Spaak, Irène Papas, Gina Lollobrigida ont déjà reçu leur trophée.

Dans un mouvement d'expansion respectueuse, qui n'a rien de commun avec la bousculade effrayante que j'avais connue à Munich, hommes et femmes m'entourent soudain dans un grand silence, me baisent les mains, la robe, me touchent avec vénération comme si j'étais une sainte. Je suis très émue, très impressionnée, cette exaltation silencieuse me chavire. Je n'oublierai jamais cet instant.

Au théâtre Marigny, pour la XXIe Nuit du cinéma organisée par *Ciné-Revue,* toutes les stars rivalisent de toilettes. La haute couture française est à l'honneur. Vêtue d'une robe or que recouvre une cape transparente brodée d'or, un grand couturier a bâti sur mon corps une toilette qui inspire ce commentaire à un journal : « Michèle Mercier porte une robe qui la fait ressembler à une coulée de lave en fusion ! » J'apparais sur scène avec Robert Stack (Les Incorruptibles), Vittorio de Sica, Shirley Mac Laine, Mireille Darc. Tous sur scène pour recevoir nos trophées « les Triomphes ». Ce fut un grand succès du Tout-Cinéma. *Ciné-Revue* organise magnifiquement ces soirées, d'une solennité de bon ton, de bon goût; les présentations alternent avec des intermèdes de chant ou de comédie. Il s'y mêle un côté féerique, chaleureux et bon enfant.

Aujourd'hui cette manifestation a été remplacée par les « Césars ».

Entre deux doublages, diverses interviews et des offres de contrat, je peux me consacrer à ma maison. Je passe ainsi quelques semaines que l'on pourrait qualifier de reposantes.

Comme si l'année 1966 n'en avait pas été suffisamment prodigue, une nouvelle calamité allait bientôt troubler ce calme tout relatif. Il paraît que je n'en ai pas terminé avec l'affaire Simov. Un matin de décembre, à dix heures précises, on me téléphone.

– Allô, Michèle ? Simov à l'appareil.

Ma réponse... un silence médusé.

– Allô ! Allô ! J'aimerais vous voir.

Je recouvre mes esprits.

– Écoutez, M. Simov, votre demande est pour le moins étrange après ce qui s'est passé.

Un grand rire fait vibrer le récepteur à mon oreille.

– Oublions le passé, ma chère. Ma société est...

– Votre société ? Vous dites votre société ? Mais elle est en faillite, monsieur.

– Dans le cinéma, c'est fréquent. Cela n'empêche personne d'en remonter une autre.

– Très bien alors. Que voulez-vous ?

– Nous pourrions travailler ensemble...

Je l'interromps avec vivacité.

– Après vos malversations, sincèrement je ne m'en sens pas le courage.

– Oh Michèle ! – il m'agace avec sa familiarité – si je vous racontais le film que je veux faire, vous en seriez malade. Il n'y a que vous qui puissiez le tourner.

– Monsieur, je vous suis reconnaissante de penser à moi mais nous avons terminé dans de trop mauvaises conditions la fois dernière pour reprendre une collaboration. Je n'ai plus confiance en vous.

– Comment vous blâmer, ma chère ? Vous avez raison. Mais j'avais de si graves problèmes à l'époque. Oublions tout cela. Je veux vous voir, seule. Absolument. Demain midi à mon hôtel, O.K.?

– Je vais réfléchir, monsieur. Vous dites midi précis, hôtel de la Trémoille.

Je raccroche, l'esprit en ébullition, la méfiance en éveil. Que me veut-il? Et pourquoi « seule »? J'avise mon agent, qui est une femme, lui expliquant la bizarrerie de cet appel et l'insistance quasi suspecte de ce producteur.

– J'irai avec vous, dit-elle intriguée.

J'alerte Alain également, en instance de départ. Devant l'étrangeté de ce rendez-vous, il annule son voyage, s'offre de m'accompagner.

Midi. Nous sommes tous trois à l'heure exacte dans le hall de l'hôtel. On me reconnaît. Je distribue des autographes. M. Simov n'est pas là. Pour ne pas lasser notre patience, le directeur de l'hôtel nous conduit aimablement à la chambre du producteur. C'est une simple chambre, sans salon. Le producteur arrive presque aussitôt. Petit, rondouillard, la gesticulation abondante. En nous voyant tous les trois il pique une crise d'hystérie.

– Je vous ai bien recommandé de venir seule. Pourquoi tous ces gens?

– Où est le mal. M. Simov? Voici mon agent, et mon fiancé, M. Nebot.

– Je ne parlerai pas devant ces individus, aboie-t-il, méprisant.

– Ces individus, comme vous dites avec arrogance, sont là pour défendre mes intérêts.

– Je vous avais dit « seule ».

– Seule? Que me préparez-vous donc? Un mauvais coup?

Surexcité, tel un pantin au bout de son élastique, il traverse la pièce et se dirige vers une table basse ornée d'un lourd cendrier. Alain essaie de calmer sa frénésie.

– Voyons, ne vous énervez pas, monsieur. Parlez-nous sur

un autre ton. Cela vaudra mieux pour tous. Cette dame est l'agent de Mlle Mercier et moi le président de la société TANGOS-Films qui s'occupe de ses intérêts.

– Qu'est-ce que tout cela signifie? piaille le producteur en s'emparant du gros cendrier qu'il fait mine de me jeter à la figure.

Alain, derrière moi, voit le geste, réagit en sportif et, prévenant le lancer, d'un bond en avant, fait tomber le cendrier et, dans la même trajectoire, envoie un coup de poing dans le visage de M. Simov. Puis, comme l'autre semble vouloir récidiver, Alain, d'une seule main le soulève du sol par le col de sa veste. Simov se tortille comme un ver d'une manière risible. Mon agent, que je trouve décidément sans humour, pleurniche. Moi je rigole, le spectacle est vraiment comique. Alain repose Simov qui se précipite sur le téléphone. Avec un calme olympien, je me saisis du combiné avant que la standardiste ait le temps de parler, le repose sur sa fourche et conseille fermement à l'intéressé de s'en tenir là.

Tranquillement nous quittons l'hôtel. A peine avions-nous fait quelques pas que déjà les pin-pon de Police-Secours assourdissaient la rue. Sans désemparer, nous nous rendons au commissariat de police voisin pour faire nos dépositions. Accueil souriant. Je signe des autographes.

Nous rentrons. Chacun vaque à ses occupations. On n'entend plus parler de rien.

Jusqu'au jour où le courrier m'apporte une convocation émanant d'un juge d'instruction, suite à une double plainte : violation de domicile pour moi, coups et blessures pour Alain.

M. Simov n'en reste pas là. Inspiré par le cinéma, il se lance dans un scénario de son cru. Bandé comme l'homme invisible, il apparaît à la télévision italienne : Michèle Mercier a voulu l'assassiner avec ses gorilles pour tenter de lui dérober son chéquier. – Son compte serait-il approvisionné?

– La presse enjolive en série noire, parle d'« arme à feu », de cagoule... Délirant.

Enfin, M. Simov, reprenant les mêmes arguments, porte plainte auprès du président de l'Association des producteurs italiens. Celui-ci ne cherchera pas la vérité. Il diffuse sans tarder une circulaire aux responsables des productions italiennes et franco-italiennes, leur interdisant de m'accorder dorénavant un nouvel engagement. C'est une déclaration de guerre. Certains cinéastes en profiteront pour passer outre aux injonctions parfaitement illégales du représentant de la profession et m'offrir des contrats au rabais. J'en ai encore honte pour eux.

Je ne me suis pas laissé abattre. J'ai lutté, engagé et gagné un procès en Italie contre l'auteur de la circulaire qui me mettait à l'index. Le président de l'Association des producteurs italiens s'est vu lourdement condamner ainsi que les directeurs des journaux pour publication d'articles injurieux m'accusant de tentative d'assassinat. Pour faire bonne mesure, j'ai versé ostensiblement les dommages et intérêts qui m'ont été alloués aux œuvres d'entraide des journalistes.

J'ai eu aussi gain de cause en France. L'affaire fut traitée par le juge d'instruction avec un humour féroce à l'endroit de M. Simov.

– Vous dites que Mme Mercier a violé votre domicile? Ce n'est pas ce qui ressort du dossier. C'est vous le premier qui l'avez contactée par téléphone. La standardiste de l'hôtel est formelle. Elle a consigné votre appel. La déposition de son agent va strictement dans le même sens. C'est bien vous qui avez fixé rendez-vous à Mme Mercier. Ne vous moquez pas de moi monsieur sinon c'est moi qui vous condamnerai pour outrage à magistrat.

– En tout cas, M. Nebot m'a battu.

– Il n'a fait que défendre Mme Mercier que vous menaciez, un lourd cendrier à la main.

– Vous ne pouvez nier ma fracture du crâne.

– Comment nierais-je un fait aussi ancien? Il remonte à vingt ans. L'examen des radios l'atteste. Voyez-vous, M. Simov, vos arguments sont trop malhonnêtes pour que je puisse donner suite à votre affaire. Elle sera donc classée.

Nous aurons un Noël en famille. Je trouve Junior très faible. Toujours fatigué. Il ne travaille pas en classe. Le médecin conseille à ses parents de le conduire à la montagne. Je loue un chalet à Megève pour trois mois. En raison des occupations de sa mère ainsi que de celles d'Alain, c'est moi qui me chargerai de l'enfant.

Je renonce à faire un film et pars en compagnie de ma fidèle Jeanne, de Kali pour la montagne faire respirer le bon air à mon petit bonhomme. Je le mène en traîneau à l'école. Je ne sais si c'est le froid, l'oxygène, ses joues rosissent, il a meilleur appétit. Je suis très faible avec lui. Dès qu'il me regarde, me tend les bras ou se réfugie contre moi, je fonds de tendresse. C'est intraduisible. Je sens en moi le désir fou de fonder une famille. De mettre au monde des enfants à moi, dont j'aurai la totale responsabilité et qu'on ne m'enlèvera pas chaque semaine, selon la fantaisie des gardes.

Un dimanche après-midi, je monte avec Junior un peu plus haut qu'à l'ordinaire. Un télé-benne nous conduit à une altitude où la neige est molle, haute, inviolée par endroit. Junior s'y enfonce avec délice, il invente un jeu. Il fait quatre ou cinq pas et redégringole en boule de neige.

– Vite Junior, c'est la dernière benne en descente. Nous allons la rater.

Je l'aide un peu. Puis il roule de nouveau en gloussant.

– Junior! Tu es là, à tomber comme une bouboule inerte.

– Si moi je suis une « bouboulinaire », toi tu es une « bouboulina »!

Nous rions de son petit mot. Il me restera. Le bateau que je vais acheter sera baptisé *Bouboulina.* Chaque fois que je me déplacerai pour les besoins d'un film qui nécessitera la location d'une maison où que ce soit dans le monde j'y inviterai mes amis en leur disant : la « pension Bouboulina » est ouverte. Junior ne m'appelle pas autrement. Ne pouvant être sa mère ni une « tante Michèle », pour lui je suis Bouboulina. Ça me va. Pour Alain, la montagne c'est aussi la course appelée : neige et glace.

Je donnerai le signal du départ. A l'arrivée je remettrai les prix en compagnie de Jean-Claude Killy, Annie Famose, Georges Mauduit. Trois mois se sont bientôt écoulés il est temps de rentrer à Paris.

Le travail finit par reprendre ses droits. On se souvient qu'à la suite de la « levée d'option » après le troisième *Angélique*, j'avais renouvelé entièrement mon contrat avec mon méchant producteur. Le moment est venu d'en mettre les détails au point.

J'arrive au siège de sa société. Galamment il m'accueille les deux pieds sur la table, un énorme cigare à demi consumé entre ses lèvres. A son côté, un rude molosse, bouledogue au mufle hideux. Notre homme est rassuré. Il croit m'en imposer à sa façon par ses manières et son chien prêt à me dévorer. A mon entrée, le chien se lève, me lèche d'une langue visqueuse, fait ami-ami et, dans un grognement satisfait, réintègre sa place en rond aux pieds de son maître.

– Ouh... Quel chien méchant! Dire qu'il a failli me faire peur!

Les clauses de mon contrat sont disséquées, sans perdre patience. Article par article. Mot à mot. Il m'a rendu intransigeante. Je le vois bouillir d'exaspération mais je feins négligemment de ne rien remarquer.

Un point de litige. Je disposerai de ma voiture personnelle pendant la durée du tournage, où qu'il ait lieu, notamment en Tunisie.

– Bon! bon! bon! Il pousse un soupir à se fouler la rate.

– C'est quoi ta voiture! J'ai entendu parler d'une Mercedes.

– Exact. Elle est neuve.

– Mais encore... Une 280?

– Non.

– 350 alors?

– Non.

– Masette! La 450 SL?

– Non, non.

– C'est quoi décidément, ta bagnole? dit-il enragé.

– Regarde-moi bien. C'est une 600, comme celle du pape.

Mon producteur est brusquement secoué par un hoquet irrépressible. Il en ravale son cigare qu'il rejette de justesse en postillonnant une toux rauque. Il en a pour un moment à se remettre.

Atteint dans les œuvres vives de son portefeuille, il balance son stylo sur son bureau.

– Une 600, non, mais tu ne te rends pas compte du poids?

– Rassure-toi, mon chou, ce n'est pas moi qui la porte.

Il marmonne en calcul savant.

– Ça va coûter horriblement cher!

– Ça, c'est ton problème. N'oublie pas le chauffeur. Et tu vas signer ce contrat en y ajoutant une précision à laquelle je tiens par-dessus tout. Une clause impérative : je ne veux plus voir ta gueule de carême sur le plateau, ni celles de tes copains. Tu désigneras le producteur délégué dont on a parlé. Je n'ai rien contre lui. Toi, tu as dépassé les bornes. Inscris bien noir sur blanc ce que je viens expressément de te signifier. Si je vois seulement ton ombre de fesse-mathieu au bout de mon regard, je refuserai de tourner. C'est clair?

La discussion fut âpre et fastidieuse. Elle prit le temps qu'il fallait. Il se plia du plus mauvais gré à mes volontés. Ce fut ma revanche.

D'un cœur allégé je quitte mon producteur incivil, soudé à

son fauteuil directorial, me reconduisant à la porte de son œil effondré. D'instinct, le bon gros toutou a un élan de politesse. Il me raccompagne, une lèche d'adieu sur mon mollet.

Ces films furent tournés de la même manière que les deux premiers. Dans les mêmes lieux alternent des scènes d'*Indomptable Angélique* et d'*Angélique et le Sultan*. Le premier tour de manivelle se donne à Paris au printemps 1967. Heureux tournage sans histoire notable.

Les extérieurs sont prévus en Tunisie courant juin-juillet. Encore un bel été en perspective. On n'aura pas froid! J'ai tort de m'alarmer. Nous allons sillonner un pays que l'on dit le plus évolué d'Afrique du Nord, des villes aux noms ensoleillés : Tunis, Gafsa, Gabès, El-Djem, Monastir et Carthage.

Nous débarquons presque tous ensemble. Le producteur délégué se présente : M. Deslandes, complet-veston, cravate artistiquement nouée, cheveux argentés. Belle et élégante allure. On se dira « Bonjour – bonsoir », sans plus. Timoré, un peu en deçà de lui-même, effrayé aussi dès qu'il m'aperçoit, nous resterons des jours à surprendre de loin nos regards. J'ai mon travail, s'il ne veut parler, nous en resterons là.

On me prévient du déchargement de ma Mercedes. Je suis rassurée. Bleu nuit, intérieur blanc, je la vois suspendue à la grue comme une araignée à son fil. Sur le port tout le monde la regarde. Cela me gêne un peu et vite le chauffeur me conduit en ville.

Sur les trottoirs les gens me font de grands signes. Serais-je tellement connue en Tunisie? J'ai appris par la suite, de la bouche de M. Bourguiba fils, que son père, le président, avait la même voiture. Il viendra souvent nous voir. L'art du cinéma, l'ambiance de la troupe surtout, lui plaisent énormément.

Éloignée d'Alain, le cafard me reprend. Il m'a promis ferme cette fois de venir me rejoindre. Je l'attends, je dirais, d'un jour à l'autre. L'appel téléphonique quotidien est escompté impatiemment avec l'espoir... encore déçu. Son arrivée n'est pas pour demain. Pour bientôt, m'affirme-t-il. Je m'en contente. Il pense à moi. Il trouve les mots les plus tendres au téléphone pour me dire son amour. Plus que de la musique des mots, c'est de sa présence dont j'ai besoin.

Les jours s'écoulent. Nous allons bientôt terminer les extérieurs. L'une des séquences, dans *Angélique et le Sultan*, sera celle du dromadaire. Je suis, ce jour-là, particulièrement gaie et à l'aise. La veille, Alain m'a assuré de sa venue, dans deux jours.

Le méhari que je dois monter est une bête fière, de haute taille, jetant un regard désabusé sur moi, la bouche dédaigneuse. Ma robe en voile jaune d'or que drapent sept voiles d'or, ma coiffure tenue par un diadème, ne sont pas faites pour l'éblouir. Baigné à longueur d'année dans les ors éclatants du soleil et des sables, le taxi du désert toise mes atours avec mépris. On me juche sur sa bosse sans m'indiquer le mode d'emploi pour le conduire. Je me trouve à une hauteur vertigineuse, m'agrippant à la moindre aspérité.

Bernard Borderie crie « Partez! » Coup de bâton du chamelier sur l'arrière-train de ma monture. Sans résultat. Les coups pleuvent. Je me récrie.

– Arrêtez! Vous lui faites mal.

Le dromadaire, plus têtu qu'un âne, ne bouge pas. Le propriétaire insiste, la main lourde, frappe encore. Rien à faire; le temps passe tranquillement : au prix de l'heure du tournage il y a de quoi émouvoir le producteur. La matinée est avancée. Il fait une chaleur torride. Pas un souffle d'air. Je fonds au soleil. A portée de mon regard se trouve ma Mercedes à air conditionné. Supplice de Tantale.

Je me maîtrise. Remets mon bien-être à plus tard. Tous les yeux sont braqués sur moi. Je suis cramoisie. Je sens couler la sueur le long de mes tempes, mes cheveux se collent sur mon front.

– Maguy, s'il te plaît, viens me poudrer. Je me liquéfie.

– Tu es toute rouge, la poudre n'aura aucun effet.

– Je t'en prie, viens m'arranger. Un coup de pinceau au moins, fais quelque chose!

Ma petite reine du maquillage fait la moue. Elle trépigne.

– Tu es trop haut!

– Prends un escabeau! Maguy! Allons, voyons! Tu ne vas pas me faire des caprices, ce n'est pas ta façon de travailler.

Des cubes superposés la mettent à ma hauteur. Elle me chuchote :

– Tu es folle ou quoi? Tu as vu ta tête? Tu vas exploser. Qu'est-ce que je vais pouvoir mettre sur ton visage? Ton maquillage a viré.

– Et ma réputation de maquilleuse, qu'en fais-tu?

Tout en s'activant, elle marmonne entre ses dents :

– Ce que tu peux être entêtée! C'est comme l'autre jour où tu as tourné avec un accès de paludisme. Sois raisonnable. Va te reposer. Tu vas craquer et nous avec. On n'est pas au bagne que je sache!

– Mais si, on y est en plein. Depuis le temps, tu ne le sais pas encore?

– Ah! si le public se doutait! S'il savait ce qu'on passe!

– Si le public savait, il ne viendrait pas nous voir. Pour lui nous sommes des créatures irréelles, sans transpiration, nausée, maladie, douleur, rien! C'est ce qui remonte le moral de nos admirateurs en les faisant rêver. Ils échappent un instant aux misères de leur existence quotidienne. Nous les dynamisons, tu comprends?

Elle s'applique à me remettre en état du haut de son échafaudage branlant, sous la menace d'une embardée de l'animal.

– Si cette bourrique ne veut pas repartir, sois tranquille, je remets ça à demain.

– Promis?

– Promis. Juré.

Avec un sourire malicieux, je reçois un petit clin d'œil complice.

– Sale chameau, dit-elle en redescendant. Sale chameau! en lui donnant une tape sur la croupe en passant. Je me demande si elle ne s'adressait pas un peu à moi? J'étais son souci c'est pour cela qu'elle avait eu cet accès de mauvaise humeur.

En quelques secondes, câbles et rallonges sont reliés au groupe électrogène pour permettre aux coiffeuses de travailler. Telles les sœurs Kessler dans leur meilleur numéro du Lido, les sœurs Jacqueline et Huguette sont hissées sur mon chameau, l'une en croupe, l'autre en tête. Pendant que l'une sèche mes cheveux, l'autre les boucle. Ce filet d'air sur ma tête et dans mon cou est brûlant. Manquait plus que ça! Je crois bien que je vais craquer! Le spectacle pourtant doit être bien réjouissant car malgré la chaleur intense tout le monde plaisante. Ils entament la célèbre rangaine : « Monte là-dessus! » Mariette n'a pas le temps d'arranger les plis de ma robe que mon animal, qui doit en avoir plein la bosse de tout ce remue-ménage, frémit soudainement et semble enfin décider d'avancer. Bernard hurle : « En place! Moteur. Vite on tourne! » Henri Persin, le chef opérateur, n'a pas le temps de refaire ses lumières, d'ailleurs il y en a déjà beaucoup trop. Sans attendre le « partez » du metteur en scène, le méhari a démarré d'un seul coup au grand trot projetant ses longues pattes dans une course balancée qui me malmène de part et d'autre de son dos. Je n'ai qu'un réflexe : m'accrocher mais à quoi? J'essaie de lui parler, de lui parler. Je caresse son cou avec mes pieds. Surpris, il tourne la tête, s'arrête net et me désarçonne. Je bascule empêtrée dans mes voiles, mon diadème s'arrache en déchirant ma coiffe, sous l'œil narquois de mon chameau. J'atterris dans un roulé-boulé approximatif pour éviter le pire. Malgré sa dextérité, le cameraman, Gil

Bonneau, n'a pu suivre cette escapade à l'exception d'un agile assistant qui me reçoit dans ses bras. Il me ramène au milieu de la troupe en piteux état. On l'appellera « mon sauveur ».

– J'espère que vous avez filmé ma chevauchée héroïque?

– Euh... non, répond la voix hésitante du producteur délégué. Je n'ai pas voulu. Nous sommes à court de pellicule.

– Dommage... « Angélique bat Ben Hur à dos de chameau »; quel scoop cela aurait fait aux actualités!

Il sourit et pour la première fois depuis des semaines, cet homme réservé m'adresse la parole. Il s'inquiète de ma santé. Et si sa vedette s'était tordu le cou? La frayeur a rompu la glace. Il découvre le soleil vertical, le désert incandescent. Il tombe la veste. Arrache sa cravate. Ce concours de circonstance l'a galvanisé, exalté, a ouvert en lui une vanne de chaleur humaine. Il était temps!

Un matin pendant une pause je lui demande ce que signifiait sa froideur du début?

– J'avais peur. On m'avait parlé de vous comme d'un dragon.

– Laissez donc aux gens médiocres leurs opinions malveillantes. Les autres ne sont pas obligés de leur emboîter le pas.

Nous sommes devenus amis. J'en étais heureuse. Le maudit chameau m'avait au moins fait cette grâce.

Dans *Angélique et le Sultan*, le monde a pu connaître un grand acteur tunisien : Ali ben Ayad. Venu du théâtre, il connaissait son métier à fond. Homme de grande générosité, il faisait passer les attraits de sa nature dans son jeu. Il fut un Sultan aimé de tous. Son talent n'était plus à louer. Il était ici une très grande vedette... aux pieds d'argile car sa santé donnait à son entourage de grandes inquiétudes. Il avait une épouse à la beauté orientale. Aux petits soins pour lui. Afin qu'elle ne soit pas séparée de son bien-aimé – un mal dont je souffrais et que je voulais éviter aux autres –, je lui avais fait obtenir un rôle de jeune sultane qu'elle campa aisément. Elle lui fut d'un grand secours : son mari, au retour d'une pénible chevauchée, fut terrassé par une syncope. Il n'a vécu que peu d'années après notre passage. La Tunisie perdit son Gérard Philipe.

Mon autre partenaire, Jean-Claude Pascal, est parfait dans le travail.

Alain arrive enfin. A point nommé pour les festivités du départ. M. Bourguiba fils donne une soirée magnifique en notre honneur. Les danseuses du ventre font leur numéro. Par jeu, on me revêt de leur costume, avec, aux pieds, de gros kholkhals (anneaux). Les mettre est difficile. Les ôter avec l'aide de savon, d'huile d'olive, tient de l'épreuve. En attendant qu'on vienne les scier, cette nuit-là, j'ai dû dormir avec. Je m'en souviendrai. Mais Alain est près de moi alors, tout m'amuse. Il me fait part d'une nouvelle alarmante qu'il m'avait cachée jusque-là. En mon absence, William, mon ex-mari, échappé de Sainte-Anne, avait fait irruption dans mon appartement parisien et terrorisait le personnel qu'il menaçait d'un revolver.

– Où est Michèle, brayait-il, où est-elle? Il faut que je la tue.

Il avais mis les meubles sens dessus dessous, cherchait des photos, des lettres, farfouillait dans mes papiers. Il était reparti bredouille, aussi furieux qu'en rentrant. Je me suis demandé quel aurait pu être mon sort s'il m'avait trouvée à la maison. Inquiète je téléphone à mon avocat, Me Badinter. Il m'assure qu'au train où vont les événements, je risque fort de ne plus jamais pouvoir divorcer.

– On ne divorce pas d'un fou. Je comprends que vous ne vouliez pas verser une pension alimentaire à ce monsieur jusqu'à la fin de vos jours, mais peut-être qu'un chèque global et substantiel le ferait changer d'avis aujourd'hui.

Je n'en peux plus de cette situation. J'accepte la transaction qu'il propose. Quelques semaines plus tard je serai divorcée.

Nous terminerons ces deux *Angélique* dans la capitale italienne, à Cinecitta. Au cœur de cette ville que sont les studios monumentaux dotés d'un lac artificiel, creusé sept ans plus tôt par les Américains pour la fameuse bataille navale de *Ben Hur*. Bernard Borderie y situera l'abordage des pirates venus me capturer.

A Rome, je loue une villa de dix chambres, la nouvelle « pension Bouboulina » pour les intimes. Elle est située sur la Via Appia Pignatelli. Le parc admirable se prolonge par une piscine pavée de mosaïques turquoise. Un paradis d'arbres, de fleurs, de soleil. On est en plein mois d'août. Junior est avec nous.

J'invite la presse à venir nous voir, Alain et moi. C'est la première interview donnée ensemble pour annoncer notre futur mariage. Joie intérieure d'être sûre à présent de pouvoir créer ce foyer, objectif principal de ma vie.

Mon travail, mes amis qui nous envahissent joyeusement en fin de semaine me font vite oublier mes soucis. Notre voisin immédiat est Zeffirelli, aux studios de Cinecitta aussi. Je passe le temps des pauses de mon film à me faufiler sur son plateau pour contempler le sien : *Roméo et Juliette*. La fragile, ravissante Olivia Hussey a quinze ans, l'âge de Juliette. Le travail artistique de Zeffirelli me fascine. Il est grandiose, d'une sensibilité rare, minutieux, pareil à la dentelle aérienne de son nom. J'aimerais travailler sous la houlette de son génie. Nous nous voyons souvent, en voisins et amis. Junior, du haut de ses huit ans, est tombé amoureux de la tendre Olivia. Ils sont délicieux à se promener dans la rosée du matin, main dans la main.

D'autres voisins, Roger Vadim, Jane Fonda. Ils sont là,

presque chaque soir. Jane semble fatiguée par son *Barbarella.*

– As-tu lu ce qu'on dit de toi dans *News week*?

Et de me narrer ce que me répéteront de jeunes gars rougissants que je rencontrerai aux USA.

– On a passé vos films au Vietnam. Vous ne vous en douteriez jamais, mais on peut dire que grâce à vous on a souvent tenu le coup. Quand on en pouvait plus de cette guerre pourrie; épuisés, écœurés, le trouillomètre à zéro, on passait les *Angélique.* Toujours persécutée, toujours triomphante, toujours amoureuse. Vous nous avez fait rêver! Votre image nous suivait, nous réchauffait le cœur pendant les combats ou les moments de solitude. Vous étiez notre seule amie. Notre seule compagnie. Vraiment, on peut dire que vous nous avez soutenu le moral.

Tant de hardiesse, tant de ferveur m'ont terriblement émue. Si j'avais contribué un temps soit peu à adoucir la peine, la détresse de ces soldats, je pensais alors « c'est toujours ça de pris sur l'ennemi! » Comme on dit.

Eddie Barclay et Jean-Claude Brialy viennent souvent à la maison. Norbert Saada, producteur de disques et de films, très fort, a la hardiesse comique des mots. Ses rondeurs lui donne une jovialité, source intarissable du rire. Un jour il maigrira et deviendra triste. Vite ses amis l'engageront à reprendre du poids. Une fois remplumé, nous retrouverons le Norbert des beaux jours. Il a le don de se jouer de tout et d'en faire profiter son entourage avec humour inimitable.

Le séjour dans cette villa est un moment béni de ma vie. Je travaille beaucoup. N'ai plus de souci d'argent. L'homme aimé veille sur moi. Je me sens forte, prête à toutes les audaces comme à toutes les générosités qui sont des données de mon caractère. Marcel Dassault me fournit précisément l'occasion de les exercer.

Yves Salgues, journaliste sensible que je tiens pour un

écrivain, a de graves problèmes. Nous savons tous, nous qui l'aimons, qu'il passe une période très difficile.

– Il se remet à peine, m'annonce le grand avionneur. Paris lui est néfaste. J'ai pensé à vous pour l'aider dans sa convalescence.

– Vous ne pouviez mieux tomber. Je vis à Rome en ce moment. J'ai une villa en dehors de la ville. Je m'en occuperai et veillerai personnellement sur lui. Ici, nous menons une vie de détente saine et sans artifice. J'aime bien Yves et peut-être savez-vous qu'il m'écoute?

– Justement, c'est la raison de ma demande. Je vous connais. Il sera en de très bonnes mains. Je vous l'envoie. Merci mille fois!

Non, personne n'aurait laissé seul un garçon aussi bon.

Très tôt le matin, avant mon départ pour les studios, je surprends Yves déjà installé à sa table de travail.

– Je vais écrire le plus beau roman du siècle, me confie-t-il. Il y aura... ceci... cela... Je mettrai en parallèle le... ou les...

Une phrase est inscrite sur sa page. Belle.

– Je lirai la suite ce soir. Sois sage, Yves.

Il me regarde partir de ses yeux largement ouverts sur un ailleurs que je ne soupçonne même pas. A dix-huit heures, je le retrouve.

– Viens lire mon œuvre, c'est formidable. Sa psychologie est complexe, à cette bonne femme. Tiens, vois plutôt.

Je relis sur sa feuille la belle phrase du matin. Seule. Je l'encourage :

– Fais-la vivre un peu, ton héroïne, aller, venir. Discuter, rire, se mettre en colère.

– Ah! Tu as raison. C'est un peu statique.

Le lendemain soir, tristement surprise, je déchiffre la phrase de la veille. Isolée. Unique.

– Je suis en progrès, tu ne trouves pas?

Notre présence le rend prolixe. Parmi nous tous, il

entrelace ses fantasmes. Prend part à toutes nos conversations avec une verve étincelante, un choix d'idées et de mots qui appartiennent à son monde intérieur. Un feu d'artifice. Il évolue hors du temps, se crée des rapports invraisemblables avec des êtres irréels. Il engendre une ambiance singulière qui suscite des quiproquos à mourir de rire dont il est le premier à se divertir de bon cœur. Ses extravagances ne laissent pas de nous alarmer. Parviendra-t-il un jour à endiguer ses divagations?

– J'ai écrit toute la nuit les choses drôles que nous avons vécues hier soir, me dit-il en pouffant. Regarde!

La phrase belle, isolée, unique est impeccablement calligraphiée dans la nudité blanche de la feuille.

Pendant mon long séjour aux États-Unis j'ai perdu Yves de vue. Plus tard, je l'ai admiré dans « Apostrophes » à la télévision. Il était lui-même, retrouvé. Sorti de sa nuit d'égarement. Par un acte de volonté suprême il est redevenu vivant parmi nous. J'en ai pleuré de joie. Si je parle de lui aujourd'hui, c'est parce qu'il s'est expliqué longuement sur son cas et que je ne dis rien que le public ne sache déjà. Sans cela je me serais tue. En revanche, j'aurais parlé de son talent d'écrivain; style clair, brillant et simple, mouvement savant de l'expression française directe, d'une beauté naturelle.

Ordinairement les soirs de la semaine sont un peu monotones. Je me lève tôt pour aller aux studios et rentre assez tard après la projection journalière des « rushes ». Parfois je trouve Jeanne en colère, consolant Junior.

– « Il » lui a fait des blagues, me dit-elle.

« Il » c'est Alain, évidemment. Il est trop taquin avec son fils. Dès que l'enfant détourne son regard de son assiette, il s'empresse de verser de l'eau dans ses petits-suisses. Junior a horreur de cela. Il pleure. Lui qui mange si peu, un rien l'écœure. Ou bien, dans la piscine, en passant il retire le bouchon de sa bouée gonflable. Le pauvre coule en poussant des cris de frayeur. Plaisanteries... ce ne sont que des plaisanteries!!!

Jeanne en conçoit une répulsion viscérale qu'elle ne me révélera qu'à son départ de la maison. Elle me quittera pour fuir les « manières » d'Alain. Je travaille et ne vois rien. On me rapporte bien des choses.

Je n'y ajoute pas foi. Propos de jaloux, me dis-je, qui seraient trop heureux de briser l'amoureuse entente de notre ménage. Alain tient terriblement à moi. Un compliment, un regard, une fleur qui me sont destinés suffisent à l'irriter. Cet homme m'aime à n'en pas douter.

Dans toutes mes entrevues avec la presse, j'affirme son importance, ses activités. Je le mets au premier plan. Cependant, l'homme enjôleur que je connais, apprécié de ses intimes par ses côtés plaisants qui lui valent tant de sympathie, disparaît devant le P-DG de la Société TANGOS-Films. Il dépouille ses allures avenantes pour afficher un visage fermé, plein d'assurance. Il déclare à ses interlocuteurs :

– Je veux lire tous les scénarios en premier. C'est à moi que vous devez remettre vos propositions, non à Michèle. Je choisirai pour elle. Le président de la société, c'est moi, sachez-le!

Je m'incline, docile, redoutant un milieu comme celui du cinéma où nul ne l'attend, où chaque visage nouveau est un intrus vivement refoulé. Je note sur mon carnet en 1967 à ce sujet une phrase d'amertume : « Décidément, Alain est-il fait pour ce métier? Serais-je ici-bas dans l'impossibilité de trouver quelqu'un assez fort pour m'aimer moi et non mon personnage? »

Je me tais, le laisse discourir, et préfère l'aider afin qu'il puisse s'affirmer dans une profession qu'il ne fait que découvrir.

Je suis de plus en plus convaincue que seul notre mariage apaisera sa crainte permanente de me perdre. Oui, en définitive, ce ne peut être que cela. Il est dans une position ambiguë. Jamais tout à fait lui, dépendant de ma célébrité. Toujours « Monsieur Mercier » ou considéré comme tel par la profession, ce qui ne peut être acceptable, pour lui. Fixer une date à notre mariage. Il se rassérène. M'embrasse fougueusement, me prouve son amour. Je savais bien que j'avais raison. Tout va prochainement rentrer dans l'ordre.

Nous sommes toujours à Rome lorsque Robert Hossein me joint par fil.

– Je sais que tu veux interpréter des rôles qui te changent d'Angélique. J'ai une idée fantastique à te proposer.

Il se met à me raconter une histoire qui me plaît. Une histoire de femme pure et dure, la tête emplie de vendetta. Ça ne peut mieux tomber. Je désire à tout prix faire un film sans maquillage, bien bronzée, avec mes propres cheveux foncés, mon tempérament ardent, vêtue de noir de préférence. Tous ces ingrédients sont réunis. De plus Robert est un conteur. Bref, j'adhère passionnément à son projet.

– Le plus dur sera de convaincre tes producteurs. J'ai besoin de remonter mes finances.

– D'accord, compris. Tu n'as rien à craindre. J'ai plusieurs contrats en blanc chez Jacquin et Danon. Fais-moi confiance, je mettrai le paquet.

Oui, le plus dur fut de les convaincre.

– Avec Hossein? Jamais de la vie! dirent-ils en chœur.

– Mais il est le scénariste, le metteur en scène et l'acteur!

– Pas question! On a tourné avec lui *Le Vampire de Düsseldorf*. Il nous a pompé des sommes folles et dépensé en vain des kilomètres de pellicule.

Je laisse passer la tornade de mots, de rancœur, de mécontentement. A la longue je les calme. Ce sont des hommes d'affaires excellents. Pensez au couple Mercier-Hossein à nouveau réunis, les recettes sont assurées.

– Entendu, admettent-ils, mais à une condition : on vous

accorde un contrat de deux mois. Pas un jour de plus. Si par hasard le film dépasse ce délai, ne comptez pas sur nous pour une rallonge. Vous seriez bien inspirés de pressentir un autre producteur pour prendre à sa charge chaque jour supplémentaire.

Mot pour mot je rapporte mon entretien à Robert :

– Ne te tourmente pas dit-il. J'en connais un formidable je vais te le présenter. Il s'appelle Paolini.

– D'où sort-il ?

– T'en fais pas... il est très bien ce gars-là. J'en réponds.

Le paradis de Rome se termine pour moi. Tout le monde rentre à Paris.

Alain invite beaucoup. Nous avons de nouveaux hôtes pour quelques semaines : Vadim et sa femme Jane Fonda.

Elle a les traits tirés. Attend un enfant. Le ménage, complètement fauché, bat de l'aile. Je n'ai pas le temps de m'occuper d'eux personnellement, trop prise par des obligations auxquelles je ne puis échapper. Vadim court partout, ne rentre qu'à l'aurore. Ils vivent bizarrement.

UNE CORDE - UN COLT

Si en Amérique le western est un argument courant, en France je crois bien que c'est le premier film de ce genre. Une femme dont le mari a été tué cherche un homme pour la venger. Ce sera Robert Hossein. Pour ses beaux yeux il se fera tueur professionnel mais ne pourra la sauver. Elle mourra dans ses bras. Il nous faut pour ce film une nature désertique, brûlante, qui excite les passions. Nous irons donc tourner en Espagne, à Almeria, comme tout le monde!

– Nulle part on ne trouvera un décor pareil, excepté en Arizona! s'exclama Robert Hossein excité et joyeux. Dieu merci, ce sera en février. On n'étouffera pas!

Robert qui mettra le désert à la mode! Celui d'Almeria est presque parfait. Mais il manque de sable. Des camions en amènent des tonnes à prix d'or. Nous n'y sommes pas seuls. Brigitte Bardot, ma voisine de Saint-Tropez, exerce son talent dans *Shalako.* Michael Caine s'amuse à refaire la guerre de 1943 en Afrique du Nord. Une production italienne tourne je ne sais plus quelle calvacade. Et nous notre western *Une corde – Un colt.* Ce bout de désert dans le fond de l'Espagne est partagé en quatre parties. On a chacun la sienne avec dune de sable importé et broussailles épineuses roulées par le vent. Pour y accéder, les Espagnols nous font verser un droit de péage, renouvelable chaque matin. Tout est profit.

L'une de mes premières scènes me présente sur une charrette, tirée par un petit cheval dans mon petit désert.

J'attends que Robert me dise « Go » par le truchement d'un talkie-walkie posé près de moi. A ce signal je dois foncer vers ma petite dune au grand galop.

– Go!

Je pars comme un trait, soudain encerclée d'Indiens emplumés, you-youtant leurs cris stridents accompagnés d'une volée de flèches. Que se passe-t-il? Je suis tombée dans le film de Bardot! Branchés sur la même longueur d'onde, quoique interprétant des scénarios différents, nous sommes partis ensemble au même signal!

Nous logeons tous à Agua Dulce, dans le même hôtel. Robert Hossein, pour des raisons qui lui sont particulières, a préféré s'installer à Almeria. Brigitte et moi nous partageons le dernier étage de l'hôtel. Chacune son côté.

Je suis calme. Je me baigne. Dîne. Étudie mon texte pour le lendemain. Essaie de dormir mes courtes nuits.

Brigitte fait installer des haut-parleurs; son appartement est transformé en discothèque. Nous dînons tous ensemble à la salle à manger. A la fin du repas, Brigitte énonce calmement :

– Bon, écoutez-moi. Ce soir, on va danser.

– Qui veut des boules Quies? crie ma voix en écho.

Avec le bastringue de Brigitte qui ne dort pas, je ne peux pas dormir non plus. Elle offre au réveil un visage fatigué et blanchâtre.

– Pas possible! Dans quel état tu vas te présenter à l'écran?

– Je m'en fous, fait-elle les yeux ailleurs et la voix traînante. Brigitte est très seule, très triste. Elle divorce de Gunther Sachs qui fait de temps à autre une allée et venue. Je la vois désemparée, perdue.

– Tu te détruis. Prends deux ou trois nuits de relaxe. Je resterai près de toi.

– C'est sûr, tu seras là? dit-elle de sa voix enfantine.

– Je ne te quitterai pas.

Elle est contente. On fait la dînette dans son appartement ou dans le mien chaque soir. Elle bavarde. Se détend. Cela dure trois jours, exactement. Le quatrième :

– J'en ai marre d'être enfermée. Comment peux-tu vivre ainsi? La solitude peut tuer!

– J'ai un métier que je m'efforce de faire consciencieusement et un homme que j'aime. Qui m'aime. Je ne suis pas seule.

– Pas seule! Eh ben dis donc, qu'est-ce qu'il te faut! S'il t'aime qu'est-ce qu'il fiche à Paris au lieu d'être ici près de toi? Un mec comme ça, je ne le laisserais pas cinq minutes tout seul!

– Pourquoi?

– J'aurais pas confiance... j' sais pas, il y a quelque chose en lui qui me déplaît, ben voilà; j' l'aime pas, c'est tout.

J'essaie de sourire.

– Bon, eh bien tant mieux, je n'aurais pas aimé me battre contre toi! Imagine que tu aies voulu me le piquer?

– Ben, ça alors sûrement pas, c'est pas du tout mon type!

– Tu me rassures!

Nous commençons à nous amuser franchement. Elle me raconte quelques-unes de ses histoires d'amour que je connais déjà, mais dites par elle c'est beaucoup plus « rigolo ».

– Moi, un homme qui m'aime ne doit pas me quitter un seul instant.

– Oui peut-être, mais à ce rythme-là tu finis par les asphyxier!

– N'oublie jamais, ma petite chérie, qu'un homme amoureux adore ce genre de malaise! Et puis, quand ils n'en peuvent plus on leur fait un bouche à bouche! Tu vois ce que je veux dire?

Nous passerons la fin de la nuit à « rigoler ».

On s'est quittées bonnes amies. Brigitte n'a jamais rien fait pour de l'argent ni pour la gloriole, ni pour briller. Elle est tout instinct, naturelle, franche en diable. Il y a chez elle un côté animal, tendre, attachant. Je l'aime bien.

Elle a jeté un doute en moi, même si Alain m'appelle tous les soirs. Oui, que fait-il à Paris? Quelles affaires urgentes l'empêchent de me rejoindre? Doucement je l'interroge. Il me débite mille raisons plus vraies les unes que les autres, me jure un amour éternel.

A mon tour je lui trouve mille excuses. Nous ne sommes pas encore mariés. Il veut jouer à l'homme libre. Bien sûr, je suis déçue, ne veux le montrer.

Survient un événement qui me fera oublier ma déception et toutes les questions que je me pose sur Alain. Les deux mois de délai sont écoulés. Mes deux producteurs se retirent. M. Paolini entre en scène. Nous serons payés à la semaine. Un détail m'inquiète. J'avais vu le monsieur une fois. Aussitôt remplacé par un sbire qui signe les chèques. Sur les lieux mêmes, peu de Paolini. Beaucoup de Sbire! Quand rarement ils arrivent ensemble, c'est toujours l'acolyte qui signe. Je suis intriguée aussi par le malabar-gorille qui suit M. Paolini pas à pas. Grosses épaules, tête laminée par les coups, la cervelle en vacances. Je téléphone à Alain.

– Renseigne-toi sur ce Paolini. Qui est-ce? Pourquoi ne signe-t-il pas les chèques? De plus, je te signale que le second est arrivé avec un peu de retard. Il y a du flou dans cette affaire.

Troisième chèque, encore plus de retard. Alain m'appelle.

– Méfie-toi de ces gars-là. J'ai pris mes renseignements. Privé de ses droits civiques et politiques, ce monsieur n'a plus la signature. En fait Paolini est appelé à Marseille « Lolo-la-Terreur »...

Dans ma surprise, l'appareil me glisse des mains et cogne la table de nuit.

... Oui, tu es en plein western!

Dans quel piège suis-je tombée? Alain est si loin! Je vais le presser de venir. Nous voilà à la troisième semaine de dépassement. Je n'en peux plus. J'ai peur.

D'Agua Dulce, du moins à cette haute époque, il était nécessaire de demander la communication à vingt heures pour être sûr d'avoir Paris vers trois heures du matin. C'est ce qui m'arrive ce jour-là.

– Allô Alain...

Je n'ai pas le temps de dire bonjour que j'entends la voix de Robert Hossein, en communication avec un autre interlocuteur. Curieuse interférence. Pas d'erreur, c'est bien lui, il parle du film, cite mon nom. Tiens... tiens... J'alerte Alain au bout du fil. Il entend comme moi. Apparemment Robert, lui, est isolé de notre conversation. Par prudence, nous nous taisons. On entend une voix :

– Robert, je t'avais dit de couper plusieurs scènes. Cette fille nous a déjà coûté une fortune. C'est toi qui as écrit le scénario. Qu'est-ce que tu attends pour le raccourcir? Tu peux lui faire croire n'importe quoi. Avec ton charme... Les femmes, ça s'embobine!

– Bien sûr, M. Paolini. Mais c'est ennuyeux. C'est une amie, elle est formidable. Je peux pas lui faire ça. C'est tout de même grâce à elle que je fais ce film!

– T'as qu'à lui dire demain que pour des raisons... j' sais pas quoi... tu tournes la fin du film et basta! Le reste tu supprimes.

– Des scènes, on en a coupé beaucoup. Elle n'est pas idiote. Elle finira par s'en apercevoir. Je vous le répète, c'est une chic fille.

– Mon petit Robert, tu es bien obligé de passer par mes exigences. Fous-la en l'air. Ce n'est qu'une femme après tout!

– Écoutez-moi. J'ai déjà fait une approche. Elle m'aime bien. Elle me croit. Mais il y a des limites à ne pas dépasser. Ne vous en faites pas, je terminerai dans les meilleurs délais pour tous.

– J'y compte bien. Il est grand temps d'arrêter les frais. Je ne veux plus payer cette salope, débrouille-toi!

Forcément, pour Lolo-la-Terreur, les femmes ne peuvent

être que des salopes. Sans exception. Je crois m'étrangler de fureur, de honte. A la fois le chagrin me ronge. Robert est un ami. Pourquoi ne me parle-t-il pas de ses ennuis? Au prix où l'on me paie chaque journée, il y a de quoi ruiner un producteur médiocre. Pour Robert, en confiance, j'aurais travaillé gratuitement. Combien de fois n'ai-je pas agi ainsi? Il le sait. Pour lui, je l'aurais fait.

Je l'entends terminer sa communication la voix sombre et morose.

– ... Nous tournerons la fin demain. Je lui dirai que les chevaux sont malades. Dépressif, il raccroche.

Je lui en veux sur le moment. Je fais fi de son affliction. La rage me possède.

– Tu as entendu, Alain? Ça, je ne le supporterai jamais. Que Robert me mésestime à ce point. Il n'a donc aucune confiance en moi?

– Fais venir un huissier sur le plateau demain matin.

– Tu parles! Comment trouver un huissier, à trois heures du matin, disposé à venir à six heures? Nous sommes en Espagne, ne l'oublie pas. Je n'ai pas le temps. Il me faut agir seule.

– Je m'en occupe, me dit Alain encourageant. Il raccroche précipitamment.

Je réfléchis. Moi, Michèle, je sais qu'il ne tournera pas demain. J'appelle Robert au téléphone.

– Hum..., gémit-il, endormi.

– Michèle à l'appareil.

– T'es malade ou quoi? Tu sais l'heure qu'il est?

– L'heure du téléphone. Tu veux que je te dise avec qui? Ton fameux producteur, tu le connais, l'affreux que tu m'as fourré dans les pattes?

– Pourquoi tu me dis ça? Qu'est-ce que tu racontes?

– « Lolo-la-Terreur » de Marseille. C'est ton copain? Fais pas l'idiot, Robert. Ah! les chevaux seront malades! C'est toi qui seras malade.

– Mais où as-tu appris ça?

– Par mon espionnage finement organisé. Tu m'entends, Robert : ce matin, tu es malade. O.K.?

Cette fois je crois bien qu'il a peur. Il ne comprend plus rien. Il ne se doute pas de mes sources. Je lui dis, complètement abattue :

– Tu n'aurais pas dû me faire ça, Robert. Ceux qui sont avec moi sont avec moi. Il suffisait de me dire la vérité pour travailler en copains. J'ai fait de nombreux suppléments de tournage gratuitement. Les amis, c'est sacré pour moi. On s'entend bien pour le boulot. On fait un couple de cinéma, et je t'aime beaucoup tu le sais. Tu as tout gâché. Salut, mon vieux. Demain, je tourne. Toi, ça m'étonnerait! Et maintenant, prends un bain au vinaigre. Il vaut mieux. Souviens-toi de tes boutons de Dijon.

Je ne suis pas méchante. Je suis folle de rage. Je suis en condition pour entreprendre une action.

J'arrive à l'heure exacte sur le quart de désert qui nous est réservé. J'attends l'huissier promis par Alain. « Les Trois Grâces » et une partie de l'équipe sont là. Je les préviens.

– Mes enfants, je vais innover. Un western dans le western.

– Ça veut dire quoi?

– La bagarre. Vous allez voir.

Elles se regardent perplexes. Zut, il me manque un accessoire. Il est dans la roulotte. Par exemple! Elle est gardée par le malabar, le gros lourd au cerveau léger, armé jusqu'aux aisselles. Sa présence met le comble à ma colère. Son patron « Lolo-la-Terreur » a dû le prévenir. Dans le râtelier d'armes du western je prends un fusil chargé à blanc et le porte crânement avec un air teigneux en me plantant devant la roulotte.

– On ne passe pas, aboie la brute de sa voix de rogomme. Ordre du producteur!

Seigneur! Il est parfait, le modèle branché d'une caricature de garde du corps.

– Qui ça? Lolo-la-Terreur de Marseille? Allez, dégagez. J'ai quelque chose à faire là-dedans. Ni vous ni lui ne me faites peur.

– Non, j'ai des ordres, braille-t-il en se rengorgeant.

Je suis dans un état épouvantable qui se traduit par une froideur insoupçonnée de ma voix et un calme proche de l'inconscience. Tout le monde me croit folle, qui ne sait rien. Avec une vivacité due à ma rage intérieure, je braque le fusil sur l'homme-animal, employant le seul langage qu'il entende.

– Ou tu te tires de là, et jettes ton revolver à terre, ou je te troue la peau. Parce que je ne sais pas compter jusqu'à trois!

Les gens qui m'entourent sont pétrifiés. Ils savent que ma pétoire rouillée ne tire qu'à blanc. Mais le malabar est dépassé par ma fureur et le rassemblement qui l'entoure. Il jette son arme.

– Vite, m'écriai-je, ramassez-la.

Un assistant se précipite pour la prendre.

– Eh! dis donc, attention, elle est chargée pour de vrai, celle-là. Toi, file. Va présenter mes condoléances attristées à M. Paolini.

J'ai, comme témoins de cette empoignade, une partie de l'équipe et l'huissier espagnol qui en dresse le constat, sauf Robert qui est probablement dans son bain de vinaigre comme je l'avais prévu.

Il y eut un froid entre Robert et moi? La fin du film ne s'en est pas trop ressentie. Le temps a passé. Ce n'est pas seulement son charme slave dont il est l'archétype, mais surtout les liens d'une amitié ancienne, celle qui peut tout pardonner et ne déserte jamais les cœurs, qui nous a fait nous retrouver. Il fait simplement partie des tourments de la vie. Des impasses où nous nous trouvons acculés un jour ou l'autre. Nous perdons de vue l'essentiel, avec la confiance aveugle des enfants. « L'essentiel est bien souvent invisible à nos yeux. »

J'étais triste, je me sentais trahie.

En fin de séjour à Almeria, je reçois un coup de fil de Jacques Chazot.

Fidèle, plein de tact, sous des dehors primesautiers, caustique ou sarcastique, il est tendre, généreux, sensible. Il égratigne le Tout-Paris avec tant d'humour et d'intelligence, qu'après la sortie de son livre *Marie-Chantale* tout le monde le veut à sa table et le recherche pour sa compagnie. Pourtant il est craint pour ses « bons mots ». S'ils font rire beaucoup de gens c'est au détriment de certains autres qui grincent des dents. Il s'est fait des ennemis. On le dit méchant et snob, si le snobisme ce n'est d'aimer que la beauté, la classe et la culture, alors oui il est snob! Sans lui et quelques autres, Paris ne serait pas Paris. Il n'aime pas les médiocres et il le fait savoir. Si bien qu'au cours d'une émission télévisée dont « je faisais partie », il eut le très grand courage de critiquer certains agissements, de personnes beaucoup moins certaines.

Peu de temps après sous un prétexte fallacieux on lui saisissait meubles, bibelots et souvenirs. Le choc fut immense. Il mit de nombreuses années à reprendre les rênes de sa vie. Aujourd'hui, décoré des « Arts et des Lettres » Jacques Chirac l'a chargé de mission pour les arts et spectacles à la ville de Paris.

Au téléphone, mon Jacques est très excité.

– Je prépare un show à la télévision. Il y aura Bardot, Deneuve; je te veux toi aussi. Remets tes chaussons, nous danserons ensemble un boléro.

– Jacques, ce serait magnifique, mais pratiquement irréalisable. Songe que je n'ai pas fait un exercice ni enfilé un collant depuis une dizaine d'années. Je serai lamentable et gâcherai ton spectacle.

– Si tu ne viens pas dans mon show, je me fâche avec toi pour de bon.

– Ne dis pas de sottises! Je vais rentrer, faire des essayages pour mon prochain film et la publicité de celui qui se termine et la synchro de celui d'avant. Je ne serai jamais prête...

Mes arguments sont loin de le convaincre. C'est moi qui finis par me ranger aux siens. Comment dire non à un véritable ami?

J'accepte. Loue un studio. M'adonne aux exercices d'assouplissements habituels. Barre, pointes, sauts, entrechats. Je suis courbatue pendant plusieurs jours. Les pieds en sang, j'ai repris la bonne vieille méthode de mettre dans mes chaussons des escalopes de veau pour atténuer la douleur. Quand je marche on dirait « Charlot » je crois bien que j'ai la fièvre.

Jacques m'a préparé une chorégraphie facile qui ne présume pas trop de mes capacités actuelles. Je me délie et je tourne avec souplesse, très vite la composition choisie me paraît simplette. Je me sens plus à l'aise, j'aimerais tout à coup faire des pas compliqués, j'ai l'impression de ne m'être jamais arrêtée de danser.

– On ne peut plus rien changer. Pas le temps, dit Jacques laconique. Dommage, j'aurais été capable d'une prestation plus savante. La brièveté de mon apparition dans le show ne donne pas la mesure de mon bonheur d'y avoir participé.

A la mairie de Magny-Cours (Nièvre), Alain et moi nous unissons pour le meilleur et pour le pire dans une totale discrétion. Pas de famille. Pas de presse. Des témoins requis sur place. Un photographe, André Grassart, mon copain de toujours, attitré à *France-Soir*, aura l'exclusivité de ses premières photos dont il fixera l'image d'un engagement que je crois éternel. Un seul invité : Junior, qui restera dans la salle voisine pendant l'échange de nos consentements. Je voulais éviter de le traumatiser. Il me voit dans un tailleur-pantalon blanc. C'est tout.

Après la cérémonie, le maire nous invite aimablement à inaugurer le parcours du circuit de compétition qui vient d'être achevé. En Mercedes 600, Junior entre nous et à 200 km/heure, nous consacrons solennellement cette piste vierge, ce qui enchante notre petit garçon. Je n'en aime pas pour autant les courses, les chocs émotionnels qu'elles engendrent. J'ai une grande frayeur des accidents. Aussi, je demande à Alain de ne participer à aucune, tout au moins durant l'absence de quelques mois qui va m'éloigner de Paris. En échange de sa promesse, je lui offre la voiture dont il rêve : une Ferrari G.T.B. d'un beau bleu métallisé.

– Pour te promener. Pas pour courir une fois loin de moi!

C'est juré. Les concessions font partie de l'amour. Et, j'ajoute :

– Nous ne devons rien nous cacher, maintenant.

Mon regard en dit long. C'est vrai, à quelques jours du mariage Alain m'a appris – tout comme William je revivais la scène – que sa mère était juive. Quelle importance?

– Je me moque de tes origines. Je tiens à souder notre union par le mariage et, demain, par la naissance de nos enfants.

Les enfants, il n'est pas contre. Le moment seul est mal choisi avec tous les films qui m'attendent. On en parlera plus tard. On en a toujours parlé pour dire que ce n'était jamais le moment d'en avoir. A force de mieux choisir l'heure opportune, elle n'a fait que reculer indéfiniment pour s'évanouir dans la galaxie des espoirs déçus.

LES AMOURS DE LADY HAMILTON

Au printemps 1968, nous allons tourner en Hongrie, à Budapest, ce conte de fée tragique en deux versions français et anglais, l'histoire d'une fille de forgeron, nommée Emma Lyon, devenue par sa beauté, son intelligence, son ambition et l'entregent de ses protecteurs successifs, la célèbre Lady Hamilton, l'une des plus grandes dames de l'aristocratie anglaise. Mais une femme libre. Désarmante de candeur, elle glisse des bras d'un homme à l'autre pour tomber dans celui, unique mais glorieux, du plus célèbre amiral anglais, Horatio Nelson.

Un rôle subtil où, comme disait Christian-Jaque, mon metteur en scène, « il faut suffisamment d'innocence pour tout laisser supposer sans jamais insister ». Pour les scènes de nu qui me répugnent, ça n'est pas nouveau, il a déployé une sacrée volonté, une infinie persuasion, invoqué son sens du beau et de la poésie. Sachant pertinemment que certaines scènes plus dénudées feraient seulement mieux vendre le film en Amérique du Sud ou dans certains autres pays mais ne serviraient certainement pas mon image de marque, je ne me suis pas laissée convaincre. A défaut de trouver sur place une doublure répondant à ma morphologie, il fallut en faire venir une de Vienne.

C'est une coproduction franco-italo-allemande-hongroise avec les acteurs anglais John Mills, Richard Johnson. Nadja Tiller incarne Marie-Caroline, reine de Naples. Dans sa grande partie, l'œuvre sera tournée à Budapest; le reste au Palais de Caserte dans le sud de l'Italie.

J'étais folle de joie de séjourner dans un pays de l'Est. Un pays où l'égalitarisme assure, dit-on, un juste partage des richesses. J'étais curieuse de voir ça de près. Mais un de ces pays aussi où Alberto Moravia, peu suspect de sympathie pour le capitalisme, bien que milliardaire, a découvert avec ravissement la chose la plus extraordinaire : tout le monde est pauvre. Expérience passionnante en perspective.

Dès l'arrivée de l'équipe française, nous sommes somptueusement reçus par des officiels, un interprète attaché à nos personnes. Nous sautons d'un palais extraordinaire à un autre peu ordinaire. Un pays de nababs où l'État est coproducteur. Les réceptions se multiplient. Les buffets regorgent de mets excellents. On mange à profusion. Il y a tant de viandes que je vois des Hongrois jeter de beaux morceaux aux chiens qui décorent le parc. Que nous a-t-on raconté? La Hongrie est un pays de cocagne!

Je suis séduite... et le lendemain désenchantée par le contraste désolant qu'offrent les studios vétustes, misérablement équipés : des lampes pendillantes au moindre souffle d'air. Elles sont jaunâtres et nous confèrent un ictère général à l'écran. On en fait venir de France et d'Italie. Le tournage commence un mercredi. Le samedi, ainsi que la tradition l'exige – en France c'est banal –, j'offre l'apéritif à tout le monde. Je m'organise avec le personnel de l'hôtel, l'air embarrassé. Nous comptons soixante-dix personnes, toute l'équipe anglo-franco-hongroise. L'interprète intervient :

– Pour qui faites-vous ça?

– Pour tous. C'est la coutume en France. Tous les samedis c'est le cocktail, offert par l'un ou par l'autre.

Il s'abstient de répondre. Je l'ai dérangé.

L'heure arrive. Les Hongrois sont là, visiblement sur commande, intensément raidis, comme autant de bâtonnets glacés. Il ne manque que le portier. Je le prie de se joindre à nous. L'ambiance est funéraire. L'interprète est à mes côtés, mais je perçois nettement qu'il marque un point. Je fais échec.

– Dites-leur de se décontracter, pour me faire plaisir. J'aimerais voir autour de cette table, dressée sur le plateau, un peu d'allégresse. Ils ont tous l'air de zombies!

– Que voulez-vous dire par « zombies »? rétorque-t-il en s'animant un peu.

– Qu'ils ont l'air de morts-vivants.

Il me regarde de biais, méchamment. J'insiste.

– On ne peut travailler convenablement si on se complaît dans une atmosphère pareille. Dites-leur de prendre chacun un verre et de trinquer avec moi.

Hargneux, il mastique un ordre. Ils s'approchent. Prennent un verre. Bouteille en main, je les sers. Le dégel s'amorce au premier toast. Il y en aura bientôt d'autres. Les mines sont ravies. J'ai l'œil. Tiens, le portier ne boit pas. Sur ordre, il trempe ses lèvres. Mais l'interprète lui glisse un mot, la bouche en coin, et le vieil homme s'éclipse. Faussement naïve, j'interroge.

– Où s'en va-t-il?

– Il s'éloigne, madame. Vous comprenez, il n'est que portier. Sa place n'est pas parmi nous.

– Voyons, monsieur. Cet homme travaille comme nous, pour nous, de cinq heures du matin à six heures du soir. Pourquoi le priver de cette modeste réjouissance? Qu'il revienne se joindre à nous. Je vous en prie.

L'interprète, rétif, est soudé au sol.

– Courez vite après lui. S'il passe la porte, je fais un scandale, vous m'entendez?

Sous cette menace il le rappelle. Mon bonhomme de portier revient, terreux, la mine décomposée. Ses yeux semblent dire à tous : « Je n'ai pas voulu ça. Ce n'est pas ma faute. »

Je suis navrée. Je me demande si j'ai bien fait ou pas.

L'interprète roule un ordre d'un ton dur. L'autre prend un verre qu'il me tend. Je le sers. Trinque avec lui. Il ose me regarder et jeter un coup d'œil à l'équipe. Tous sont ravis et lui sourient. Sauf l'interprète, désespérément rébarbatif.

Le tournage se déroule normalement. Il est vrai que John Mills donnerait du génie à un débutant. Il est éblouissant. Grand Monsieur, aux manières aristocratiques, un Anglais parfait, capable par son talent de rendre anodins les mots les plus scabreux. C'est un régal.

Arrive le jour néfaste où rien ne marche. Je l'ai noté dans tous les films que j'ai tournés. C'est à peu près au dixième jour. Alors que le texte coule, que chacun s'identifie à son personnage, que le port du costume est devenu aisé, voilà que brusquement l'appareil s'enraye. On s'embrouille lamentablement. Je bute sur mon texte à plusieurs reprises. Mon partenaire en fait autant. Les incidents techniques se succèdent. J'ai l'habitude de trois, quatre prises au maximum. Là, nous en sommes à la vingt-cinquième. Nous avons tous les nerfs en pelote. C'était, il faut le dire, une scène difficile de travelling. Enfin, après des heures de tracasseries diverses, Christian-Jaque est heureux : la dernière prise est bonne. On la recommence par sécurité, c'est l'usage. Voilà que le machiniste hongrois qui tient le fil électrique et suit le travelling trébuche, s'accroche au décor qui se déplace, il faut la refaire. Simple erreur humaine. Vraiment nous avons tous succombé ce jour-là.

L'interprète-tyranneau appelle le fautif et lui parle sans ménagement. Je vois l'homme blêmir. J'ai cru qu'il allait s'évanouir. Je m'adresse au metteur en scène.

– Tu sais ce qu'il lui a dit?

– Écrase, Michèle, ce n'est pas le moment.

– C'est peut-être pas le moment mais il s'est passé quelque chose de grave.

Le gars reprend son poste, blafard, transpirant avec abondance. Des « sueurs froides » probablement. Très impressionnée, le cœur tourné vers le malheureux, je termine la scène. La journée est finie. Tout le monde s'éparpille. Je ne puis interroger qui que ce soit. Ma soirée est gâchée.

Au studio, le lendemain, je cherche des yeux le machiniste. Introuvable. Inquiète, j'ai une foule de questions à poser à son sujet. Me revient en mémoire une réflexion que l'on m'a rapportée. « Par ici, quand on a fini de plaire, on est bon pour la mine de sel! » Je crains le pire en m'approchant de l'interprète.

– Où est passé le machiniste qui a commis cette erreur hier soir? C'était une mauvaise journée. Qui ne s'est trompé? Moi la première. Comme si on s'était donné le mot!

Il ne daigne pas me répondre, posant sur moi un œil morne.

– Où est-il? dis-je en m'entêtant.

– A la vérité, je n'en sais rien.

– Eh bien, tâchez de le savoir car, moi, je ne tournerai pas tant qu'il ne sera pas revenu sur le plateau.

Comme toujours, première réaction : j'ai des crampes d'estomac.

– Mais, madame, je ne sais pas au juste. S'il a commis une erreur il doit être puni, je suppose.

– Vous dites « PUNI »? Ça consiste en quoi « être puni »?

– Vraisemblablement renvoyé dans ses foyers.

J'étais lancée, aucune prudence ne m'arrêterait.

– Ses foyers, c'est où? Aux mines de sel, par exemple?

Je me dis que, si des gens comme moi, en position de force, n'interviennent pas dans de tels cas d'abus d'autorité, qui le fera?

– Alors, monsieur, inscrivez que je m'arrête de travailler.

« Votre système ne me plaît pas. C'est inadmissible. Moi, j'aurais le droit de me tromper, pas eux?

Christian-Jaque s'interpose.

– Michèle, je t'en prie, pas de scandale.

– D'accord, mais dis-toi bien qu'il ne m'est pas possible de tourner dans la sérénité sans savoir ce que cet homme est devenu.

– Je t'en prie! Finissons d'abord notre journée. Demain on avisera.

Par respect pour mes camarades je m'incline en précisant avec netteté :

– Très bien, les amis. C'est tout pour aujourd'hui. On verra, demain, si le gars ne revient pas.

L'interprète disparaît en trombe.

Le matin suivant, j'accoste celui que j'appelle désormais « l'Œil de Moscou ».

– Avez-vous retrouvé mon machiniste?

– On l'a fait revenir.

– Revenir? et d'où?

Pour toute réponse, l'interprète lève les yeux. Et tout là-haut dans les cintres, j'aperçois mon protégé, refoulé au dernier étage, manipulant les projecteurs. L'endroit le plus chaud du studio, sous les tôles. Son visage est livide. Je crois lire dans ses yeux une supplication dévorante. Que puis-je faire de plus? J'en suis toute remuée. Ne lui ont-ils pas fait payer trop cher mon intercession? Ou bien, a-t-il pu se réinsérer grâce à moi?

Par une chaleur agréable débutent les extérieurs. Nous sommes en début d'été. La campagne hongroise est avenante. Partout des arbres, bosquets et une herbe presque bleue à force d'être verte. La matinée a été bien remplie. Pause déjeuner à treize heures. On nous distribue des petits sacs pique-nique. Délicieux : œufs, poulet, légumes, friandises. Je n'ai pas plutôt pris connaissance du menu que je vois l'équipe hongroise, réunie à l'écart, se contentant de bavarder. Je dis à la ronde :

– On ne leur a pas donné leur pique-nique?

– Ils n'ont pas l'habitude. On ne leur apporte jamais rien, fait une voix.

– Comment, ils vont travailler treize heures sans manger? Où avez-vous vu ça, vous?

Mon sang bouillonne. Je fais appeler l'interprète. L'Œil de Moscou accourt, les yeux en soucoupes. Je lui explique que nous mangeons et que les Hongrois se serrent la ceinture.

– Mais, madame, dit-il faussement surpris, on suit votre mode de vie, différent du nôtre. Ici, ce n'est pas l'usage.

– Parce que vous, par exemple, vous ne mangez pas à midi? Comme eux, vous êtes à jeun depuis l'aube? « A voir ses joues rebondies il est clair qu'il n'en est rien. » Prenez-le comme vous voudrez, coutume capitaliste, française ou Mercier, moi présente il n'y aura pas deux poids et deux mesures. Si vos gens ne mangent pas je ne mangerai pas non plus. Et sans manger je tomberai malade. Alors plus de film! Passons pour aujourd'hui, nous allons partager. Mais demain, sans faute, prévoyez un en-cas général.

Notre équipe se montre unanimement solidaire. Les Hongrois reçoivent chacun un bout de quelque chose... sans oser y goûter! L'Œil de Moscou suit la scène avec le sourire. Je m'approche de lui.

– Comment se fait-il qu'ils ne mangent pas?

– Je vous l'ai dit, ils n'ont pas l'habitude.

– A moins que vous leur en donniez l'ordre. Ils vous obéiront. Comment dit-on « Je vous donne l'ordre de manger » en hongrois?

Sans malice, il me communique la formule. Ensemble, nous la répétons, assez haut pour être entendus. Hésitants mais obéissants, tous s'exécutent.

Je ne puis m'empêcher de dire à l'interprète :

– Vous avez encore beaucoup de choses à apprendre des pays capitalistes!

– Demain, conclut l'Œil de Moscou furibond, tout le monde aura à manger.

Exact. Mais tout le monde garda son paquet, l'enfouissant dans son sac à provisions. Je n'osais plus ouvrir la bouche. Que se passait-il?

Je m'informe, auprès de mon chauffeur qui parle huit langues et prépare en douce une licence en droit et sa fuite à l'Ouest.

– C'est vrai, madame, ils n'ont pas l'habitude. Mais ce soir chez eux ce sera la fête. Du rosbif froid, du poulet, leurs enfants n'en mangent pas tous les jours. Je lui parle des réceptions fastueuses à notre arrivée où on jetait la viande aux chiens dans le parc.

– Ah! C'était pour faire comme vous. Il y a aussi des favorisés ici, au gouvernement, dans le parti, qui vivent dans de belles maisons, aux tables bien garnies. Mais le peuple vit beaucoup plus pauvrement.

Je suis atterrée devant l'énormité de l'injustice.

Par lui j'apprendrai beaucoup de choses. Je suis devenue sa confidente et complice, je vais l'aider.

Avant de quitter la Hongrie pour les prises de vues à Naples, avec mes trente mots de hongrois que petit à petit je me suis appliquée à apprendre, je leur demande quels souvenirs je puis leur rapporter. Dans un bel ensemble, c'est le silence, que leurs yeux démentent. Au bout de trois jours chacun, en secret, a filé dans mon creux d'oreille les mêmes souhaits : images saintes, médailles bénies. Leurs préoccupations sont loin d'être frivoles.

A Naples on évolue dans des décors du palais de Caserte d'une grande beauté. Je me souviendrai toujours du bain de lait que prend Nadaja Tiller dans une baignoire d'époque authentique. A l'aide d'une grosse éponge je la lave. Il faut faire vite : la baignoire fuit. Et la chaleur de la saison avec celle des projecteurs agissent sur le laitage. Nous terminons la scène dans une caillebotte compacte qui empeste puisque le petit-lait s'est écoulé par le trou! Le tournage n'a pas manqué de gaieté.

De retour à Budapest, je remets à chacun, qui le reçoit les yeux pleins de larmes, brillants de reconnaissance, son cadeau en cachette. Il ne faut surtout pas que le voisin sache! Pénible impression des rapports humains dans ce pays.

Alain arrive un dimanche. Un bonheur trop rare à mon gré. Si je le réclame plus souvent auprès de moi, je ne me sens pourtant pas le droit de lui imposer des journées d'attente, de silence pendant les prises de vues. Ce sacrifice doit venir du cœur, pour l'amour de moi. S'il n'y consent pas, je me refuse à le contraindre.

Il s'en veut après coup, d'avoir fait une course avec la Ferrari. Il n'a pas tenu sa promesse. J'en éprouve du chagrin. En est-il de même pour tout?

Je veux oublier. Nous allons déjeuner au restaurant. Le temps est beau, chaud. Je porte une robe légère. Il enfile un pantalon et un tee-shirt rouge. En chemin, Alain me raconte qu'à Paris les étudiants font de l'agitation, descendent dans la rue on ne sait pas exactement pourquoi. L'émeute gronde. Les syndicats, débordés, prennent le mouvement en marche. On s'attend à une grève générale.

Notre chauffeur lui pose des questions. Il nous conduit à l'établissement le plus chic de Budapest où il viendra nous reprendre.

Les tables sont installées sur l'Esplanade. Notre venue fait taire les conversations. Nous épluchons le menu. Pas de serveurs. Quand, enfin, l'un arrive de mauvaise grâce, tous les plats que nous commandons sont épuisés. Étrange.

– Donnez-nous ce que vous avez.

– Votre endroit super-chic, dit Alain au chauffeur au retour, c'est ignoble. Un peu plus, on nous mettait à la porte!

Gêné, il hausse les épaules, ne tient pas à s'expliquer.

– Ce n'est pas normal. Qu'ont-ils contre nous?

Il consent à desserrer les dents.

– Avec votre tee-shirt rouge, monsieur, vous les avez

provoqués. Deux choses ici sont à ne pas faire : porter du rouge et dire le mot « russe ». Depuis 1956, les troupes russes occupent notre pays.

– Pourquoi ne pas nous avoir prévenus ?

– C'est que cela paraît si ridicule, n'est-ce pas ? avoue-t-il d'un ton morose. « J'aurais eu honte. » Il jette un coup d'œil dans le rétroviseur pour s'assurer que moi je ne suis pas fâchée. Je lui souris, il sait que je l'ai compris.

Quelques jours plus tard, nous renouvelons l'expérience dans le même restaurant et c'est la même chanson. Je suis en robe imprimée pastel bleu et Alain en bleu marine. Il porte le mince ruban de la Légion d'honneur à sa boutonnière ! La provocation est évidente : nous sommes l'œil et l'oreille du Parti abhorré !

Le temps d'un week-end prolongé, Alain est revenu. Mais il repart déjà pour Paris. Je suis seule.

On attaque la scène du nu avec ma doublure venue de Vienne. Allongée de dos, elle tient un miroir à la main ; moi, couchée sous le lit, j'apparais dans la glace. Le trucage est difficile à mettre au point mais l'illusion est parfaite.

Censée nue également, Lady Hamilton prend ensuite un bain dans un étang. En allant au bord de l'eau, je croise des camions vides. Ils viennent de déposer du sel dans l'eau. Tiens pour quoi faire ? Christian-Jaque, le script, le cameraman sont perchés sur un radeau qu'ils ont construit pour dominer la scène. Je tournerai avec un maillot complet couleur chair, mais pour la répétition j'ai enfilé mon propre maillot deux-pièces.

Il fait si bon que je trouve agréable de couler quelques brasses. Ce bain est un délice. Mais, très vite, je sens des algues. J'aime moins. Elles s'accrochent à mes jambes. Je trouve ça désagréable. En rigolant doucement, l'équipe du radeau visionne, cadre et fait les mises au point.

– C'est fini, clame Christian, habille-toi pour la scène.

Je sors de l'eau horrifiée : mes jambes, mon corps, sont

couverts de sangsues. A bout de nerfs, je tremble de dégoût, claque des dents. Ils vont m'entendre! J'invective Christian et les autres qui se tordent dans toutes les langues.

– Allez vous faire voir, bande d'abrutis!... Et autres insultes sur d'autres variantes. Horrible mon langage, paraît-il...

Moins horrible que leur face idiote. J'aurais dû me méfier : le sel, sans doute à la mode russe, déversé trop tard, n'avait pu endormir suffisamment ces vers répugnant. Ça aussi, c'est le cinéma!

Notre soirée d'adieu fut un buffet géant. J'avais demandé à l'hôtel de préparer et transporter sur le « plateau » une table bien garnie. Tous conviés. Portier et technicien « punis » inclus. La fête a duré jusqu'à trois heures du matin dans une allégresse et une nostalgie très slaves. Je suis repartie avec un souvenir de chacun : mouchoirs brodés, châle, nappes cousus, tricotés ou brodés par leurs femme, fille ou mère. Au moment de nous séparer une surprise m'attendait : ils ont entonné à plusieurs voix *la Marseillaise* avec tant d'ardeur et de chaleur que l'équipe entière pleurait. Ce fut un des moments les plus émouvants de ma vie.

Après tant d'émotions, de luttes intérieures, je rentrai épuisée en France. Direction : ma maison de Saint-Tropez. Alain fut heureux de se joindre à moi. Bien sûr j'évitais les conférences de presse. Les journalistes sont respectueux de la vie privée d'autrui quand on le leur demande. Ils savaient que je refuserais toute entrevue jusqu'à la fin de mes vacances. Là, bien reposée, détendue, ils me trouveraient en forme pour satisfaire leur curiosité.

J'adore ce pays. Je l'ai toujours connu. Depuis ma plus tendre enfance j'y passe mes vacances. Quinze ans auparavant, je revois ma mère distribuant des tubes de « pommade à papa » à Michel Auclair souffrant de cloques dans le dos à la suite d'un bain de soleil prolongé. Hiver comme été, je me reposerai régulièrement aux Canoubiers, à la « pension Bouboulina » comme on l'avait surnommée. Pour les courses, on se rendait par mer à Saint-Tropez. C'était plus rigolo. Les premiers jours se passaient en bateau. Un grand cabas contenait le pique-nique. Nous voguions au hasard. Au fil du parcours, on repérait une crique plaisante. On amarrait, on déposait nos affaires sur le sable propre. On courait dans les vagues en s'interpellant. Alain n'avait pas perdu l'habitude de dévisser le bouchon de la bouée de Junior qui poussait des cris d'épouvante. Je feignais de prendre ça du bon côté. « Pauvre Bouboule. »

– Il faut l'aguerrir, ce gamin, disait Alain.

– Je grondais. Je consolais. Puis on riait. On dévorait les victuailles préparées par Jeanne. Plus tard, on initiera Junior au ski nautique et à la voile. J'ai une délicieuse photo de lui sur son petit bateau-école « l'Optimist ».

Le deuxième temps des vacances est celui des amis. La « pension Bouboulina » affiche complet. Dix chambres abritent dix couples. Vingt repas par jour. Plus les invités à la journée. J'embauche du personnel en extra pour aider Jeanne.

Nous sommes entre amis, loin des festivités tropéziennes. C'est un temps heureux. Alain apaise mes questions. Mes craintes s'estompent. Craintes de quoi, d'ailleurs? Je ne puis les préciser. Des intuitions vagues. Infondées. Un baiser suffit à les dissiper. Et la manière enjoleuse d'Alain qui n'appartient qu'à lui, de me prendre dans ses bras. Je me sens fondre. Dans la toile de ses mots, de ses caresses, j'éprouve une sécurité totale. Je ne dois pas la déchirer, je suis convaincue que sans le recours de cette protection je serais perdue.

Sur une idée d'Odette Joyeux, dialogues de Michel Audiard, naîtra ce film qui me révèle au public sous un aspect original. Odette Joyeux avait écrit ce récit dans un esprit 1900. Michel Audiard le transposa dans un monde moderne parfaitement farfelu. J'avais confiance en Michel qui venait de mettre en scène *Faut pas prendre les enfants du bon Dieu pour des canards sauvages.*

L'histoire est celle d'un couple heureux jusqu'au jour où l'oncle d'Amérique lègue à sa nièce cent millions de dollars, à condition qu'elle soit veuve. S'ensuit tout un imbroglio de meurtres qui visent le mari sans jamais l'atteindre. Tous les personnages ont un grain et l'on nage dans une douce folie. Sim, désopilant en tueur professionnel au rabais, est affligé d'un fâcheux strabisme. Il manque sa cible, jamais le voisin. Dufilho me fait tellement rire que j'ai beaucoup de mal à tenir mon sérieux pendant les scènes que nous jouons ensemble. Un tournage dans la bonne humeur. Une vie quotidienne de gags et de drôleries qu'amplifie le ton loufoque du film. Les robes qui me déshabillent sont dans le vent du futur. Pour la circonstance Barthet, dont j'exibe les somptueux chapeaux qui ne passent pas les portes, a voulu créer également les robes. Cousues, hélas! comme des abat-jour, j'ai du mal à me mouvoir sans les faire craquer à chaque instant et risquer de me trouver nue comme Ève sans même une feuille en plastique pour cacher ce que je n'aime pas découvrir. En pleine scène d'action cela m'est arrivé plus d'une fois, ce qui avait le don de me mettre dans des colères folles, et qui augmentait l'hilarité générale bien entendu.

Une nouveauté pour moi : Serge Gainsbourg écrit en vingt-quatre heures une chanson, musique et paroles. Je la travaille avec lui de vingt heures à trois heures du matin. Nous nous présentons à l'auditorium pour l'enregistrement. Je tiens à l'avis de Lucien Morisse alors directeur des programmes d'Europe 1, homme en qui j'ai toute confiance.

– Parfait! Tu peux y aller!

Et tout en dansant je la chante le lendemain sur le plateau.

Peu de temps après j'ai l'immense surprise de lire dans un canard une interview de Gainsbourg sur l'opinion qu'il a des interprètes de ses chansons : Birkin, Deneuve, Bardot et j'en passe...

Il les trouve toutes super, sauf moi!

– M.M. elle m'en a chanté qu'une, c'était pas bien, mignonne sans plus!

Et lui voulait probablement m'en chanter plus d'une!... Ce n'était pas bien, dit-il encore.

C'est vrai, je n'ai pas eu le courage de succomber à son charme, on m'avait engagée pour chanter dans un micro, pas pour déchanter dans un dodo!

Le côté royal de ce film, c'est qu'il fut tourné en partie au château de Vaux-le-Vicomte, cette splendeur qui rendit Louis XIV malade de jalousie. J'ai couché dans le lit monumental de Fouquet!

Ce fut un succès : le film, bien entendu!

Malgré ses aspects désopilants, ce tournage m'avait épuisée. Depuis mon premier film je n'avais pas cessé de travailler, j'en comptais à peu près quarante-cinq à mon actif. Devant m'astreindre au dur régime des essayages, levers matinaux, couchers tardifs et les séances lassantes de promotion, j'aspirais au repos. Impossible. Alain me poussait avec insistance à reprendre le chemin des studios, cette fois à Rome. J'allais encore m'éloigner, vivre seule. Ces appels du soir, ces mots d'amour au travers du combiné via un standard indiscret, je commençais à les prendre en grippe. J'aspirais à la tranquillité. Je n'étais heureuse qu'auprès de lui, chez moi, avec Junior. De plus, j'étais bouleversée par la nouvelle idée de mon mari, justement à propos de Junior. C'est vrai, j'étais faible avec cet enfant. Mais il était comme moi, un affamé de tendresse. Ses parents venaient de prendre la décision de le mettre en pension. Il ne pourrait supporter ce genre d'éducation. Je souhaitais le garder à la maison. Il serait facile de s'arranger grâce à Jeanne, toute-puissante et mère du logis, et à son mari pour l'accompagner à l'école et le ramener. Par fierté vraisemblablement, sa mère hésita à me le confier. Quant à Alain, il insista dans sa décision et en y réfléchissant j'ai fini par accepter, avec les regrets que l'on devine, le départ de l'enfant pour la pension. Il y trouverait une vie équilibrée, stable, studieuse en compagnie de ses camarades.

A quelque temps de là, je pars en Italie tourner un film, tiré d'un fait divers. Une « Dolce vita » tragique où sont mêlées de hautes personnalités italiennes de tous les milieux. On y trouve même un Monsignore. Elle raconte la soirée donnée sur un voilier trois-mâts par cette Jet Society. Aux petites heures, après des scènes licencieuses que tout laisse supposer, une soulographie générale, peut-être épicée de drogue, tout ce beau monde se jette à l'eau, personnel de service compris, dans une euphorie débridée. Puis vient l'heure de la lucidité. On a oublié de déplier l'échelle de remontée. Personne n'est demeuré à bord pour en lancer une. Les gens nagent jusqu'à la mort, griffant les flancs lisses du bateau sans parvenir à se hisser sur le pont. Mes partenaires femmes sont Irène Papas, Santa Berger, Virna Lisi.

Nous sommes au mois de mars. Le début de printemps est franchement froid cette année. Les intérieurs se déroulent agréablement. Je ne peux en dire autant de mes échanges téléphoniques avec Alain. Quelque chose ne va pas. Ténu, insaisissable, mais réel pour moi. Le travail forcené qui est le mien m'efface de l'existence normale. Je ne vois pas la moitié de ce qui se passe autour de moi. Mon sixième sens, lui, me signale des anomalies. Le soir, au téléphone, je me fais pressante.

– Viens, Alain. J'ai besoin de toi. Je me sens très fatiguée. Ce film n'est pas tonique. Il est dur, malsain. Je suis déprimée, moralement et physiquement. Qu'est-ce que tu as donc à faire à Paris ?

– Ma petite chérie, rassure-toi. Si je reste ici c'est pour défendre tes intérêts. Notre amour n'est pas en cause. Tu sais bien, il y a cette affaire pour laquelle je dois contacter M... Et inviter le producteur dont nous avons parlé.

Je me résignais, le son de sa voix me tenait lieu de chaleur, calmant mes appréhensions, m'apportant la sérénité dont j'avais grand besoin. Un peu la politique de l'autruche, je l'avoue, mais elle s'imposait à mon état d'épuisement.

– Je te téléphonerai un peu plus tard, reprit Alain, pour te tranquilliser.

Ce soir-là je me suis endormie, paisible.

Toute l'équipe se trouve maintenant en extérieurs au sud de l'Italie. Une baie magnifique au bord de l'Adriatique. Le voilier trois-mâts, autour duquel se jouera la sinistre scène de la noyade, est ancré assez loin du rivage. Il faut donner l'illusion de la haute mer. Le temps est frisquet et n'engage pas aux ébats nautiques. Nous sommes à trois ou quatre jours de la fin du tournage; je me sens lasse. J'ai envie d'en terminer vite avec ce film, surtout que depuis la veille je sais qu'Alain est à Saint-Tropez avec Jean-Jacques, des copains et des copines. Il aère la maison, mouille le bateau. « Il prépare mon retour amoureusement. Il ne cherche que mon bonheur et mon repos. »

Le metteur en scène, la script et le cameraman prennent place dans une barque, à quelques encablures du trois-mâts, pour filmer la séquence. Il est convenu que je serai la première à me lancer à l'eau autour du voilier. Irène Papas et Santa Berger n'aiment pas l'eau. Quant à Virna Lisi, elle voit venir. Moi, je suis pressée.

On débute avec le soleil. Il faudra le garder pendant toute ma prestation. Les nuages nous jouent des tours. On arrête. Sortie de l'eau, j'attends enroulée dans une grande serviette. Après plusieurs parties de cache-cache avec le soleil, d'entrées et sorties de l'eau, ma serviette est trempée et ne sert plus à rien. Deux heures que nous tournons, j'ai froid. Je préfère attendre en restant dans la mer. Tonique le bain! Il me donne une sensation de chaleur fort agréable. Je tourne, vais, viens autour du voilier, jouant ma scène le mieux possible. A la longue le froid m'engourdit, je ne m'aperçois pas que je deviens violette. Patiemment, j'attends la lumière favorable. C'est des « Go » et des « Coupez » continuels au porte-voix. Fichu temps!

La script y va de son commentaire. L'assistant et le metteur en scène approuvent. Je ne les entends pas, ils sont trop loin; je les vois s'agiter. On y est.

Patatras! Un gros nuage obture les rayons lumineux. Il faut reprendre ce petit bout. « Un peu de patience! » Ça dure! Je suis fatiguée de nager autour de la coque. Alain, que fait-il? Un mauvais pressentiment me saisit. Et ce soleil défaillant qui rend cette prise de vues interminable! Au fur et à mesure que mon corps s'insensibilise au froid, mon esprit s'accélère. Une illumination : qu'est-ce que je fais là? Pourquoi? Pour qui? L'argent? D'autres s'amusent à Saint-Tropez? Moi je me gèle. La Méditerranée est sûrement plus chaude... Dans leur barque, caméra au zoom, les maîtres d'œuvre discutent toujours sans penser à moi. Je m'anéantis physiquement dans la nage. Un ultime effort m'est demandé. J'ai le souffle court. Je suis frigorifiée. Mes ongles cassent à gratter la coque de ce damné rafiot. Je veux sortir de cette eau. Je n'en peux plus. J'en ai assez. Assez! Je pleure de désespoir. Alain, que n'est-il près de moi ? Les autres, que font-ils dans leur barque ?

– Ça y est, c'est dans la boîte.

L'eau me porte ce message libérateur. Je ris comme une démente. Enfin, je vais sortir d'ici, affaiblie mais vainqueur. Le canot du metteur en scène s'éloigne. Et moi ? On m'oublie ! Je veux appeler. Oppressée, j'en suis incapable. Et le vent qui laboure en surface m'envoie des giclées d'eau dans la figure. J'avale par le nez, la bouche, je m'étouffe. Je repense à mille choses en même temps, d'une manière fulgurante. Ici, le metteur en scène Carlo Lizzani qui, tout à ses préoccupations, m'abandonne en mer. Je claque des dents. Ma pensée étincelle. J'entends Alain comme s'il était à mes côtés. Nos conversations téléphoniques qui depuis quelques jours ne sont plus aussi tendres. Pourquoi n'est-il pas ici ? Je lui explique par des mots doux mon besoin de sa présence. Il dit qu'il me rejoint. N'arrive jamais. Je sens que je craque. Mes nerfs lâchent. Je me paralyse, je flotte, inconsciente. Me laisse aller. C'est bon de n'avoir plus de soucis, de ne plus travailler, penser, lutter, douter. La mort est douce. Si l'on savait !

Je me réveille sur le sable. Les projecteurs sont braqués sur moi pour me réchauffer. On me fait vomir toute l'eau absorbée. Je vois des pantins qui s'agitent. J'enregistre mal. Que se passe-t-il ? On tourne ?

Je me suis longtemps demandé qui m'avait sortie de ma baignade. Je ne l'ai su que trois ans plus tard en prenant contact avec mon nouvel agent italien. Un homme jeune, costaud, visage ouvert.

– Je vous ai sortie de l'eau pendant le tournage de *Scandale à Rome*. J'étais la doublure d'un acteur qui ne savait pas nager. J'admirais votre performance tout en m'alarmant de l'interminable bain qu'on vous infligeait. C'est pour cela que je vous avais à l'œil. Et voilà !

Sa simplicité m'a émue. Je l'ai remercié avec effusion.

Quelques heures plus tard, remontée par des piqûres, du café fort, entourée de bouillottes, j'explique à Alain ce qui vient de m'arriver.

– Tu n'as pas l'air de comprendre. J'ai failli me noyer. A la place de ce coup de fil, il s'en est fallu de peu que tu reçoives un faire-part de décès. Le film tire à sa fin. On règle les comptes. Je vais me trouver seule, sans force, pour déménager.

Je l'entends soupirer longuement. Avant le mariage, tout allait si bien entre nous, me semble-t-il. Aujourd'hui, j'ai presque l'impression d'être de trop.

– C'est entendu, j'arrive, dit-il.

Entre-temps, on me transporte à Rome. J'étais dans un état de déliquescence totale. Il s'amène enfin pour m'annoncer qu'il repart aussitôt. Les larmes aux yeux, je le supplie de rester quelques jours, tandis que Pina mon habilleuse prépare les bagages. Comment le pourrait-il? Il a fixé rendez-vous à d'importants producteurs étrangers, à Saint-Tropez! Je suis trop faible pour m'insurger. Giusepe Proja, mon attaché de presse de mes débuts, mon fidèle ami, est venu me faire ses adieux, sans oublier toutefois son Nikon. Il a promis quelques portraits à un magazine italien avant mon départ. Les Palombi eux aussi sont là pour me coiffer et me maquiller pour cette dernière séance photos.

Alain, au milieu de toute cette agitation nous quitte. Dès qu'il a tourné le dos, j'éclate en sanglots.

– Mes amis je suis désespérément seule, une fois de plus.

Pina ne peut résister à mon chagrin. Elle pleure avec moi et, claudicante, fait mes bagages. Giusepe tourne en rond et se racle la gorge frénétiquement, Negra me prend dans ses bras, Franco range ses pinceaux sans bruit.

La séance photos n'aura pas lieu.

Quelques jours plus tard, de Rome, je câble à Alain : « Viens me chercher à l'aéroport de Nice tel jour à telle heure. » A l'arrivée, personne. Je n'ai plus qu'à prendre un taxi pour me rendre chez moi.

J'arrive dans une maison sens dessus dessous, avec une Jeanne cramoisie, indignée du désordre étalé sous ses yeux, prête à rendre son tablier. Je me suis crue dans le hall de la gare Saint-Lazare aux heures de pointe. Toutes sortes de gens en maillots, sortant, rentrant, picorant dans la cuisine, buvant du champagne, la stéréo à fond. Des couples se trémoussent, d'autres courent vers le bateau. On m'interpelle. Une inconnue s'informe d'un ton distrait.

– On ne vous a pas encore vue. Vous venez passer quelques jours ?

C'est ça. Il faudra que je me présente ! Je me sens intruse chez moi. Tout ce monde, ce bruit, m'indisposent. Je suis venue pour me reposer, dormir. La sono est assourdissante. Ne l'ai-je pas plutôt réduite qu'un autre la remonte à bloc. C'en est trop. La loi, c'est moi qui la ferai. J'annonce la couleur.

– Écoutez-moi. La maison où vous vous trouvez, c'est la mienne. Vous êtes ici chez moi. Vous buvez MON champagne, mangez MES provisions, vous prélassez sur MON bateau. Maintenant ça suffit. Vous allez me faire le plaisir de déguerpir et en vitesse.

Je bouscule un peu la société, ramasse pantalons, tee-shirts et vestes à la volée. L'affollement succède à la stupeur. J'ai mis le pied dans la fourmilière. Les plus audacieux y vont de leurs commentaires.

– Tu parles d'une mégère ! Qu'est-ce qu'on lui a fait ? On nous jette dehors comme des malpropres. Pour qui elle nous prend ?

Alain surgit.

– Je t'en prie, calme-toi.

Il court de l'un à l'autre.

– Je vous raccompagne. Excusez-la. Elle est impulsive. Montez en voiture.

Dans ma Mercedes! Du moins, elle précipitera le mouvement. Je ne les retiens pas. Je reste avec quelques intimes. Jean-Jacques est là avec une fille. Aurait-il déjà changé de partenaire? Au retour d'Alain, il veut décamper.

– Non, reste, voyons, lui dis-je quand nous sommes seuls. « Tu es un ami d'Alain. » Il sourit jaune.

Les jours suivants, Alain finalement calmé est adorable avec moi. Il me tranquillise.

– C'est des copains et des copines de Jean-Jacques, tu sais comme il est.

– Que font ici toutes ces nanas?

Il rit, vraiment décontracté.

– Des copines tout simplement. Ne t'inquiète pas. Je n'ai rien à faire de ces minettes hystériques, tu es folle! J'ai dans mes bras la femme la plus adorable, la plus tendre, la plus sexy du monde, l'une des plus célèbres et en plus tu sais faire la cuisine! Que demander de plus, en somme la femme idéale, je suis un homme comblé!

C'est bien ce que je pense aussi. Pendant qu'il me parle ses phrases résonnent dans ma tête.

Lorsqu'on rencontre son idéal, c'est si rare qu'on devrait tout faire pour le garder. C'est si difficile à trouver!

Cet homme me ferme l'esprit et la bouche par ces mots doux qui fléchissent mes soupçons. Je suis désarmée dans ses bras. Ni rancune, ni lassitude n'interviennent dans ces moments-là. J'aime mon mari.

J'aimais ses amis; il en avait de remarquables. Avide d'apprendre, il m'informait sur tout. J'aimais la richesse de sa conversation. Sa certitude rassurante sur les sujets les plus divers. Il était une force sur laquelle je m'appuyais. Je me rendais très bien compte que je vivais enfermée dans un filet protecteur irremplaçable que je voulais à l'abri du moindre accroc. Une peur obsessionnelle, paralysante de la solitude me liait à lui.

Survient à ce moment un événement singulier qui réveille

la France de son ennui et me soustrait pour plusieurs semaines à mes contrariétés.

Le général de Gaulle, le lendemain de l'échec de son référendum d'avril 1969, démissionne de la Présidence de la République. L'intérim ainsi que l'organisation de l'élection d'un nouveau chef de l'État incombent à M. Poher, président du Sénat. Alain, qui s'honore de son amitié, est nommé chargé de mission au cabinet de M. Poher. Nous nous précipitons à Paris où je fais la connaissance de cette famille bien française, simple et accueillante. Je me lie d'amitié avec Jean-Pierre Joussain, conseiller général de la Dordogne, et avec son épouse Marie-Agnès, fille de M. Poher.

Sans idéal politique précis jusqu'alors, je me sens attirée par cet homme chaleureux. Sa sage autorité, son expérience et sa compétence ont tôt fait de me rallier à sa candidature à la Présidence de la République. Mon mari, par sympathie pour ses idées, le soutiendra activement pendant tout l'intérim.

Le Palais de l'Élysée deviendra notre « cantine » préférée.

M. Pompidou a été élu. Alain et moi rejoignons Saint-Tropez où la Colombia me propose de tourner un film en Turquie avec Charles Bronson, Tony Curtis. Peter Collinson en est le metteur en scène. Il est intitulé *Les Baroudeurs.* Je suis une espionne turque à l'époque d'Ataturk qui loue des mercenaires pour atteindre ses objectifs patriotiques. Aucune intrigue amoureuse. Le film n'est adouci que par la splendeur des images dans des paysages d'une étrange beauté.

Je répugne à partir. Je ne veux pas laisser Alain seul.

Encore et encore je ne veux pas croire à mon subconscient qui demeure en alerte, tel un radar.

Encore et toujours j'aspire à la tranquillité, équilibre et beauté. Du soleil, de l'eau. Le calme.

Encore, plus encore, j'avais besoin d'argent. L'emprunt pour la maison devait être remboursé dans les délais.

En faisant ce film et par ce seul contrat je rembourse le tout.

Mais m'envoyer dans le désert en juillet, août et septembre! Je sors d'en prendre. Non, qu'on me laisse jouir de ma maison, de mes amis. Me reposer.

Pourtant par lassitude, écœurement, j'acceptai de partir. Pourquoi me mettre martel en tête, vouloir absolument le garder près de moi.

A quoi bon rester!

Usée, j'abandonne Saint-Tropez. A Paris je fais préparer mes costumes, exige dans mon contrat ma maquilleuse Maguy. Je vais avoir du travail. Le texte est entièrement en anglais.

En juillet, j'arrive en Turquie, à Istanbul. Suivie de Maguy, je descends la passerelle de l'avion. Brune, cheveux longs et fournis, robe courte. Quelle erreur! J'aurais dû porter une robe longue, nous sommes en pays musulman. Il y a là deux rangées de soldats, la police est militaire dans ce pays.

– Je te parie, dis-je à Maguy, que nous arrivons en même temps que le Président.

Je touche le sol. Une délégation officielle m'accueille. J'ai les bras pleins de fleurs. A ce signe, la foule comprend que, quoique brune, je suis bien Angélique. Elle braille mon nom, franchit le cordon des soldats. Ce sont des cris, des rires. Happées par la foule en délire, Maguy et moi sommes soulevées. Je me retrouve à califourchon sur les épaules d'un soldat turc. Un géant. La foule impatiente, en mouvements désordonnés, me sépare de Maguy. On me touche, me pince, me griffe. Toutes ces bouches ouvertes qui manifestent leur joie effrénée me font peur. Les soldats me protègent de cette effervescence affolante. Mon géant me précipite dans une superbe voiture. Pas de Maguy. Je fais signe au chauffeur d'attendre et je hurle : « Maguy! Où est Maguy! Maguy! » Elle arrive enfin, jetée comme moi dans la voiture pour la délivrer de l'agitation. Les soldats connaissent leur métier. Mais la foule agglutinée autour et au-dessus de la voiture nous empêche de démarrer. Je me trouve ridicule, grotesque de saluer de la main ces visages aplatis sur les glaces des portières, riant de toutes leurs dents. Le chauffeur démarre. « Mon Dieu! vous allez les écraser. Attention! » Le service d'ordre, comme il peut, fait circuler cette masse mouvante; frénétique.

A l'entrée de l'hôtel, deux gardes sont en faction; deux autres à l'ascenseur, deux encore devant la porte de ma chambre. Là, je constate que je suis marquée d'ecchymoses, de la taille aux mollets. Quelle épreuve! Et quel don d'enthousiasme a ce peuple!

Je m'en apercevrai de nouveau le lendemain. A la conférence de presse qui a lieu en fin de matinée, je ravis la vedette à mes partenaires américains. Bronson ne peut dissimuler ses sentiments, sa physionomie ne se prête pas à la subtile diplomatie. Tony Curtis cache sa déception sous les reparties de son humour. Ils sont quand même fair-play ces braves boys d'outre-Atlantique.

La presse enregistre et imprime tout ce que je dis. Ce qui vient de moi est parole d'évangile. Mes soupirs font l'effet de révélations. Cette ambiance surchauffée me libère de mes tracas, de ma fatigue. Pour me mettre au diapason, j'annonce d'un ton péremptoire :

– Jusqu'ici on a prétendu que la terre était ronde, moi je dis qu'elle est carrée!

Cet aphorisme hardi n'est pas désavoué dans les journaux qui le publient avec ce commentaire résigné : « Si elle l'a dit, c'est qu'il faudra y songer. » Angélique est une prophétesse. Et moi qui ne me savais pas connue en Turquie! Pays enchanteur!

Le Bosphore. Un mystère plane sur ces eaux. Le coucher du soleil enivre. Procure un bien-être proche de l'extase. Sensation grisante qui m'atteint physiquement dans tout le corps. Une beauté pure, naturellement offerte. Quel dommage de ne pas partager cette jouissance avec l'être aimé!

Les premières prises de vues ont lieu à Istanbul. Hôtel magnifique. Dès le lever du jour, de ma fenêtre j'admire Charles Bronson faisant sa gym au bord de la piscine pour terminer par un bain tonique, raffermissant. Régime sportif tout à fait professionnel. Il est charmant depuis le début du tournage. Au bout de huit jours, sa mince et nerveuse épouse arrive, chargée d'une abondante marmaille, fruits de leurs deux ménages antérieurs, et des derniers-nés de leur propre couple. Des nurses s'évertuent à contenir les débordements de cette troupe animée d'un mouvement perpétuel. Gosses élevés à l'américaine, c'est-à-dire dans la plus grande liberté, toujours fourrés dans les ascenseurs qu'ils parviennent à détraquer, se jouant dans nos pattes à longueur de corridors. L'aimable Bronson a disparu. Le regard lointain, il s'estompe, un rictus méprisant à la mesure de son indifférence.

Le mois passé en milieu civilisé prend fin. On tourne encore dans une petite ville durant deux semaines. Puis on s'installe en Cappadoce. Grand désert à l'entour de l'hôtel, planté là comme une verrue des temps modernes. Pas de maisons en voisinage, de l'hôtel on ne voit rien. Quelques arbres pourtant qui donnent une impression de verdure. Les lits sont en bois, façon campement. Pas de rideaux aux fenêtres, l'aube nous frappe de plein fouet. J'en ferai mettre. Un appareil téléphonique, pratiquement sans utilité, les communications passent mal. C'est mon premier souci, évidemment : appeler Saint-Tropez pour entendre Alain et Junior. C'est à désespérer.

Je me rends à la poste, la poste... enfin, un bâtiment bas, éloigné de l'hôtel, qui fait bar-épicerie.

– Pour téléphoner?

Une fille un peu forte, aux yeux de gazelle, me désigne un unique appareil. C'est là tout son standard. Elle parle un peu l'anglais. Je me présente. Elle s'esclaffe.

– Angélique! Oh c'est vous Angélique! Vous appelez la France? C'est difficile. Attendez.

Elle s'empresse, s'active. J'obtiens une liaison convenable. Ses yeux splendides me disent : « Pour vous, Angélique! » Je n'en reviens pas de ma notoriété. Même ici!

Après une très longue attente, j'obtiens Saint-Tropez. Un des neveux d'Alain décroche.

– Eh! Bonjour. Que fais-tu là?

– Rien, ou presque. Je suis tout seul. Le personnel se roule les pouces.

– Où est ton oncle?

– Parti pour plusieurs jours sur les îles en randonnée. Il suit le bateau des Fyot avec ton Riva, le « Bouboulina ».

– Et Junior?

– Il est chez sa mère.

– Mais Alain revient quand?

– Dieu seul le sait. Il a pris le cap pour plusieurs jours avec des amis.

– A son retour, dis-lui que je suis très fâchée.

Je raccroche, furibonde. Décidée à ne plus rappeler. Le silence des dix jours qui vont suivre éclairera vivement ma réflexion. Ma dose quotidienne de tendresse téléphonique – tranquillisants psychiques – ne m'est plus susurrée à l'oreille. Je me désintoxique des mots. Par contre les domaines de la pensée, de la mémoire, s'en donnent à cœur joie. Les détails dans le flou, les incohérences déploient leurs sens vrais. L'irritation m'emporte. Elle explose au passage des journalistes venus dans le désert faire un reportage sur le film que nous tournons.

– Ah! s'exclament-ils, nous avons passé une journée mémorable à Saint-Trop. Votre mari nous a reçus d'une manière impériale : caviar, langouste, champagne à flot. Il y avait un monde!

La colère me serre la gorge. Comment! Avec une candeur désarmante ces journalistes m'apprennent qu'ils avaient été reçus par mon mari triomphant, dans ma maison, à mes frais, tout cela en mon absence et personne n'y trouve à redire! Impuissante, j'enrage et m'effondre peu à peu.

Peter Collison s'en aperçoit très vite dans mon travail. Il aime à faire des gros plans sur mes yeux et se plaint de leur triste expression. Et puis je bafouille mon texte.

Il s'approche de moi, démarche nonchalante. Je ne l'ai jamais si bien vu. Il est mince, blond et son apparente indolence cache un sang-froid, un empire de soi peu communs. Je lis dans ses yeux qui cherchent les miens une parfaite probité, un tact spontané et un rien d'irréel qui le rend séduisant. Lui aussi est très seul parmi les autres. Cet instant donné, nous nous regarderons beaucoup, de loin.

Alain se fait entendre dix jours après, la voix de miel.

– Comment vas-tu mon gros chat. Et ton film? Il me tarde de te voir, tu sais.

– Ah oui, alors pourquoi n'es-tu pas auprès de moi? Et d'où viens-tu pendant que je gamberge ici?

La voix passionnée, l'imagination débordante, il sait varier ses approches devant n'importe quelle situation.

– Des amis. Tu sais ce que c'est. On se laisse entraîner. A propos, as-tu reçu les journalistes que je t'ai envoyés? Je les ai conditionnés pour qu'ils te fassent de bons papiers. Tu vois bien, je ne pense qu'à toi. Tu es mon seul beau souci. Je bûche pour toi.

– Quel toupet! Écoute-moi Alain. Je t'aime, mais ma patience est à bout. Je suis résolue à te quitter. Tu n'es pas seul au monde.

Et je lui raccroche au nez.

Je me sens soulagée, disponible. Je respire librement. Le soir, à table, Peter me fixe longuement. Il sourit. Cela lui va bien. De ma vie je n'ai eu ce genre de rapports avec mon metteur en scène. Pas un geste entre nous. Il est la seule personne avec qui je pourrais échanger des idées. Nos solitudes nous tiennent proches. Il est doux, d'une douceur rare chez un homme. Il satisfait mon esprit. Je le sens attaché à moi et n'y suis pas insensible. Une sorte de bien-être, de gaieté s'installent dans nos rapports. J'aime à travailler avec lui; nous discutons d'une scène, d'un plan. Le métier nous tient lieu de relations. Son charme, son allure détachée et rêveuse le nimbent de mystère. J'éprouve une forte attirance. Les choses en restent là. Cependant, en pleine connaissance, je sais qu'en moi une limite est franchie. Alain en sera averti.

C'est lui qui m'appelle de nouveau.

– Tu es là jusqu'à quand, dans ton foutu désert? Je te rejoindrai dès que tu l'auras quitté.

– Je serai à Izmir dans quinze jours!

En attendant on termine ici dans un paysage dantesque. Il faut préciser que l'endroit où se déroule l'action se situe à plusieurs kilomètres de notre hôtel, et que pour y parvenir nous empruntons une route sommaire, parois à pic d'un côté, ravins de l'autre. Elle est si étroite que les croisements se font on pourrait dire presque à l'arrêt, mètre par mètre. On n'y compte plus les accidents. Par intervalles, la piste se redresse, bordée de trois ou quatre maisons couleur de terre, formant hameaux. Ils ont l'air déserts. Pourtant au passage de nos voitures, brusquement des gens surgissent de toutes parts et des gosses se lancent sous les roues. Nos chauffeurs, avertis, n'en touchent aucun. Ils savent qu'en cas d'accident, ils se retrouveraient pieds et poings liés par les autochtones en colère, et contraints, police et justice aidant, de verser de bonnes indemnités aux familles des victimes. Une manière comme une autre, pour ces déshérités, dirait-on, de ramasser quelque argent tout en se débarrassant des bouches inutiles!

Enfin Izmir, la belle Smyrne, étendue sur sa rade, rafraîchie par la brise de la mer Égée. Nous y retrouvons le progrès. Dans un hôtel de grand luxe je dispose d'une suite qu'Alain ne tarde pas à rejoindre.

– Dis donc, Michèle, ton metteur en scène, je l'ai vu tout à l'heure, il te regarde un peu trop à mon goût. N'oublie pas que tu es ma femme!

– Pourquoi n'es-tu jamais là pour exercer ton droit de me regarder avant que les autres ne le fassent?

Alain est plus affecté que je ne le pense par mon indifférence. En fin de journée je trouve partout, sous forme de messages, des « Je t'aime » qui me laissent froide, des réminiscences de nos moments d'ivresse que je parcours, insensible.

– Ne me dis pas le contraire, entre ce metteur en scène, le Peter Collinson, et toi il se passe des choses.

– Mais oui, il se passe des choses. Dans la tête pour le moment. Méfie-toi, cela pourrait déboucher sur du concret. Que veux-tu, je découvre enfin qu'il existe d'autres hommes au monde, grâce à toi.

L'image de Peter m'envahit. Une envie irrésistible me prend de le retrouver et de me jeter dans ses bras.

– Alain, je termine le film ici et, dès mon arrivée à Paris, je demande le divorce. Tu as tout brisé entre nous.

Je joue la « forte », mais au fond de moi, je suis usée, détruite.

On m'administre des calmants à haute dose – c'est la première fois de ma vie que j'en prends – pour ne pas craquer avant la fin du film.

De ce fait, je vois Éphèse, où se déroulent les dernières séquences, sous des traits paradisiaques. Je n'enregistre rien qui ne soit beauté. Je plane.

Alain est parti, vide de mon amour.

Peter, terriblement épris, me déclare le sien.

– Tu ne peux continuer ainsi. Tu viens de changer à vue d'œil. Si tu le désires, si tu es certaine d'une rupture avec ton mari, je te promets de faire ma vie avec toi. Après des prises de vues et raccords à finir ici, je te rejoindrai à Paris. Tu as trois semaines pour réfléchir. Si tu es toujours dans les mêmes dispositions, nous partirons ensemble pour l'Angleterre.

Je suis d'accord. Le délai de réflexion est raisonnable. Je rentre à Paris et engage Alain vivement à déguerpir de notre appartement.

– J'ai une envie folle d'être seule. Je dois me concentrer, prendre de graves décisions sans personne autour de moi. Tu m'indisposes plus que tu ne m'aides.

Plus le temps passait, plus je pensais à Peter, à ce que je n'avais pas fait. Je me traitais d'idiote et mon cœur était envahi de regrets. Un soir il se fait entendre.

– Es-tu toujours décidée à vivre avec moi ? me demande-t-il.

– Tout à fait.

Je prépare une valise que je laisse dans le hall de l'appartement. Je libelle un mot à l'adresse d'Alain pour lui signifier que tout est fini entre nous et que je le quitte.

Le besoin me prend de me rendre à Notre-Dame. Je fais une longue station dans la cathédrale silencieuse, emportée par une ferveur mystique à la veille d'une grave décision.

Peter a son billet d'avion. Il va en prendre un pour moi tout à l'heure à l'aéroport où nous avons rendez-vous pour nous envoler vers une autre vie.

De retour à la maison. Alain est là. Il a lu ma lettre.

– Tu ne vas pas me quitter, dis?

– Je ne veux plus vivre avec toi. J'en ai trop vu. Notre vie de couple se résume dans la solitude à Izmir ou à Tombouctou. C'est terminé!

– Non Michèle, je n'aime que toi. Tant d'années ensemble... nos projets... tout ce que nous pouvons faire encore... notre amour...

Tous ces mots, sa détresse, cela me fait mal. Trop mal. Le téléphone. C'est Peter.

– Je viens te chercher. Ton mari ne te fera que souffrir. Ou tu me tues ou je le tue. Et son cri : « Je t'aime. »

La voix éteinte, vaincue, je l'ai calmé.

Nous ne nous sommes jamais revus.

Il a pris « notre avion » tout seul. Je suis restée seule aussi. Pendant des mois j'ai vécu hors du temps, dans une tristesse infinie, songeant au mal que je lui avais causé, à la souffrance que nous subissions. Des années plus tard aux U.S.A., au cours d'un dîner auquel Peter assistait, il a été question de moi. Peter a écouté sans proférer une parole. L'ami qui m'a rapporté l'incident, au courant de ma brève romance, était persuadé de l'amour que Peter me portait encore. Il s'est levé nonchalamment de table, paraît-il, puis, énigmatique, a regardé au loin.

Alain ne me quitte plus. Tendre, aimant, fidèle comme jamais de sa vie. Et pesant. Petit à petit, par un mot, une idée, un regard appuyé, il me culpabilise; il ne dit rien expressément mais laisse entrevoir qu'il n'a pas mérité mon attitude. Pour lui, les perfidies que l'on m'a racontées, mes doutes, mes craintes, n'ont jamais existé que dans mon imagination. C'est un tissu d'inventions des envieux du bonheur que je lui donnais...

Tout semble rentrer dans l'ordre. Alain veut véritablement être producteur. Il lui tarde de donner la mesure de ses capacités. Je recours aux mêmes arguments que précédemment : « Dans ce métier on ne va pas t'aider parce que je suis ta femme, au contraire. Les peaux de banane vont pleuvoir. On ne fait ni sentiment ni cadeaux... » En vain. Ce sont des discussions qui me torturent jusqu'à ce que, épuisée, je me rende à ses raisons.

Un facteur décisif intervient : ma renommée. Je reçois un nombre incalculable de scripts. Qu'attendons-nous pour en choisir un bon et nous lancer dans une fructueuse production ?

Après bien des hésitations, un scénario retient notre attention. Il est de Dominique Fabre. C'est une satire de la publicité sous le titre *La Femme sandwich*. Un sujet curieux, assez délicat à traiter. Je promets d'engager une grande partie de mes disponibilités dans cette production.

Nous voulons tourner, comme je l'ai souvent fait, avec des jeunes metteurs en scène pleins d'avenir. Nous en connaissons un qui a réalisé de très jolis courts métrages. Évidemment, un cent mètres n'exige pas le souffle d'un marathon; mais Alain affirme que l'intéressé ne manque pas d'envergure. Pourquoi ne pas lui donner sa chance ?

Nous pressentons, pour tenir le rôle tonitruant et plein de verve du « Chef de publicité », une grande figure de l'écran : Michel Simon.

– Oui, répond-il, à condition de m'entretenir préalablement avec votre metteur en scène.

Une réunion est prévue. Michel Simon est une présence redoutable. Lui et moi sympathisons sur-le-champ. La conversation s'amorce avec le réalisateur. Dix minutes ne se sont pas écoulées que Michel Simon se lève :

– Ma chère, je vous adore, mais votre petit metteur en scène je le déteste déjà. Inutile d'essayer d'aller plus loin.

Et il s'en va.

J'aurais dû me fier à son jugement. Alain tient un fil en tant que producteur, il ne lâchera pas son idée. Mais qui remplacera Michel Simon ? La date du tournage est déjà fixée, nous sommes dévorés par le temps.

On pense à Pierre Brasseur. Il est malade, en clinique, mais doit sortir bientôt. Le contrat est signé. Nous sommes en prises de vues depuis huit jours lorsque Pierre Brasseur se pointe sur le plateau. Je ne le reconnais plus. Où est le comédien grandiloquent, aux gestes immenses, à la voix d'airain, aux propos truculents ? Il est à plat. Ne bouge pas, ne parle presque pas. Il n'est plus Pierre Brasseur. Je suis atterrée et lui tiens lieu d'infirmière plus que de partenaire. Entre deux scènes je lui prends souvent la main, il me fait beaucoup de peine. Bernard Fresson, de toute la puissance de son talent, m'aidera à sauver le film.

L'argent vient à manquer. Je ne veux pas mettre ce qui me reste de fortune et cherche à contracter un emprunt. Sous la présidence de M. Pompidou, la tendance est à la restriction du crédit. Les banques ont des ordres. Qu'allons-nous faire ? Économiser ? Le metteur en scène est prodigue de pellicule. Chaque mètre utilisé me ruine un peu plus. Je le surprends à filmer une langouste qui sera servie pendant une scène de dîner. Son manège dure une éternité.

– Eh là, stop ! Une minute, ça va, pas des heures. Ce crustacé n'est pas le héros du film.

– D'accord, seulement ce soir, j'ai l'intention de le manger. Il me faut l'avoir à volonté sous toutes les coutures, avant de l'emporter.

Là, c'en est trop. Voilà des semaines qu'il claque à sa fantaisie des milliers de francs. Il y a une décision à prendre et je suis seule. Alain est en voyage. Il est aller chercher je ne sais dans quel pays un nouveau financement. Le directeur de production est absent lui aussi. Le metteur en scène en profite pour prendre la mouche, dit qu'il ne signera pas le film et nous plaque. Avec les techniciens, un monteur de génie, nous achevons le tournage dans les trois jours qui restent. Ce monteur deviendra un excellent metteur en scène : José Pinehro.

Sa colère tombée, mon démissionnaire revient alors que nous plions bagage.

– Toi, lui dis-je, tu auras fait deux films dans ta vie. Celui-là, premier et dernier à la fois.

Pour notre premier film nous avons joué de malchance. Notre distributeur, un grand sur la place de Paris, traversait des difficultés financières. Plusieurs de ses films n'avaient pas marché dont un – étonnant – avec Simone Signoret. *La Femme sandwich* est entreposé chez lui pendant cette funeste période. Nous décidons de ne pas attendre et de confier le lancement de ce film, interviews, reportages, affiches au grand publiciste André Nicard. Au cours de ces dernières années c'est lui qui avait fait la promotion de la plupart de mes films. Nous étions devenus de grands amis. « Lui » le prouva en tout cas non seulement en acceptant de ne pas se faire payer pour cet énorme travail mais en payant lui-même tous les frais que cela engageait. « En attendant que l'argent rentre je fais l'avance, vous me rembourserez plus tard. » Le pensait-il vraiment ? A l'époque effectivement, il n'y avait pas lieu d'en douter. En général, mes films les plus moyens font de deux cents à trois cent mille entrées en exclusivité. Pour l'époque, c'est un chiffre très apprécié par les gens du métier. Mais André Nicard, lui, n'a pas compté, il le faisait vraiment par amitié. Cela mérite d'être signalé, c'est si rare ! En général dès qu'il s'agit d'argent, la plupart des « amis » disparaissent.

J'ai toujours été reconnaissante envers ceux qui m'ont aidée. J'espère un jour en faire autant à son égard.

Le distributeur aux abois sort de sa léthargie. Ses salles sont vides. Il décide alors de sortir notre film sous le titre nouveau de *Macédoine* sans faire pour autant le moindre frais de promotion. Le public et même mes propres amis ne sachant pas ce qu'est cette *Macédoine* ne sortiront certainement pas de chez eux pour le savoir. Comme un fait exprès le jour où enfin des milliers d'affiches sont collées dans Paris pour l'annoncer, le film, hélas! justement quittera l'affiche!

Les anciens avaient raison de dire qu'il ne faut jamais faire les choses contre le temps parce que le temps se venge.

Ce fut un bide total. Passée dans des conditions normales de lancement, cette production m'aurait remboursée de mes fonds avec bénéfice. Au lieu de me mettre dans l'obligation de vendre, la mort dans l'âme, ma propriété de Saint-Tropez.

J'accuse le coup en même temps qu'un autre.

Jeanne, ma perle, ma fidèle, ma petite mère, va nous quitter. « Trop de choses, me dit-elle, me font sentir tavantache que je fieillis. » Des années plus tard elle me confiera plus directement, que les raisons qui l'avaient poussée à partir étaient liées aux mauvais rapports qu'elle avait avec Alain.

Retrouverai-je jamais une personne d'un tel dévouement, une de celles qu'il faut arrêter de travailler? Son départ, après mes déboires financiers, me laisse dans le plus grand désarroi.

Au fond de ma misère, deux signes du destin viennent à mon secours.

Le Figaro publie un reportage sur le succès des *Angéliques* en Europe de l'Est. A Moscou, leur projection fait même chuter brutalement la fréquentation des réunions du Parti! Ailleurs, on les commente dans les écoles. On cite l'héroïne en exemple. Grâce à elle, un désespéré aurait repris goût à la vie et déclaré : « Si de telles femmes existent, je n'ai pas le droit de me décourager! »

Ces anecdotes me remontent le moral.

Un autre signe m'est donné avec la découverte d'Anna, au début de l'année 1973. Une autre Jeanne, qu'il fallait, elle aussi, arrêter de travailler. Une fourmi dans la maison, discrète, minutieuse, fidèle, généreuse, efficace. Une autre petite mère.

J'étais protégée du ciel. Gaillardement, je reprenais une vie active. L'espoir de reconquérir ce que j'avais perdu me donnait des ailes.

PERSÉPOLIS

Pour commémorer le deux mille cinq centième anniversaire de la création de l'Empire perse et la fondation de Persépolis, sa capitale, le Shah d'Iran vient de présider des fêtes prodigieuses auxquelles tout ce que la terre compte de célébrités a été convié.

L'Association des « Petits Lits Blancs » a l'idée de profiter des installations mirifiques mises en place à cette occasion, pour organiser son bal annuel. Après les souverains et les chefs d'État, les magnats de l'industrie, du commerce, des arts, vont à leur tour découvrir ces merveilles. Les œuvres charitables du comité bénéficieront du profit attendu de cette manifestation exceptionnelle.

Invitée d'honneur à Persépolis, je suis enchantée d'oublier dans ce rêve éveillé l'échec cuisant de *Macédoine*. Cette heureuse diversion n'est pas sans me poser des problèmes. Mon compte en banque ne me permet plus de jeter mon argent par les fenêtres à seule fin d'être parée comme une princesse l'espace d'un soir. Ma qualité d'ambassadrice de l'élégance française et ma notoriété m'ayant ouvert les portes des grands couturiers, joailliers et fourreurs parisiens depuis longtemps, cette fois je vais en profiter. Je serai la présentatrice de leurs précieuses collections, habillée et parée comme une reine!

Frédéric Castet, ce génie de la fourrure chez Dior, me fournit manteaux de vison, capes, dont une, en hermine blanche, est bordée de haut en bas de renard blanc : une splendeur. Mon couturier, Loris Azzaro, me procure une dizaine de toilettes originales, modèles exclusifs de ses récentes créations. La maison Van Cleef et Arpels me confie des bijoux – moins prodigieux en poids et volume que jadis ceux du shah, mais aussi remarquables par la perfection de la composition et du travail des matières –, or, diamants et pierreries.

Trois charters haut de gamme sont mis à la disposition des richissimes invités. L'un part de New York, un autre de Londres, le dernier de Paris. Dans l'avion, toutes les cinq minutes, Dior, Nina Ricci, Ungaro, Carven, Balmain, Hermès offrent des cadeaux aux passagers : parfums, bas, cravates. Un repas : champagne, caviar, entremets délicieux, nous est servi. Puis, c'est le tour des animateurs. Histoires drôles, imitations composent un agréable divertissement. Le temps du voyage passe comme l'éclair.

Nous atterrissons en Perse. Des cars pullman nous conduisent de l'aéroport à l'hôtel. De toute beauté : du marbre partout qui nous reflète à chacun de nos pas. Mais, ce qui étonne les arrivants : pas âme qui vive pour nous accueillir. Ça jette un froid. Nous sommes là debout autour de nos valises. Seuls, deux individus en uniforme – employés de l'hôtel ? – traînent, l'air embarrassé. Ils font mine de nous recevoir... à contrecœur. Comme s'ils voulaient être à des lieues de là.

– Le personnel est parti, expliquent-ils sournoisement.

– Et pourquoi donc ?

– « On ne sait pas », disent ces hypocrites en parfait anglais.

Nous nous regardons stupéfaits.

Des voix fusent :

– Que se passe-t-il ? C'est insensé ! Inadmissible !

Les organisateurs Georges Craven et Alain Duchemin

prennent sur eux pour inciter leurs invités au calme. En vérité ils n'en mènent pas large.

– Installez-vous tranquillement dans vos chambres. Nous allons régler cette affaire au plus tôt. Vous serez tenus au courant.

Les deux « préposés » distribuent les clefs. Heureusement les ascenseurs marchent. Par contre les numéros des clefs ne correspondent pas à ceux des chambres qui nous sont affectées. Il faut essayer plusieurs serrures avant d'ouvrir une porte. Nous sommes quelques-uns à prendre à la rigolade cette surprenante confusion. D'autres, plus vigilants, se demandent quel danger nous menace. Une nouvelle les conforte dans cette impression : l'avion chargé des équipements, approvisionnements, cotillons, cadeaux, etc., destinés aux réjouissances, est bien arrivé la veille mais a été aussitôt pillé... par le personnel de l'hôtel! D'où son absence.

Les femmes des rois de ceci et de cela sont en perdition. Pour une fois qu'elles ont négligé d'emmener leurs femmes de chambre, les voilà devant leurs valises comme des poules devant des carafes. Les cuisines sont pratiquement vides. Peut-être traîne-t-il quelques provisions dans les réserves?

On prend courage et, pour ne pas céder à la panique, tous et toutes revêtons nos habits de soirée. Hilarant de nous voir ainsi parés dans les cuisines faisant nous-mêmes des sandwichs avec un peu de beurre, un quignon de pain, quelques boîtes de bœuf en gelée et du pâté de porc interdit en pays musulman. J'exhibe deux ou trois bijoux reçus des mains de Pierre Arpels lui-même, un homme tout à fait délicieux qui ne me quitte pas du regard. Il a même attaché à mes pas un énorme colosse comme garde du corps. Je me sens protégée, cela me rassure. Cette histoire rocambolesque est malgré tout fort alarmante.

Il est l'heure de dormir. Chacun s'inquiète de placer ses bijoux dans le coffre de l'hôtel. Les deux employés douteux donnent des clefs. Des femmes déposent bagues et colliers dans l'écrin approprié du coffre. Je remarque qu'à chaque clef remise aux clientes en correspond une autre que les deux gaillards dissimulent sous le comptoir. En principe, la clef est unique. Le doute n'est plus permis quand l'une de ces dames, ayant omis de déposer une broche, se voit ouvrir son compartiment par le double de sa clef. La célébrité a perdu le trafic des sournois. Je me dis que demain les coffres seront vides. D'un air indifférent je rejoins MM. Craven et Duchemin, les responsables de tout pour tout pendant ce voyage et leur signale l'étrangeté de ce manège.

Incrédules tout d'abord, ils doivent se rendre à l'évidence.

Aussitôt, ils téléphonent à Téhéran, déjà alerté depuis le début de la soirée de l'absence du personnel et du ravitaillement, du pillage de l'avion, du comportement bizarre des deux employés qui se disent « Gardes du Shah ». La Shabanou intervient elle-même sans délai.

– Reprenez vos bijoux, conseille-t-elle. Des renforts sont en route accompagnés du personnel de service. Ils ne tarderont pas à arriver.

Elle s'excuse avec une royale dignité. On la sent affairée, sur les dents. Il se passe quelque chose de grave.

Les deux « gardes » ont soudain disparu. Nous apprendrons par la suite qu'ils sont des repris de justice, déguisés pour la circonstance en gardes du Shah. Ils seront fusillés ainsi que le personnel pillard. Le vol est durement châtié en Iran comme dans tout l'Orient.

Tandis que l'on grignotait dans les cuisines, quelques employés que notre arrivée avait surpris et qui se tenaient depuis lors cachés dans des placards, farfouillèrent dans les chambres, dérobant de menus objets laissés en vue : bagues, bracelets, boutons de manchettes. Il n'y en avait pas pour une grande valeur et cette razzia n'entama pas notre bonne humeur.

Le lendemain, grande soirée à la persane : caviar, plats orientaux, champagne. Cela ne vaut pas le menu primitivement prévu. Le charme, l'amabilité de la Shabanou, simple et impériale à la fois, balaient tous nos regrets.

Le spectacle son et lumière des arènes est un enchantement. La nuit est froide, des couvertures sont distribuées pour nous en protéger. Une voix raconte la vie de ces ruines historiques, une voix connue de moi entre toutes, celle de Robert Hossein! Je souris de plaisir.

Farah Diba me désigne un siège en face d'elle. Je porte une robe moulante, sirène blanche pailletée de blanc, au tracé parfait, qu'Azzaro spécialement a créée, pour moi. Chargée d'annoncer la tombola et de distribuer les prix, je me souviens qu'en montant sur le podium, la salle a retenu un instant de silence à la vue de ce joyau de la couture française. La femme naissait de cette création.

Un gag me reste en mémoire de cette grande soirée. Celle-ci a lieu dans l'enceinte de l'hôtel. Je descends le majestueux escalier avec ma cape d'hermine bordée de renard blanc. Des compliments me saluent au passage. Je ne suis pas peu fière de porter cette merveille. J'arrive au vestiaire et, dans un ample geste scénique je la laisse négligemment glisser de mes épaules et s'évanouir sur le sol. Dans un miroir devant moi, je vois des messieurs se précipiter galamment pour la ramasser. Je vois surtout une grande étiquette affichant son prix. ÉNORME! Comment ne m'en étais-je pas aperçu? Dans les cas les plus tragiques je garde toujours mon sang-froid et mon sens de l'humour fait le reste.

– Messieurs, leur dis-je, l'air soudain très snob, d'une voix très « Marie-Chantal », vous pouvez constater que je ne porte pas n'importe quoi, non? Ne vous méprenez pas surtout, ben quoi, c'est bien le prix du manteau, pas le numéro du vestiaire!

Et j'éclate d'un rire communicatif. Seul à ne pas se départir de sa morgue railleuse, José-Luis de Villalonga, Grand d'Espagne mais toujours en quête de ragots. Il tient enfin un sujet pour émailler son compte rendu de la soirée.

La fête a pris fin à l'aube. – La recette fut importante. – Fête fastueuse, hors du temps, que les médias du monde entier couvrirent largement.

De retour en pulmann à l'aéroport pour reprendre notre avion, on nous dit : « Pas de vol. Ils sont suspendus. Personne ne quitte le sol iranien pour l'instant. »

Il se jouait une mini-tentative de coup d'État, dont la presse ne fit pas écho. Notre groupe est cantonné dans un hôtel tout proche. On se demande : sommes-nous des otages? Des otages de prix! S'ils savaient la valeur de ce que nous avions sur et avec nous! Le secret de notre transbordement a été bien gardé. Les soldats nous rassurent, visage de marbre soucieux.

J'étais très excitée de me trouver là à un pareil moment de l'histoire de l'Iran. A minuit, on nous donne l'ordre de déposer nos valises hors des chambres, de dormir tout habillés, de ne garder que sacs à main pour les dames, portefeuilles et papiers pour les messieurs. Une dame, que de généreuses libations ont perturbée, se déshabille et range par mégarde ses effets dans sa valise qu'elle place devant sa porte. Au réveil, plus de valise, plus de vêtements; toute nue, elle réclame à grands cris ses affaires. On lui prête un imperméable et pieds nus elle embarque avec nous dans l'avion.

Au préalable tout le monde a acheté des tonnes de caviar.

Sauf moi, plus de sous!

Sans mauvaise intention quelqu'un me dit : « Et vous, vous n'en achetez pas? »

– Oh vous savez du caviar, toujours du caviar...!

Un voyage riche en rebondissements, qui nous a montré la face cachée de cet empire millénaire en pleine décomposition.

Sincèrement quand j'y pense je préfère être une héroïne de cinéma à celle que je serais peut-être devenue dans la vie, si...

Notre société de production a acheté les droits d'un roman policier de Charles Williams *A touch of death,* que l'on aurait pu traduire par *Un parfum de mort* et qui portera le titre ridicule : *Le Pigeon.* L'adaptateur en est Derek Marlow, un Anglais qui vient d'être lancé par la publication de deux excellents livres. Le metteur en scène est Peter Médac, Hongrois d'origine, naturalisé anglais, récent réalisateur de deux ou trois films à la Columbia.

Nous travaillons ardemment jusqu'au Festival de Cannes. J'ai toujours été très fidèle à cette fête du cinéma, sans y avoir jamais eu l'un de mes films en compétition. Cette année, Alain et moi nous y rendons avec Peter Médac. Conférence de presse pour étendre sa réputation. Des Américains le remarquent et lui font miroiter de sérieux avantages. Il leur répond que nous sommes sous contrat. Tout se passe à merveille. Campagne de publicité concluante.

Pendant tous ces mois, nous versons une mensualité non négligeable à Peter. L'été suivant, nous nous installons à Saint-Tropez pour parfaire l'adaptation de l'ouvrage. Une jeune Anglaise est avec nous ainsi que le dialoguiste Derek Marlow et son épouse. Vacances studieuses.

Un an maintenant que nous bûchons sur ce sénario. Il est prêt. Nous l'envoyons à de grosses boîtes de New York et de Los Angeles. United Artists approuve. Formidable! Tournage prévu en Amérique pour les premiers mois de 1972. Une première équipe française part pour faire les repérages. Pour le principal rôle masculin nous avons pressenti Rod Steiger. Il accepte. Hourrah! L'argent s'envole de la banque à chaque pas que nous faisons. Pour renflouer mon compte, j'acquiesce d'emblée d'être la partenaire de Charlton Heston dans *L'Appel de la Forêt.*

On tourne en Norvège par moins trente degrés. Il fait si froid, que lors d'une scène où je dois pleurer, mes larmes se changeront instantanément en gouttes cristallines, comme de petites perles blanches figées sur mon visage. Hélas! on ne pourra jamais « monter » ce plan dans le film. Tenancière d'un saloon où se mêlent trappeurs et chercheurs d'or, je tombe amoureuse du héros du film. Charlton Heston est un acteur sympathique, sérieux. Ces Américains sont d'indubitables professionnels. Le chien qui joue l'est aussi. Magnifiquement. En réalité il y a deux vedettes canines. L'un doux, adorable, friand de caresses dont je ne l'ai pas privé; le deuxième, un monstre tenu en laisse et muselé. Il n'est dressé que pour grogner et montrer ses crocs sauvages. Ils se servent tantôt de l'un, tantôt de l'autre selon les scènes. Pour moi le tournage sera bref. Trois semaines bien rémunérées. De l'argent frais pour notre production.

Retour des USA de nos collaborateurs. Tout est minutieusement mis au point. En accord avec Francis Ford Coppola, on filmera les intérieurs dans ses studios de San Francisco. Manie des perfectionnistes que nous sommes, nous planchons encore des semaines sur de petits détails – les petits détails sont toujours importants et difficiles à maîtriser. Sur le départ, Peter Médac déclare soudain : « Je n'ai plus envie de tourner! »

Je tremble. En voilà un qui me refait le coup de William!

– Quoi? Quelle fantaisie te prend?

– Pas une fantaisie. C'est sérieux.

– Mais encore?

– Figure-toi que j'ai une petite bête qui me mange le cœur!???

– Peter, voilà deux ans que je te paie et tu m'abandonnes?

Tu n'en as pas le droit. C'est une catastrophe à tous les niveaux, financier notamment. Tu me dois un dédit. Je vais t'en calculer le montant.

Il ironise : « Avec quoi ? Je n'ai pas un sou ! » et de ses deux mains pâles il accomplit le geste moqueur de retourner les poches vides de son jean.

Je l'aurais pilé. En réalité, j'apprends qu'il a une offre en surenchère de la mienne. Je préviens United Artists qui l'inscrit séance tenante sur la liste noire, le rayant à tout jamais des tournages américains.

– Avec un sujet pareil, me disent-ils en consolation, vous n'aurez aucun mal ici aux USA à le monter avec un autre réalisateur. Venez. On ne vous laissera pas tomber. Nous sommes prêts à vous aider.

Ils nous encouragent. Du baume au cœur. Alain et moi nous sentons ravigotés. Une énergie nouvelle nous habite. Patatras! Le film étant retardé, nous paierons un dédit à Rod Steiger qui doit répondre à d'autres engagements. Sur ce, quelqu'un s'offre à nous racheter le scénario. Je sens l'urgence d'accepter. Nos fonds s'épuisent. J'ai peur. Il faut être cinglés pour partir en Amérique! C'est loin. Tout y est si différent, on s'y perdra. On ne nous attend pas. J'ai testé le travail américain. Ultraprofessionnel. Exigeant, rigoureux, sans concession. Ils se tiennent entre gens d'un métier qu'ils connaissent à fond. Les Français, ils s'en méfient. « Des Latins sentimentaux. » Nous allons nous faire broyer par leur pesant, implacable mécanisme.

J'accepte de vendre. Mais Alain repousse mes objections. Il pense qu'il faut absolument faire ce film nous-mêmes.

– C'est ton intérêt, me dit-il. Tu es à un tournant de ta carrière, il te faut lui donner désormais une autre dimension.

LOS ANGELES

Je ne suis pas très tranquille en atterrissant à la mi-juin 1973. Je me sens amputée de ma France. Alain est sûr de lui, mais Junior moins fort de ses quatorze ans s'accroche à mon bras. Comment serons-nous accueillis? Comment allons-nous nous y prendre? Toutes questions qu'Alain ne se pose pas. Je malaxe la main de Junior dans la mienne avec de sombres pressentiments.

Tandis que nous attendons nos bagages, s'approche de nous un garçon de taille moyenne, visage ouvert, blond, yeux bleus. Il se présente : André Lacouture. Je saurai vite qu'il est une star dans sa profession. A Air France il reçoit les VIP (personnages importants) en provenance d'Europe. Au long de mes trois années à Los Angeles, il ne se passera pas un jour sans que je le voie ou l'entende au téléphone. Serviable, simple, d'un caractère gai, il sera toujours là dans les bons comme dans les mauvais jours. Un ami.

Au Wilshire Hotel nous prenons une suite, le temps de louer une villa à Beverley Hills. Celle-ci, sise à l'écart, est la dernière dans une de ces rues montantes renommées. Derrière nous un cercle de collines. Devant, l'immense ville, le soleil, et à nos pieds une superbe piscine.

Je décide de vivre à l'américaine. Avant de franchir la porte d'un pays étranger, il faut laisser sur le paillasson ses vieilles habitudes avec la poussière de ses souliers. Je vis en jeans, pieds nus, à la sauvageonne. Au grand étonnement de mes amis de passage chez nous qui s'exclament :

– Angélique a perdu ses beaux atours.

Je fais mon marché incognito dans les grands magasins. En prévision des réceptions que nous n'allons pas manquer de donner, je songe à monter une cave. De vins français de préférence. Le marchand en a. Je vois du bon bordeaux à dix francs vingt-cinq la bouteille. Pour un vin courant, malgré le change, ce n'est pas cher. En y regardant de plus près, pour le même prix, je découvre des Mouton-Cadet Rothschild 1964, 1968 et 1971.

– Vous en avez beaucoup comme ça? dis-je, surprise.

– Oh! plus que vous ne pourrez en boire.

Je laisse échapper :

– Il y en a qui sont vieux... tant le prix de ces grands crus est dérisoire.

– Eh oui ils sont vieux. C'est pourquoi je les brade. Si vous m'en prenez une bonne quantité, je vous ferai un rabais conséquent.

– Alors je vous prends tout le lot!

J'étais ravie de conclure une si bonne affaire. Il a beaucoup à apprendre, ce pauvre marchand, avant d'être un connaisseur dans sa spécialité. Ce qui fera dire à mes visiteurs parisiens, aux pires moments de mes difficultés aux États-Unis :

– Michèle n'a pas autant de problèmes qu'elle le dit pour vivre dans une telle maison avec cette piscine et ce fameux Médoc dont elle fait son ordinaire! S'ils savaient, je leur céderais bien ma place en ces moments-là.

Penser, réfléchir dans ce décor n'est pas une évidence. L'entreprise dans laquelle nous nous sommes lancés nous donne des ailes. Nous jouons le tout pour le tout. Je ne sais pas encore que je serai seule à tenir cet engagement.

Dans ce pays dépourvu de transports en commun, le plus urgent est l'achat d'une voiture. Dans notre Lincoln Continental qui glisse silencieusement sur les autoroutes, le son ouaté de la radio de bord donne l'impression de se trouver à la Salle Pleyel. Impossible d'éviter ces frais dispendieux. A Hollywood, contrairement au bon sens bien de chez nous, l'habit fait le moine. Je ne pourrais obtenir des rendez-vous, entretenir des relations, convaincre de mon sérieux en vivant chichement. Je me dois de tenir un standing plus qu'honorable, faire montre de signes extérieurs de richesse en rapport avec mes prétentions.

Richard Gully est mon attaché de presse – « public relations ». Il est d'origine anglaise, fin, aristocrate d'allure. Il me met en contact avec le Tout-Cinéma. Non seulement les acteurs, mais aussi réalisateurs, producteurs, présidents des grosses firmes. Actrice, jamais je n'aurais osé aborder ces personnages. Je suis maintenant de l'autre côté de la caméra. Avec les patrons. C'est nouveau pour moi, exaltant. Je me sclérosais à Paris dans l'attente des scripts intéressants. Ici, c'est le mouvement qui commande. Il y a du fantastique à vivre dans ce pays. Les collègues, les nouveaux venus ne sont pas des adversaires, seulement des concurrents. N'importe qui peut tout tenter sans être vu d'un mauvais œil. Bien entendu, mieux vaut réussir. Mais l'échec n'est pas éliminatoire en soi. Il ramène à la case départ pour repartir d'un autre pied.

Notre arrivée éveille la curiosité. Nous sommes invités partout. Cela va devenir un véritable carrousel. Il débute par un voisin qui n'est autre que le Gouverneur de la Californie. Pour un oui, pour un non, il franchit ma pelouse – c'est commode, il n'y a pas de clôture – à la recherche de verres ou de glace. Nous allons souvent chez lui où se côtoie le Tout-Los Angeles. La vie sociale américaine est plus intense que chez nous, les relations vite familières. Dans ces réunions, j'ai lié connaissance avec quantité de personnalités, des écrivains comme Harold Robins, des producteurs et metteurs en scène tels Sydney Pollack, Jerry Schatzberg, Hal Hashby. Et des grandes stars : Nathaly Wood, Robert Wagner, Cyd Charisse, Robert Mitchum, Michel Caïne, Paul Newmann,

Peter Finch, George Peppard, James Gardner, Rod Taylor, Albert Finney et Gene Hackman. Et j'en oublie sûrement!

C'est la période d'acclimatation. Notre assise est en place, il faut maintenant poser les pieds au bon endroit. A la phase mondaine va s'associer celle du business pour demeurer ensemble intimement imbriquées.

John Guillermin, réalisateur grandiose des films catastrophes : *La Tour infernale*, *Le Poséidon*, est contacté par un de nos amis de la Paramount qui dépose chez lui notre scénario. Il lui plaît. Il conseille de récupérer Rod Steiger et de confier à l'adaptateur Sterling Silliphant un rewriting – réécriture – de ce texte, trop anglais à son goût, pas assez dans le ton américain.

C'est dimanche. Il fait beau. Alain et Junior ne veulent pas décoller de la piscine. J'irai faire un tour en voiture dans les allées de Beverley Hills. Ce quartier est un immense jardin planté d'essences rares, de massifs multicolores aux fleurs géantes, rouges ou dorées comme des soleils. Les crêtes hérissées des palmiers signalent les nombreuses demeures résidentielles. A un stop – toujours religieusement respecté – je croise une Rolls cossue conduite par un représentant typique de la faune du coin : cheveux bouclés, lunettes phosphorescentes. A ma hauteur il freine pile, m'oblige à en faire autant, se précipite vers moi en gesticulant et en poussant des cris de reconnaissance. C'est Michel Polnareff, fraîchement débarqué.

– Comment vas-tu? Qu'est-ce que tu fais là? Merveilleux... Super...

On s'embrasse. On rit. On encombre le carrefour qui commence à bouchonner. D'abord compréhensifs, les coups de klaxons nous soulignent que cela ne peut tout de même durer. A Paris on se serait fait étriper.

En pleine gloire, il a quitté la France pour raison fiscale (des impayés accumulés pendant son séjour au Japon). Son homme d'affaires, à qui il avait donné une procuration pour régler tous les problèmes financiers pendant son absence, était parti avec la caisse sans régler la moindre facture. Menacé de prison, il s'est enfui en hâte, embarquant avec lui sa Rolls, son seul bien avec quelques espèces qui fondent terriblement sous le soleil californien. Pauvre Michel, il a beaucoup souffert, sans pour autant jamais se plaindre.

Des amis lui ont prêté cependant une superbe villa pas très loin de la nôtre. Toujours très entouré jusqu'à ce jour, il découvre tout à coup la solitude et ne la supporte pas. Tout d'abord il achète des « chiens de garde » si bien dressés qui lui arrive de ne pas oser rentrer chez lui de peur de se retrouver changé en « canigou ».

Adorant les gadgets et pour passer le temps, il fait mettre des alarmes un peu partout. Mais à cause d'une mauvaise manipulation du système, se retrouve envahi par une armée de policiers qui le prend, en tout cas la première fois, pour le « voleur ».

Pendant ce temps au moins il ne sera pas tout seul!

Pas très convaincu de ses propres méthodes, il décide alors de passer le plus clair de son temps à la maison. Nous sommes devenus de vrais amis.

Michel sera notre invité attitré, dynamique, exaltant et exalté.

Pendant que je mitonne des petits plats, il compose de ravissantes mélodies. Depuis la veille certaines notes me trottent dans la tête.

– Joue-nous cet air super que tu as composé hier.

– Je ne me souviens plus de rien, c'est fou ça! Et il éclate de son immense rire communicatif.

– Quel gâchis, puisque c'est comme ça, j'enregistrerai désormais tout ce que tu joueras.

J'en oublie sur le feu le nouveau plat du jour, me brûle les doigts au passage. Alain perd aux échecs contre son fils et j'aurai droit au piano cassé en fin de journée.

Mais quelle vie passionnante nous avons. Malgré nos soucis

respectifs, nous vivons dans la joie et la bonne humeur. Les copains viennent de plus en plus nombreux écouter ce « petit génie ».

Son moral remonte. Il élabore la première partie de son 33 tours américain.

Pour continuer, il a besoin de l'appui d'un banquier qui le comprendra, m'avoue-t-il.

– D'accord, je te présente le mien. Mais tu vas me faire le plaisir de t'habiller décemment. Tu ne peux pas t'amener pieds nus, en collant de danseur et débardeur. Ça ne fait pas sérieux. Déjà avec la tête que t'as!

Il promet. Le jour dit, il radine triomphalement, en collant et son débardeur sur le dos. Il pose malencontreusement, en descendant de sa Rolls, les deux pieds dans une flaque d'huile. Trop tard pour refaire toilette. Tout au long de l'allée centrale, sous les yeux horrifiés des employés derrière leurs guichets, j'escorte non sans honte ce Petit Poucet new-look qui laisse des empreintes noirâtres sur la moquette vert d'eau de ce temple de la finance. Il aura quand même son prêt.

Michel opère un redressement spectaculaire. Dans les pénibles moments qu'il a traversés, il n'a jamais succombé à la facilité. L'alcool, la drogue? On aurait pu le craindre. Il n'en a rien été. Ce garçon est fort dans son corps. Fort dans sa tête. Il a vaincu l'adversité.

Comme la plupart de nos soirées, nos journées sont bien remplies. Peu importe la saison, l'Amérique ne ralentit pas ses activités. Jamais plus de huit à dix jours de congé consécutifs à diverses époques de l'année. Le pays ne souffre pas de paralysie vacancière. Démarches, rendez-vous, réunions de travail se succèdent. Alain reconduit Junior à Paris pour la rentrée des classes. Il réintègre Los Angeles trois semaines après.

Sterling Silliphant accepte de nous rencontrer. Il se montre aimable. Il lira notre texte après quoi nous aborderons les remaniements préconisés par John Guillermin pour lui donner une tonalité américaine. L'attente, les tractations prendront de longs mois. Alain retourne à Paris. Il ne rentrera que pour Noël avec Junior.

A la veille des fêtes, Silliphant donne son consentement. Pour procéder dans le calme aux adaptations convenues, il part avec sa nouvelle fiancée sur le voilier acquis au moyen des émoluments grassouillets que, par avance, je lui ai versés. J'appelle le président de United Artists et lui expose la situation.

– Magistral! s'exclame-t-il.

– Seulement voilà, dis-je en craignant de tempérer son enthousiasme, Guillermin aimerait bien tourner avec Rod Steiger.

– Avec Guillermin et Silliphant, c'est le succès assuré. On trouvera un autre que Steiger s'il est occupé ailleurs. De toute façon, il n'est plus le meilleur choix. Son étoile pâlit.

J'en ai des frissons. Entendre parler de cet acteur si personnel, percutant, comme d'un « Has been » me fait mal au cœur. Hollywood ne donne pas dans le sentiment. *Business is business*. En me lamentant, je me mets à la recherche d'un autre acteur et j'attends les résultats de la tournure américaniste que me mijote Silliphant.

C'est Noël. Il pleut sur Los Angeles. L'avion d'Alain en ce soir de réveillon a quatre heures de retard. J'attends à l'aéroport une partie de la nuit. Ils arrivent vannés. Alain est souffrant. Il a pris froid.

Happy Christmas solitaire. Mes hommes dorment. J'attends dans le salon le réveil de l'un d'eux. Alain a de la fièvre, il garde le lit. Junior téléphone à Michel Polnareff. Ils vont faire un tour puis reviennent ravis, s'amusant avec un « Bip-bip », téléphone sans fil encore inconnu en France. Ce sera le nouveau gadget de Michel, qu'il ne pourra s'empêcher d'utiliser de préférence la nuit, pour s'assurer de son parfait fonctionnement. Sacré Michel!

1er janvier 1974. Ça ne va pas. Alain grogne. Junior s'ennuie, la télévision est en panne. Personne n'a songé à mon gâteau d'anniversaire. J'ai trente-cinq ans. L'année commence bien!

Le travail commande. Après maints coups de fil à mon ex-agent, Freddie Fields, maintenant producteur, celui-ci m'assure que Steve Mac Queen va lire le scénario. S'il lui plaît, je suis sauvée. A ce seul nom, on trouve argent, studios, producteurs, metteurs en scène. Ce serait fantastique. Sauf que la nouvelle adaptation de Silliphant ne m'a pas encore été remise. En attendant, Steve Mac Queen lira l'ancienne de Derek Marlow, de quoi se faire une idée. J'attends Freddie pour la lui remettre lorsque brutalement j'apprends qu'il est parti je ne sais où. Mais en même temps j'apprends aussi que Mac Queen est à Acapulco chez une de mes connaissances. Vite j'appelle cette dernière pour lui demander de m'aider.

– Dis à Steve de lire le scénario que je lui envoie d'urgence.

– O.K., Michèle, *no problem.* J'en parle tout de suite à Steve. Des jours filent.

Le hasard me met entre-temps en présence d'un homme qui me dit très bien connaître Mac Queen.

– Je fais de la moto avec lui. Il me suffira de lui parler à un moment où il est de bonne humeur et il lira votre texte. Vous n'aurez plus qu'à vous arranger avec lui.

Je remets donc mon sort entre les mains de cet homme obligeant qui sera récompensé si le résultat est concluant. Il boit beaucoup de bières avec Mac Queen qui ne fait que cela... et, au bout d'un long mois ce dernier, du haut de sa grandeur, laisse tomber, tel un oracle, un « non » définitif.

Tout est perdu. Beaucoup d'espoir, de temps et d'argent.

Freddie Fields réapparaît enfin.
– Oubliez définitivement Mac Queen!
– Il m'a déjà dit merci, mais il ne m'a pas dit pourquoi.
– Parce qu'il a l'intention de tourner avec Ali Mac Grow. Donc pas avec vous. *Forget it* – oubliez ça!

Un jour Robert Dorfman, célèbre producteur français, et, entre autres des films de Gérard Oury avec Louis de Funès, vient à la maison. C'est un homme sérieux inspirant la sympathie, un grand monsieur. Ses déboires qu'il nous conte avec l'impossible Steve Mac Queen nous réconfortent.

Février 1974. Sterling Silliphant fait enfin surface avec son adaptation du scénario qu'il a intitulé *Face Off*. Il ne reste rien du livre originel qui m'avait séduite. Pas davantage de l'élégante adaptation de Derek Marlow. Tout est démantibulé, les lieux, les personnages, l'intrigue elle-même. Je suis atterrée.

– Pas tournable, condamne John Guillermin. N'acceptez pas cette élucubration. Si par contrat vous avez la possibilité de lui faire faire un autre rewriting, n'hésitez pas.

J'ai cette possibilité. Il le refera, cela va prendre encore beaucoup de temps. Alain est de retour à Paris. Je le rejoins à la veille de la mort de M. Pompidou.

Comme en 1969, c'est le président du Sénat Poher qui doit assurer l'intérim. Alain se retrouvera une deuxième fois chargé de mission à l'Élysée par le président.

De permanence à l'Élysée le jour anniversaire de notre mariage, Alain va devoir me laisser seule à la maison. En l'apprenant, je m'insurge, il n'en est pas question! L'appartement de fonction qu'il doit occuper n'a jamais été prévu pour deux personnes et je pense qu'aucune femme y ait accompagné son mari sous aucun régime.

Je téléphone à Marie-Agnès, la fille de M. Poher. Nous sommes devenus tous les quatre, avec son mari Jean-Pierre Joussain, de grands amis. N'arrivant pas à joindre le président pour lui demander une permission spéciale, je les concerte.

Finalement Jean-Pierre, qui sait être aimé du président comme un fils, tout en s'amusant de cette idée, prend la responsabilité de m'y laisser loger. Ils viendront le soir même nous y rejoindre pour fêter l'événement. J'en ai profité pour inviter ma plus ancienne amie Juliette Boisrivaud et son mari Jean-Paul. Ayant survécu à tous mes chagrins il était bien normal qu'elle partage un peu de mes joies. Directrice du mensuel *Cosmopolitan,* elle en est aussi l'âme et la conscience. Un autre invité, André Grassart, toujours le même, viendra avec Nicky, sa femme, en tant « qu'intime » et pour une fois, pas comme l'attitré de *France-Soir.* Il prendra cependant des photos mémorables de cet anniversaire de mariage pas comme les autres. Pendant que nous bavardons gaiement, Alain en bout de table prend les messages – secrets – qui tombent régulièrement du téléscripteur. Souriant au début du dîner, il semble cependant de plus en plus sombre au fur et à mesure du temps qui passe. Jean-Pierre Joussain se lève alors voyant son regard et lui parle à l'oreille. Un conciliabule s'ensuit, et Jean-Pierre ira téléphoner de la pièce à côté.

Après cette réunion amicale et joyeuse, nos amis prennent congé. Il est minuit. Alain et moi regagnons le petit appartement. Il se compose d'une chambre avec salle de bains et d'une cuisine. La chambre est simplement meublée, un lit Empire d'une place seulement, deux chaises, un bureau et plein de téléphones dont un très très spécial, paraît-il. Il ne faut pas toucher, dit Alain d'un air sentencieux. Je lorgnerai encore plus cet « engin spécial » le reste de la soirée. Dans un coin un grand coffre. La salle de bains attenante n'a rien de spécial, sinon que les robinets grincent terriblement et l'eau ne coule pas bien. La cuisine est à côté, on boirait bien un grand verre d'eau. Impossible de l'ouvrir, la porte est fermée à clé. Est-ce que les documents « secrets » seraient enfermés dans le Frigidaire ? Mon esprit vagabonde. On cherche la clé, une vraie partie de cache-cache. Alain décide alors d'ouvrir son dossier « top-secret » et d'en prendre les instructions. Soudain il éclate d'un grand rire.

– Vite, viens voir! Vais-je apprendre un secret d'État?

– Admire un peu l'ordre qui règne ici, poursuit-il en parcourant le bas d'un document : « La clé de la cuisine se trouve au fond du coffre... » La clé du coffre il l'avait depuis longtemps évidemment!

Cette soirée improvisée dans l'auguste demeure élyséenne m'a trop excitée pour que je puisse fermer l'œil de la nuit. Même si je l'avais voulu, je n'aurais pas pu. Le lit était décidément trop petit; j'avais beau faire la « crêpe » lui dessus, moi dessous, à la fin j'étouffais, moi dessus, lui dessous, à la longue cela devenait trop fatigant! J'ai essayé bien des méthodes et même en me faisant toute petite, je me suis retrouvée par terre deux ou trois fois. Quelle nuit!

Branle-bas de combat, le lendemain matin à l'aube, le Premier ministre Messmer revenu de sa campagne en toute hâte et tous les autres ministres, rappelés pour une séance « extraordinaire » à l'Élysée. Mais leur week-end est à l'eau. Quelque chose de grave se prépare. Pas étonnant qu'hier soir Alain et Jean-Pierre en plein dîner ont tiré une tête de carême.

Pourtant aujourd'hui c'est Pâques.

Cachée dans un petit bureau qui donne sur l'entrée principale de l'Élysée, j'aperçois par la porte à peine entrouverte tout l'état-major peu à peu arrivé. Après un très long moment je décide de me retirer sur la pointe des pieds. D'une porte dissimulée que je n'avais pas remarquée, le président surgit.

– Alors ma petite Michèle, il paraît que depuis hier soir, vous habitez ici! Mes compliments.

– ... Oui, président... justement je voulais vous dire...

– Vous avez très bien fait, il faut de temps en temps changer les habitudes, et, les yeux pleins de malice, rajoute, à partir de maintenant quand je ferai visiter l'Élysée à mes amis, je ferai un petit détour par vos appartements, pour leur signaler au passage qu'ici : « La Marquise des Anges a séjourné. » Regardant sa montre et l'air soudain faussement sévère, dans un quart d'heure nous passons à table pour le déjeuner, nous vous attendons dans la grande salle.

Début juin je retourne à Los Angeles. Un an déjà que nous y habitons. Alain m'y rejoindra sous trois semaines avec Junior en vacances. Silliphant ne se signale pas; à mon appel il déplore : « Désolé! Les écrivains américains sont en grève depuis deux mois. Aucune dérogation n'est tolérée, les consignes du syndicat sont formelles. Et comme j'en suis le leader... »

Il ne manquait plus que cela! Deux ans plus tard, je saurai que Silliphant, payé hors de prix par un grand studio, avait passé outre aux injonctions de son syndicat et, en cachette, rédigé le scénario qu'on lui demandait. Que faire!

A l'école américaine, ma nature se transforme. Ma timidité n'est plus que décontraction. Il me faut cette aptitude pour suivre la sarabande. Je multiplie les contacts. Tom Gries, metteur en scène, qui vient de gagner plusieurs Emmy TV (oscars) se saisit de mon scénario. Il en fait une autre histoire lui aussi, mais bien bâtie, qu'il intitule « Puzzle ». L'acteur Lee Marvin s'en dit emballé. Tout le monde est d'accord. Va-t-on enfin tourner? Que non! Tom Gries part en Espagne, d'où il m'appelle :

– Je regrette. Je viens de signer avec Bronson. Impossible de me libérer avant l'été prochain.

Alain tempête, s'arrache les cheveux. Nous continuons la lutte en provoquant de nouvelles rencontres avec James Coburn, adorable, George Segal, Elliot Gould, le curieux Samuel Fuller, réalisateur et romancier talentueux, paradoxal, inclassable. Jerry Schatzberg – qui a remporté la Palme d'Or à Cannes en 1973 avec *L'Épouvantail* – et sa femme, des amis, aux prises eux aussi avec les studios. Ils attendent depuis trop longtemps la concrétisation de leur projet. Ils n'ont plus un sou. Habitant New York, ils décident la mort dans l'âme de repartir de Los Angeles. Je les persuade alors de venir s'installer à la maison en attendant que leur problème financier s'arrange. Quitte à se mettre la « ceinture », il vaut mieux le faire en groupe c'est plus drôle! Nos bavardages et conversations nous tiendront souvent lieu de repas. En leur compagnie je m'enrichis au moins l'esprit.

Au hasard de tous ces entretiens, nous finissons par être présentés à un couple vraiment extraordinaire : Noël Marshall-Tippi Hedren. Elle a été l'héroïne d'Hitchcock dans *Les Oiseaux* et *Marny*. Sensible mais froide, telle qu'Alfred Hitchcock aimait les femmes. Noël a été le producteur du premier *Exorciste*. Un monceau de profits dont il n'a recueilli que des miettes. Trop crédule en affaires. Ce couple magnifique est devenu ami numéro un.

Alain prend conseil de Noël qui sera le coproducteur de notre film. On garde Marvin, enthousiasmé par *Puzzle*, le troisième scénario, et après la défection de Tom Gries on nous conseille Teddy Post. Celui-ci vient de tourner un film qui fait recette, *Magnum Force* avec Clint Eastwood. Teddy va changer, lui aussi, quelques petites touches au scénario qu'il aime bien. C'est alors que, de concert avec Noël Marshall, nous lui proposons de lire la première version, celle de Derek Marlow, soi-disant trop anglaise. Teddy Post s'extasie : « C'est ça qu'il faut tourner! » Deux ans d'efforts, de travail, d'émotions, tout cela pour revenir au point de départ? Ce n'est pas fini. L'acteur Lee Marvin, qui s'était offert pour incarner le rôle principal, est introuvable. Quand il resurgit, il soutient obstinément qu'il ne tournera que la troisième version, celle de *Puzzle*!!!

Sortira-t-on jamais de ce jeu de cache-cache? Alain est furax. Moi, je fais les comptes : de petites additions et d'énormes soustractions. Il faut en sortir. J'ai recours à mes amis Marshall-Hedren.

D'un premier mariage, Tippi a une fille, Mélanie Griffith,

fiancée à un jeune homme très talentueux peu connu à l'époque, Don Johnson. C'est lui qu'on admire aujourd'hui à la télévision dans *Deux flics à Miami.* Son premier film important, *A boy and his dog* – Un homme et son chien –, est une réussite. Ce film nous plaît tellement que nous envisageons d'en faire la promotion en France. En effet, la fuite continue de mes capitaux va bientôt me laisser exsangue. Je dois songer, tout en poursuivant mon projet, à regonfler mon compte en banque. Nous nous adressons donc à des distributeurs européens et leur suggérons de visionner plusieurs films américains que nous avons déjà sélectionnés dont *A boy and his dog.* Un grand distributeur français accepte de le distribuer.

Nous sommes en 1975. Un an s'est écoulé depuis la mort de Pompidou. Alain grogne. Il en a marre de notre scénario *Le Pigeon.*

– Les pigeons, c'est nous! Il rentre à Paris.

Juin est là. Je rentre moi aussi pour préparer le Festival de Deauville où je vais présenter mes trouvailles. Je retrouve Junior, Anna, la maison dans une euphorie chatoyante. Je revis. Il fait chaud. Mon appartement est grand ouvert; la terrasse avec ses arbres joue l'ombre et le soleil. Que Paris est beau!

La télévision est surchargée de paperasses. Un courant d'air, tout s'envole sur la moquette. Je ramasse. Une feuille récalcitrante m'échappe. J'y jette un coup d'œil...

...et là me reprennent tous les symptômes de détresse : sueurs froides, sang figé, impression de vide, jambes molles et bientôt les malaises bien connus depuis ma première déroute, à Londres. Je relis cette feuille qui m'anéantit. Dieu, que j'ai mal!

Les jours suivants et ceux qui suivent encore, la douleur me tenaille, la douleur me déchire. Ce que j'ai découvert, ce que je découvrirai jour après jour brisera notre couple.

Engrenage de doutes, de suspicion, de questions sans

réponse tangible, de scènes avec son cortège de reproches mutuels, et de larmes.

Engrenage infernal qui broie l'amour jusque dans ses racines les plus enfouies.

Mais il me faut réagir, me conduire en adulte.

A cœur perdu je vais me plonger dans la préparation du Festival de Deauville. J'organise une soirée grandiose et y invite toute la profession.

Alain à mes côtés, je montrai un visage souriant, même heureux aux journalistes, photographes et gens du métier tout au long des jours précédents. La projection de *Un homme et son chien*, dont nous avions dû changer le titre et qui était devenu *L'Apocalypse*, s'avéra un triomphe. Les critiques le louèrent à l'unanimité, mes cinq cents invités paraissaient ravis. J'ouvris le bal avec Don Johnson – le beau blond de *Deux flics à Miami*. Peu après Mélanie sa fiancée nous suivit sur la piste. Ils habitaient à la maison depuis leur arrivée et pendant qu'ils découvraient Paris, Paris allait les découvrir. Pour ne pas crier, pour ne pas pleurer, je danserai toute la nuit comme une déchaînée, sans discontinuer. Plus d'une fois, Alain essaiera de me rejoindre sur la piste, sans complexe alors qu'il danse comme un manche à balai, et je le planterai là à chaque fois, comme s'il n'existait pas.

Je réintégrai Los Angeles.

Je vais me battre pour emporter le morceau.

Pour Noël Alain et Junior viennent me rejoindre. Il pleut cette année aussi. Les festivités du « Christmas-time » sont capitales et démonstratives en Amérique. Nous sommes invités partout. Je surmonte fièvre et douleurs. Tout plutôt qu'un crucifiant tête-à-tête. Je sais très bien faire semblant de m'amuser.

Très vite Alain et Junior repartent pour Paris.

Je me retrouve seule dans cette grande maison, sans

protection, sans chien ni pistolet, au fond d'une impasse de ce splendide quartier. La maison travaille la nuit, des bruits invraisemblables, des portes qui bombent, des pas. Je sais que les biches des collines viennent boire l'eau de la piscine, mais il y a plus que ces frôlements inoffensifs.

Les nouvelles sont rien moins que rassurantes. « On a assassiné une famille entière » – « Vivant seule, une vieille dame est retrouvée égorgée »... Angoissée, je n'arrive plus à dormir. Je passe la nuit en faction devant le poste de télévision. C'est pire. A ces heures-là l'Amérique entière diffuse des films d'horreur. Ma peur grandit et je sombre certains jours dans l'épouvante. Vers l'aurore je m'assoupis, mais de bonne heure, il me faut aller bagarrer avec les studios, les réalisateurs, les intermédiaires de tout poil.

Je me sens dans la pire détresse. Elle creuse une solitude au lieu de me revigorer comme je l'espérais. La même impression de vide que lors de l'absence de William en Malaisie, du bain qui faillit m'engloutir dans la mer Adriatique. Je suis au fond du trou. Cette fois, d'où me viendra le secours ?

A nouveau je fais front, domine ma peur, active mes rapports avec mes meilleures relations.

Le doute m'assaille, faut-il abandonner ? Il s'en est fallu de si peu, parfois, pour toucher au but.

Un jour Alain me téléphone pour que je lui renvoie les « Deux premiers *Angélique* ».

Le producteur ne s'étant jamais intéressé à la vente de ces films aux USA, il avait demandé à son ami Alain de s'en occuper pendant notre séjour.

Dans une salle comble qui comptait des metteurs en scène comme King Vidor qui m'embrasse fougueusement à la fin de la projection en déclarant devant toute l'assemblée : « Elle est géniale », où Samuel Fuller qui l'avait tellement appréciée, qu'en débarquant à Paris peu de temps après avait émis le souhait devant des journalistes qui lui demandaient :

« M. Fuller que souhaiteriez-vous voir ou entendre à Paris qui vous ferait plaisir ? » Il répondit alors : « La suite de *La Marquise des Anges !* » A la grande déconvenue des « Intellos » qui blackboulaient ses films depuis des années et m'avaient assassinée depuis longtemps. Comme on ne peut pas aller contre l'avis général et encore moins contre le public en particulier pendant trop longtemps, au bout de vingt ans tout de même ils ont changé leur point de vue. Ils disent aujourd'hui : « C'est un grand classique. »

Mieux vaut tard que jamais. Mais comme se plaindre serait encenser les dieux, il ne vaut mieux pas le faire.

– Je viens de déjeuner, m'explique Alain, avec Robert Mitterrand. Son frère François rentre ces jours-ci de Tahiti avec sa femme et des amis et fera une escale de quelques heures à Los Angeles. Peux-tu leur agencer une petite réception, de quoi meubler cette attente, et lui demander, si ce n'est pas le gêner, de ramener dans ses bagages les deux films ? C'est urgent et je crains que, par le trafic normal, avec la douane et le reste, cela prenne trop de temps.

Je connais François Mitterrand pour l'avoir quelquefois rencontré. J'ai surtout admiré, différent de son image politique, l'auteur du livre *La Paille et le Grain*, un beau livre sensible, romantique.

Ravis de les accueillir avec André Lacouture et le directeur d'Air France aux anges, nous leur préparons un cocktail qui est accepté avec autant de surprise que de plaisir. Nous parlons de tout et de rien et, de bonne grâce, François Mitterrand repartira avec les deux *Angélique*!

Maurice Rieschling, metteur en scène de la première *Panthère rose*, s'intéresse à mon scénario. Tant mieux. Comme toujours, il faut attendre.

Pour recharger mes accus, je cours chez mes amis Marshall-Hedren dans leur ranch, à vingt-cinq minutes de L. A. Une fois là, j'oublie tout. Ce couple, trop sain pour se complaire dans la faune parfois grotesque et souvent corrompue du cinéma, vit dans un monde à part. Ils habitent une maison sur pilotis, construite en bois devant un lac artificiel, au centre d'une vaste propriété d'un aspect sauvage, imitant la jungle à la perfection. La première fois que j'entrai dans ce ranch, je fus terrorisée. De jeunes lions, tigres, pumas couraient en liberté autour, autant que dans la maison. Pas un coussin, un meuble, même le lit conjugal, n'avait échappé aux dents pointues et aux griffes acérées des bébés félins. La petite jungle abrite cinquante lions, vingt-cinq tigres, dix pumas et un éléphant!

A peine ai-je fait quelques pas que je me trouve nez à nez avec un lion énorme. Je recule. « Non, hurle la voix de Noël derrière moi, ne bouge pas, écarte bras et jambes et avance en criant très fort Oôô... ». J'avance prudemment. Le lion s'assied. Il me regarde. Je jette à Mélanie, armée de son Polaroid :

– Prends ton scoop, ma chérie, et tu diras que j'ai préféré être bouffée par un lion que par un homme!

Je me suis approchée du lion. Il a bâillé, sa tête près de la mienne.

Les Marshall avaient aménagé cette mini-jungle pour tourner un film sur les hommes vivant avec des félins.

Ils ont mis sept ans pour faire ce film remarquable appelé *Roar*. Non sans mal : épidémie, inondations, incendie ont décimé leur faune par trois fois. Patiemment ils ont dû reconstituer ce cheptel peu ordinaire.

Au lieu de me miner dans l'attente d'une miraculeuse annonciation de je ne sais quel producteur, puisque les invitations continuent de me parvenir, c'est parfait, j'y répondrai régulièrement.

J'assiste à des soirées mémorables, dans l'agrément ou l'épouvante suivant le cas, parfois les deux. En commençant par mon voisin, l'écrivain Harold Robins. Superbe villa, piscine, dîner-cocktail autour, tenue de soirée. J'arrive seule évidemment. Ce qui me frappe dès l'entrée c'est de voir plusieurs groupes de femmes encerclant un seul homme. Je m'approche de l'un d'eux. Le mâle me regarde, m'interroge. Les femmes ont des regards de pieuvres près de jeter leur encre. J'expérimente un autre groupe. Même accueil. Je m'incruste dans un troisième mais là j'ai falli me faire écharper. Elles m'étouffent, m'enserrent de si près que j'ai de la peine à respirer. Je me libère non sans mal. On me pousse. J'échappe de peu à un bain forcé et me réfugie dans la cuisine. Un homme est là, tranquille, philosophe.

– Ah! Ah! Elles voulaient vous noyer? Ça ne m'étonne pas. En Californie, il n'y a plus qu'un homme pour cinq femmes.

– Où sont-ils passés?

– Elles les ont rendus misogynes ou homosexuels.

Il rit un long moment, secoué de gloussements incoercibles. Je lui dis que j'aimerais bien partager son hilarité. Il m'a raconté une histoire de femme désopilante. Une de ces givrées qui consommait de l'homme comme du yaourt vitaminé. Elle l'amenait chez elle, dans un appartement magnifique où voltigeait un extravagant perroquet. Quand elle lui disait : va te coucher! Il s'éloignait sur quelque cintre-perchoir. Sans préliminaire, elle mettait son partenaire à poil; selon sa bile ou ses vapeurs, l'acceptait ou le refusait : selon l'entente, ce pouvait être avant, pendant ou après, mais infailliblement la conclusion ne manquait pas de piquant. Elle se dégageait subitement, sifflait l'oiseau qui fonçait d'un coup d'aile sur le membre en érection du malheureux et y plantait son large bec.

– Ce traitement barbare m'a détourné des femmes. Ne vous étonnez pas que je sois devenu homosexuel!

Une autre soirée singulière fut donnée par une amie française extrêmement riche, vivant aux États-Unis depuis longtemps. J'y retrouvai la haute société habituelle des millionnaires en dollars, venus des horizons les plus variés. En face de moi une vedette masculine en renom qui polarisait les regards. Une soirée splendide, des convives fascinants, tout était rassemblé pour créer un climat d'élégance et de raffinement.

Ce climat commença à évoluer à partir du dessert. Comme il est de bon ton, on m'offrit une cigarette de marijuana. Je refusai avec un sourire le moins bégueule possible pour ne pas décevoir mes voisins. « Jamais après les liqueurs! » Mon voisin, cependant, me regardant avec insistance, je me fis verser un double armagnac que j'avalai d'un trait. Une vraie puriste. On n'insista pas. Ouf!

Au bar, qui prend une grande partie de la pièce, l'intoxication était sensiblement plus avancée. Sur ma gauche des petits sachets de poudre blanche circulaient de main en main. Je reculai prétextant que « je digérais mal mon repas ». Un homme coupa en deux une capsule, les mains tremblantes d'excitation, en huma avidement la moitié en m'offrant l'autre. Entre drogués le partage est de rigueur. Suffoquée par le peu que j'avais senti au moment de l'explosion, je m'éloignai.

L'acteur séduisant que j'avais pour vis-à-vis en était aux confins de l'overdose. On faisait cercle autour de lui. Il s'approcha d'une fenêtre grande ouverte et s'élança en criant : « Je vole! » Sans mal, heureusement, nous étions au rez-de-chaussée.

A l'écart, un petit bonhomme circonspect était assis à une table et jouait aux échecs, seul. Un sage, pensai-je en m'essayant près de lui. Pas de conversation possible, hélas! Ivre comme une barrique, il avait atteint un état nauséeux critique qui me souleva le cœur.

Je m'enfuis aux toilettes pour découvrir par une porte de W.C. entrouverte une jolie jeune femme affalée dans une pose comique, la cambrure impudique, qui se piquait le bras avec une seringue. L'état de sa déchéance m'acheva. Je filai comme un lapin de peur de sombrer dans cette folie. Et je me promis, à l'avenir, de rester chez moi.

Mon amie Tippi Hedren m'offre un refuge salutaire. Son ranch campagnard avec sa jungle et ses fauves me servent d'antidote, de cure d'assainissement, loin de la ville et de ses paradis artificiels. C'est là que je rencontre une famille vietnamienne que Tippi avait connue à Saigon. Elle héberge généreusement ces réfugiés, si nombreux que Noël Marshall, son époux, fuyant la maison envahie, préfère aller dormir à la belle étoile. Je m'offre à prendre cinq enfants qui rempliront ma maison déserte de leurs cris, leurs jeux et leurs rires.

Je déchante. Ces enfants ont connu l'enfer. Leurs regards sont graves, leurs bouches scellées. Ils ne rient, ne pleurent ni ne parlent. Ils mangent en silence, les paupières baissées sur le souvenir des horreurs vécues. Il me faut les sortir, coûte que coûte, de leur prostration. Au bout de huit jours, je sonne le rappel.

– Allons, allons, mes petits chéris, au travail! Qui sait faire cuire le riz! Qui veut du poisson? Tout le monde à la cuisine pour m'aider. Lorsque ce sera prêt, nous ferons un pique-nique à la piscine.

Les mains et les esprits occupés ailleurs, mes petits bonshommes et bonnes femmes m'ont donné leur sourire, des câlins. J'ai trouvé des écoles pour les petits, deux places dans le monde du travail pour les grands.

– « Ta maison est un havre. C'est Béthanie! » me dit un jour un metteur en scène accablé d'ennuis. Sa femme vient à la maison se confier. Avec eux, d'autres que l'on croit riches, broyés par l'implacable existence hollywoodienne, me content leurs malheurs. De les écouter m'empêche en tout cas de penser à mes propres problèmes. Pourtant, bientôt je tombe malade. Ce sacré estomac qui fait des siennes et une fièvre de cheval. Je vais rentrer à l'hôpital faire des examens. Je n'ai jamais été dans un hôpital de ma vie, je suis terrorisée. Les rhumes de cerveau jusqu'à ce jour, c'est tout ce que je me suis permis. Mes amis Tippi et Noël Marschall m'accompagnent pour me soutenir le moral. Ils paieront tous les frais. Je n'ai qu'un bel ulcère, heureusement.

Pendant que Roger Scherman, mon avocat, réussit à vendre à une firme australienne mes scénarios – cinq histoires différentes, tirées du même livre. Il faut le faire! Sally son adorable et talentueuse épouse achève mon portrait commencé depuis fort longtemps. Je ne peux m'empêcher de penser alors : probablement le dernier. Leur affectueuse amitié me soutiendra jusqu'à mon départ.

L'ultime soirée que je passe dans ma villa de Berverly Hills est nimbée de lune. Je marche silencieuse autour de la piscine et je revois François Truffaut qui fut un jour mon invité. Quelque quinze ans plus tôt nous avions tourné ensemble. Mais je ne savais rien de lui comme il ne savait rien de moi. Trop timide l'un et l'autre pour pouvoir converser à l'époque, nous nous étions bornés au minimum de répliques dans notre travail.

– Michèle tu es prête, okay, on tourne.

– Okay! je suis prête, allons-y.

C'est terriblement frustrant. L'occasion inespérée de le revoir dans d'autres conditions m'étant donnée soudain par Jacqueline Bisset que je voyais souvent, et qui m'annonça le passage de François pour quelque temps, j'organisai immédiatement un petit déjeuner à la maison. La température était idéale. J'avais dressé la table tout au bord du bassin. François était pâle.

– Qu'est-ce que tu as? Tu ne te sens pas bien?

– Non... non... Ce n'est rien. Il me regardait droit dans les yeux et blêmissait de plus en plus.

– Si tu veux on rentre.

– Oui, c'est ça.

Et il se mit à courir à toutes jambes. Il m'a expliqué plus tard que les piscines lui donnaient le vertige! L'eau lui fait horreur.

Je voudrais garder l'image attendrissante, vulnérable de ce François se fuyant lui-même. Où était le petit garçon frondeur des *Quatre cents coups*? Et pourtant, dans quelque repli de son inconscient, il l'était encore. Nous nous sommes beaucoup amusés en reparlant de *Tirer sur le pianiste* en nous avouant mutuellement nos timidités excessives, et en nous remémorant celle de Charles Aznavour encore plus grande que la nôtre. Je le voyais soudain très différent. Je ne pus m'empêcher de dire tout haut ce que je pensais tout bas : les masques tombent, la vérité explose.

– Je te préfère tellement sans masque, François.

– Jean Cocteau dit : « L'artiste doit s'avancer masqué. »

– Quel prétentieux tu fais!

– Je t'assure c'est le seul moyen de voir, de comprendre, de s'enrichir et peut-être bien d'aimer sans se faire prendre, ou assassiner. D'ailleurs toi-même tu as tort de ne pas vouloir jouer le jeu. Quand on ne te connaît pas on ne te comprend pas, tu fausses les pistes on ne te le pardonnera pas.

En quelques heures nous nous connaissions mieux qu'après plusieurs semaines de tournage.

Une page se tourne. Que de bons et durs moments j'ai passés ici!

Qu'aurais-je fait sans cette insouciance, sans cette croyance, sans cette candeur. Choisir : la Vie ou la Mort.

Dans l'avion qui m'emporte vers Paris c'est la fête. André Lacouture, et toute l'équipe d'Air France, ont soigneusement préparé mon voyage à bord. Le champagne coule à flots, la plupart des voyageurs se joignent à nous, lorsqu'un stewart croyant me faire plaisir annonce au micro : « La Marquise des Anges est ce soir parmi nous. » Je signe des autographes, distribue quelques sourires, tant bien que mal essaie de faire bonne mine. Le décalage entre ce que je représente, ce que je suis, et ce que je vis en ce moment est difficilement supportable. Toute une famille se présente à moi, le plus jeune doit avoir sept ans, le plus vieux quatre-vingt-dix-sept! C'est bien sympathique de m'entendre dire que je suis leur : « héroïne » préférée. Ce sont des Canadiens. Viendront se joindre à eux un couple d'Allemands et ainsi de suite pendant une grande partie de la nuit.

Je ne pense pas avoir la vocation d'une « héroïne », mais tout ce que j'ai fait je l'ai fait pour une certaine idée. Comme si l'on m'avait affectée à la tête d'un bataillon, un beau jour je suis partie avec à l'esprit l'idée de vaincre ou de mourir. Quand je perdais une bataille je ne pensais jamais avoir perdu la guerre! Et me suis toujours dit que pour gagner, il ne faut pas avoir peur de perdre. Mais cette fois-ci je crois bien avoir tout perdu.

Plus nous approchons de Paris et plus mon angoisse grandit. J'étouffe littéralement. Cependant je dois bien l'avouer, la passion touchante de tous ces gens envers moi me fait beaucoup de bien, et me remonte le moral.

Paris.

C'est Noël. Joyeux Noël à tous!

Je passe les fêtes seule, dans une profonde détresse physique et morale. Je suis prostrée. Peut-être cet état voisin de la léthargie, en m'enlevant l'énergie nécessaire pour passer à l'acte, m'a-t-il sauvée du suicide. Et la pensée de Dieu, que je me reproche de n'invoquer que lorsque je ne supporte plus le poids de mes peines.

Je parviens à me ressaisir, à pouvoir décider enfin. Il me faut mettre un point final à cette page si sombre.

Je prends pour avocat Mᵉ Roland Dumas – le futur ministre de François Mitterrand, que je reverrai en Italie dans des jours meilleurs – qui obtient rapidement la séparation de corps. Le jugement de divorce interviendra sans trop tarder.

Je viens de me heurter au monde impitoyable du cinéma américain...

Je perds l'homme de ma vie...

Tout s'effondre.

Je souffre dans mon corps, dans mon esprit, et mon cœur est en bouillie.

Je revois mes amis parisiens. Au cours d'une soirée je me trouve en présence d'un peintre excentrique. Il porte toute une bimbeloterie autour du cou, une cape romanesque. Tout en lui est démesuré. Le superlatif est son mode ordinaire. Il roule en Rolls, il en a même deux. L'exubérance de son train de vie l'a trahi. Le fisc, qu'il avait ignoré pendant des lustres, lui réclame une somme phénoménale assortie de la saisie de ses biens, d'une opposition à la vente de ses tableaux et du retrait de son passeport.

Ce personnage hors du temps raconte ses malheurs, ne supportant pas l'adversité après les honneurs dont il a été comblé. Il habite dans une forêt quelque part en France et n'a rien où se loger à Paris. Je le trouve pitoyable. Seule sa situation désespérée me fait m'intéresser à lui. D'autant que je suis moi-même dans la crainte d'une nouvelle incursion d'Alain. L'idée d'un « garde du corps » me germe dans la tête. J'offre à cet homme imposant par la taille et la carrure une chambre au huitième étage dans mon appartement disposé en duplex, dont j'occupe plus particulièrement le neuvième. Il accepte avec satisfaction, promet d'être discret et de ne pas me déranger. Sa présence rassurante me met à l'abri.

Enfin, je suis tranquille!

Je tourne pour la télévision, un film intitulé *Les Femmes du Monde*. Personnellement j'ai cruellement souffert de ce tournage précipité, haletant. Comme toujours, semble-t-il, à la télévision. Dommage!

Mon peintre trouve un mécène qui lui loue une villa à Saint-Tropez, proche de la sienne. En promenade je revois celles de mes anciens voisins, Karajan, Bardot, Beltoise. Et la mienne, si belle parmi les autres. Nous passons l'été. Je suis heureuse de ce changement car à Paris le peintre m'envahit. Avide de connaissances, sa manière de travailler me passionne mais, il a beau utilement m'initier à voir, comprendre, sentir l'expression abstraite temporelle, m'expliquer la « transfiguration » de ses œuvres, leur « transcendance » et me faire apprécier le « goût pictural », parler de Bachelard ou de Lacan, je ne suis plus chez moi. Il travaille dans mon vivoir, dans le jardin d'hiver, partout, ce qui déborde largement nos conventions. Au moins, à la plage, pendant qu'il peint ses toiles je me dégage de lui. En novembre, on réintègre Paris. Je l'ai inspiré, dit-il. Je suis sa muse. Un jour il me dit : « Tu es le seul être qui me fasse ressentir l'existence de Dieu. » Je suis très impressionnée. Je dirais même que j'en ai eu des frissons. Je n'aimerais pas qu'il fasse un transfert total. Il me réduirait au minimum, peut-être au néant... Quand il m'explique « que le goût évolue par saturation de ce qu'on aime » je n'ose comprendre... J'ai la frousse. Un an se passe. Je supporte de moins en moins ce compagnon qui ne me laisse plus de répit. L'été suivant, le mécène lui reloue une autre villa. Depuis quelque temps le peintre m'envoie de ces regards qui m'effraient. Il sait que je ne réponds pas à ses sentiments, que je n'y répondrai jamais. Notre liaison est purement conjoncturelle, sans fondement affectif véritable. En prend-il ombrage? Il prétend à une place dans ma vie que je ne peux et ne veux lui donner. Comment en serait-il autrement après ce que je viens de vivre pendant des années. Il devrait le comprendre, partir maintenant et ne pas se faire pesant.

Je dois remonter à Paris en bref va-et-vient. Trois jours, pour affaires. Au retour, il me montre sa dernière œuvre. J'en suis fâcheusement impressionnée, comme d'un malheur latent. Il a découpé en dents de scie et en quatre parties inégales l'une de mes photos, gros plan de visage. Puis, dans une allégorie superbe et démentielle, il a reconstitué un semblant de ma physionomie par collage de ces morceaux, espacés entre eux, sur un vieux miroir tacheté. Ce portrait écartelé est tout amour et pure folie. Il me fait peur et m'inspire un sinistre pressentiment. A-t-il perçu ma réaction ? Il me donne en quelques mots la justification de ses fantasmes.

– Ta mère est venue me voir.

Le coup fait à William ! « Ma fille n'est pas pour vous... Elle vous quittera... » et la jalousie effrénée du peintre s'est donné libre cours.

Son caractère a complètement changé. Pour ne plus subir un face-à-face qui m'effraie, je fais venir Anna, de Paris. Un matin, elle le surprend à me verser une poudre blanche dans mon thé. Elle a tôt fait de me prévenir. Une autre fois, avec un couteau et en me regardant fixement, il saccage plusieurs de ses toiles. Je dois me réfugier dans la chambre d'Anna où nous mêlons nos effrois. La vie devient intenable. Anna terrifiée me donne congé les larmes aux yeux.

– Il vaut mieux que je m'en aille sinon je vais attraper une attaque. Mais si un jour vous vous séparez de lui, pour vous, Madame, je reviendrai.

Bien sûr, la séparation, c'est la solution.

A Paris, surprise : mon agent lève les bras au ciel.

– Enfin vous voilà ! Depuis le temps que je vous cherche ! Je vous ai bombardée de propositions sans jamais recevoir signe de vie. Où étiez-vous donc ?

Le peintre aurait-il subtilisé mon courrier ? Pour sortir de ses griffes, j'accepte avec empressement de jouer dans une pièce de Camoletti, *Le Bluffeur*. Occasion inespérée : une tournée de trois mois est prévue dans cent villes de France suivie d'une autre dans dix pays d'Afrique noire. Ma longue absence aura raison de la passion de mon persécuteur.

La pièce est une comédie de boulevard vingt fois ressassée. Mais tout plutôt que l'infernal tête-à-tête ! Ce « tout »-là s'appelle Jean Lefebvre et ce n'est pas rien. Une chose est sûre : il ne saura pas toujours son texte. Il fonce dans le second acte alors qu'on est au premier. Pour s'en tirer il improvise dans un perpétuel et imprévisible one man show, emporté par une incontrôlable frénésie. Il saute au bas de la scène, s'ébat au milieu du public, s'assoit sur les genoux d'un spectateur. La salle marche à la performance d'un acteur qui se taille un succès personnel aux dépens du reste de la troupe.

Un soir, à Lille, où mon partenaire s'était soûlé de plaisanteries gaillardes, je décidai de nous venger tous. Il se mit tout d'un coup à parler « Ch'ti-mi » en s'insinuant dans les rangs du public. Très bien! Je vais lui donner la réplique. Me glissant un instant dans la coulisse pendant son numéro, je demandai au pompier de service comment se dit une certaine phrase en son patois du Nord. Une fois assurée de mon texte, je revins sur scène, les mains sur les hanches, en haraguant mon cabot sur le ton qui lui est le plus familier.

– Eh pauv' connard! Sors ed' là et viens chi gagner ed' bisteck honnêtemint!

La salle hilare m'a applaudie. Je lui avais fauché la vedette. Heureusement que mon camarade Jean-Paul Solasokl était là. Acteur plein de charme et de tendresse, avec son sens de l'humour et ses encouragements, il m'a aidée à surmonter la cacophonie de ces représentations. Laure Sabardin, pétillante soubrette, et Didier Pain aussi.

Un producteur attend mon retour d'Afrique noire pour me proposer un film. J'accepte séance tenante. Le peintre n'est pas d'accord. Il prétend m'interdire le cinéma comme le théâtre.

– Au nom de quoi, je te prie. Est-ce toi qui vas me dicter ma conduite? Tu n'as aucun droit sur moi. Le spectacle est mon métier, j'entends l'exercer à fond et de plus en plus.

La discussion s'envenime. L'éclat de ses yeux noirs se fait

dur et méchant. Il s'approche de moi, véhément. Je me défends en lui lançant une bouteille d'eau minérale, en plastique, qui traîne sur la table.

Son regard s'est alors fixé. Il ne me voit plus. Il est comme fou. Il vient sur moi. Je cours me réfugier dans ma chambre. Il est là. Il me rejoint dans un recoin de maquillage qui sépare ma chambre de la salle de bains. Je m'écarte encore... et me trouve acculée à l'extrémité de l'appartement. L'impasse.

Tous les murs de la salle d'eau sont en miroirs. Il ne m'est pas difficile de voir le tranchant de sa main se lever pour s'abattre sur ma nuque. Je me retourne hagarde et reçois le coup au travers du visage. Sa chevalière me blesse sous l'œil, éclate mon nez, me fend la joue. Sous l'impact je titube et tombe en avant. Je saigne abondamment. La douleur me relève de l'évanouissement. La vue du sang, de tout ce sang qui coule sur le marbre me donne le courage de ramper jusqu'au téléphone, avec l'intention d'appeler mon médecin, police-secours... Il devance mon geste, revient dans ma chambre pour bloquer les deux lignes sur le poste principal.

Sans me regarder il s'étend sur le lit, tout raide, et fixe le plafond. Je saigne toujours, la douleur se fait aiguë. La glace me renvoie mon visage ouvert, tuméfié, mon nez éclaté commence à gonfler. C'est le visage de la photo collée par morceaux sur le vieux miroir. Mon pressentiment ne m'avait pas trompée.

Je ne sais pas où je suis allée chercher le courage, la force de lui parler calmement, sans brusquerie.

– Je t'en supplie, appelle un médecin. Je suis en train de me vider de mon sang.

Allongé sur le lit, les mains sur le corps, il grimace.

– T'as rien. Oh! oh! oh! T'as rien. On verra demain matin.

– Demain matin je serai morte, dis-je d'une voix à peine audible.

Il a mis un bon moment avant de répondre un « Ah! » d'une voix étrange. Il se lève. Me traîne par les cheveux jusqu'à la salle de bains, m'assoit devant la baignoire. Mon sang coule toujours. Il me cale le buste entre ses jambes et m'asperge le visage d'eau chaude avec la pomme. Je crois mourir. Je hurle. C'est atroce. Il ne me voit pas. Dans un effort désespéré, je brise son étreinte, lui échappe un instant pour tenter de me jeter par la fenêtre de la salle de bains sur la terrasse de la cuisine située à l'étage plus bas. Il m'arrête in extremis.

– Encore un geste comme celui-là et cette fois je ne le raterai pas mon coup du lapin!

Tranquillement, je le vois éponger tout le sang éclaboussé sur les murs-miroirs, le sol, la baignoire, ses vêtements. Il est clair qu'il dissimule son délit. Et Anna, ma bonne Anna qui n'est plus là! Je me vois condamnée.

– Maintenant que tu as effacé toutes les traces, appelle un médecin. Qu'est-ce que ça peut te faire? Cela risque d'être grave pour toi si tu ne m'assistes pas. Et puis, au fond, je m'en moque. Ma vie est devenue insupportable. Tu as raison, laisse-moi mourir!

Un moment qui semble interminable. Et soudain :

– C'est entendu, je vais appeler un médecin. Mais ne te trompe pas : tu es tombée sur le bord du lavabo, compris? Tu es TOMBÉE. Un mot de travers et tu t'en souviendras!

Il m'enferme à clef dans la salle de bains. Le téléphone toujours bloqué je ne peux prévenir personne. A quatre pattes je fouille ma garde-robe, je tremble tellement que je n'arrive pas à me changer. Je suis couverte de sang. Tant pis, j'attrape au vol un vieil imperméable en espérant pouvoir m'enfuir. Je cherche désespérément un bout de papier. Vite. Il faut faire vite. Je trouve un carnet. J'inscris un court message : « SOS, docteur, il veut me tuer. Sauvez-moi. Michèle Mercier. »

La porte s'ouvre. Le médecin me relève, me fait asseoir sur le tabouret de maquillage.

– Voulez-vous vous laver les mains... et je l'engage dans la salle de bains, hors du champ de vision de ce fou. Je peux alors lui glisser mon message qu'il lit rapidement. En se maîtrisant il commence sa consultation.

– Oh! C'est très grave. Il me semble voir une fracture du nez. Des radios s'imposent et très probablement une opération. Pour la plaie ouverte sous l'œil, de simples points de suture pour éviter l'écartement des berges de la plaie. Je pourrais le faire sur place mais le nez est prioritaire. C'est du ressort du chirurgien. Le mieux est de rentrer au plus tôt à l'hôpital.

– C'est bon. Je vais l'accompagner, dit le peintre.

Je serre la main du médecin si fort qu'il réplique, froid et déterminé :

– Je préfère m'en charger moi-même. Madame je vous accompagne.

Le peintre est pris au dépourvu. Avant qu'il ait compris, j'ai dévalé les escaliers, l'espoir de me sauver est si grand que je ne sens plus rien. Le docteur, appelé par d'autres urgences, doit me déposer, hélas! en cours de route à une station de taxis d'où, solitaire, je me rends au Centre Hospitalier. Là j'insiste auprès de l'infirmière en chef pour ne signaler ma présence à qui que ce soit.

– Si on me demande, dites que je ne suis pas dans cet hôpital. L'infirmière me scrute et fataliste :

– Je vois ce que c'est. Encore un fou de la « Pleine Lune ». Regardez autour de vous! Après ces soirs-là les urgences s'accumulent.

Une demi-heure plus tard elle m'annonce radios en main :

– Vous avez une double fracture du nez.

Je repartirai vers un autre hôpital. Il est cinq heures du matin, c'est samedi, le grand chef n'arrivera que lundi. Les deux internes de service vont m'opérer sur-le-champ. En réalité ils vont me plâtrer. Je trouve cela bizarre, mais je me laisse faire. Je n'arrive plus à penser. Je voudrais appeler au secours mes amis, je fouille désespérément dans mon sac, je cherche mon carnet d'adresses. Pas de carnet et plus de mémoire! Aucun numéro de téléphone ne me revient en tête. Je me dis : le premier choc passé, c'est probablement le contrechoc. J'ai dû aussi perdre la parole puisque ce n'est que le lundi matin qu'on a découvert qui j'étais!

Mon amnésie m'avait, hélas! amenée dans un hôpital où l'on répare sans doute mieux les doigts de pied que les nez.

Le chirurgien horrifié m'a déplâtrée et dans l'heure a tout recommencé. Horrible! Quelques mois plus tard quand j'aurai repris mes esprits je subirai une troisième opération, cette fois dans un autre établissement.

Le peintre que j'ai fini par joindre au téléphone – il n'a jamais su où me trouver depuis mon départ – a décidé pour le moment de rester dans mon appartement en attendant de trouver du renfort pour le vider et pour éviter le scandale – c'est ce qu'il cherche depuis longtemps – ainsi que n'importe quelle publicité pour faire connaître son talent il est même prêt, me dit-il, à mettre le feu à mon duplex. Au fond il ne manquait plus que ça.

Au sortir de ces interventions chirurgicales, je me garde bien de rentrer chez moi. Mon couturier Loris Azzaro m'ouvre sa maison. Pendant huit jours je partage sa vie de famille. Sa femme Michèle essaie de me distraire comme elle peut, sa fille cadette Catherine me raconte *Angélique* sans en oublier une virgule dialogue compris. Sa fille aînée vient me voir souvent et essaie de comprendre ce qu'il m'arrive. Un soir où je ne trouve pas le sommeil ni de boules « Quies », la grand-mère m'en confectionne avec la croûte d'un fromage hollandais. Même si ça n'a pas l'odeur de mon parfum préféré, c'est très efficace. De toute façon je dors avec le chat. A l'heure des vacances tout le monde s'en va. Avant de fermer leur maison ils m'installent dans un de leur studio momentanément vacant. Je serai ainsi en sécurité.

Les opérations sous anesthésies générales m'ont mise à plat. Le plâtre qui recouvre encore ma figure m'est odieux. Je ne peux pas respirer. Le secours me vient de ma merveilleuse Anna, que j'ai pu prévenir et qui m'apporte mes repas. Un soin qu'elle partage avec Mei Chen Chalais. Leur affection m'est précieuse et m'encourage. Bien qu'elle ait quitté la maison, Anna, soucieuse de mes intérêts, me tient au courant de ce qu'il s'y passe. Un jour elle m'annonce, triomphante :

– Madame, il est enfin parti, il y avait beaucoup de monde, il faisait beaucoup d'histoires, mais quand M. Jacques Chazot est arrivé et qu'il lui a parlé, il est devenu tout blanc et a décampé instantanément.

J'ai réintégré mon appartement. J'ai retrouvé la plupart de mes meubles et objets cassés, coupés, lacérés. Il n'y a pas de doute, un être très dangereux a vécu ici.

ADRIEN

L'été s'avance. Il fait beau et chaud. Les fenêtres sont ouvertes. Assise je suis perdue dans mes pensées. Il y a très peu de jours que le plâtre masquant mon visage a été enlevé. Je ne suis que dérision, les traits informes, plaqués d'arcs-en-ciel, boursouflés. Je ne me reconnais plus.

Le voilà donc ce sex-symbol français, « le parfum de Paris » comme aimait m'appeler la presse américaine. Les stars finissent toujours mal ! Avons-nous besoin d'exister ? Sommes-nous si nécessaires ? La déchéance est crucifiante. Fort heureusement l'humilité a toujours cheminé à mon côté, tel un ange gardien. Je pense être intacte. Cette gloire m'a touchée de près, c'est vrai. Mais je l'ai vue de loin, je l'ai toujours considérée comme une fête passagère.

Les accords d'une musique que je connais bien tonnent à l'extérieur et s'engouffrent dans ma maison. Ils me prennent aux entrailles, me remuent profondément, font jaillir mes larmes : c'est la musique du générique des *Angélique.* J'avais complètement oublié que ce lundi et les autres à venir la télévision diffusait *La Marquise des Anges.* La presse parlait de qui : « ... de millions de foyers en France qui se réuniraient autour du petit écran en « Angélique-Parties »...

Je suis là, dans une intraduisible solitude, à voir défiler ce film dont j'incarne l'héroïne. Seigneur ! Étais-je vraiment cette jeune fille rieuse, dynamique, au visage lisse, le nez légèrement retroussé ? Non, je ne serai jamais plus la même à cause de la folle et maladive jalousie d'un homme.

En fin de compte, les hommes de ma vie, chacun à sa manière, m'ont brisée. Que voulais-je d'eux ? De l'amour pur, désintéressé. L'amour réciproque, vrai.

La vie d'Angélique est un peu la mienne : malmenée, blackboulée, elle court après l'amour, son Amour, le cherchant partout. Moi, Michèle, c'est tout ce que j'ai désiré au monde. Je l'ai rencontré, et parfois même laissé passer. Croyant le saisir, il s'est dérobé. J'ai envie de mourir, vraiment de mourir sous les accents de cette musique poignante. Elle m'environne, me captive, je ne suis plus moi. Je regarde Angélique. La vois agir. Magnifique héroïne! Elle court, ameute la foule, rit, souffre, pleure, mais le courage ne l'abandonne pas. Le moindre signe, symbole de vie, de lumière, de volonté, la sauve; elle rebâtit une fortune sur des ruines. Sa réussite la comble de joie. Sa victoire sur l'adversité la rend belle.

En profondeur j'évalue le pourquoi de l'impact sur les foules de cette indestructible héroïne. Elle a fait rêver les peuples. Les a galvanisés. Ils me l'ont chaleureusement prouvé, mais aussi les artistes, les musiciens, les peintres. Le Japon, toujours prêt à saisir l'émergence d'une signification nouvelle, l'a magnifiée dans un opéra joué par soixante-dix femmes, applaudi par cinq cent mille spectateurs, et en a tiré un dessin animé en cinquante-deux épisodes de quarante-cinq minutes chacun. Avec les créateurs et les spectateurs, je suis prise dans le mouvement tourbillonnant de sa témérité. J'ai envie de crier : bravo Angélique!

Le public a besoin de romanesque pour combattre le chagrin de l'existence. D'imaginaire, d'honneurs, de triomphes. Il a besoin d'une Angélique, roman-star interprété par la femme-star. Symbiose donnant au film son lyrisme, son mystère et ses rêves, qui transportent le spectateur. Star-système ? Appelons-le comme on voudra. On n'en changera pas pour autant le pouvoir magique, bénéfique, de la star. Si j'ai pu distancer, surpasser mes malheurs – moi qui ai souffert ce film mètre par mètre, image par image – si l'illusion a pu jouer, c'est qu'il existe autre chose : une mystique de la star qui permet à l'esprit de s'extraire de la morosité du monde. Elle est une marche vers l'espoir.

La nature a remodelé mon visage. Je me retrouve. Je passe le gros de l'été à Nice auprès de mon père. Il est seul maintenant. Mon pays natal me fait un accueil sympathique. La société dorée, résidante ou de passage, se dispute la faveur de me sortir en Rolls, Jaguar ou Porsche, dans les endroits en vogue. Je dîne. Je danse. Je rentre à des heures impossibles. Je n'accorde mes regards qu'aux choses extérieures. Les hommes n'obtiennent que mon amabilité réservée et beaucoup d'indifférence. Cette vie me prouve que j'existe bel et bien. Je m'en lasse vite. Il est temps de revenir aux choses sérieuses.

En septembre, je retrouve mon souffle à Paris. Un attaché de presse dynamisé me fait une proposition originale.

– Arpels et Van Cleef vont fêter le cinquantième anniversaire de leur maison. La plus grande soirée des joailliers est prévue à Genève. Leur invitée d'honneur était Sofia Loren... qui s'est récusée, engagée ailleurs au dernier moment. Voulez-vous la remplacer ?

Sa franchise honore l'organisateur et me plaît. J'accepte, en grande partie pour cette raison.

Un avion est mis à la disposition des invités. Nous nous connaissons tous ou presque. Je revois Frédéric Castet de chez Dior, Guy Monréal, Gonzague Saint-Bris et Thierry Le Luron qui animera la soirée. Déjà dans l'avion il nous met en joie. A mourir de rire. J'ai oublié toutes mes vicissitudes et mes amis chantent sur tous les tons que je suis radieuse.

La soirée est brillante. Il faut imaginer ce cinquantenaire de la joaillerie avec son faste de splendeurs. A nos yeux privilégiés sont exhibés des chefs-d'œuvre de l'orfèvrerie mondiale, parures incomparables portées par des scintillantes épouses, raides comme des châsses. La nature des pierres, polies par la main de l'homme, est flamboyante. C'est ainsi qu'il convient de raisonner : contempler pour atteindre au rêve. Adhérer. L'envie détruit la magie.

Le repas est tout de finesse, fierté des maîtres queux. Thierry Le Luron se surpasse dans ses imitations pittoresques, plus osées qu'elles ne le seront jamais dans aucun spectacle public, d'une drôlerie étourdissante.

Nous nous levons de table, et entre amis, nous décidons de terminer la soirée dans un cabaret voisin. Nous avons tous envie de danser.

Je bavarde au vestiaire avec la directrice de chez Arpels. Elle est accompagnée d'un homme jeune, fringant, heureux d'être au monde. Elle me présente aussitôt.

– Adrien J... Michèle Mercier... Enchanté... Ravie.

Il irradie, m'aide à enfiler mon manteau et couvre son smoking d'une cape élégante.

Chemin faisant nous échangeons quelques mots. Il demeure discret mais n'ignore pas grand-chose de mes films, et surtout d'une partie de ma vie privée jamais livrée aux journaux. C'est curieux.

Il s'assied près de moi au night-club tandis que je lie une longue conversation avec Guy Monréal, mon autre voisin. Il s'impatiente légèrement et me demande avec une courtoisie d'un autre siècle :

– Madame, voulez-vous danser? Il est dommage d'entendre d'aussi jolies valses et de rester sur sa chaise.

– Mais volontiers.

Enfin un partenaire qui sait faire autre chose de ses jambes que gigoter d'une manière hystérique. Tango, slow, passodoble, une valse nostalgique... J'ai d'un coup l'impression que mon cavalier est fatigué. Il me sourit.

– Je vous avoue, c'est là ma première sortie.

– ...

– Oui. Je viens d'être souffrant. Je sors de l'hôpital.

De l'hôpital ? Ce seul mot me cause un petit frisson. Il me débite d'un trait :

– Une tumeur au cerveau, bénigne heureusement. On m'a placé un shunt et ordonné des rayons, par précaution. Il me tarde tout de même de passer au scanner. Dans peu de mois je serai fixé.

Quelle franchise ! Je le trouve en pleine forme et le lui dis. Mon assurance l'encourage. La soirée se passe à plaisanter. Nous nous exclamons à l'énumération de nos amis communs.

Déjà six heures du matin ! Il est temps de nous séparer, de prendre du repos pour assister au déjeuner prévu avant le décollage. A la porte, l'attend une Rolls bleu nuit, intérieur rouge, chauffeur. Il s'offre à me raccompagner. Il me dépose, joyeux, devant mon hôtel.

– A tout à l'heure. Sans faute !

Le repas nous sépare l'un de l'autre. Ma blonde voisine semble le connaître.

– Quel est cet homme charmant ? Je le trouve très courtois. C'est si rare de nos jours.

La voisine n'est pas à l'heure des confidences. D'un ton sec presque hargneux...

– Je vous raconterai plus tard.

Mon regard qui la fixe et mes sourcils interrogateurs la forcent de compléter :

– Ingénieur... Des affaires de construction. En Arabie Saoudite... Il habite Zurich. Pourquoi, il vous intéresse ?

– Pour le moment c'est moi qui semble l'intéresser ma chère, regardez comme il me sourit, qu'en pensez-vous ?

L'homme assis à ma gauche répond à sa place.

– Adrien est un homme tout a fait exceptionnel, si ma femme ne veut pas vous renseigner je me ferai un plaisir de le faire moi-même. Après tout je suis aussi son ami.

Elle est tout sucre pour confirmer :

– Bien entendu mon chéri, et nous l'aimons tous.

– Aurai-je sans le vouloir mis les pieds dans le plat ? Je suis tellement distraite.

Au dessert, le manège d'Adrien J. n'échappe à personne. Il se rapproche de moi et profite du brouhaha du départ pour me donner ses coordonnées et prendre les miennes « si je le désire ».

– Ce soir, dès votre arrivée, je vous appelle à Paris.

Dans l'avion je suis l'objet d'une charge impudente. On m'interpelle à la cantonnade. Thierry ne s'en prive pas. Gonzague Saint-Bris m'écrit un poème à l'ironie gracieuse. Romantisme pas mort!

Le soir, au téléphone, Adrien n'est que douceur, langueur et amour, déjà ?

Deux jours se sont à peine écoulés que je reçois de Genève un appel téléphonique de M. Caroni, un vieil ami, que la Jet Society appelle « le Dassault suisse ». Il construit des avions.

– Nous aimerions dîner ma femme et moi ce soir à Paris, trouvez-nous un restaurant sympa. Nous vous laissons le choix. A tout à l'heure.

Ce soir je choisirai d'aller chez Castel. Je le connais depuis toujours et ses restaurants ou boîtes de nuit, d'hier ou d'aujourd'hui, ont toujours été comme lui; immuables... de chaleur, de gaieté et de sympathie.

A la fin du repas je me hasarde à dévoiler ma nouvelle connaissance.

– Adrien ? Si je le connais! C'est un fils pour moi.

– Mais, monsieur Caroni, vous voulez dire...

– Adrien est comme un fils. Je suis âgé à présent. J'aimerais bien qu'il prenne en main certaines de mes affaires. Il y a de la place pour deux. Il m'est très attaché et j'ai confiance en lui.

Sa femme hoche la tête sans surprise. « C'est vrai. C'est vrai. »

– Ma chère Michèle, comment avez-vous connu ce garçon ? Il n'a rien à voir avec le show-business ou le cinéma.

En quelques mots, je lui relate notre rencontre, son empressement dont il ne se départ pas depuis notre séparation. Très vite, dans les détails, j'apprends qu'il est roumain. Depuis l'âge de quatorze ans, il vivait à Paris avec ses parents et sa sœur jusqu'à ce que, sorti premier du lycée Louis-le-Grand, une bourse lui est offerte pour rentrer à l'École polytechnique de Zurich. Il s'y installe définitivement, fonde un foyer. Hélas, il y a deux ans, sa femme se suicide lui laissant deux enfants.

– Chère amie, s'il s'intéresse à vous, je m'en réjouis. C'est l'homme qu'il vous faut. Un être exquis ! Croyez-moi, vous serez heureuse auprès de lui.

Je n'ose encore me lancer dans les bras du bonheur. L'homme m'a subjuguée de prime abord. Vais-je enfin vivre, partager un amour, fait pour moi et que je n'ai jamais pu atteindre ?

Adrien est stupéfait d'apprendre que je connais très bien M. Caroni.

– Quelle coïncidence et quelle joie de savoir que c'est par lui – qui est comme mon père – que vous avez eu ces renseignements sur moi. Vous savez ainsi que je suis un type bien, sérieux et tout... Il rit. Me permettez-vous à présent de venir vous voir à Paris ?

Des fleurs par brassées le précèdent. Elles sont les témoins parfumés de sa déclaration d'amour et de sa demande en mariage. Comme au temps jadis ! Quel respect de ma personne ! Comment ne pas aimer un être si bouleversant et tendre ?

– Mais je ne puis vous engager à partager ma vie avant d'être assuré des résultats des examens médicaux. D'après les médecins tous les espoirs sont permis.

Il me comble de cadeaux : fourrures, diamants, saphirs...

étonné de me voir sans automobile, Adrien m'offre la voiture parisienne par excellence, style compact, boîte automatique. Elle m'attend dehors, enrubannée avec un nœud volumineux d'un rose ravissant sur le toit. C'est fou! Mais j'apprécie d'être enfin gâtée, de recevoir des présents que j'étais, jusque-là, seule à dispenser à mon entourage.

Je vais devoir aller à Zurich pour rencontrer sa famille, à commencer par ses deux enfants. Pour ne pas les brusquer, je descendrai à l'hôtel. Adrien les accompagnera et nous prendrons un goûter ensemble. Le cœur battant, je les attends. Que vont-ils dire, penser de moi? Leur plairai-je? Pourvu qu'ils ne se coalisent pas contre moi! Moment crucial.

Ils sont là. Patrick l'aîné, très jeune homme à douze ans, m'aime d'emblée. Sensible, il se masque, jouant un personnage. Benjamin, neuf ans, ne desserre pas les dents. Pauvre petit chou! La mort de sa mère l'a laissé décontenancé, désemparé. Depuis il ne parle plus. Ne rit jamais. Nous renouvellerons trois fois cette rencontre. Elle est concluante. Les enfants m'adoptent définitivement après cette phrase d'Adrien :

– Michèle va venir vivre à la maison.

Je ne sais pas si j'ai dit une parole, mais ce dont je suis sûre c'est que, pour la première fois, Benjamin a souri et s'est jeté dans mes bras.

A partir de mon installation chez leur père, dès leur sortie de l'école, les enfants se précipitent vers moi. Ce serait une tragédie que je ne sois pas présente à la maison pour les accueillir. Benjamin crie en bas des escaliers : « Câlins! Câlins! » Il se blottit dans mes bras, s'agrippe à moi sans me lâcher d'un long moment. Patrick, plus grand, réservé, a sa part de tendresse, moins démonstrative mais tout aussi spontanée. Ces enfants pourraient être les miens. Je m'intéresse à leurs études. Ils me récompensent en dessinant tout ce qui leur passe par la tête. Leurs croquis sont révélateurs.

J'augure de bonnes choses quant à leur équilibre maintenant.

– Reste auprès de nous, abandonne cinéma, théâtre et le reste. Tout ça c'est terminé. Sois la mère de mes enfants, me supplie Adrien.

La mère de ses enfants mes chers amours...

Le bonheur? Enfin!

A Zurich la chambre de Benjamin se tapisse peu à peu de mes photos. Je l'incite sérieusement à laisser à la meilleure place un très grand portrait de sa mère. Dans son esprit, l'image figée et lointaine d'une maman morte trône maintenant, gaie et claire, parmi mes photographies comme si un peu de ma présence réelle lui prêtait vie.

Nous nous préparons tous à la fête de Noël. Depuis des années cette grande maison n'a pas vu briller son sapin. Les enfants crient, s'étonnent, s'émerveillent, me tendent des guirlandes à disposer gracieusement. Leurs yeux brillent en accrochant les verroteries chatoyantes de saison. Si la neige tombe dru dehors, le soleil est à son zénith dans la maison. Le personnel vaque à ses occupations en nous lançant des regards tendres : même l'un des chauffeurs rentrant d'une course urgente a d'ordinaire la mine plus austère. La joie est maîtresse de la maison.

A la veille de mon anniversaire nous partons pour Zermatt, la grande station de sports d'hiver du Valais. Le jour, les enfants vont skier et le soir nous dansons. Je suis fière de tournoyer au bras de Patrick et de Benjamin. La vie est une fête permanente qui ne laisse aucun temps mort.

Vient s'y ajouter le résultat favorable du scanner. Nous allons pouvoir célébrer nos fiançailles. Adrien entend solenniser ces deux événements chez notre ami Roger Verger, le fameux restaurateur du Moulin de Mougins. Les vacances de février vont nous permettre de nous installer à Cannes, dans la villa de mon fiancé, où nous accueillent Maryvonne, l'intendante, une Française du Maroc que j'ai recueillie il y a peu de temps, et le touchant Loï, le cuisinier vietnamien, rescapé des boatpeople, qui nous suit partout.

Ces festivités sont l'occasion de réunir nos deux familles. Bien que catholique, Adrien est de mère juive. Lorsqu'il me l'apprend, j'éclate de rire bruyamment. Décidément, rien de changé par rapport à William et Alain.

Mon père est emballé par Adrien. Ils ne se quittent plus, bavardent entre hommes sans se lasser, ou jouent au golf. J'en suis toute chavirée.

Je m'extasie devant mon cadeau de fiançailles : une Rolls, blanche. Adrien me conduit par la main vers l'objet de mes plus secrets désirs. Comme il est doux de se laisser gâter par l'homme aimé!

Je le suivrai, cette année-là, autant qu'il me sera possible. Ses affaires le conduisent dans le monde entier. Nous faisons souvent escale à Paris. Mon appartement l'ennuie avec ses souvenirs. L'hôtel Plazza pourtant qu'il adore est devenu trop petit pour tous les tableaux qu'il achète. L'un de ses amis lui a prêté pour un temps un luxueux pied-à-terre avenue Foch. Adrien, pour se sentir chez lui, y accroche des Matta, Vasarely, des Christos dont il a déjà plusieurs maquettes, et des toiles de son peintre préféré, Joachim Ferrer. D'origine cubaine, il est connu et apprécié de Max Ernst qui a vanté son talent. Le musée d'Art Moderne de Paris expose certaines de ses œuvres. Adrien lui voue une telle admiration qu'il ne peut résister au plaisir d'acheter, peu à peu, presque tous ses tableaux.

Il en donne à tous ses amis et m'en offre plusieurs pour le nouvel appartement qu'il veut m'offrir pour notre mariage.

Adrien étant parti pour quarante-huit heures à Londres, je passe mon dimanche chez mon amie Simone Floirat, dans son château des environs. Le soir nous trouve vissées devant le poste de télévision, c'est le résultat des élections. Simone a le téléphone à portée de la main. Son père, le président

Sylvain Floirat, l'appelle toutes les dix minutes. Je regarde l'écran où se profilent des hommes politiques de tous bords. Je me souviens, pendant les deux derniers intérims, avoir vu ces mêmes personnages défiler à l'Élysée.

Les années passent et ne se ressemblent pas.

Ce n'est pas comme certains de ces hommes qui même dépassés repassent.

– Écoute, tu entends.

– Quoi.

– « Machin » il n'est pas passé.

– Celui-là, on peut dire qu'il s'est fait repasser.

– Arrête, j'ai pas envie d'être nationalisée.

– Ça, je te comprends, regarde Elkabbach.

– Qu'est-ce qu'il a?

– Il est vert, c'est mauvais signe.

– Mais non, il n'est pas vert voyons, c'est mon poste qui débloque.

Ma pauvre Simone ne tient plus en place, elle a beau tourner le bouton de la couleur pour redonner un peu d'éclat à Elkabbach, nous verrons seulement les dernières images sur un écran totalement rouge... et Elkabbach se taire.

– Bon, eh bien ma petite Simone, je crois que je ne vais pas profiter beaucoup de ma belle auto. C'est bien ma veine! Tout bien pesé, prête-moi plutôt une bicyclette et je te laisse la Rolls! Je n'ai pas envie de me faire écharper en rentrant en ville.

Nous sommes le 10 mai 1981.

C'est l'été. Depuis un mois déjà nous sommes avec les enfants installés au « Palmier », la villa d'Adrien à Cannes. La maison ne désemplit pas, amis, copains, relations. Je reçois tout ce petit monde avec beaucoup de joie et profite des heures de travail d'Adrien. Il ne s'arrête jamais et prétexte souvent le bruit énervant du téléscripteur pour plonger dans la piscine et jouer avec Patrick, Benjamin, ou Junior qui nous a rejoints pour quelques semaines. Adrien l'aime beaucoup et lui a offert une planche à voile ainsi qu'à Patrick. Ils iront ensemble jouer dans les vagues. Ils m'emprunteront souvent mon nouveau « Riva » qu'Adrien vient de m'offrir.

Si l'année dernière je prêtais mon concours pour le gala « Atout cœur » au Palm Beach de Cannes en assistant un commissaire-priseur dans sa vente aux enchères au profit des « Petites Sœurs des Pauvres », cette année c'est de la salle en compagnie d'Adrien et de quelques amis que je participerai au gala de la « Sainte Famille ». Le spectacle est franchement gai et réussi avec le concours de : Shirley Bassey, Annie Cordy, Bernard de Pressach qui réalise son rêve le plus cher en réussissant fort bien son premier « one man show » accompagné de ses trente et un musiciens. Jean Sablon est aussi de la fête, lui avec qui j'avais participé à un de mes premiers galas de bienfaisance à Nice, j'étais danseuse, j'avais douze ans. En bordure de piste Adrien se déchaîne, fait monter les enchères pour un Miró qu'il m'offre instantanément devant l'assistance. Ce présent colore mes joues d'émotion. La plupart des personnalités présentes dans cette soirée sont de très anciennes connaissances. La Bégum Aga Khan non loin de nous me fait un signe de sympathie lorsque nos regards se croisent. Nos amis Toutain, Nolain, Quémard de chez Van Cleef et Arpels, ou Boucheron de chez Boucheron, et tant d'autres semblent sincèrement heureux de ma nouvelle condition de femme comblée. Lorsque le commissaire-priseur bien connu Pierre Cornette de Saint-Cyr me remettra le fameux tableau, la salle croulera sous les applaudissements.

Nous finirons l'été au festival de musique de Salzbourg. Nous avons un très grand faible pour Mozart. Les *Contes d'Hoffmann*, d'Offenbach, magistralement mis en scène par Polène nous envoûtent.

Je pourrais décrire des heures durant l'ascension de mon

bonheur qui se poursuit par un voyage en Floride d'abord, où Adrien achète un appartement, à Los Angeles ensuite où il donne une réception dans le restaurant de l'Orangerie pour connaître mes amis américains. Juste retour des choses d'ici-bas! L'incomparable Richard Gully, mon ex-attaché de presse, m'organise avec la dextérité d'un prestidigitateur une soirée féerique. Il a réussi en quelques jours à réunir pour ce dîner la plupart de ceux que j'ai connus ici il y a quelques années. Une fête somptueuse, éclairée du sourire d'Esther Williams, de la divine Cyd Charisse mon idole, et tant d'autres vedettes et metteurs en scène. Le grand Howard Huges en aurait pâli de jalousie. Parfaitement à l'aise parmi ces célébrités, Adrien annonce au dessert, sous les applaudissements, notre prochain mariage. Mes amis se pressent autour de moi, m'embrassent, me félicitent :

– Ah! Michèle, quel *come back*! On est follement heureux pour toi.

Un de nos invités m'envoie une rose piquée sur la table et très vite tout le monde en fait autant. Une vraie bataille de fleurs s'engage. On chante, on danse. Adrien rit aux éclats. Quand il me regarde, ses dents de jeune loup semblent vouloir me croquer. Il me serre intensément dans ses bras. « Je suis heureux, me dit-il tout bas, si heureux! Tu es la femme la plus exquise du monde. » Soudain il me soulève et sous une pluie de pétales et de hourras m'emporte comme une jeune mariée le soir de ses noces. Devant la porte du restaurant, une voiture de collection cabriolet deux places nous attend, une Clénet « Asha ». Une reconstitution luxueuse en nombre limité, avec glaces de cristal, calandre, poignées de porte, pare-chocs et autres accessoires argentés.

Quelques heures auparavant Adrien s'était absenté, pressé, pour acheter des cigares. En sortant de chez le marchand de tabac, il vit dans le magasin d'en face cette extraordinaire voiture. Il l'acheta. Deux heures après il revint à l'hôtel ses cigares sous le bras et dans son nouveau véhicule.

– Je rêve, pince-moi fort, j'ai peine à y croire, c'est de la folie, nous ne sommes ici que pour une quinzaine de jours, qu'allons-nous faire d'un engin pareil?

– Que m'importe, ce soir, je veux qu'une femme aussi exceptionnelle que toi arrive dans une voiture exceptionnelle! Tu verras, tes amis américains apprécieront beaucoup!

Ils ont effectivement beaucoup apprécié. Ni envieux, ni jaloux bien au contraire, plus on est riche, plus ils sont contents. C'est drôlement sympa!

Courant au-devant de mes souhaits, Adrien loue un chalet à Megève pour les fêtes de fin d'année. Le réveillon et le jour précieux de Noël nous serons en famille. C'est-à-dire avec les enfants. Amour et joie entre nous quatre. Un bonheur paisible comme jamais encore je n'ai goûté pleinement. Je suis femme et mère.

Adrien est pressé de franchir le pas décisif. Il veut qu'on se marie au plus vite. Je suis plus réticente. Moi, j'aimerais une harmonie totale avec ses parents. Leur froncement de sourcils me conseille la patience. L'agrément des enfants m'est déjà acquis. J'aimerais aussi le leur. Ses parents ne sont pas là près de nous cette année. Adrien n'est pas content, mais alors, pas du tout.

– Tes parents ne veulent certainement pas que je t'épouse parce que je ne suis pas juive.

– Rassure-toi ma chérie, même ma pauvre femme, morte pourtant depuis des années, n'a jamais trouvé place dans leur cœur. Pourtant, elle était juive. Et mère de mes enfants. En vérité ma mère me veut pour elle seule et ne supportera jamais une autre femme dans ma vie.

Il me regarde en souriant, me prend la main devant mon air contrit et dans un immense éclat de rire.

– Tu ne vas tout de même pas faire des complexes parce que tu n'es pas juive? Manquerait plus que ça!

– A vrai dire je me le demande. C'est vous les racistes. Toi tu es bon et généreux. Tu aimes et sais aimer. Pas eux. Je ne sais plus que faire pour leur être agréable.

– Arrête, tu en as déjà bien trop fait. S'ils ne veulent pas me suivre dans mes décisions et m'écouter un temps soit peu, ce sera tant pis.

Pour le réveillon du 31 décembre, toujours dans cette bonté du cœur, cette disposition d'esprit à me faire plaisir, Adrien a retenu une bonne moitié de restaurant à Megève pour y réunir mes amis. Je retrouve Raymond Danon, mon producteur, et toute sa famille au grand complet. Les vieux copains de toujours se joignent à nous. Je puis dire que c'est la première fois de ma vie que quelqu'un m'offre PERSONNELLEMENT de telles fêtes.

On m'avait toujours oubliée!

Sous le gui : « Joyeux anniversaire, Michèle... »

– Bonne année mes chéris, mon amour, mes amis.

Il me semble que je viens de renaître! Nous danserons toute la nuit.

J'ai gardé de saisissantes photos de cette double fête. Elles ont été prises par Jeannot. Quiconque a séjourné à Saint-Tropez l'été, à Megève l'hiver, l'a « vu ». Personnage à part. Il ne se déplace qu'en moto. Sa discrétion à toute épreuve lui ouvre les portes les mieux gardées. Il est le photographe du mystère, des secrets de famille. L'homme des scoops enfouis. S'il en faisait étalage, il pourrait se retirer fortune faite, depuis longtemps. Pour moi c'est « l'homme des souvenirs », il passe sans bruit, vous fixe à jamais dans l'expression du bonheur, éphémère et passager aussi rapide que le flash qui vous éblouit.

J'aime à le retrouver ce soir, l'air toujours malicieux, plein de bonté et un je-ne-sais-quoi, « brin de tristesse » au fond des yeux. Je l'embrasse affectueusement. Il m'a vue triste, gaie, riche, pauvre, méconnue, reconnue, dans la gloire ou la sombre détresse. Il en sait des choses! Il sait encore mieux se taire. Le lendemain il nous soumet ses tirages avec sa réserve coutumière. Il repartira chargé d'une commande digne d'un père Noël!

Je ne vois plus le temps passer, Adrien travaille beaucoup et à travers le monde je le suis partout. Le seul agrément de tous ces voyages très fatigants, c'est l'avion privé. Pas de grève, et pas de mauvais temps, où que l'on aille on atterrit toujours. La plupart de ses interlocuteurs, partenaires, ou associés sont pour beaucoup à l'échelon mondial de la construction, du pétrole, ou de la finance. Le tout allant fort bien ensemble à ce que je vois, à ce que j'entends. Parfois je me demande ce que je fais au milieu de tous ces gens qui m'ennuient prodigieusement. Les conversations pendant des heures sur les cours de la Bourse me font pratiquement tourner de l'œil. Il est bien connu que j'ai horreur d'entendre parler de chiffres. A la rigueur du chiffre d'or, mais c'est là une tout autre philosophie. Au sortir de ces réunions ou de ces repas fastidieux pour moi, Adrien, pour se faire pardonner, me comble de cadeaux.

– Reste toujours près de moi mon amour, j'ai besoin de toi à mes côtés. Un homme aussi intelligent soit-il ne peut devenir un « grand » homme sans une femme qui l'assiste nuit et jour dans tous les domaines. Tu es cette femme-là. Avec toi près de moi je ferai des miracles je le sens, je le sais. Il était capable dans ces moments d'effusion de faire venir un orchestre du bout du monde pour agrémenter un simple dîner en tête à tête au son des violons. Son âme slave lui commandait toujours plus de musique, de chants et d'amour.

Adrien me dépose à Cannes et repart avec son jet.

Je prépare la maison en attendant son retour et ceux des enfants. Je dois coordonner le travail du personnel venu en grand renfort cette année. Me retrouvant seule pour mes repas je déjeune ou dîne d'un morceau de fromage ou d'un bout de jambon au bord de la piscine. Par contre, ils sont huit à l'office. Je trouve que ça fait beaucoup. En tout cas beaucoup trop pour moi. Mais, Adrien le veut ainsi.

Un jour ils m'ont invitée à me joindre à eux.

– On vous a fait une surprise, madame, m'annoncent-ils en chœur.

Ne voulant pas les offenser j'ai quitté ma piscine pour me rendre à la cuisine. Les trois cuisiniers m'avaient préparé quatre plats chacun. Sapés comme chez Maxim's, ils m'attendaient raides comme des piquets.

– Relaxe messieurs nous ne sommes pas en représentation.

Je me dépêchai cependant d'enfiler une robe longue sur mon petit maillot de bain.

Ils voulaient mon avis sur leurs « nouveautés » et savoir si « Monsieur » serait content.

Lui, très certainement; un jour après l'autre cependant. Moi, le tout en un seul repas m'a valu une sacrée crise de foie!

La fête va recommencer. L'année dernière fut incomparable. Il en sera de même cette année. Je n'ai jamais vécu ainsi depuis toujours, c'était les tournages incessants, des sables du désert aux neiges de Norvège, leur préparation, leur promotion, les représentations continuelles et, pour finir, cette course échevelée à la production au milieu des arcanes et des traquenards des studios hollywoodiens.

– Les voilà!

J'ouvre les bras à mon petit monde. Ce n'est pas « enfin seuls » mais « enfin tous! » Adrien me signale que pendant son séjour à Paris il a fait rapatrier sur Zurich des toiles entreposées dans le studio de l'avenue Foch.

– Les tiennes sont déjà dans ton appartement que Junior a réceptionnées. Les autres vont arriver incessamment à Cannes.

– Mais, mon chéri, nous avions tout le temps de nous occuper de ça à la rentrée.

– Tu sais bien que je n'aime pas laisser traîner les choses, je dois rendre cet appartement avant la fin de l'année, autant commencer le déménagement tout de suite. Et puis qui sait, si j'aurai le temps de le faire à ce moment-là.

– Tu as tant de travail en perspective?

– Oui beaucoup, je ne sais si je pourrai tout faire.

– Le stade de Djedda te préoccupe à ce point?

– Oui mais il n'y a pas que ça.

– Que veux-tu dire? Tu es si étrange aujourd'hui.

– Je ne suis pas étrange, je suis pressé.

– Tu as toute la vie devant toi, calme-toi un peu.

– Je ne me calmerai justement que lorsque j'arriverai au bout du « stade ». Je te promets alors de prendre ma retraite.

– Là tu exagères à ton âge!

– Bientôt trente-trois ans, je me sentirai vieux.

– Qu'est-ce que je devrais dire! J'en ai huit de plus que toi et je me sens pourtant très jeune!

– C'est normal, toi tu ne vieilliras jamais.

Il me semble soudain si fatigué, je ne l'ai jamais vu ainsi.

– Viens te reposer, tu m'as l'air épuisé. Tandis que je le prends par la main il titube un peu.

– Qu'as-tu, tu ne te sens pas bien?

– Je ne sais pas, je n'y vois plus très clair!

La salle de séjour dans laquelle nous nous trouvons est pourtant toute illuminée. Je ne sais que penser, j'ai soudain très froid. Il m'attire sans ses bras comme pour me réchauffer. A-t-il perçu mon frisson?

– Mimine, je t'en supplie reste toujours près de moi.

– Tu le sais bien, je ne te quitterai jamais. Je le berce à mon tour comme un enfant qui aurait peur du noir.

– Viens mon chéri, viens te reposer.

Patrick et Benjamin arrivent en courant tout mouillés de leur bain prolongé. « Papa, papa crie Benjamin, une partie de backgammon tu me l'avais promis. » Suivi de Patrick.

– Et moi alors, ma partie d'échecs, ça aussi tu l'avais promis.

– Mes enfants laissez un peu votre père tranquille, ce soir il est vraiment très fatigué. Et dans un ensemble parfait, mes deux lascars s'écrient : « Ah non c'est pas juste! » Benjamin se jette alors contre moi en me disant : « C'est à ton tour si papa ne veut pas! » Patrick baisse la tête en tapant du pied, il a l'air très fâché.

– Mimine, Mimine, s'écrie Benjamin en s'accrochant à moi, toi, tu ne vas pas nous laisser tomber?

Adrien semble soudain sorti de sa torpeur.

– Patrick, Benjamin, je vous ai déjà interdit d'appeler Michèle Mimine. Je suis seul à en avoir le droit.

– Et pourquoi ça, dit Benjamin, c'est très mignon tu le dis toi-même.

Adrien en se prenant au jeu répond : « Parce que moi c'est moi. » Et Benjamin en riant de dire : « Si toi c'est toi, alors c'est aussi nous! »

Comme par enchantement Adrien semble avoir repris tous ses esprits, plus aucune trace de fatigue. Nous finirons la soirée par une partie de backgammon endiablée.

Depuis quelques jours c'est le grand repos enfin. A part cependant cette fête de charité à laquelle nous avons été conviés. Le Variety-Club de France organise cette soirée en vue d'acquérir un moyen de transport pour enfants inadaptés.

Une idée amusante; quatre des meilleurs cuisiniers de France sont sur scène aux enchères. Le plus généreux donateur disposera gratuitement d'un grand chef qui lui préparera un repas d'un minimum de dix couverts à la maison. Cas rarissime, Adrien se montre réticent. Lui d'ordinaire si généreux... D'autant que la plupart d'entre eux sont des amis.

– Tu sembles très absent, que se passe-t-il?

– Je crois que je suis très fatigué.

De la part d'Adrien un aveu de ce genre est très alarmant. Jamais je ne l'ai entendu se plaindre.

– Veux-tu vraiment me faire plaisir? Si tu ne veux pas t'occuper des enchères ce soir, c'est moi qui m'en chargerai.

– Et comment?

Cette parure en perles et diamants que tu voulais m'offrir cet après-midi, je les mets dans la corbeille!

– Tu es folle.

– Pas du tout, j'aimerais moi aussi participer, chacun son tour, tu es d'accord?

– Tu te souviens du prix?

– Oui bien sûr!...

« Alors je t'en prie, relance les enchères. J'aimerais vraiment faire quelque chose moi-même pour ces pauvres enfants.

Il me regarde soudain très ému.

– Toi alors tu es vraiment unique!

En quelques secondes son attitude a changé, il semble redescendu sur terre. Les enchères vont monter, et nous gagnerons trois cuisiniers sur quatre.

Comme si je n'en avais pas assez à la maison!

Roger Verger du Moulin de Mougins, Jacques Maximin du Chantecler du Negresco, Outier de l'Oasis à la Napoule viendront à tour de rôle nous cuisiner des petits repas. Rostand d'Antibes m'a manqué. Adrien semble heureux, il m'adresse un petit sourire délicieux.

– Je voudrais parler à Michèle Mercier.

– C'est moi-même.

– Paul Choisy à l'appareil, le secrétaire du prince Rainier.

– Ah! bonjour. Il y a longtemps qu'on ne s'est vus.

– En effet.

– Que devenez-vous?

– Je vous dirai tout cela prochainement, je crois que nous allons en avoir l'occasion. Je vous passe la princesse Grace.

Un choc! « Altesse... » J'ai du mal à articuler. Elle est charmante, me demande si je veux bien tirer la tombola de la Croix-Rouge à Monte-Carlo. Je suis troublée par un mélange de reconnaissance et d'honneur. La princesse Grace a une voix douce.

– Vous savez, je puis vous l'avouer, vous m'avez fait rêver.

J'ai peine à y croire. Moi, faire rêver celle que depuis si longtemps je considère comme mon idole?

Je lui exprime mon admiration en lui rappelant que, petit rat à l'Opéra de Nice, j'avais dansé pour l'un de ses galas de charité. Elle éclate de rire.

– Nous en reparlerons prochainement. Après le repas, si vous le voulez bien, venez à notre table, nous bavarderons. J'aimerais tellement mieux vous connaître.

Je reste sans voix. Je mets du temps avant d'alerter mon couturier Loris Azzaro, créateur des plus belles robes du soir que je connaisse, enfin, de celles qui me vont le mieux.

– Dans une semaine, tu viens avec les derniers modèles de ta collection. Tu resteras le temps qu'il faudra à la maison. On choisira ensemble. D'accord?

Puis j'appelle Smalto, afin qu'il vienne d'urgence à Cannes, apporter un nouveau smoking pour Adrien, malgré les cinq qu'il lui a achetés récemment. C'est tout Adrien!

Le temps file dans une grande agitation. Le monde entier va se retrouver au bal de la Croix-Rouge à Monte-Carlo. Adrien a réservé une table pour ses amis et les miens.

Le décor est splendide. La soirée est chaude. De toutes parts autour des tables, des amis. Je compte bien m'amuser.

Dix minutes avant de monter sur scène pour procéder au tirage : catastrophe! Le sommelier fait sur ma robe jaune pâle une large tache de vin rouge. Il est au désespoir, mes voisins sont sidérés. Je n'attends pas. Je me saisis d'un magnum de champagne à peine entamé et en verse le contenu sur ma robe. Elle sèche rapidement, la température s'y prête, avant d'apparaître sur scène comme si rien ne s'était passé. Guy Monréal en est ébahi. Il a publié ma recette dans sa rubrique « Les Pieds dans le Caviar » de l'*Officiel* en m'adressant de bien jolis compliments.

Comme elle m'en avait priée, j'ai rejoint la princesse Grace à sa table. Aucune mondanité. Nous sommes trop heureuses de notre entretien. On parle cinéma. Elle m'invite à venir au palais.

– Au palais?

– Oui nous serons plus à l'aise pour parler et ce sera plus intime qu'ici, me dit-elle en riant.

Les relations d'Adrien avec l'Arabie Saoudite se situent dans les allées du pouvoir. Hassan, son associé et ami, est un proche du fils du roi Fahd. Comme nous il passe ses vacances sur la côte et ses nuits au casino du Palm Beach. Parce qu'il a horreur de jouer seul, il y donne rendez-vous à Adrien qui ne peut lui refuser cette marque d'amitié.

Chaque soir, à minuit tapant, nous venons lui tenir compagnie debout derrière lui autour d'une table de roulette. Hassan, cinq millions de francs en plaques à portée de la main, se fait malmener régulièrement par les caprices de la bille d'ivoire. Il assiste, immuable, à l'envolée de cette fortune comme il le ferait du sable de son désert emporté par un tourbillon. Le bruit court que le Palm Beach fait ses choux gras de sa malchance. Il n'en laisse rien paraître. Le seul frémissement de déconvenue qui le parcourt est la demande d'un verre d'eau, récompensée d'une plaque de cinq cents ou mille francs, selon celle qu'il tient dans sa main.

L'idée ne nous serait pas venue de nous asseoir à cette table. Un soir, il m'y contraint. Pour Hassan c'est bientôt la fin des vacances. Il pose devant moi cinq cent mille francs de plaques.

– Joue!

Que faire? pour moi c'est la première fois que je m'assieds à une table de jeu. Je m'affole. Adrien m'encourage du regard, il me glisse à l'oreille : « Tu ne peux refuser, de toute façon tu ne risques rien. Amuse-toi. Je reste près de toi. Tu sais que moi je ne pourrai plus jamais jouer, je l'ai promis. » Hassan me demande de m'asseoir près de lui.

– Je suis sûr que tu me porteras chance!

Il gagne ce soir-là huit millions de francs. C'est une revanche. Personnellement je gagne un million de francs, deux fois la mise cela fait trois fois que je compte mes plaques. Je n'en reviens pas. Au début je n'avais pas fait attention, j'avais l'impression de jouer au Monopoly. Quand je réalise que cet argent, tout cet argent peut m'appartenir, une envie effrénée de m'enfuir avec me passe par l'esprit. Le regard d'Adrien me fixe sévèrement. Je devrai jouer jusqu'à la fermeture. Il n'est pas question de partir maintenant. Quitter la table de jeu serait un affront pour Hassan. J'en perdrai bien facilement la boule. Et de ce fait, au petit matin, j'aurai perdu beaucoup, beaucoup. Il ne me reste que trois cent mille francs! Ce n'est déjà pas si mal, mais moi ça m'énerve! A la fin de la partie, dans un geste très théâtral, je jetterai sur la table, pour faire comme tout le monde, une grosse plaque en disant : « Pour le personnel! »

En quittant la salle de jeu Adrien me glisse : « Tu as vu ce que tu as balancé en pourboire? »

– Oui probablement je me suis trompée de plaque... mais après tout ne m'as-tu pas dit que nous étions venus ici pour nous amuser ? Mon petit sourire en dit long et pourtant, il ne saura jamais si je l'ai fait exprès ou non.

J'aurais joué jusqu'au bout. Le lendemain l'avion privé d'Hassan nous ramènera pour quarante-huit heures à Paris. Ils ont une affaire importante à traiter.

L'aménagement de cet engin spatial est digne des Mille et Une Nuits. Salle de conférence, bureau privé, chambre incrustée de pierreries, salle de bains aux accessoires d'or, et d'argent, il ne manque qu'une piscine et des jets d'eau ! Cela s'apparente à la légende et pourtant rien n'est plus vrai.

Benjamin fête son anniversaire ; j'ai tout organisé y compris le feu d'artifice dont il a tant rêvé. Le décor du Palm Beach s'y prête on ne peut mieux. Il est tellement heureux ce soir ! J'ouvre le bal avec lui et me réjouis de son bonheur, de sa fierté. Car depuis quelque temps je le sens triste par moments. Il se passe quelque chose chez les enfants. C'est d'autant plus contrariant que je suis près de fixer la date du mariage. Je voudrais tant que tout le monde soit d'accord. Ce soir l'espoir m'est permis. Si au moins Patrick ne me regardait pas si furieusement ! J'ai mis sur le compte d'une adolescence perturbée ses sautes d'humeur. Patrick oscille entre l'amour et la haine. Je m'en explique avec Adrien qui ne résiste plus à m'ouvrir son cœur.

– Je suis inquiet, ma chérie. Très inquiet. Patrick est... dur. Très dur. Benjamin ne peut rien contre. J'ai peur de disparaître à cause de cela. Même si je fais un testament, Patrick risque de tout lui reprendre. Il est retors. Benjamin est tendre. Trop tendre. Jure-moi, Michèle, de ne jamais l'abandonner quoi qu'il arrive.

Je le calme en lui faisant cette promesse.

– Avec toi les enfants seront toujours heureux.

– Je le voudrais bien, mais Benjamin redevient mélancolique comme avant. Je n'arrive plus à le faire sourire. On dirait qu'il me fuit et je vois bien que Patrick fait tout pour être désagréable. L'influence des grands-parents maternels, surtout celle de ma mère est déprimante pour eux. Ils sont à un âge fragile. Ma mère, c'est bien simple, je l'adore mais, ne peux pas la voir plus de trois minutes par jour. Et je suis large, je devrais dire par mois. Je ne supporte pas son amour possessif, abusif. Pour elle je n'aurais jamais dû sortir de mes langes. Et comme elle ne peut plus m'atteindre, elle fait un transfert sur mes enfants. C'est pourquoi il faut nous marier, chérie, le plus tôt possible et donner un vrai foyer à Patrick et Benjamin, les élever en hommes. Ne pas flatter Patrick dans ses instincts ni confiner Benjamin dans son excessive sensibilité.

– Oui, chéri, je suis de ton avis, nous ne devons plus attendre. Il y a va de l'avenir des enfants. En revanche, pour ta mère, je ne vois guère de solution dans l'immédiat. Mais ne te tracasse pas pour ça. Toutes ces choses s'apaiseront d'elles-mêmes. Pensons plutôt au bon repas que nous allons déguster ces jours-ci.

Ce sera le tour de Jacques Maximin du Chantecler du Negresco à Nice, le premier des trois grands chefs que nous avons « gagnés » aux enchères de l'ADAPEI [1] à la soirée du Variety-Club. Comme il en a reçu mission, il déploie superbement ses talents culinaires. Une réussite. L'ambiance est détendue. Chaleureuse. Adrien se promène parmi ses invités. Je le vois parfois passer les mains dans ses cheveux fournis.

Nos invités partis, il se plaint de la tête. Mon Dieu, que se passe-t-il ? Trois ans auparavant, il avait ressenti les mêmes douleurs. Du Brésil il avait regagné Zurich par avion où d'habiles chirurgiens lui avaient placé un shunt dans le cerveau, pour pallier les effets d'une tumeur bénigne gênant la circulation du liquide céphalo-rachidien. Un traitement

1. Association départementale des amis de parents d'enfants inadaptés.

aux rayons avait complété l'opération dont le scanner, par la suite, avait confirmé l'heureuse issue.

Mais que sait-on exactement de toutes ces choses si complexes? Les douleurs ne cessent pas de la nuit. Le Dr Meyer, de Cannes, qui connaît bien le cas d'Adrien, conseille de regagner Zurich sans tarder et de repasser au même scanner, à Araau, afin de connaître l'évolution.

Tout recommence pour Adrien. Et tout commence pour moi.

A Zurich, une surprise désagréable m'attend. Dans la chambre de Benjamin, toutes mes photos ont disparu. Seul le portrait de sa mère est là, pitoyable d'abandon, sombre. Sombre comme l'humeur de Benjamin.

– Tu ne m'aimes plus, mon chéri?

Il ne répond pas, pince les lèvres et son regard, ses traits, toute son attitude, sont figés dans la tristesse. Je ne le reverrai plus sourire. Il est tel qu'à mon arrivée. Peut-être un peu moins bien car l'espoir d'aimer une seconde maman lui est enlevé.

J'apprends par le personnel que sa grand-mère maternelle lui a troublé le cœur et la tête.

Fou de désespoir, en sanglotant il a arraché, déchiré, mes photos. Mais la joie n'a pas succédé à leur disparition. Au contraire. Pauvre petit amour! Comment peut-on effrayer, culpabiliser les enfants à ce point? J'ai mal pour lui. Que faire?

Adrien semble bénéficier d'une accalmie. Il me propose de passer à Locarno avant de nous rendre à Araau.

– A Locarno?

– Je vais te montrer ma dernière acquisition.

En plein centre de la ville nous découvrons une grande maison du XVIIIe siècle, classée, de quatre ou cinq étages. A l'intérieur, un engageant patio entoure une piscine. Des fresques aux couleurs vives courent sur tous les murs, dès lors intouchables. C'est d'une beauté grave, majestueuse. Adrien s'épanche.

– J'en ai assez des hôtels, des appartements et des villas de-ci de-là. Je veux prendre racine. Fonder la maison de famille. Je viens de réaliser mon idée de toujours.

Je le vois fier, empli de bonheur. Il se baisse, ramasse une feuille aux teintes automnales qu'il me tend avec un sourire malicieux.

– Prends-la. Garde-la précieusement. Elle est le premier souvenir de « notre » vraie maison. Tu verras par la suite.

Sur le chemin du retour à Zurich les douleurs le reprennent. Au téléphone, le Dr Meyer est vivement contrarié de savoir qu'Adrien n'est pas encore passé au scanner. Je prends rendez-vous d'urgence.

Le résultat est alarmant. Les médecins sont perplexes, peu bavards. La famille est là. Sa mère, intarissable, pose des questions. Avec Patrick, muet, qui regarde les uns et les autres. Quel va être le verdict? Un des professeurs nous renseigne : ce sera un nouveau shunt.

Pendant les sept heures que dure l'opération, je ne tiens pas en place. Nous nous promenons en ville tous les trois. Je tremble, je n'ose même plus penser. Enfin on nous annonce que l'opération est réussie.

Je demande à coucher dans la chambre. Je ne dors pas une seconde. Comment le pourrais-je avec l'anxiété qui me mine, cette table raide de massage qui me sert de lit.

La journée suivante se passera bien en dépit d'un peu de fièvre chez notre opéré. Adrien accepte volontiers les soins médicaux du personnel, mais c'est moi qui le lave, le rase, lui sert à manger. Sa mère est là qui l'énerve. Il soupire.

– Que fais-tu dans cette chambre au lieu d'être auprès de papa? Il est âgé, il a besoin de toi. Ici, j'ai Michèle.

Il y a de graves décisions à prendre. Je cherche des gens compétents, Sanda la cousine d'Adrien, professeur de gynécologie à New York, n'est pas sans connaître les plus renommés spécialistes. Je conviens avec elle de mettre sur pied une consultation entre les médecins suisses et américains.

Même si on a changé d'antibiotique et si la fièvre est tombée, je ne suis pas rassurée. Afin de voir ce qu'il en est, Sanda prend le premier avion pour Zurich. Elle est à l'aéroport presque en même temps qu'un ami d'enfance d'Adrien, Alain Lavaux, à qui j'ai demandé de venir d'urgence. Il lui tiendra compagnie tandis que Sanda et moi rencontrerons le Dr Prost qui a opéré Adrien. Il grimace :

– La tumeur est mauvaise. Étant donné qu'il a déjà reçu cinq mille rads de rayons, il va être difficile d'opérer pour la lui enlever. Mieux vaudrait une chimiothérapie. Nous savons ce que cela veut dire, et l'une contre l'autre pleurons longtemps.

Nous demandons un délai. De toute manière, en dernier ressort, c'est Adrien qui devra décider.

Personne ne doit savoir. Il est primordial pour le malade que son entourage le croie hors de danger, ne serait-ce que pour son moral à lui. Pas de gueule d'enterrement prématurée, par pitié. Sanda est bien d'accord et elle va m'aider. Son ami Alain aussi, je l'ai mis au courant, c'est le seul. Pour moi c'est un choc tellement brutal, que depuis le verdict je vis en dehors du temps. Je n'arrive pas à le croire. Tout cela est absurde. J'ai dû faire un cauchemar.

Aujourd'hui, il sort des limbes des tranquillisants. Il sourit, téléphone à des amis. Toute la famille rapplique, l'enserre comme un poulpe géant. Je souffre de le voir envahi. A leur départ il est opprimé. Mais le plus affligeant pour moi, c'est de jouer la comédie de la joie. Apprêtée, maquillée, je ne dois pas afficher mes lugubres préoccupations. La Faculté n'exclut pas l'éventualité d'un miracle. Je me cramponne à cette brindille d'espoir.

Dans le salon des infirmières, la télévision diffuse la

nouvelle de la mort tragique de la princesse Grace. Je revis la brillante soirée qui se termina sur la promesse de nous revoir. C'était il y a un mois à peine. Nous sommes peu de chose. Je suis bouleversée.

– Où étais-tu?

– Par là...

– Tu en fais une drôle de tête!

– Ce n'est rien, un peu de fatigue, mon chéri. Ne t'inquiète pas.

Je tais l'accident de la princesse. La mort, une image à bannir de cette chambre. Je préfère voir Adrien s'amuser.

– Prends donc une photo de moi au polaroïd. La tête rasée, on va croire que je suis bon pour le service militaire!

La famille de nouveau au grand complet se masse dans sa chambre. Adrien, les points de suture enlevés, reprend ses activités. Son assistant, sa secrétaire écoutent, enregistrent. Au téléphone : « ... J'achète... Je vends... J'achète, non, vendez! » Comme si de rien n'était. De son lit il travaille. Il discute. Sanda repart pour New York, Alain sur Paris. Patrick, lui, décide de quitter l'école. Il n'a plus de maître. Il est « son » maître et va le prouver.

Pour le deuxième anniversaire de notre rencontre, notre ami Max Keil, restaurateur à Zurich, apporte un souper fin à l'hôpital. Il connaît la gourmandise d'Adrien. Avec tout le cœur et l'affection dont il est capable, son goût du beau et du bon, la corbeille de nos plats préférés est immense et superbe. Adrien et moi dînons en tête à tête. J'ai préparé une table spéciale avec une nappe brodée. Adrien est un raffiné. Je sais qu'il appréciera ces petits détails. Le cœur serré à étouffer nous soufflerons ensemble ces deux petites bougies, souvenir de deux années merveilleuses. Sont-elles déjà les dernières?

Il récupère à vue d'œil ce qui lui fait dire, deux jours plus tard : « Nous rentrons à la maison! ». Ce n'est pas de refus. Cela va faire un mois que je dors sur la table de massage pour être disponible à son premier appel et que je n'ai plus vu la couleur du ciel. L'impression que j'éprouve est de sortir de prison.

A la porte d'entrée, nous nous heurtons aux parents, enfants, neveux, cousins. Benjamin me repousse durement. Je ne veux pas craquer; malgré l'affront je montre un visage serein.

Entre midi et deux heures, Adrien se dit revigoré. Il veut sortir. Patrick le soutient d'un côté, moi de l'autre. En réalité il titube. Nous faisons semblant de rien.

– C'est bon de respirer le grand air. Venez, nous allons faire les boutiques.

Il demande au chauffeur d'arrêter, devant les vitrines de « Peltz Paradise » (peaux de paradis) chez Barbara Toutain.

– Te souviens-tu de cette zibeline que tu as essayée?

– Si je m'en souviens! C'était en juin... il faisait bien trop chaud pour faire mon choix.

Son regard m'aime.

– Tu étais somptueuse dans la plus belle fourrure du monde.

– Nous verrons plus tard. Sois raisonnable, Adrien, remontons en voiture. Tu vois bien, le magasin n'est pas encore ouvert. Barbara et Robert sont très certainement en train de déjeuner à cette heure-ci.

– Écoute-moi, Michèle. Cette zibeline n'attend plus que toi. Je l'ai retenue.

– D'accord. Nous passerons la prendre demain. Rentrons maintenant, tu as l'air très fatigué.

– Non, pas encore.

Un joaillier est ouvert. Pas bête, ce commerçant qui ne ferme pas boutique entre midi et deux heures. Adrien est aux anges.

– Je vais t'offrir une montre. Regarde celle-ci. Elle est

parfaite : brillants, saphirs et un ciselé! Ça ne te dit rien?

Je ris très fort.

– Adrien, je sais que c'est ta manie, mais des montres, j'en ai déjà six. Et puis, elle est trop belle. Tu exagères.

– Justement, il t'en faut sept, pour chaque jour de la semaine. Pour le deuxième anniversaire de notre rencontre, j'étais encore à l'hôpital. Je n'ai pas pu marquer l'événement. Laisse-toi faire aujourd'hui.

Il a l'air peiné.

– Tiens, tu vois cette bague? On dirait un cœur. Trois petits diamants de couleur différente. Elle me plaît.

Dès que je reçois le cadeau de ses mains, il frissonne.

– J'ai froid. Allons prendre un bon chocolat au café d'en face. Veux-tu, Patrick? Je lui fais un signe de dénégation.

– Euh...

– Après nous irons chercher le manteau pour Michèle.

Il n'y a pas eu d'après.

J'avais bien d'autres préoccupations en tête, faire des essayages de manteaux même en zibeline n'était vraiment pas primordial en ce moment.

Une pièce manquait au dossier médical d'Adrien : les résultats du premier scanner qui remonte à près de quatre ans. Une véritable course contre la montre s'engage. Il faut que je rentre d'urgence à la maison pour savoir si on a retrouvé ces fameuses radios. Adrien ne doit rien savoir de ce qui me préoccupe. Le professeur Shapiro arrive ce soir de New York, et sans ces « premiers témoignages » il ne lui sera pas possible de faire un examen correct. Le chauffeur Sigrischt comme la secrétaire Lucie et tant d'autres font depuis plusieurs jours des recherches dans tous les hôpitaux où il a pu depuis le premier jour se présenter. J'espérais qu'Adrien dès son arrivée se coucherait et dormirait. Il n'en est rien. Je ne peux donc téléphoner de la maison sans qu'il s'aperçoive de ce qui me préoccupe. Les enfants également présents ne doivent pas non plus savoir. Je décide donc d'aller chez le coiffeur en attendant le résultat. De là au moins je pourrai téléphoner. Toutes les cinq minutes j'appelle un des trois professeurs qui l'ont déjà pris en charge. Eux aussi font des recherches de leur côté. Toujours rien. Nous n'avons plus que deux heures pour trouver ce document avant l'arrivée du professeur de New York. Sa venue à Zurich fut tellement difficile à organiser que je ne conçois pas une seconde qu'il vienne pour rien. Je ne tiens pas en place. Mon coiffeur qui ne sait rien me trouve sûrement un peu dérangée. Son regard en dit long. Au dernier coup de fil je suis restée trop longtemps à parler, la teinture a viré, je ne suis plus ni brune, ni rousse mais plutôt orangée! La tête enfin sous l'eau, on rince mes cheveux pour la énième fois. Le téléphone sonne c'est pour moi. De la voiture le chauffeur appelle. Il a trouvé enfin. Enfin peut-être? Nous n'avons plus que vingt minutes pour déposer la fameuse radio. Les professeurs réunis ce soir vont pouvoir l'étudier. Je pars, la tête mouillée, j'ai l'air d'une folle. Mais j'ai gagné. Je n'ai plus le temps de passer à la maison. Je pars directement à l'aéroport pour y accueillir le professeur. Il fallait que je lui parle avant qu'il rencontre Adrien. J'ai quelques appréhensions. La réputation des médecins américains est souvent d'être très directs et francs. C'est ce qui me fait peur. Je n'ai pas beaucoup de temps pour lui parler. Tout en lui remettant des documents qu'il pourra consulter pendant la nuit, je lui explique :

– Adrien a une peur panique de la mort. Ne lui dites surtout rien de la réalité de son état. Vous le tueriez sur le coup! Même si ce n'est pas dans vos habitudes, essayez de comprendre. S'il y a une seule chance qu'il s'en sorte, faites-le-lui croire, je vous en prie, aidez-moi. Arrivée devant la maison je prends Adrien au passage. Nous allons dîner au restaurant.

Le professeur explique les inconvénients de la chimiothérapie. Adrien réfléchit.

– La calvitie? Ça repousse... Les dents? On m'en mettra d'autres. Mais le foie, l'intestin... ça peut dépendre des sujets. Il a supputé tous les risques, sourit sans inquiétude. La chimio, c'est miraculeux! Il ne veux pas être opéré. Ainsi en a-t-il décidé. Tant mieux. Franchement, je ne pouvais le faire pour lui. Avant de repartir le professeur me demande de consigner sur un cahier toutes ses réactions, heure après heure, minute après minute et de les lui transmettre par téléphone chaque soir. A la maison, après avoir aidé Adrien à se coucher, je trouve un Patrick impossible et blême qui m'attend dans le salon. Benjamin, assis dans un coin, fait la tête. Un sentiment de haine pèse lourdement entre nous. Je me sens très lasse. Patrick me lance :

– Pourquoi, pourquoi c'est toi qui dois tout décider pour mon père?

– Je n'ai rien décidé. Ton papa préfère la chimiothérapie à l'opération. C'est lui qui vient de régler « son » cas avec le professeur.

– Pas vrai! C'est toi qui l'as poussé.

– Absolument pas. Je m'efforce de comprendre ce qui convient le mieux pour lui, mais le choix lui appartient. Il est capable de prendre ses responsabilités. Que ferais-tu à ma place? Tu ne crois pas que le traitement concerne ton père en premier lieu?

Patrick, révolté, s'en va dans sa chambre en fermant bruyamment la porte à clef. Benjamin court dans la sienne; je l'entends casser tout ce qui lui tombe sous la main. La grave maladie de leur père est loin de les tempérer. Ils n'éprouvent envers moi que colère et aversion, inspirées par les propos venimeux qu'on leur tient.

Le début du traitement est prévu dans quelques jours. J'apprends par Farida, une femme d'un réel talent qui soigne Adrien sur le plan parapsychique, qu'il existe à Stuttgart une personne possédant en la matière les dons les plus rares. On vient du monde entier pour la consulter. Elle s'appelle Gerda Bayreuter.

Les Sciences exactes et leurs Maîtres comprendront sûrement qu'il faut vivre de telles épreuves pour que l'on puisse s'adonner au paranormal. Que ne ferait-on pas dans les cas désespérés pour sauver un être aimé ? L'ère des miracles n'est pas forcément révolue et Dieu a toute latitude pour conférer d'étranges pouvoirs à qui bon lui semble.

J'en souffle un mot à Adrien qui, fou de joie, s'exclame :

– Avant de commencer la chimio, je veux aller la voir.

Le lendemain, nous sommes rendus à Stuttgart. Gerda, un âge certain, des formes opulentes, un visage singulier où s'opposent laideur et beauté. Il émane de toute sa personne un indéniable rayonnement.

Elle fait d'abord entrer Adrien et s'entretient seule à seul quarante minutes avec lui. Ce laps de temps écoulé, j'avance à mon tour, Gerda ne parle que l'allemand. Farida traduit.

– Vous êtes le soleil, j'ai rarement vu cela dans ma vie, dit Gerda d'une voix lente en me fixant.

Adrien est couché, détendu et gai.

– Fais ce qu'elle dit. Tu vas m'aider.

Allongée sur une table, on me recouvre entièrement d'un drap blanc. Je suis vivement impressionnée par ce cérémonial. Que va-t-on faire de moi ? Gerda se tient à ma tête, Farida à mes pieds.

– Détendez-vous. Ne pensez à rien.

C'est alors qu'un froid rigoureux me traverse. Mon corps entier frémit, parcouru de frissons continuels. Et mes pleurs se mettent à couler. Je ne puis maîtriser ni les uns ni les autres. Impossible de dire un mot. Par contre, j'entends nettement la traduction de Farida.

– Que puis-je faire pour lui ?

Farida murmure à mon oreille :

– Nous sommes en train de vous communiquer une force télépathique pour le libérer, pour adoucir son état et le vôtre.

– Mais je ne suis pas malade!

– Parce que vous avez une extraordinaire volonté, mais après tout ce que vous avez vécu on se demande comment vous êtes encore debout!

– Comment le savez-vous?

– Le cœur ouvert comme un entonnoir, vous réceptionnez tous les coups de partout, rien ne vous protège contre les pensées néfastes de l'extérieur ou... d'ailleurs...

– ...?, et lui?

– Au contraire de vous c'est un entonnoir à l'envers. Fermé et enfermé, le mal le ronge, j'ai essayé de le libérer un peu.

Elle parle un long moment sur ce thème. Bientôt j'éprouve un soulagement et une douce chaleur bénéfique m'envahit.

– Je ne puis plus rien. J'ai fait le maximum. Pour lui, et pour vous. Je suis sûre que vous avez compris beaucoup de choses aujourd'hui, essayez de vous en souvenir, cela vous aidera.

Adrien se lève, prend ma main. Dans l'instant je sens une union totale avec lui. Comme une alliance d'une intensité surnaturelle, un mariage plus probant que la réalité tangible. Cela a été fugitif, d'où sa force pénétrante. Je n'aurais pu l'endurer plus longtemps sans me désintégrer. Enfin c'est le sentiment vivace que j'en ai. Je reprends confiance. Je me sens forte et légère. Rien ne peut plus m'atteindre. Nous gagnerons.

Sur le chemin du retour, Adrien exulte de bonheur. Nous demeurons un bon moment silencieux. D'un coup, il part d'un grand éclat de rire.

– Je vais vendre ce que tu appelles « Le Mausolée ». Cette maison est mauvaise pour moi, pour les enfants. Je n'y allais presque plus depuis la mort de ma femme. C'est ici même qu'elle a perdu la vie. Le passé doit être effacé, il faut l'oublier pour jamais.

Il semble transformé, je n'en reviens pas. Vendre sa première maison? Je l'avais visitée un jour avec Adrien et les enfants. A peine à l'intérieur, Benjamin et Patrick, déchaînés, courent de bas en haut en poussant des cris horribles. J'aperçois partout des souvenirs de leur mère, plaqués sur les murs, au plafond, dans les salles de bains.

Le soir même, Adrien appelle sa mère, et la charge de vendre les murs, les meubles de cette demeure. Puis se tournant vers moi, il me demande de faire un serment, celui de ne le quitter jamais. Je le jure.

La chimio a commencé. Adrien est criblé de piqûres. Le soir je dois quitter l'hôpital. Ce sont les ordres. Une semaine durant je l'assisterai pendant la journée, m'en retournerai à la maison dès qu'il s'endort pour revenir le matin à sept heures. Le dernier jour du traitement fut pour moi le plus terrible. Je n'y repense pas sans frémir. Les choses auraient-elles été différentes si...

Adrien a des sondes partout, reliées aux bouteilles renversées qui l'hydratent, le nourrissent, le calment, le soignent. L'une d'elles contient un produit dangereux s'il n'est pas administré sur un rythme lent et très régulier de goutte-à-goutte. J'obtiens la permission de rester cette nuit-là. Assise près de lui sur un fauteuil, je ne quitte pas des yeux les bouteilles, surtout la « dangereuse », à force de la fixer j'en ai la tête qui tourne. Je compte les gouttes, je compte les gouttes...

La chimio est terminée. Nous pouvons rentrer chez nous. Les enfants font bon visage. Petite soirée heureuse, tranquille. Adrien, vite harassé, se couche. Je vais pouvoir en faire autant. Mes longues stations assises dans le fauteuil ont écrasé ma colonne vertébrale. Quel délassement que de m'allonger enfin de tout mon long!

Adrien lit son journal, mais sa vue se trouble. Par contre, l'esprit est intact. Son cerveau fonctionne admirablement. Il me dicte ses ordres que je transmets par téléphone à ses bureaux.

La plupart du temps, Adrien est couché ou reste dans sa chambre. Patrick a le champ libre.

Je tente de le calmer.

– Pourquoi fais-tu cela? Je te croyais redevenu raisonnable l'autre soir. Je t'en prie. C'est toi l'homme de la maison maintenant. Si l'on t'a dit que je pouvais vous faire du mal, à ton frère et à toi, c'est faux. Tant sur le plan affectif, que sur le plan matériel. L'héritage? Si je l'avais voulu, il y a belle lurette que j'aurais réglé la question et à mon avantage!

– Alors qu'est-ce que tu fous ici?

Je réponds simplement : « J'aime ton père et il m'aime. Que fais-tu de l'amour? Sais-tu seulement ce que c'est? Tu devrais en éprouver pour ton frère. C'est vilain, Patrick, indigne de l'homme que tu pourrais être. C'est à toi de décider maintenant. Tu as une intelligence et des facultés très supérieures à la moyenne. Sers-toi de ces dons extraordinaires pour devenir un homme remarquable, si tu le veux, tu le peux. Tes capacités exceptionnelles peuvent t'amener au meilleur comme au pire. Je t'en prie, Patrick, choisis le bon chemin, même si c'est le plus difficile à prendre, tu es de taille à le parcourir. Au cours de ta vie tu ne gagneras pas toutes les batailles et l'important à la fin de tes jours sera de te dire : j'ai gagné la guerre! Si tu le désires comme le désire ton père, je serai toujours là pour t'aider quoi qu'il arrive. N'oublie pas que moi aussi je t'aime. Alors décide, mais décide vite!

Pendant quelques instants Patrick se radoucit, il semble ébranlé. Il se blottit dans mes bras.

– Pardon Mimine souvent c'est plus fort que moi. J'ai besoin de faire mal, parce que j'ai mal.

– Je comprends ta détresse, je veux t'aider, les moments à

venir vont être terribles, je crois que tu l'as compris? Laisse parler ton cœur, et sois un peu plus charitable.

– Je ne veux pas être charitable.

Il est redevenu froid et distant. Puis il dévale les escaliers et s'enfuit.

Pour moi, seul compte Adrien. Sa bonté qu'il m'a généreusement prodiguée. J'ai juré de rester, je tiendrai ma promesse. Contre le vœu de tous ceux qui courent après un héritage érigé en veau d'or, leur haine réciproque. Pour me consoler, j'appelle mes amis au téléphone. Chacun à sa manière me réconforte.

Adrien dort de plus en plus. Les enfants se battent. Heureusement nous allons partir pour Cannes. Le changement leur fera du bien, je l'espère. Par touches légères, j'essaie de les raisonner. Leur père est très malade. Je n'ai pas le courage de leur dire qu'il va peut-être mourir. J'ai perdu le sommeil, j'aspire à ne plus entendre résonner les sacrées cloches de Zurich qui carillonnent à tour de rôle leur quart d'heure dans une crispante régularité.

Installée à Cannes, j'appelle mon père à Nice.

– Adrien aimerait te voir.

– Ne compte pas sur moi.

– Papa, tu sais qu'il est très malade. Viens, je t'en supplie. Au moins m'aider moralement. Viens!

– Non!

Je n'ai jamais connu mon père aussi rétif et laconique.

– Tu ne peux pas m'abandonner et moi je ne peux pas le quitter pour aller te voir. Il est incapable de marcher seul. Il a perdu la vue pour le moment. Mais il entend très bien. Il te réclame.

– Non, je n'irai pas. Il m'a déçu, trahi, comme il t'a trahie. Il aurait dû t'épouser depuis longtemps.

– Sa maladie nous a pris de court.

Mon père avait beaucoup aimé Adrien; sa déception en était d'autant plus grande.

– Papa, ne nous fais pas ça.

– Si tu veux me voir, rendez-vous à Cannes, au bar du Majestic à dix-sept heures.

Juste avant de raccrocher, il dit précipitamment :

– As-tu des bijoux avec toi ? Alors, apporte-les-moi. Je les garderai. On ne sait jamais.

– Que penses-tu que je risque ?

– Ma pauvre, tu risques tout !

J'étais effondrée de notre communication téléphonique, il aurait dû venir chercher mes bijoux puisqu'il y tenait tant, mais son opiniâtreté à ne pas rencontrer Adrien l'emportait. Il me faut trouver une heure pour quitter mon malade.

Mon père me dit à brûle-pourpoint, la colère sourde :

– Ces bijoux-là, évidemment, ce sont les tiens depuis toujours. Ceux qu'Adrien t'a offerts, où sont-ils ?

– A Zurich. Je ne suis pas venue ici pour faire la fête. Je t'apporte mes bijoux restés à Cannes.

– Ce sera toujours ça de sauvé. Parce que d'ici peu tu ne retrouveras plus rien. Tu n'as aucun souci de tes affaires. C'est ahurissant. A Paris, Adrien s'est-il occupé de tes intérêts ? A voir ta mine je pense que non. – Il soupire avec accablement. – A-t-il au moins placé de l'argent à ton compte en banque ?

– Non, à aucun moment nous n'en avons parlé.

– Voilà un gars pour lequel tu as arrêté ta carrière et il ne t'a rien donné ?

– Tout et rien. On n'a jamais fait de papiers.

– Même pas un testament ?

– Non, en tout cas je l'ignore.

– Qu'attends-tu pour lui en toucher un mot.

– Mais, papa, voyons ! Cela le tuerait. Il saurait qu'il est perdu.

– C'est toi qui vas tout perdre, idiote ! On t'a toujours roulée. Tu as été « par amour » le jouet de tous ces hommes qui n'avaient pas ta sincérité. Certainement pas ta naïveté.

Il est parti sans m'embrasser. Il murmurait : « Idiote... mais quelle idiote! »

Une visite pour Adrien. Son ami le peintre Joachim Ferrer. A l'idée de voir ses nouvelles toiles il est tout excité. Moi je suis très anxieuse. Hier encore il ne voyait rien. Quoique ayant pris l'habitude de ces anomalies je préviens Joachim de cette éventualité. Nous retardons l'un et l'autre le moment fatidique de montrer les toiles.

Très lentement nous défaisons les paquets. Adrien s'impatiente.

– Alors ces merveilles, tu me les montres? Puis s'exclame soudain, du rose que c'est beau! et ce bleu tendre c'est ravissant... ta peinture devient plus gaie, tu as raison, elle me réchauffe le cœur.

Je me précipite vers le premier et le lui apporte; « celui-là c'est moi qui te l'offre », « et moi je t'offre celui-ci, mon tout dernier, et ce petit-là c'est pour vous deux. »

La joie d'Adrien est immense et la nôtre incomparable. J'ai remarqué que chaque moment heureux le guérissait pour un temps de ses souffrances.

Il se sent bien et tous trois partons à Mougins chez l'ami Verger, il commande les meilleurs plats en arrosant le tout d'un Pétrus de 1947, l'année de sa naissance. Adrien est très gai, nous essayons de l'être aussi. En rentrant, il est pris soudain de vertiges, de douleurs aux jambes, aux bras.

Par crainte d'un malaise j'avais prévenu le Dr Meyer de notre sortie. En cas d'urgence, je savais où le joindre n'importe quand. Inquiet lui-même, il était déjà là à notre arrivée. Il nous attendait. On couche Adrien. Il semble s'endormir immédiatement.

Ses parents arrivent à ce pire moment. Le moulin à calomnies a remonté le père à bloc. Ils viennent pour la grande scène. Je me précipite pour leur interdire l'accès de la chambre où notre malade repose. Ce n'est pas l'amour qui peut inspirer une telle attitude, au contraire.

– Partez! Je vous en prie. Ce n'est pas le moment. Votre présence l'irrite. Vous compromettez sa convalescence.

Le Dr Meyer tente à son tour de les raisonner.

Adrien a entendu de son lit; il appelle son père d'une voix plaintive.

– Entre deux minutes, papa. Écoute-moi. Il pèse ses mots. Tu as adoré Michèle, ensuite tu l'as haïe. A l'hôpital, à plusieurs reprises, tu l'as appelée « chérie », ému par son dévouement. Et maintenant, tu la détestes de nouveau! Mais qu'est-ce que cela veut dire? Aucun de vous n'est donc capable de respecter le calvaire que je lui impose. Alors, fichez-nous la paix. Je vous en supplie. Allez-vous-en!

L'état d'Adrien ne s'améliore pas. Nous allons réintégrer Zurich. Maryvonne, l'intendante de la villa, lui demande de signer quelques chèques pour ses besoins. Il croit avoir signé, mais sa main n'a fait qu'esquisser un parafe.

Bientôt, la maison de Zurich s'emplit de ses cris.

– J'étouffe. Je vais mourir!

Il s'accroche à moi, pleure. Je le prends dans mes bras. Je suis seule dans la maison. Sur ses cinq médecins soignants je n'en trouve pas un seul. Tous occupés ou absents. J'ai du mal à me faire comprendre dans une langue étrangère, pour trouver une ambulance. Je souffre la peur des peurs, celle de le voir cesser de respirer. Il est, il n'est plus, après un soupir! Enfin l'ambulance arrive. Des glissades de brancards, des ordres brefs. J'entends mal l'allemand. Je crois comprendre « ... les centre nerveux sont atteints... alors là... »

– Enfin, docteur, rien ne vous laissait prévoir si rapidement...

– Que savons-nous, madame? Le mal nous surprend souvent par sa lenteur ou par sa rapidité. Dans son cas, tout peut arriver, même vite. Il fait une embolie pulmonaire. Il risque de ne pas passer la nuit.

C'est fou le tact qu'ont certains médecins!

Le nez collé contre la vitre qui nous sépare, je reste attentive au moindre geste qu'Adrien pourrait faire. Après plusieurs heures de recherche, un de ses médecins traitants arrive enfin. Cas rarissime il me laisse entrer dans la salle de réanimation, vêtue d'une blouse blanche, le visage à demi masqué. Au matin du troisième jour, quoique n'ayant pas repris connaissance, on l'emporte dans une chambre, où nous nous retrouvons seuls.

– Farida, venez à son secours. Il a besoin de votre aide. Il faut tout tenter.

Elle entre seule dans la chambre. Lorsqu'elle revient vers moi, Adrien est sorti de sa torpeur. Prodigieux! On l'assied sur un fauteuil. Il ouvre de grands yeux, réclame ses enfants. Il est gai. Les embrasse et plaisante. Les professeurs alertés se précipitent à son chevet. C'est la stupéfaction. Ils s'attendaient à sa disparition d'une heure à l'autre.

Les jours qui viennent me ménagent de bonnes et mauvaises surprises. Il veut manger. Ne peut avaler. S'endort entre chaque bouchée. Farida revient et le miracle recommence. La visite du matin avait été plus que pessimiste, voilà nos médecins renversés. L'un d'eux s'avise de parler d'opération de la tumeur devant Adrien. Il s'énerve, s'agite. Il a peur. Mais je le calme :

– Comme toujours, ce sera à toi de décider. Si tu ne le veux pas, il n'y aura rien de fait. Dès que tu te sentiras mieux, on rentrera à la maison. N'en parlons plus.

Il redevient gai et normal. Incroyable! Je le promène de long en large, un parcours de couloir que les patients connaissent bien. Il lit son journal. Il mange tout ce que lui prépare Loï. Il reçoit même son ami Robert Toutain avec un plaisir évident, mais il refuse de voir ses enfants! La maladie le rend cyclothymique. Quels mots vais-je employer pour leur faire comprendre le caprice de leur père? Je suis dans une situation hérissée de difficultés.

Puis, il me tend une feuille, dactylographiée par sa secrétaire.

– Prends cette lettre, me dit-il, il se pourrait que tu en aies besoin. J'ai compris le manège de mes parents, s'ils te forçaient à partir je ne le supporterais pas. En cas de graves problèmes, montre ce papier.

J'appelle sa mère, elle me fait de la peine et ne comprends pas sa haine. J'aimerais être son amie, je décide de l'emmener à la consultation. Elle ne connaît pas encore le professeur. Le compétent chirurgien a le regard dur. Sur son bureau une énorme tête en plastique, coupée en quatre. Il nous explique l'endroit exact de la tumeur, les centres concernés, l'emplacement de la poche d'air, cause de tous ses malaises. Sa froideur clinique me terrifie.

– Je vais en entretenir votre mari dès demain.

– Je vous en supplie, professeur, ne soyez pas trop direct, il a si peur de mourir. S'il souscrit à l'opération, il faut qu'elle se passe dans les meilleures conditions possibles, qu'il ne craque pas avant.

Quand je rentre dans sa chambre je le trouve tout excité.

– Où étais-tu? Je n'aime pas que tu me laisses seul.

– Mais mon chéri, il le fallait bien. Le professeur Yasargil voulait me parler.

Il me supplie, les yeux agrandis d'horreur, essoufflé. Je tente quelques phrases apaisantes.

– Ne te mets pas dans cet état, mon chéri, on fera tout ce que tu voudras. Oui. Nous rentrons si tu veux.

– Michèle, partons vite, vite. Pas d'opération.

– Ce n'est pas parce qu'on en a parlé que tu dois t'affoler ainsi. Calme-toi. Je cours chercher l'autorisation de sortie du professeur Yasargil.

– C'est ça. Je veux partir d'ici. – Sa voix est pleine de sanglots. – Je t'en supplie.

La tête du professeur ne lui dit rien qui vaille. Il est face à lui, démuni, ébranlé, vibrant de peur. Il finit par le calmer et lui faire comprendre l'urgence de l'intervention.

– Mon pauvre amour. Mon pauvre amour!

Une fois apaisé, Adrien plonge dans un de ses fréquents petits sommes.

La porte refermée sur mon dos, le professeur laisse tomber l'inexorable diagnostic.

– L'opération est inévitable. Il faut extraire la tumeur au plus tôt. On m'a remis le dernier scanner tout à l'heure, juste au moment où vous repartiez de mon cabinet.

– Alors il est temps de prévenir la famille.

Combien d'heures l'ai-je regardé dormir? J'ai perdu la notion du temps. Il ouvre les yeux et me tend les bras.

– Viens près de moi.

Il me serre contre lui, il caresse mes yeux, mon front avec douceur. D'un doigt il parcourt mon visage, dessine le contour de mes traits. Comme pour se souvenir.

– Tout va bien, mon chéri. Je suis là. Je ne te quitterai pas, je te l'ai promis.

C'est ce leitmotiv qui le calme.

– Allonge-toi près de moi.

Je tremble maintenant. Nous restons sans parler un long moment. Il caresse mes cheveux.

– Caresse-moi, toi aussi.

Le peu de ses cheveux qui a repoussé me reste dans la main. Nous nous endormons l'un contre l'autre.

– Il est plus de minuit, murmure à mon oreille l'infirmier venu lui faire sa piqûre. Je rentre ensommeillée à la maison au silence farouche. Je m'écroule sur le lit tout habillée et m'endors recluse de fatigue.

Le lendemain j'ai du retard à l'hôpital. Je pars comme je suis, un peu fripée, maquillage de la veille. Adrien m'apostrophe.

– Tu es habillée comme une vieille femme. De quoi tu as l'air!

Je souris. S'il rouspète c'est bon signe. Il va mieux. Il voit. C'est tellement vrai qu'il réclame tout son monde, son assistant, sa secrétaire. Il signe des chèques, des papiers qui passent de main en main. Parents et amis sont attendus. Il est heureux de les voir. A leur départ Adrien s'endort. Je saisis l'occasion pour lire mon courrier qui remonte à plusieurs jours. Une lettre se détache, personnelle, aimante.

– Que lis-tu si attentivement?

Adrien me regarde depuis un moment semble-t-il.

– Un courrier attendrissant d'une amie. La femme du sous-préfet de Sarlat. Enfin je les ai connus là-bas où son mari, Robert, était en poste. Ils habitent maintenant dans le Sud-Ouest. Elle s'appelle Paule Laurette. Elle m'est très attachée. Enthousiaste, elle partage mes joies, elle est toujours présente dans mes peines. Elle t'aime sans te connaître.

Avec son mari elle est allée à la grotte de Lourdes prier pour nous deux. Adrien s'applique à comprendre comment des gens qui ne l'ont jamais vu peuvent prier pour lui avec tant de ferveur.

– Quelle chance tu as d'avoir des amis pareils! Il faudra que je les rencontre.

Nous sommes réconfortés. En fermant les yeux Adrien me dit :

– Un peu de musique, chérie, j'ai envie d'écouter du Mozart.

Calmement il se reproche d'avoir tardé à régler mes affaires. Je le rassérène. Il est fatigué, je le vois qui se gratte la tête un long temps. Il souffre à énumérer ses promesses non tenues.

– Je t'en prie, Adrien, laisse tout cela. Nous verrons plus tard.

On n'en reparlera plus, l'inachevé demeure. J'étais tellement incapable de débattre de ces questions d'intérêts. Il ne me devait rien.

Pour Adrien l'heure de l'opération approche. Je l'embrasse, est-ce la dernière fois ? Je lui retire sa montre comme d'habitude. Patrick la réclame. Je refuse, son père y tient trop, il voudra la retrouver à son réveil. Il en a une cinquantaine toutes plus belles les unes que les autres, mais c'est celle-là à laquelle il tient le plus, c'était sa première montre. Elle est pourtant cassée depuis longtemps.

La grand-mère rabroue son petit-fils. Adrien que l'on croyait endormi grogne.

– Patrick, rends cette montre à Michèle, c'est à elle de la garder. Tu n'as pas honte!

La grand-mère flanque une tape à Patrick. Étendu sur le chariot qui l'emmène, Adrien s'inquiète encore :

– As-tu besoin de moi, ma chérie ?

– Bien sûr j'ai besoin de toi, reviens vite je t'attends.

Sa mère pleure. Moi, pas. Je ne peux plus, je n'arrive même plus à respirer.

– Patrick calme-toi, viens m'embrasser.

– Tu crois qu'il va s'en sortir ?

– Bien sûr voyons, ne restons pas dans cette chambre vide, c'est trop triste.

L'opération va durer des heures. Allons nous reposer, on déjeunera ensemble plus tard. Patrick promet, elle ne répond pas. Je retourne à la maison toute seule, il faut que je dorme pour reprendre un peu de force, je sens que je vais en avoir besoin plus que jamais. A midi, je me réveille pour apprendre que Patrick est déjà parti déjeuner avec sa grand-mère. Je suis seule. Seule dans ma chambre. Machinalement j'allume la télévision, Piaf chante :

Mon Dieu, mon Dieu, mon Dieu,
Laissez-le-moi encore un peu
Mon amoureux...

Je retiens mes sanglots. Mes ongles ont déchiré la paume de mes mains, et mes lèvres saignent.

Opération réussie. Adrien pourra peut-être être sauvé. Sa mère et Patrick surgissent au bout du couloir de l'hôpital. Le chirurgien est contrarié, je sens qu'il veut me parler en tête à tête. « On verra demain. » Il est furieux de voir Patrick :

– Jeune homme, je vous prie d'être poli et aimable avec les infirmières. Ici, on ne donne pas d'ordres aux dames. On n'est pas dans un palace et elles ne sont pas vos larbins.

Patrick, mortifié, ne peut supporter l'algarade et se sauve. Sa grand-mère le suit. Que s'était-il donc passé après mon départ de la chambre pour que le professeur soit si mécontent. Je ne puis voir Adrien que quelques minutes. Il sera surveillé toute la nuit par les médecins.

Je rentre. Maison vide. En ce jour nous aurions dû être tous réunis en famille pour fêter l'opération « réussie ». Je romps ma solitude en appelant tous mes amis de Paris. Je téléphone aussi à Paule Laurette. Elle me fera une réflexion qui m'impressionne encore.

– Tu ne cries pas assez fort quand tu parles au Bon Dieu. Tu sais, le Seigneur est facétieux. Il fait la sourde oreille pour mettre notre foi à l'épreuve. Appelle-le fermement. Il ne sera pas insensible. Sois courageuse. Je prie pour toi.

Peut-on imaginer que l'on puisse crier après le Bon Dieu. La foi de Paule fait mon admiration. Je n'ai jamais vu ça.

Adrien a changé de chambre. Il est avec trois autres malades blafards, immobiles, les yeux clos, dans l'attente du pire. Mon regard interroge. Les médecins répondent en levant les bras au ciel. Impuissants. Je prends la main d'Adrien. Il me sourit. Un nouveau dialogue s'est instauré entre nous à partir de mots clefs qu'il comprend par la pensée. Ainsi que Gerda nous l'a enseigné, nous communiquons et tant qu'Adrien aura ses facultés mentales nous pourrons communiquer de cette manière.

– Quittez cette salle des cas graves, conseille le professeur. Restez dans notre monde. Celui-ci est déjà tout autre.

J'obéis en jetant un œil à la ronde. Perdu dans un coma profond, au masque livide et tragique que la mort n'a pas adouci de sérénité et d'infini, un beau jeune homme est étendu.

– Il était à moto sans son casque. Il a le crâne brisé. Depuis quelques minutes, de l'autre côté de la porte, les cris déchirants de sa fiancée me bouleversent encore plus.

Je vais rentrer à pied.

Tout au long du chemin je repense à Junior qui fut un jour accidenté. Le coup m'a été cruel. Il avait emprunté la moto d'une amie. Tout en n'ayant pas de casque, lui non plus, Junior eut plus de chance que ce malheureux.

Je marche dans le froid et la neige. Vais-je retrouver Patrick et Benjamin? Ils sont là, mais Benjamin fait semblant de dormir et Patrick s'est enfermé dans la salle de bains.

– Patrick, je voudrais te parler.

– Si je sors je te casse la gueule.

Pauvres enfants! On leur répète sur tous les tons que je suis « une mauvaise femme », que je leur « prends » leur père. Ils étaient si doux, si confiants tous les deux. A présent ils me détestent. J'ai mal pour Benjamin qui est redevenu taciturne et solitaire. Dieu sait quelles funestes pensées, instillées par les adultes, ils taisent tous les deux en leur cœur. Là est le véritable scandale.

De jour en jour, les choses vont empirer. Transféré dans sa chambre, Adrien ne veut manger qu'avec moi. Sa mère ne peut le supporter voyant toujours en lui le bébé qu'il était il y a trente-cinq ans. N'est-il pas « son » fils? Elle le clame. Adrien se met à trembler, son regard vide me cherche. Je lui parle, il s'apaise. Les enfants font le siège de leur père, chacun lui prenant une main. Renfrognée et rencognée dans son fauteuil, sa mère boude ou m'invective, c'est selon. Les infirmières sont outrées de son attitude envers moi.

J'encaisse ces sévices avec patience pour sauver un peu de paix autour d'Adrien. Un soir, elle me prend à partie méchamment. Je réplique sur le même ton en lui rappelant quelques vérités.

– Étiez-vous là, il y a trois ans, lorsqu'il a été malade la première fois ?

– Non, fait-elle à contrecœur.

– Il était pourtant seul à cette époque. Ce qui n'est pas le cas aujourd'hui. Que voulez-vous, il me réclame. Je n'y puis rien. Combien de fois vous a-t-il dit que vous l'exaspériez ? Ses « maman, je ne te supporte plus » sont légendaires dans la famille. J'ai tout tenté pour améliorer vos relations, sans y parvenir. Que je sois ici ou pas ne change rien à cette réalité. Adrien est bloqué contre vous depuis des années. Vous le savez très bien. Cela fait trois mois que je vis dans cet hôpital...

– Si vous y êtes, vous l'avez bien voulu. On ne vous a rien demandé.

– « On » ne m'a rien demandé. Mais Adrien, lui, m'a fait jurer de ne pas le quitter. Je tiendrai mon serment.

Entre elle et moi la rupture est consommée. Que lui a-t-elle dit ce matin en l'abordant avant moi ? Je ne sais qu'une chose, c'est qu'Adrien refuse d'avaler toute nourriture et qu'il s'agite dans son lit. Je pousse doucement sa mère dans le couloir.

– Partez, s'il vous plaît. Adrien se doutait bien de ce qui arriverait un jour. Aussi m'a-t-il signé un papier me chargeant de prendre toute décision en ce qui concerne sa maladie. Il m'a confié ce souci et cette préférence. Vous devez vous y soumettre.

Il en résulte un vacarme pas possible. Elle ameute tout

l'étage. Dire qu'Adrien entend cette honte! Le professeur rapplique aussitôt. Il est furibard. Pour en finir, je lui montre le papier qu'Adrien m'a remis.

« Je soussigné Adrien J. déclare que Michèle Mercier, ma compagne, présentée comme mon épouse à tous les professeurs et médecins depuis ma maladie, est seule habilitée à prendre les décisions concernant mon état de santé au cas où je ne pourrais les prendre moi-même. Je compte expressément sur mes parents et mes enfants pour respecter ma volonté. »

– Nous devions nous marier. C'était même imminent. Sa maladie nous a pris de court. Je n'aurai pas l'indécence de lui en reparler maintenant. Sa mère exerce sur lui une autorité possessive que son fils ne tolère pas; cela remonte à des années. Si bien qu'il ne consent à manger qu'avec moi. Comme il doit impérativement se nourrir, qu'elle vienne donc le voir entre les repas!

Le professeur est toujours en colère. Il se tourne vers la mère :

– Madame, votre fils est moribond. A défaut d'un accord entre vous, je vous demande de le laisser manger. Vous reviendrez le voir demain.

Et à moi : « Veuillez me rejoindre dans mon bureau. » Je n'en ai pas plus tôt franchi le seuil :

– Vous vous cachez derrière une autre identité, expliquez-moi pourquoi.

– Je voulais rester une femme anonyme comme les autres, pas une bête curieuse que l'on regarde toutes les cinq minutes « pour voir la tête qu'elle a aujourd'hui » ou avec des airs de commisération me faire signer des autographes toute la sainte journée. Je ne voulais pas être dérangée dans le but que je m'étais assigné. De plus avec votre loi idiote, n'étant pas encore mariée, jamais vous ne m'auriez laissée auprès de lui comme tous les deux on le désirait. C'est pour cela qu'il a écrit cette lettre.

– Vous auriez dû me la montrer bien plus tôt. Vous vous occupez de lui avec tendresse et dévouement depuis des mois. Quel intérêt vous y incite? Dites-moi la vérité.

– D'intérêt, je n'en ai aucun. Je l'aime. Je lui ai promis de demeurer près de lui. Voilà tout.

– Cela ne suffit pas à provoquer la colère de sa mère. A-t-il fait un testament?

– En ma faveur? Pas que je sache. Il n'en a jamais été question. D'ailleurs, en lui en parlant il aurait compris qu'il allait mourir. Je ne l'ai pas voulu.

– C'est apparemment pourquoi on vous en veut. Sans doute était-ce bien l'intention du malade. Cela a suffi pour vous mettre sa famille à dos. Je ne vois que cette explication. En tout cas, maintenant, il est trop tard.

– Aucune importance. Je ne suis pas ici pour ça.

Le professeur a équitablement partagé entre la famille et moi les heures de visite. Mais Adrien avait pâti de tout ce tohu-bohu. Le lendemain, à l'hôpital où je porte le repas, sa chambre est vide. J'attends que mon malade remonte. Entre une infirmière.

– Monsieur J. n'occupe plus cette chambre, madame. Ses affaires sont rangées dans une pièce spéciale. Quand, pour la deuxième fois, on emmène un malade aux soins intensifs, c'est qu'il ne reviendra plus.

– Au moins, vous, vous n'y allez pas par quatre chemins!

Sa voix sonore, un peu virile, condescend à dire :

– Oh, vous savez, je ne vois que cela. Question d'habitude. A ce stade, les affaires personnelles ne servent plus à grand-chose. En tout cas pas au malade.

J'ai du mal à supporter le choc. Je marche comme une somnambule jusqu'aux soins intensifs. Impressionnant. Adrien est attaché. On lui a mis de surcroît des gants genre boxeur. « Il arrache ses sondes », me dit Anne-Marie, mon infirmière préférée. Assommé de tranquillisants, Adrien ne

« sent » pas que je suis près de lui. Anne-Marie me soutient, essaie de parler d'autre chose. Mon identité, mes liens avec Adrien ont fait le tour de l'hôpital.

– Pourquoi cet incognito ?

– Je craignais d'être importunée. Ma vie privée est importante. De cette manière je me sentais libre.

Elle a un beau sourire. « On va vous aider, ce ne sera pas de tout repos. Cette famille est injustement montée contre vous. »

Elle avait compris. Le mot passera de bouche en bouche parmi le personnel.

L'état d'Adrien ne s'améliore pas. La nuit précédente il a arraché ses gants, les courroies, toutes les sondes et perfusions. Comment a-t-il fait ? Il ne supporte absolument pas la sonde gastrique. Pourrait-on le nourrir autrement ? Une infirmière passe portant une énorme seringue. L'idée me vient de me servir de cet instrument pour nourrir Adrien.

– En avez-vous d'autres de cette taille ?

– Bien sûr !

– Soyez gentille, apportez-m'en une.

Grâce au piston de la seringue débarrassée de son aiguille, j'aspire un peu de bouillon que je fais couler entre les lèvres d'Adrien. Il lève bientôt ses paupières, ouvre les yeux. Je sais qu'il me voit. Je l'incite à manger. Devant les infirmières étonnées, il ouvre grand la bouche. Il continuera de se nourrir ainsi de lait et de bouillon clair. Nos communications par la pensée occupent ses veilles. A mes questions il répond par un sourire, un serrement de main, un signe léger de la tête. Curieuses conversations, entendues de nous seuls.

L'effet sur le malade est à ce point bénéfique qu'il est autorisé à quitter les soins intensifs et à réintégrer sa chambre. C'est une performance inhabituelle.

Ces instants d'intimité ne sont pas du goût de tout le monde. Patrick me fait des grâces pour que je lui obtienne du professeur Yasargil, qui l'a pris en grippe, un droit de visite auprès de son père. Très vite, il viendra seul. Je le surprends en train de le faire manger. Le résultat est déplorable. Il compromet mes efforts.

Ce matin, par chance, Adrien et moi sommes au calme. Nous nous disons mille douceurs. Je lui parle amoureusement. Les mots progressent lentement vers son cerveau, mais il comprend. Son visage rayonne. Je dépose entre ses mains le petit bol de soupe. Il le tient bien. A la bonne heure! Il mâche un moment avant d'avaler. La déglutition est ardue, mais ses efforts sont couronnés de succès. Nous rions tous les deux.

Brusquement une tornade s'engouffre dans la chambre. Patrick, sa mère et les autres suivent une infirmière inconnue. Elle remplace Anne-Marie, en vacances pendant les fêtes de fin d'année. La mère en fait le siège.

– Jetez cette femme dehors. Elle n'a aucun droit d'être ici. Elle n'est qu'une intruse, une fille de rien. Il n'y a qu'une Mme J., c'est moi, la mère. Voilà mon fils!

L'infirmière me signifie aigrement mon congé.

Dans un geste de révolte, Adrien jette son bol, griffe ses couvertures, son visage devient livide. Il tremble de la tête aux pieds, lance ses jambes de tous côtés. Il sait qu'on m'éjecte et réagit comme il peut. Je m'efforce de le calmer. On m'écarte sauvagement. Je vois mon pauvre chéri enlevé de son lit, transporté sur son fauteuil. Sa chemise se relève, découvre son sexe. Sa mère l'en accuse comme d'une indécence.

– Voyons, tire ta chemise et tiens ta tête droite!

Sa tête, mutilée, lourde, qu'il ne peut soutenir depuis des jours et des jours! Patrick, piqué derrière le fauteuil, la lui relève en la tenant entre ses mains.

– Mange, mon gros bébé. Mon petit bébé à moi, mange.

La mère bêtifie sans retenue devant son enfant rendu à ses pulsions maternelles.

J'arrache mon manteau du cintre et je cours au-dehors. Je cours pour fuir ce spectacle hallucinant, sans trop repérer mon chemin, les yeux pleins de larmes. J'ai souffert le supplice infligé à Adrien. Mes pas précipités réveillent la vive douleur que j'ai ressentie aux vertèbres cervicales en le voyant plaqué sur son fauteuil. Dans mon désespoir, je me suis perdue. J'erre des heures dans les avenues glacées de la grande cité.

Lorsque enfin je pénètre dans la maison, une musique effroyable s'y déchaîne en même temps que l'odeur de marijuana me saute aux narines. Des jeunes gens de quinze à vingt ans, hirsutes, les yeux hagards, les copains de Patrick, profitent de mon absence pour se défouler. Une espèce de grand diable me barre l'accès de l'escalier. Il est drogué, l'œil mauvais. Son rire me terrifie. Il me dit je ne sais quoi qui m'épouvante.

Je réussis à m'enfermer à clef. A jeun depuis le matin, je préfère le demeurer que de me livrer à leurs provocations et à leurs insultes.

Ainsi iront les jours, désormais, entre la maison et l'hôpital. Un système de bascule qui penche du mauvais côté en quelque endroit que je me trouve. Je mène un combat sur deux fronts. Contre l'agressivité et les vexations, contre le mal et le martyre d'Adrien. Adrien qui vit prostré, ne mange plus. Il souffre sans parler. Il entend, comprend ce qu'on dit, subit l'impuissance mortifiante de toute réaction.

A la maison ma peur est permanente.

Tandis qu'à l'insu du monde je suis ici plongée dans la fosse aux serpents, à Paris Jacques Martin au cours de son émission « Incroyable mais vrai » annonce qu'un minibus qui porte mon nom est offert à l'ADAPEI [1] grâce aux dons que nous avons faits au cours de cette soirée de charité du « Variety-Club » à Cannes il y a à peine six mois.

1. Association Départementale des Amis de Parents d'Enfants Inadaptés.

Je ne savais pas que l'on m'avait cherchée pour en remettre la clef publiquement dans cette émission. C'est Dave qui s'en est chargé à ma place.

La jeune infirmière remplaçante a repris ses sens. Elle a vu, compris la situation dans laquelle Adrien et moi sommes plongés. Toutes prennent ma défense, Anne-Marie, Prisca et leurs collègues.

Jour de Noël. Bienheureux téléphone qui me relie à ceux que j'aime. Max Keil et ses amis comprennent eux aussi.

– Fais tes bagages. Viens loger chez nous. Tu ne peux pas rester là-bas. Ils vont t'user, te démolir.

J'appelle Maryvonne, l'intendante à Cannes, pour lui souhaiter un joyeux Noël, lui donner des nouvelles de Monsieur. J'ajoute que je ne vais pas tarder à venir prendre mes affaires. Elle me répond sur un ton détaché :

– Je regrette, mais j'ai ordre de ne pas vous laisser entrer.

– Ordre de qui ? Tout de même, Maryvonne, rappelez-vous que c'est moi qui vous ai engagée et mise à ce poste d'intendante.

Elle a oublié.

– La mère de Monsieur vous a interdit l'accès de la villa. C'est Mme J., maintenant, qui m'envoie mon chèque mensuel. C'est à elle que je dois obéir.

J'ai du mal à croire ce que j'entends.

– D'ailleurs, alarme, serrures, tout a été changé. Vous ne pourrez plus entrer.

Elle raccroche.

Mon père avait raison, j'ai tout perdu : tableaux, bijoux, la Rolls et le reste.

Je suis au chevet d'Adrien. Je me penche vers lui, je lui dis les mots clefs. Il remue les paupières, ouvre un œil, sourit, me tend la main. Il articule quelques mots.

– Il me dit qu'il a soif.

L'infirmière hésite.

– Adrien, mon chéri, répète ce que tu viens de dire.

Nettement il prononce « soif ».

Elle me regarde, incrédule. Vite, la seringue, un peu d'eau. Je masse sa gorge lentement et lui dis d'ouvrir la bouche. Le liquide glisse.

– Ce qu'il faut faire, pour le cas où je ne suis pas là, c'est lui parler très doucement, bien masser sa gorge avant de lui mettre le liquide dans la bouche.

Adrien semble participer à notre conversation en ouvrant les yeux dans un signe d'assentiment. Il sourit.

L'infirmière est stupéfaite.

– Incroyable! C'est incroyable. Jusqu'ici je ne l'ai vu ni bouger ni parler. Il recrache même tout ce que je lui donne.

Elle part, nous laissant seuls. Je resterai un long moment au chevet d'Adrien. Je plaisante. Je lui raconte des choses. Il essaie d'articuler une phrase. Son corps est agité d'un doux frémissement. Je ne comprends que la fin : « merci ». Il tend ses deux bras vers moi.

– Ne t'inquiète pas mon chéri, je suis là, je serai toujours là.

Quel bonheur, Dieu Tout-Puissant! Je lui dis et frotte ma joue contre la sienne. C'est alors que je le sens se détendre. Il se fait plus lourd à mon étreinte. Un vide se creuse dans mon cœur, un grand vide. Le terre à terre s'efface devant le surnaturel et l'impitoyable. Je gémis et suis prise d'un frisson de malheur. Mon Adrien chéri m'a quittée. Il n'est plus. Je le sens, je le sais. Peut-être cliniquement vivant mais spirituellement mort. J'aimerais le suivre.

La mort est simple. Elle ne me fait plus peur. Je suis désemparée mais je n'ai pas le droit de m'apitoyer sur mon sort. La mort est clémente pour Adrien. Enfin il ne souffre plus. Je le vois reposé.

Agitée de sanglots convulsifs, je m'échappe. Le professeur me croise sur le seuil, suivi de Prisca. « Il faut le réalimenter par sonde gastrique. Il y a trop longtemps qu'il ne prend rien. » Puis, après quelques pas, j'entends : « Dépêchons! Il est dans le coma... »

Je passerai la nuit à faire mes bagages. Un tri s'impose. Je ne puis emmener la totalité de mes affaires. La famille s'empressera de garder ce qui reste, opposant un profond silence à mes réclamations.

Les enfants, surpris de mon départ, me font des adieux froids et distants. Benjamin retire sa joue à mon baiser. Quant à Patrick :

– Sois le patron, maintenant. Tu ne me reverras plus. Joue à l'homme puisque ça t'amuse!

Le chauffeur me conduit chez Max qui m'accueille affectueusement. Je dors d'un sommeil de plomb. Pour moi tout est fini. A mon réveil, petit à petit, comme un défi à mon existence de ces derniers mois, j'ingurgite une demi-bouteille de whisky.

Je me rendrai tous les jours à l'hôpital jusqu'à la fin physiologique d'Adrien, traînant les pieds, le crâne vide. Je le reverrai avec ses tuyaux partout. Ce n'est pas cette image que je garde de lui mais bien notre tête-à-tête amoureux, son merci en guise d'adieu et son âme envolée vers l'éternelle paix.

C'est le 1er janvier, triste anniversaire.

Le décès d'Adrien est constaté. On veut m'interdire l'accès de la chambre mortuaire. Le personnel s'interpose.

– Laissez-la rentrer. Tout le monde s'incline devant la mort.

Il est là comme s'il dormait, la bouche serrée. Je craignais d'avoir peur de son corps. Finalement, je ne me sens que bizarre, indifférente. Notre adieu a déjà été dit, en union totale. Je l'embrasse sur le front, le fixe un moment. Ses lèvres alors s'entrouvent... comme pour un dernier sourire. Adrien, jusque dans la mort, me dit son amour.

Je parcours une fois encore le couloir sans fin de l'hôpital en me demandant s' « ils » se soumettront aux ultimes souhaits d'Adrien : une grand-messe vibrant aux accents de Mozart. Et l'incinération.

Son vœu n'a pas été respecté. Ils l'ont enterré en m'interdisant d'assister aux obsèques. Je n'avais pas l'intention d'y aller.

Je restai quelques jours chez mes amis, buvant anormalement. Il me fallait récidiver dans l'extraordinaire pour me sortir de ma douleur. Me dépasser dans autre chose... Oublier. Ce désordre dura peu. Malgré l'immense affection que l'on me portait dans cette maison, je ne pouvais m'éterniser dans ce pays.

Je regagnai Paris en train. Voulant prendre le temps du voyage pour me remettre. Le saut en avion me paraissait trop précipité. Je voulais cheminer lentement. M'habituer graduellement à ma nouvelle solitude. Pour moi, mon malheur, ma souffrance étaient la perte d'Adrien, ainsi que celle de ces enfants, d'une petite famille que j'avais reconstruite. Pas l'argent, pas les biens qu'entre Cannes et Zurich j'avais perdus. Cela m'ennuyait, sans plus. Mais l'amour arraché... allait-il m'amener au bord de la folie ?

Junior m'attendait à la gare. Il eut un recul en me voyant. J'étais méconnaissable. Avec des soins attentifs il s'est occupé de moi. Je passais mon temps à dormir. Je ne ressemblais plus à rien. Je vivais, c'est tout. Merveilleux bienfait dont le Ciel m'a doté de plonger dans un état léthargique pour oublier mes épreuves.

Je passai ainsi des mois comme une somnambule. Émus par ma lamentable condition physique et morale, mes amis tour à tour prennent de mes nouvelles plusieurs fois par jour.

Je ne veux voir personne.

Un soir Robert Hossein me téléphone. Adrien l'aimait beaucoup. Nous avions lancé à tous trois de grands projets de théâtre et de films grandioses, qu'Adrien voulait absolument financer.

J'avais du mal à parler, j'étais comme essoufflée.

– Je t'entends à peine, parle plus fort.

– Robert je n'en peux plus, je crois que je suis cardiaque ou je vais mourir.

– Tu es folle, va voir un cardiologue!

– Je n'en connais pas et de toute façon je ne pourrai me déplacer.

– Je t'envoie immédiatement le plus grand professeur. C'est mon ami. Il viendra sûrement. Je paierai la note.

Adorable et généreux Robert même sans un sou, pour les amis il ferait n'importe quoi.

Il connaissait ma situation financière nouvelle. Un acteur lorsqu'il n'a pas travaillé plus d'un an n'a même plus le droit à la Sécurité sociale. Nous n'avons pas hélas comme les auteurs et compositeurs un organisme comme la « SACEM » qui nous protège et nous verse des royalties.

Si Tino Rossi n'avait chanté que *Petit Papa Noël* il aurait pu vivre plus de cent ans sans souci financier. Un acteur aussi important soit-il lorsqu'il a touché son cachet pour un film, n'a plus qu'à en faire un autre et s'il ne peut pas pour une raison ou une autre c'est la mort lente et souvent tragique de la plupart d'entre eux. Le recyclage dans notre métier est pratiquement impossible, alors ce sera à coup sûr un jour ou l'autre la misère. Ne pourrait-on pas payer les acteurs au prorata de leur cachet chaque fois qu'un film auquel ils ont participé passe à la télévision? Il n'y a pas encore si longtemps quand on faisait un film pour le cinéma il était difficile de penser qu'un jour il passerait sur le petit écran. Aujourd'hui c'est chose courante. Pas de royalties lorsqu'il passe et repasse. Par contre les producteurs quoi qu'il arrive continuent à être payés. Pourquoi cette anomalie? Cette injustice.

Si je survis encore un peu je devrais peut-être m'en préoccuper sérieusement. Ne serait-ce que pour mes copains vieux et malades.

A ce moment de mes réflexions mon amie Minouche m'appelle et me supplie de la rejoindre en Sardaigne, où on lui a prêté une maison.

– Tous tes amis sont là, dit-elle, et t'attendent. Ma fille aussi, tu sais combien elle t'aime, elle aussi.

– Je t'en prie rejoins-nous, tu nous manques à tous. Ne reste pas seule à te détruire.

Sa force, son enthousiasme, et sa gaieté, ont eu raison de mes dernières réticences.

Parmi des dizaines de personnes dont je fais la connaissance trois d'entre elles deviendront de véritables amies. Les Schirone, elle, Fiorella la divine, belle, douce, raffinée, maîtresse de maison accomplie, elle reçoit ses invités et amis avec la générosité du cœur, ce qui fait toute la différence. Une grande dame que l'on ne peut qu'aimer. Lui hélas bien qu'adoré de tous, nous a quittés pour toujours, comme... Adrien.

Pierrot Sartori, que je nommerai très vite Pierrot-la-Tendresse. Un pur marin sur son « émi ». Son voilier blanc est fabuleux, sa seule vraie passion après les affaires. Industriel italien bien connu, il ne fait pas d'esbroufes. Le tact, le mutisme du solitaire, réservé, secret. Sous un aspect un peu bourru je le vois sensible et généreux. Grand, fort, la figure rouge, il barre son bateau avec une dextérité de pro. La première fois que je l'ai revu à Paris, j'ai eu du mal à le reconnaître, sans le cuivre de ses joues et son nez pelé.

Sous son calme apparent, ses yeux pétillants d'intelligence en perpétuel mouvement observent faits et gestes de chacun comme un radar Doppler.

Une complicité immédiate se fit entre nous. Malgré mon

mutisme tout au long de ces jours, mon air désinvolte ou farouche selon les moments, très vite il a compris ma détresse.

Après tant de mois de solitude j'ai beaucoup de mal à supporter le brouhaha que font tous ces gens qui m'entourent au cours de ces soirées auxquelles je me sens obligée d'assister, ne serait-ce que pour mes amis. Je suffoque littéralement et n'ai pas encore la force de faire semblant de m'amuser. Ainsi la veille au soir me prit à l'improviste l'envie irrésistible de crier au milieu de tout ce monde. Je repensais alors à cette vieille histoire, du pauvre fou dans sa cellule regardant au-dehors derrière ses barreaux le va-et-vient des passants, soudain il s'est mis à crier : « Vous êtes beaucoup de fous là-dedans!? »

Une heure plus tard j'avais une algarade avec un de ces personnages fantoches qui organisait chaque jour des dîners différents pour milliardaires fatigués. Ce petit monsieur réussit en peu de temps et mille compromissions à faire notamment son trou dans le fromage parisien. Il essaya aussi ses talents d'entremetteur aux USA, en se bombardant du titre de comte pour inspirer confiance et se donner plus d'importance. Nous le surnommons tous depuis le comte Mozzarelle. – Fromage blanc, fade, mou et laiteux. Sans odeur ni saveur, à la consistance d'un chewing-gum resucé comme d'une rustine pour pneu crevé. Se mange plus facilement très cuit dans les pizzas ou dans les spaghettis très assaisonnés.

Notre ami Pierrot comprenant alors mon besoin de soleil et de mer plutôt que de me confiner dans l'air impur des boîtes à la mode nous proposa sur-le-champ de nous ramener tous en France sur son superbe bateau. Mes amis trépignent de joie, je n'ose dire un mot, persuadée que j'aurai le mal de mer et qu'au premier port je devrai débarquer.

Le vent s'est levé, la mer soudainement houleuse, le bateau tangue et me propulse d'un bord à l'autre de la cabine.

Question de dignité, je ne vais pas mourir là-dedans. Tant bien que mal et plutôt à quatre pattes j'arrive sur le pont complètement défaite. En toute sérénité le sourire aux lèvres notre Pierrot est à la barre. Ses deux fils, grands gaillards bien sympathiques et l'équipage montent ou descendent les voiles sans aucun bruit ni murmure.

– Force 6, dit-il, si ça continue on n'arrivera pas à rentrer à Port-Raphaël, et le regard au coin sortant de sa réserve habituelle :

« Alors, Marquise on ne supporte plus la Méditerranée. » « Tu te battais un peu plus dans le temps! »

Que veut-il dire, je n'ose comprendre.

– Je ne suis pas pirate et je ne vais pas te violer, mais si tu continues à te laisser aller je t'attache à ce seul et unique mât jusqu'à ce que tu me supplies de te laisser la vie... On va bien voir si tu n'y tiens plus! Il finit sa phrase dans un énorme éclat de rire suivi de ceux de mes amis qui nous avaient rejoints.

– O.K. j'ai compris le message, inutile cependant de me comparer à Angélique, « ELLE » n'est que fiction.

– Et toi la réalité pure et dure, comme elle forte et fragile mais tu la dépasses de cent coudées. Nous t'aimons combative et indomptable, du nerf « bon diou de bon diou »!

– Vous me croyez donc tous increvable?

– Oui, oui, s'écrièrent-ils avec effusion et dans un ensemble parfait chacun de se mettre à jouer les Peyrac, le Sultan ou Louis XIV. Même la Montespan était parmi nous. Que je le veuille ou non je dois jouer mon personnage, je regrette alors un instant de ne pas être Greta Garbo. Elle au moins on l'aurait laissée dans son silence derrière ses grosses lunettes de peur de lui enlever son mystère.

Chacun son truc!

Comme prévu nous ne pouvons rentrer au Port-Raphaël. C'est donc en dinghy et complètement trempés que nous débarquons. En arrivant sur la place on a l'impression d'être projetés d'un coup sur une scène de théâtre où l'on jouerait en permanence du Goldoni. Le décor est d'une beauté rare, lumière diffuse, balcons fleuris, de petites tables semblent à peine posées sur le sol, elles disparaîtront plus tard dans la nuit comme par enchantement, laissant la place vide prête à accueillir une bande de joyeux fêtards pour le dernier acte d'une opérette sans fin. A l'avant-scène, en guise de fosse d'orchestre une minuscule petite plage de sable blanc et la mer à l'infini.

Le grand maître et seigneur de ces lieux féeriques nous attend. Raphaël.

Raphaël un être hors du commun comme j'en ai peu rencontré dans ma vie. Délicieux, raffiné, cultivé, son humour et son savoir-vivre font de ses soirées, les plus drôles et les plus exquises.

Le soleil, la mer, la vie grouillante autour de moi, la chaleur de l'amitié finissent par entamer ma carapace d'indifférence. Je ne crie pas victoire. Si mes yeux recommencent de briller, mes lèvres d'esquisser un sourire, le miroir me renvoie l'image d'une femme empâtée. L'inaction a eu raison de ma forme. Après tant de fatigues, de luttes pour sauver Adrien de la mort, la dégradation de ma ligne est un inconvénient mineur.

Quelques « Affreux, méchants, cons » ont commencé à colporter que je suis : finie, usée, ruinée. Ils ont tort. Cela ne va pas se passer comme ça!

UN JOUR, UN PRINCE...

A Paris, trois propositions théâtrales m'attendent. Par ordre d'arrivée je dis : « Non » – « Non » – et un « Oui » qui me surprend moi-même au directeur du théâtre de La Michodière.

Ce dernier, quelques années auparavant, m'avait demandé de jouer sur sa scène. J'accepte de lire la pièce proposée, *Banco,* d'Alfred Savoir, pétillante d'un esprit moins goûté de nos jours, et c'est grand dommage. Pour la petite histoire, elle avait été écrite en défi d'auteur à Sacha Guitry, alors très prisé du public parisien. Alfred Savoir avait poussé l'audace jusqu'à donner le rôle principal à Charlotte Lysès, épouse de Sacha Guitry!

Pour moi il était temps d'enfouir mon chagrin dans le travail. Je me lance dans cette pièce avec la foi du charbonnier. J'ai perdu la mémoire mais pas mes kilos qu'il me faut faire disparaître. C'est une nécessité. Régime féroce. En un mois j'en perds sept. Mais la mémoire flanche toujours. Le trac, qui étreint tout comédien entreprenant un travail, s'accroît au fil des jours. Serai-je capable d'exercer mon métier, d'honorer ce contrat qui doit me sauver de moi-même ? Je m'abreuve de fortifiants contre l'asthénie et le jour de la première, déjà, se profile à l'horizon. Je travaille ferme près de dix-huit heures par jour. Philippe Nicaud et Pierre Vernier, acteurs on ne peut plus accomplis, m'aident beaucoup. Les autres aussi, plus particulièrement Brigitte Winstel mon adorable soubrette. Curieusement je m'aperçois qu'à la ville comme sur scène elles m'ont toujours été d'un grand secours. Une affectueuse complicité nous lie toujours. La première qui m'ait secondée c'était : Madeleine Barbulée dans *La brune que voilà.*

Un après-midi, mâchant et remâchant mes répliques, je sursaute à la sonnerie du téléphone. Un appel d'Italie. D'une voix restée muette durant des années Giorgio Pavone et qui, soudain, se rappelle à moi. Je demeure circonspecte. Que me veut cet ami ? Il me raconte une histoire invraisemblable. Il est très lié avec un prince italien (compliments). Le prince désire me rencontrer (quelle idée !). Dans l'état d'esprit où je suis, je crois à une galéjade. Mais il insiste.

– Cet homme est fou de toi; il ne me parle que de toi depuis qu'il sait que je te connais. C'est le descendant direct d'une des plus hautes familles de l'aristocratie italienne.

– La belle affaire ! Tout prince qu'il est, je n'ai pas de temps à lui consacrer. S'il me fallait faire la connaissance de tous ceux qui ont vu une photo de moi, ou mon image sur les écrans, ma vie n'y suffirait pas. Ce serait indécent. Tu le comprends bien ? Dis-lui que je suis flattée de son admiration. Vraiment. Et puis c'est tout.

– Michèle, écoute-moi. Il n'est pas comme les autres. C'est sérieux, il est très emballé. Je t'en prie, reçois-le. Il sera incessamment à Paris.

– Impossible, surtout en ce moment. N'insiste pas. Je regrette.

Je raccroche et demeure perplexe. Quelques jours s'écoulent avant de recevoir une lettre du prince. Invité à Paris dans une soirée à laquelle il me savait conviée, il me fait part de sa « tristesse ». Si mon absence a été remarquée, lui l'a « ressentie profondément ». Ce grand seigneur ne se doute pas que j'ai fait exprès de ne pas y assister, ayant appris qu'il s'y rendait.

Je préfère me taire. Mon vieux copain Giorgio ne désarme pas.

– Je t'en supplie, Michèle, vois-le ou alors donne-moi la permission de lui communiquer ton numéro de téléphone.

Je permets. De loin, je verrai mieux venir les choses.

Le lendemain le prince se manifeste. De bonne humeur ce jour-là, je finis par sourire et je « condescends » à prendre un café avec lui quand il sera de passage à Paris.

– J'en serai très heureux, mais permettez-moi de vous inviter à dîner.

Affaire conclue.

Je n'ai pas le temps d'attendre qu'il est déjà dans la capitale. De passage chez moi, mon amie Minouche, pharmacienne à Grenoble, est fort excitée, bien plus intriguée que moi. Pour mettre au jour les véritables sentiments de notre gentilhomme, nous allons lui comploter une réception maison.

Au lieu de l'attendre comme il se doit, parée, pomponnée, je me montrerai à cru, c'est-à-dire telle que je suis dans la plénitude de ma quarantaine. Loin du visage de carte postale qui l'a fait rêver. Après ce que je venais de vivre, je n'ai le goût de jouer les coquettes ni de plaire. Bien au contraire.

En blue-jeans, cheveux mouillés sous une serviette, sans l'ombre d'un maquillage – même la concierge ne m'a jamais surprise dans cette tenue –, j'ouvre la porte. Je le vois. A dire vrai, de nous deux, c'est lui le plus déconcertant. J'ai raté mon effet. Il a l'air de sortir d'un placard avec son attirail : interminable manteau bleu marine, chapeau mou, sac de voyage rouge vif personnalisé, le parapluie, un sparadrap sur la joue. Mais sous le bord de son chapeau, deux beaux yeux verts perçants m'impressionnent.

Ensemble nous montons au salon où Minouche se ronge de curiosité. Je les présente. L'envie me tenaille toujours de me débarrasser de ce monsieur. Je veux lui ôter toute velléité de me séduire.

– Comme vous le constatez, je ne suis pas prête. Pendant que je me prépare, mon amie se fera un plaisir de vous tenir compagnie.

Avec une absolue désinvolture, je les laisse tous les deux. Ce n'est qu'une bonne heure plus tard que je réapparais convenablement habillée, sans plus. Sur un petit signe de connivence à Minouche, doublé d'un sourire complice, j'ouvre la porte à mon hôte pour aller dîner.

Au cours du repas, je découvre en face de moi un homme attachant. Il est gai. Sa denture est parfaite. Son nez long, mince, prolonge un front distingué sous une calvitie très avancée. Ses cheveux plats blond cendré sont impeccablement coiffés. De tous ses traits le regard, vif et clair, est le plus frappant. Nous avons bavardé des heures, au restaurant. Pendant le chemin qui nous ramenait chez moi et dans mon salon. Il s'exprime dans un assez bon français. Il m'a narré par le menu ses démarches pour me retrouver.

Depuis des années il me suivait dans la presse : mariage, divorce, pérégrinations. Depuis des années il était amoureux de moi. Il me raconte avec le plus grand sérieux une anecdote vieille de quinze ans. Se promenant avec sa femme dans les rues de Rome, il s'était retourné sur le passage d'une jolie fille. Son épouse, lui fit cette prédiction :

– Un jour, tu seras puni, bien puni du mal que tu me fais.

Il lui répondit avec calme :

– Ne crains pas les femmes que je regarde passer. Parce qu'un jour, si je devais te quitter, ce sera pour une seule : Michèle Mercier. C'est la vérité. Seulement pour elle.

Son épouse ne prit pas exagérément au sérieux cette menace qui lui parut confiner au vœu pieux... sinon impie! Rencontrera-t-il seulement un jour cette star du cinéma qui vagabonde dans tous les continents? En attendant, il ne manquait pas de faire obligation à sa famille de regarder à la télévision mes films que la télévision italienne diffusait régulièrement. Ce n'était un secret pour personne dans son entourage, parents et amis, qu'Angélique, Marquise des Anges, était son idéal féminin.

En fait son ménage battait de l'aile. Si bien qu'il vivait séparé de la princesse son épouse, la mère de ses trois fils. Il l'avait quittée pour une autre (tiens, pas moi!) et à cette autre, authentique marquise, il avait seriné la même histoire de la marquise du cinéma qu'il épouserait un jour. Un collectionneur de marquises, si je comprends bien! Au point qu'excédée, celle que je serais tentée d'appeler « l'intérimaire », lui avait découpé une de mes photos dans le journal. Il s'était empressé de la placer dans un cadre sur son bureau – choquant pour elle, flatteur pour moi.

Somme toute, il ne manquait pas de suite dans les idées. Je trouve cela divertissant.

L'été précédent, la presse italienne avait longuement parlé de moi. Au cours d'une soirée chez des amis, le prince s'était extasié sur mes photos publiées dans un magazine. Se trouvait là un personnage que j'avais aidé à ses débuts, qui s'exclama :

– Michèle Mercier ? Je l'ai vue dernièrement. Elle a bien changé. Ravagée par le chagrin. De plus elle est ruinée. C'est fini pour elle.

Chevaleresque, le prince avait rétorqué avec colère :

– Ah! changée, ruinée, finie ? Sachez, monsieur, que l'on ne doit jamais tenir de tels propos sur une jolie femme. Elle est mon idole depuis des années. Je vous donne très peu de temps pour ne plus la reconnaître.

C'est ainsi qu'il s'était mis en campagne pour me retrouver. Parti au Kenya avec son fils aîné pour un safari, il n'arrêtait pas d'alerter ses amis à Rome, trois ou quatre fois par jour, par télégramme, téléphone, les suppliant d'entreprendre des recherches... Fructueuses puisqu'il est là près de moi.

L'heure est venue de nous séparer. Sûr de lui, il lance délibérément : « Un jour vous serez à moi! »

D'un bond je me dresse sur mon fauteuil.

– Ah! oui, vous êtes drôlement gonflé!

– Qu'est-ce que c'est « gonflé »?

– C'est vous! Vous êtes gonflé d'importance et de certitude. Ce n'est pas parce que vous êtes prince que je vais choir dans vos bras. Pour qui me prenez-vous? Vous me considérez comme votre chose je vois.

Ses grands yeux verts me fixent pleins d'assurance. Un long moment après son départ j'étais encore furieuse. Il croyait donc que c'était arrivé? Peut-être ai-je eu tort de l'inviter à déjeuner ici pour le lendemain? Mais je ne veux rien devoir à ce monsieur le prince. Politesse rendue. Si tant est que j'y sois contrainte et je ne le suis pas. Pas du tout! Je reste éveillée jusqu'à l'aube. Je la vois se lever en majesté sur les arbres de ma terrasse. Avec le jour, je m'avoue qu'un déclic s'est produit en moi. Je m'en défendrai.

Quand, par téléphone, il me prévient de son arrivée, je prends vivement la résolution de le brimer.

– Comme vous le savez, je travaille beaucoup au théâtre en ce moment. Je n'ai pas eu le temps de faire des courses en prévision du déjeuner.

– Alors notre repas est remis?

– Pas si vous consentez à m'aider. Voulez-vous apporter un peu de caviar, du saumon, de la crème fraîche, des blinis... et de la vodka?

Je ne sais pas pourquoi, mais depuis toujours j'aime ce qui est bon. J'ai découvert que la vodka me donne de l'esprit, et le caviar le nourrit!

Heureux comme un collégien, il prend note. Je le laisse se débrouiller dans Paris.

– Là, tu exagères, dit Minouche en éclatant de rire.

– Mais non, mais non. Les hommes, ça se mène à la baguette à ce que l'on dit. J'ai été une gourde jusque-là. On va bien voir.

Nous nous amusons comme deux gamines. Une immense gerbe de fleurs le précède.

Ça a marché! Je le vois toujours empêtré dans ses paquets.

Délicieux repas qui se termine en tête à tête, Minouche s'étant éclipsée discrètement. A la fin, je dis d'un ton amusé :

– Au revoir. Peut-être à un de ces jours!

– Sûrement... Et il m'embrasse fougueusement sur la bouche. « Ce n'est qu'un premier baiser, nous allons très vite nous revoir! »

Je suis étourdie. Je ne m'y attendais pas. Je ne tiens pas à succomber à je ne sais quel charme, si ce n'est celui du théâtre. A quelques jours de la première, je m'obligerai à ne penser que métier.

Le Tout-Paris est dans la salle. Des amis, des fans, des curieux, des amoureux des pièces de vrai boulevard, des critiques. La faune critiquarde aussi qui m'attend au tournant. Depuis cinq ans je n'ai rien fait; depuis cinq ans je n'ai pas mis les pieds sur une scène. Et cette dernière horrible année qui pèse lourd sur mes épaules! Avec tous les soucis qu'elle m'a laissés. Impossible d'obtenir des parents d'Adrien la restitution de ce qui m'appartient à Cannes. En finirai-je un jour avec ces gens-là?

A la veille de la première, je me suis surmenée. Le décor n'est pas fini, une de mes robes non plus. Les dernières répétitions se font dans une véritable pagaille. Le metteur en scène, Robert Manuel, n'est tendre pour personne. Mais c'est à moi qu'il s'en prend le plus avec des réflexions désobligeantes et d'insupportables remarques. Ce n'est pourtant pas le moment. Seul le directeur du théâtre est aux anges. Il m'a avoué qu'il n'a jamais bénéficié d'une telle publicité et Dieu sait si La Michodière a affiché des monstres sacrés de la scène!

Je dois dire que je suis surprise et touchée de l'amical intérêt que me porte la presse en général. A part quelques grincheux – toujours les mêmes depuis vingt-cinq ans – les anciens copains journalistes et photographes réapparaissent comme par enchantement et me témoignent une réelle affection. Cela me remonte le moral. N'empêche que je suis dans tous mes états. Un trac colossal annihile mes facultés. Mon retour est attendu et je souffre le poids de cette responsabilité.

Succès de début. La salle debout applaudit. La troupe réconfortée se sent là pour des mois. Ma loge ne désemplit pas de fleurs, on dirait une serre. Le plus exubérant est le prince : télégrammes, appels téléphoniques, fleurs sous un pseudonyme : Monsieur S. Pourquoi ce déguisement ?

Il m'expliquera plus tard que c'est là un de ses titres : duc de S. et qu'un jour, si les choses se déroulent dans l'ordre normal, en plus de ses propres titres, il héritera de ceux de son père : prince de P., marquis de V., prince de V... que sais-je encore ? Je ne m'attarde pas sur les multiples distinctions honorifiques de l'ancienne et illustre famille. Je joue au théâtre et Monsieur S. me comble de prévenances. Ses appels ne tombent pas toujours au bon moment, il y a beaucoup de monde autour de moi. Au téléphone il s'agite, s'emballe. Précipitamment il m'annonce son retour pour assister à une représentation. C'est un dimanche après-midi. Il a beau se dissimuler derrière son programme, par l'œil du rideau j'ai tôt fait de le situer.

Il avait mal choisi son jour. La plupart du temps les artistes ne sortent pas du théâtre du début de la matinée à la fin de la soirée. Je le reçois dans ma loge entre deux représentations. Il me parle, le regard fiévreux, serrant mes mains dans ses paumes brûlantes.

– Je ne peux plus vivre sans vous.

Il le prouve au cours de la semaine par des lettres, des appels, de longs messages amoureux. Le dimanche suivant, délaissant le Crillon trop éloigné du théâtre, il loge au Ritz. Me supplie de l'y rejoindre entre les deux représentations. Il doit me parler...

Je trouve un homme plus épris de moi que jamais. Une

folie. Il veut m'emmener avec lui dès le lendemain. Son regard étincelle. Deux émeraudes jetant leurs feux. Je me rends compte que cette déclaration n'est peut-être pas une tocade comme je le pensais. Je rejoins le théâtre après avoir promis de revenir dès la fin du spectacle.

A La Michodière, le public commence de déserter la salle. Sans m'étendre outre mesure sur *Banco*, je dois dire que ces comédies modernes qui viennent juste de sortir dans d'autres théâtres nous font concurrence. Malgré quelques commentaires élogieux de la critique à notre endroit cela ne suffit pas à endiguer la désaffection du public. Franchement, je ne me consolerai pas de ce demi-échec.

J'en parle à mon prince chaque fin de semaine. Cela le réjouit. Les deux, trois jours que nous passons ensemble attisent son appétit de m'avoir à lui en permanence. Je ne veux pas croire à ce conte extraordinaire. Je sais « par expérience » que les princes n'épousent pas des bergères... à moins qu'elles ne soient très, très fortunées! Mais il m'idolâtre, me le dit sur tous les tons, m'enivre de promesses...

– Je t'aime depuis quinze ans. Partout je t'ai cherchée. Trouvée enfin! Je t'emmène dans mes domaines. Pour toujours.

Je n'ai plus d'efforts à faire. Tous nos goûts sont communs. Notre conversation ou nos silences coulent comme une source pure, très belle, ininterrompue. C'est tellement beau!

Un jour au téléphone je lui lance à brûle-pourpoint :

– Es-tu certain de ce que tu veux?

– Oui. T'épouser. Viens me retrouver, vite.

– On n'abandonne pas une pièce en cours. Jamais je ne le ferai.

– Alors je rachète tout, les droits, le théâtre s'il le faut et tu me rejoindras immédiatement.

C'est joli à entendre en tout cas.

Il n'eut pas la peine d'acheter le théâtre. Le directeur nous annonça qu'on allait fermer. Douloureux moment. Je m'en remets à ce qu'écrivait Guillot de Givry dans son *Grand Œuvre* : « Ne profère donc pas de murmure lorsqu'un de tes projets n'est pas couronné de succès. Tu ne tarderas pas à comprendre que devant les déceptions passagères se cachent de grands avantages innatendus. »

Le soir de la dernière représentation il vient à Paris. Je lui repose la question :

– Es-tu certain de ce que tu dis, de ce que tu veux?

– Tellement certain que si tu ne te dépêches pas de gagner Rome, c'est moi qui t'enlèverai à une telle allure que tu n'auras pas le temps de prendre ton sac à main!

– D'abord, mets ta montre à l'heure de la mienne.

– Pour quoi faire?

– Pour être sûr de marcher du même pas, dans le même temps. Quoi qu'il advienne, jure-moi que nous ne nous séparerons jamais. J'exige un engagement solennel de ta part. Si je fonce dans cette vie que tu m'offres, si une fois de plus je quitte Paris, mes amis, ma carrière, dis-toi bien que je te consens un sacrifice inestimable. Je ne m'en croyais plus capable pour quiconque.

– Sache que je l'apprécie, ma Michèle adorée, ma Misha.

Mon prénom dans sa bouche a un son de velours. Je fais taire mes emballements cependant. Je veux que tout soit clair entre nous.

– S'il t'arrivait de me faire du mal un jour, de ne pas tenir la promesse jurée que tu vas me donner, je te ferai payer très cher ton parjure. Tu paieras pour toi et pour tous ceux qui m'ont fait souffrir et n'ont encore jamais payé. Es-tu d'attaque à affronter ma colère si tu venais à manquer à ta parole?

Il me prend dans ses bras avec douceur. Récidive son serment. Le scelle à tout jamais par cette déclaration :

– Je voudrais avoir un enfant de toi.

Un enfant? Le but de toute ma vie! Je ris et je pleure à la fois. J'ai la preuve de son amour. Cet aveu balaie mes dernières hésitations. Comment douter de la sincérité de ses sentiments?

Dans le silence de la nuit, je réfléchis à la passion que je porte aujourd'hui à cet homme. Quelle était donc la nature de mon amour envers Adrien? Oh! oui, je l'avais chéri, profondément, et m'étais laissé chérir par lui. Pouvait-il en être autrement? Il me gâtait, m'entourait. Je lui étais reconnaissante des attentions et prévenances dont j'avais été si longtemps privée. En cet instant, je pense toujours à lui en éprouvant le même attachement. Et s'il peut sembler que la passion d'Adrien vibre d'une plus grande résonnance que la mienne, c'est que la sienne est figée par la mort dans son immuable intensité.

L'amour ne ressemble pas à l'amour. Renouvelé, différent, toujours unique et premier pour les vivants. Je suis vivante. Oui, j'aimerai de toute ma tendresse cet homme qui me propose d'unir nos deux vies, qui me demande d'être épouse et mère, ce que j'ai toujours désiré.

N. est un prince de lignée papale. Plus exactement d'une double lignée papale ce qui lui confère un caractère d'une exceptionnelle rareté. L'ancêtre, Ugo, naquit en 1502. Après avoir eu un fils, il entra dans les ordres, cela apparemment n'était pas incompatible. Sa vocation tardive ne fut pas un obstacle à sa promotion dans la hiérarchie cléricale. A soixante-dix ans, il fut élu pape et prit le nom de Grégoire XIII.

Son pontificat fut marqué par le massacre de la Saint-Barthélemy, qu'il célébra avec Philippe II comme une victoire, par un appel aux jésuites auxquels il confia les missions et la direction des collèges et par la réforme du calendrier qu'on appela grégorien. Réforme capitale, aujourd'hui d'un usage universel à ceci près que le début de l'année avait été fixé au 25 mars au lieu du 1er janvier. Grégoire XIII occupa le trône de saint Pierre pendant treize ans.

Son fils, l'âge venu, épousa une demoiselle, sœur ou cousine germaine – je ne me souviens plus – d'un pape, le deux cent trente-deuxième, sous le nom de Grégoire XV. L'alliance des deux familles papales est à l'origine du double nom que portent fièrement leurs descendants, « princes de noblesse noire ». Cardinaux à leur naissance, ils en ont le rang mais non les attributs de la cléricature. Sous la royauté, ils étaient « princes-cardinaux ». Leurs enfants héritent du titre de prince ou de princesse.

Voilà de quelle ascendance naîtra l'enfant que N. désire de moi. Et voilà dans quel esprit euphorique j'entreprends de faire mes bagages. Je décide de quitter Paris très vite. Sans me retourner. De m'éloigner de ma vie, ma carrière pour toujours. Parce que tout d'un coup, un homme à mon goût, qui m'émerveille, veut m'épouser, veut un enfant de moi, une jolie petite fille qui me ressemble.

Il avait demandé le divorce civil, depuis quelques années déjà. Il en accélérait les démarches. Il avait même eu la bravoure de plaider en Cour de Rome, en dépit de la naissance de ses trois fils, l'annulation d'une union qui lui avait été imposée sous la contrainte familiale. Mais cette affaire traînait. Il ne désespérait pas d'arriver à ses fins. Je partage d'emblée cet espoir qui tient du miracle et auquel je me mets à croire mordicus.

Dès l'annonce de son divorce, nous nous marierons civilement. Après l'annulation en Cour de Rome, ce sera le grand mariage, en grande pompe, comme au temps jadis. Mon conte de fées! Je le vis car il s'amuse à l'esquisser déjà. Il se fera à l'église Saint-Ignace, construite sous Grégoire XIII et qui abrite plusieurs tombeaux de sa famille. J'ai l'impression que je vais convoler pour la première fois. En fait pour moi, ce le sera puisque je ne me suis jamais mariée à l'Église.

Soudain, de Rome, il me fait part de ses inquiétudes.

– Misha, j'ai peur, si peur que tu ne te plaises pas ici. Depuis la séparation d'avec ma femme, j'ai opté pour une maison de campagne, domaine de mon grand-père, dont j'ai hérité. J'y vis seul. Autant te dire que tout est vétuste, tombe en miettes. Le mobilier est à changer. Il faut tout arranger, maison, parc. Jusqu'ici je ne m'en suis jamais occupé. Si ce n'est des fermiers au moment des récoltes. Le reste, j'ai tout laissé tomber. Pas le temps.

« Surtout, n'emporte pas trop de bagages. Et si tu avais envie de repartir rien qu'à la vue de cette maison ancestrale ? Elle date de 1660 !

Je ris en haussant les épaules.

– Tant pis, on verra bien. Avec toi, j'irai vivre n'importe où.

– Ne t'illusionne pas trop, chérie. Si tu ne peux t'accommoder ici, eh bien, nous vivrons à Paris. J'en ai marre de Rome et des Romains. Ne viens que pour un essai.

Comment peut-il douter de mes réactions ? Je suis pleinement heureuse et prête à accepter toutes les situations. Veut-il me forcer la main en insinuant ces mises en garde pleines de tact ? « Ce n'est pas un château avec beaucoup de personnel. En fait, il y en a très peu... » Je vais lui montrer combien je sais aimer et que rien ne m'effraie.

Mes valises s'empilent. J'avais bien pensé n'emporter qu'un nécessaire pour trois semaines, revenir à Paris préparer un plus lourd déménagement, définitif celui-là. Mais ses exhortations à la prudence vont à l'encontre de mon attachement résolu. J'y réponds en multipliant les valises. Mon départ comporte quatre cents kilos de bagages !

Je prends l'avion comme une toute jeune fille rejoignant son premier amour, malicieuse, enjouée. Du haut des marches au sortir de la douane, je brandis *Astérix et la Grande Traversée* préfigurant la « Dernière traversée de ma vie » et je crie au beau milieu des passagers interloqués : « Ils sont fous ces Romains! » Je le vois secoué d'un grand rire. Heureux... mais effaré du monceau de valises qui défilent vers la sortie. Je ne sais trop comment elles m'ont suivie sans accroc. Je plane bien au-dessus des choses matérielles, bassement utilitaires.

J'arrive le 18 avril 1984 par une splendide journée de printemps. Une longue et superbe allée bordée de pins, de sapins qui sinuent avec une imperceptible montée. Des arbres centenaires. Au bout, une maison immense aux couleurs ocre, jaune pâle et rouge.

– Les anciennes dépendances, m'explique-t-il négligemment, où logent bêtes et gens. Il rit devant mon regard interrogateur.

– De ce côté, des amis, je t'expliquerai. Dans chaque aile le personnel et sur l'autre versant de la bâtisse, les boxes des chevaux et les étables. Là, le court de tennis.

En face, séparée par un amour de petite chapelle, une maison de maître. L'ensemble architectural a son âge inscrit dans la pierre et dans sa composition. Son ancienneté m'enchante.

Devant la demeure, je suis saluée par le personnel. Dans la grande tradition et par ordre d'importance.

Adriana, femme de charge et plus ou moins gardienne des lieux. Très petite, brune, des yeux minuscules, noirs d'encre, plaqués en confetti, une seule dent agressive dans un sourire de commande. En me tendant trois doigts elle dérobe son regard – jamais ses yeux ne se planteront dans les miens – et fait claquer de sa main vacante un nombre imposant de clefs dont elle est la dépositaire depuis des lustres. Loin de la faire fléchir sous leur poids, les clefs sont ses béquilles, sa raison de vivre, le symbole de la confiance totale du Maître.

Roberto, son mari, petit bonhomme à la dégaine rigolote, moustaches à la Vercingétorix. Les yeux malicieux, il est le chef de la communauté fermière.

Gilde, femme de chambre, cuisinière occasionnelle. Petite brunette pleine de vivacité, des yeux bleus découvrant une âme franche, beau sourire doux. Son mari, Valentino, grand brun taciturne, a compris depuis longtemps que le silence est d'or. Il se révélera le meilleur garçon du monde.

Et puis un chien. Pauvre chien. Tout le monde semble tellement rétif et compassé que je tiens à rompre la glace. Je demande à mon « beau prince », si ce chien est à lui ?

– Non! Enfin, un peu... J'en ai hérité d'un vieux fermier. Il est complètement gâteux. Il s'appelle Argo.

A la ronde je demande : Qui s'en occupe ?

– Tout le monde et personne.

– Mais toi ?

– Moi ? Je n'ai pas le temps. D'ailleurs il est complètement idiot ce clébard.

Pour moi, il ne l'est pas. Craintif, apeuré, certes. Mais sentant instinctivement ma bienveillance, il s'approche, me renifle, cou tendu, les pattes en position de retrait, prêt à détaler. Je ne bouge pas. L'appelle Argo. Alors il me tourne autour, remue la queue et lance des jappements timides et joyeux.

– Ça alors, c'est bizarre, s'exclame N. Ce chien d'habitude ne remue pas un poil. Il n'aboie même pas. Je le croyais muet.

Je le caresse à la stupéfaction générale en l'appelant doucement : « Argo, e bello, Argo ».

Adriana ne peut s'empêcher de jeter un œil par en dessous. Le prince, amusé et surpris, me regarde. Je lui explique que, tout au long de ma vie, j'ai retrouvé ce genre de chien.

– Tu sais, il me rappelle Kali. Il n'est pas bête du tout. On le voit sautiller et me faire les honneurs des abords de la maison, s'arrêtant pile à la porte. En plus il est stylé! Je suis assez contente de moi.

Je pénètre dans cette maison impressionnante. En bas, grande salle à manger, imposante bibliothèque, cheminée monumentale. Quand on ouvre les portes-fenêtres donnant sur le parc, un immense terrain s'étale en pente douce, orné de deux cerisiers du Japon en pleine floraison rose. Aux abords, des épicéas et derrière un néflier. Alentour, des bois, de la verdure. Tout est calme et repos. J'ose avancer :

– Comme une piscine serait à sa place à cet endroit! N. n'en croit pas ses oreilles.

A l'intérieur, la maison se compose de demis et quarts d'étages. D'une pièce à l'autre, il y a toujours quelques marches à monter ou à descendre. Au premier, une pièce de belles dimensions. Le plafond est très haut, tous les murs vert pâle font davantage ressortir l'âtre béant d'une cheminée flanquée, à droite et à gauche, des portraits sévères et majestueux des deux papes fondateurs de la famille. A l'étage supérieur, c'est la chambre, de mêmes dimensions; suivie d'un boudoir, d'une grandiose salle de bains et d'une petite chambre.

Des couloirs et d'autres couloirs, encore des marches plus bas mènent aux chambres des enfants et des amis. On entre dans cette maison par des ouvertures innombrables. Devant, derrière, sur les côtés. Je découvre tout cela avec beaucoup de timidité.

Pour notre premier dîner, Gilde a dressé une table sous la voûte du salon au premier étage. Des fleurs, des chandelles. Musique classique en sourdine. Je descends en robe de dîner, après avoir lu une lettre qui m'attendait sur l'oreiller. Un mot merveilleux, de ceux que l'on garde à jamais dans sa boîte à souvenirs.

Dans le silence peuplé des êtres qui ont vécu dans cette maison et de ceux qui y vivent, il me tend une main fiévreuse et me murmure des paroles de feu que son mot de bienvenue laissait prévoir.

– A partir de cet instant, tout le monde, absolument tout le monde te considérera comme MA femme. Ainsi je le veux. Personne avant toi, excepté mon épouse, n'a vécu dans cette demeure de mes pères. Tu vas devenir mon épouse devant Dieu et devant les hommes. Prends cette place en face de moi. Elle est tienne désormais. Tu présideras avec moi.

Je ne suis plus sur cette terre. Je flotte dans un univers de légende qui exalte toutes les générations de femmes sentimentales en présence du prince charmant.

Nous n'avons pas besoin de mots, ils seraient encombrants, bien au-dessous de notre ferveur. La nourriture n'est pas nécessaire, nous nous rassasions d'amour. Moment de bonheur intraduisible où l'acte charnel se sublime avant d'exploser. Ai-je définitivement tourné le dos aux unions avortées où m'avaient imprudemment conduite ma sincérité et ma soif de tendresse? Suis-je enfin arrivée au port de toutes les grâces? Ce méchant karma est-il enfin terminé.

Tard dans la nuit mon prince me prendra dans ses bras et m'emportera comme une jeune mariée dans notre chambre. Avant de nous endormir, il tracera sur mon front un petit signe de croix, pour solliciter de Dieu son pardon, propre à nous apaiser, à conforter notre union.

A sept heures du matin, je suis réveillée en sursaut par une sensation étrange. Tout bouge et tremblote; le lit oscille, les portes grincent, les volets claquent. Que se passe-t-il? Lui, dort à poings fermés. Je n'ose le réveiller. Je me jette à bas du grand lit à baldaquin et manque de tomber. Le sol n'est pas stable, il ondule sous mes pieds. Une fissure zigzague sur le mur. Pas d'erreur, c'est un tremblement de terre. N. a fini par être incommodé et observe :

– Un tremblement de terre de cette intensité, il y a au moins un siècle que cela ne s'était pas produit. C'est probablement pour saluer ton arrivée..., conclut-il en souriant. Ce cataclysme fait hélas des centaines, des milliers de victimes et de gens sans abri dans la région napolitaine. Mon premier lever de soleil dans l'auguste demeure ancestrale préfigurait-il un séisme dans ma vie, aussi dramatique et d'une telle ampleur ? Je me blottis dans ses bras et y resterai une bonne partie de la journée. Puis, il me fait faire le tour du propriétaire. Longtemps nous avons marché à travers bois et prés. Enlacés, nous traversons la forêt, longeons la rivière. Dans une clairière, quatre chevaux noirs et un blanc s'ébattent. Plus loin, des moutons. Et tout là-haut paissent, placides, des vaches venues du Limousin et du Charolais, cous ramassés, croupes massives. Ces races ont vingt ans de présence dans la propriété. Les paysans ont tôt fait de les baptiser « les limousines et les chevrolets ! » Il faut dire aussi que les étables sont devenues des garages !

Le domaine s'étend bien plus loin. Outre les revenus de la terre : céréales, vignes, oliviers, sa ressource principale réside dans une carrière de pierres à bâtir, la plus grande d'Europe paraît-il. La pierre s'appelle « tufo » – le tuffeau français. C'est un calcaire poreux et tendre qui durcit à l'air et est employé avec bonheur dans la construction. Le tufo trouve un inépuisable débouché dans ce pays de monuments et de maçons. Les hauteurs de taille de ces carrières gigantesques sont aussi élevées que des gratte-ciel.

Telle est, étalée sous mes yeux dans sa foisonnante diversité, cette terre de cinq cents hectares, à vingt-cinq kilomètres de Rome où N. se rend deux fois par jour pour ses affaires.

La grande maison où nous habitons fait face à des dépendances dont il m'a longuement parlé durant notre promenade.

– Dans une aile loge Adriana avec Roberto et leurs trois enfants. Dans l'autre, Gilde, Valentino et leurs trois enfants.

– Et dans le corps central du bâtiment, ce sont tes amis, n'est-ce pas ?

On ne peut pas dire qu'ils sont en location. Plutôt hébergés gracieusement dans ce vaste local, où chacun s'est taillé un appartement retapé avec goût de trois cents à cinq cents mètres carrés, selon ses besoins. Il y a là un architecte, Frikky, l'ami d'enfance qui vit avec une très jeune compagne, Eva. Puis la comtesse Paola Gaetini, mariée, deux enfants. Enfin le comte Lecchio – Charlie pour tous – célibataire, ami de toujours. Discret, il ne donnera son opinion que si on la lui demande, et encore pas toujours! J'aurai la chance de lui plaire; il m'aimera bien, privilège dont j'ai perçu l'honneur immédiatement. J'aurai pour lui une profonde affection.

Derrière, à quelques mètres, une sorte de petite coopérative. On y trouve les produits les plus communs. Je m'emploierai à la pourvoir de marchandises variées pour la commodité de tous.

Premier petit mot matinal épinglé à mon oreiller : « Je t'aime, mon ange, je t'aime tant. A en mourir – N ». Je fonds de tendresse. Il est parti pour Rome. Commence le train d'une vie normale. Je parcours la maison. Elle me donne une impression de froid, de vide, d'inhabité. L'humidité suinte de ses gros murs.

Les meubles sont beaux mais les tapisseries des fauteuils, les tentures, les peintures murales sont à rénover. Si je m'attelle à ce boulot ce sera un grand chambardement. Pour le moment il faut l'égayer. Je cours au jardin faire une provision de fleurs. Partout je disperse des bouquets immenses, multicolores ou en camaïeu, c'est selon. Je mesure les appréhensions de N. quant à mon installation. Il n'a pas à s'effrayer.

Avant mon arrivée, son choix était fait. C'est ici même qu'il voulait m'installer. Non à Rome. Rome où se trouve son fastueux palais. D'immenses pièces lui servent de bureaux. Le reste est loué en une cinquantaine d'appartements répartis par paliers. Des salles superbes, plafonds peints d'anges bleus et roses. Dorures partout. J'aurai pu y loger aussi, mais je n'avais pas la moindre envie d'y rencontrer son épouse qui y habite toujours. J'optai donc, tout comme N., pour la maison de campagne.

J'entends des cris d'enfants. De ma fenêtre, je les vois jouer devant la chapelle. Ils sont mignons, rient, se disputent, se raccommodent aussi soudainement. Leurs cris mettent un peu de vie.

A midi, brièvement, N. déjeune avec moi. Il repart. J'attendrai le soir impatiemment. Il s'annonce par des top-top klaxonnés qui me crient : « Je t'aime, ma chérie »!

Je suis comblée. Je suis heureuse!

Une semaine s'est écoulée depuis mon arrivée. Je n'ai pas vu l'ombre pointue d'aucun nez de nos voisins et amis. Je m'en ouvre à N..

– Tu sais, Misha, celle qui a été ma « petite amie » ces dernières années était très liée avec eux. Ils étaient habitués à elle. Il te faudra un peu de mal pour t'en faire aimer.

– Il serait sans doute bon que tu les invites, pour que je les voie, je leur parle. Si on donnait un petit cocktail?

– Ça viendra. Je suis certain qu'ils sont malades de curiosité. Moi, je ne suis pas pressé. Qu'ils mijotent un peu! Ah! Ils ne croyaient pas à mon roman d'amour... que tu viendrais... Je pense même que les paris sont ouverts sur la durée de ta présence ici.

Effectivement, ils sont ouverts, y compris à Rome. « Restera-restera pas. Une semaine? deux? Un mois au maximum. » Je me sens un peu gênée. Je trouve qu'il n'emploie pas les moyens pour me faire admettre sérieusement, dire à haute voix ce qu'il me jure tout bas. Mais je n'aime pas précipiter les choses, renverser les tabous en un jour. A lui d'en prendre l'initiative! Pour l'instant je suis heureuse, préservée dans mon cocon.

Mes journées se passent à évaluer les travaux à entreprendre. Tout est à faire. Je calcule, je dessine un plan face au grand parc. Ils sont très beaux ces cerisiers du Japon. J'esquisse en pensée la piscine qui épouserait le paysage. Ce serait formidable. Nous verrons plus tard. Dommage!

Un soir, Gilde, brave fille, m'annonce qu'elle ne peut pas continuer à servir le repas du soir comme elle l'a fait régulièrement depuis mon arrivée.

– Vous comprenez, c'était à titre exceptionnel parce que j'ai mon mari et les enfants à la maison. Il faut que je m'en occupe.

Bon, je la rassure, je ferai la cuisine moi-même. C'est amusant de voir N., dès son retour, me rejoindre auprès du fourneau. Nous préparons des plats d'amoureux.

En me promenant près de la chapelle, je découvre une jeune fille assise sur l'herbe, dans une pose charmante, en train d'effeuiller une marguerite. C'est Eva, la petite et très jeune compagne de Frikky, l'architecte. Il élève aussi des faucons, sa passion, dans un coin du parc, et joue au tennis. Un être qui disparaît par intervalles, fuyant la société. Dans un français parfait, Eva me raconte qu'elle est, pour partie, d'origine russe, française et italienne. Une fille très gentille.

C'est le premier couple à venir nous rendre visite. Le soir nous nous réunissons tantôt chez nous, tantôt chez eux. Leur appartement est agréable. Ils en ont tiré un parti pratique.

Le comte Lecchio a eu vent de mes talents gastronomiques. Charlie est un grand gaillard, jovial et terriblement sympathique. Un ami solide. Un cousin de l'ex-petite amie du prince. Heureux d'avoir un chez-lui, il nous rend bientôt nos repas. Il cuisine lui-même à la perfection. Son appartement sur deux étages est arrangé avec beaucoup de goût et d'amour. Chez lui je rencontre la grande et la petite noblesse de Rome, un peu compassée, qu'il réunit souvent. Aussi l'infante d'Espagne, délicieuse personne de soixante-quinze ans, à l'esprit vif et gai, d'une très grande simplicité.

Je ne connais toujours pas la comtesse Paola Gaetani, ni son mari, ni ses enfants. « Bonjour, bonsoir » mais pas d'invitation. Évidemment, me dit N., « elle est intime avec mon ex-petite amie ».

– Mais c'est idiot!

– Oui. Et je ne tiens pas à ce qu'on te fasse du mal. Quand le temps aura passé nous l'inviterons.

En réalité nous ne sortons pas. Ou si peu. Les rares fois où nous nous aventurons au restaurant, c'est toujours le même problème. Nous tombons inévitablement sur des princes, ducs, marquis, comtes, qu'il connaît parfaitement. Petits sourires, regards de travers.

– Ils n'ont pas tellement l'air de t'aimer, tous ces gens-là.

– Dans toute société, il y a des règles. La noblesse romaine a les siennes. Plus draconiennes que celles de l'État. Malheur à qui les enfreint! Ces gens-là, comme tu dis, eux n'ont pas quitté le domicile conjugal. Encore moins entamé une procédure de divorce civil. Ce que j'ai fait. De plus mes rapports avec mon père ne sont pas excellents.

– Mais pourquoi?

– Toujours la même chose, question d'héritage. Imagine-toi que mon grand-père à commis ce qu'il nomme « une scélératesse » en me faisant hériter de tous ses biens, en passant par-dessus sa tête. Il ne me le pardonne pas. Aussi ma femme a trouvé une oreille complaisante auprès de lui... Tu comprends bien qu'en plus, pour toi, une actrice, sans privilège de naissance, il faudra lutter dur pour être acceptée du Gotha italien, ne pas te démoraliser, tenir bon.

Je le sens vulnérable tout à coup.

– Si tu es près de moi, N., je n'aurai pas peur. Nous les vaincrons.

Son regard me fixe et n'exprime rien moins qu'une résolution.

Il a grandi dans une atmosphère d'amère saveur et de

houleux rapports. Puis l'abandon de son épouse, sa liaison coupable avec la « petite amie » ont alimenté les cancans. Malgré tout N. fait partie du clan. Il en est de même de sa précédente concubine, la marquise, brebis perdue et retrouvée dès lors qu'elle a réintégré son milieu. Je ne bénéficierai pas de la même indulgence. Je suis le bouc émissaire de toute la coalition de ce monde que j'appelle « le Ghetto du Gotha! »

Je ne veux pas m'attarder sur les ragots qui tourneront comme girouette au vent de notre mariage. Le temps passe, rapide, en rangeant la maison, inséparable de l'amour dont je suis capable. Un temps marqué par le retour bi-quotidien de N., les « je t'aime » klaxonnés, murmurés, démontrés. Notre langage secret. Il fait ses cent kilomètres par jour pour m'éviter la solitude. Ensemble nous parlons littérature, nous discutons de tas de choses auxquelles je pense depuis des années. J'ai enfin le temps de lire dans la journée.

Quelquefois on tourne le bouton de la télévision. Je redécouvre en italien ce que j'ai entendu en français, anglais, allemand. Horripilant. C'est bien fait pour moi, ça m'apprendra d'avoir tant voyagé! Je revois pour la troisième fois, *Dynastie* dans un pays et une langue différents.

– Finalement, ils n'ont rien inventé dans ce feuilleton! Quand je pense à ta famille...

Nous changeons de chaîne. Oh! surprise, la semaine prochaine ils annoncent : *Angélique.* Ben voyons! C'est normal. Lui rit franchement. Nous finirons par écouter *La Force du destin* de Verdi. Le plus souvent nous aimons être à deux. C'est ainsi que peu à peu il commence à parler de ses affaires. Désormais plus rien ne nous sépare. Je le connais mieux, tel qu'en lui-même, sa nature, son caractère. L'image qu'il me donne de lui un soir est révélatrice.

– Je suis comme l'aigle solitaire qui vole trop haut pour se faire comprendre.

– Nous sommes sur la terre, mon chéri, tu ne dois pas

craindre de marcher et de vivre avec les autres humains.

Je lui redonne confiance en lui. Sous ses airs forts et durs, ses colères subites, la crudité de son langage, j'avais discerné de la vulnérabilité, et parfois un manque d'aisance. Il est doux, tendre, très très amoureux. L'amour me fait obligation de l'aider. Avec moi il se sentira plus fort, comme s'il n'était plus seul face à la société qu'il s'est permis de braver. Ma joie lorsqu'un jour il me dira : « Sans toi que ferais-je aujourd'hui et demain? Michèle, tu es mon pilier! » Il me dira aussi :

– Tu es ma moitié, Misha, ma merveille. Comme ces moitiés de pomme de la légende, dispersées par le Père Éternel au fond d'une vallée, à charge pour elles de se retrouver pour posséder le bonheur.

– Moi je pense que nous sommes deux de ces moitiés retrouvées.

C'est une certitude. Nous nous ressemblons, nous nous aimons, nous nous complétons. Des millénaires nous ont préparés à cette union dans la perfection du couple. Nous sommes inséparables. Je suis son pilier. Sa moitié. Son équilibre.

– Dis-moi, tu as l'air heureux dans tes souliers.

Il me répond sur un ton étrangement euphorique.

– Ce ne sont plus des souliers que j'ai aux pieds, mais grâce à toi des bottes.

Je ne sais ce qui me prend. Je trouve un sens équivoque à sa réflexion.

– Méfie-toi de ne pas enfiler des bottes de sept lieues qui t'éloigneraient de moi!

– Il n'y a pas de danger qu'elles m'éloignent de toi, ma colonne... Mon pilier. Elles nous rapprocheront plutôt.

Je ne tarde pas à faire la connaissance du fils cadet de N., Ignazio. C'est de ses trois fils celui avec lequel il s'entend le mieux. Leurs rapports sont pleins d'affection.

– C'est mon confident. Ignazio a été le premier à savoir

que je t'avais retrouvée à Paris et que tu viendrais vivre ici.

C'est un joli garçon de dix-sept ans, affable, plein de bonnes intentions. Il m'admettra très vite et sera d'une grande amabilité avec moi. Il se passera de longs mois avant que je ne connaisse les autres.

Banté, le dernier, treize ans, est moins souple.

Il s'écoulera encore quelque temps avant que Francesco, l'aîné, ne mette les pieds à la maison. Il refusait de me rencontrer. Je ne sais pas ce qui l'y a contraint. N. m'avait prévenue.

– Ce ne sera pas facile avec celui-là. Il ne parle pas. Personne ne sait ce qu'il pense.

Après notre première entrevue, la solution m'est apparue.

– C'est bien simple. Il faut lui parler. Surtout le faire parler. Pour peu qu'on s'occupe de lui, qu'on l'écoute, qu'on l'aide, il changera, je te le garantis.

Ce sera une grande joie pour tous de voir ce garçon timide et renfermé, s'épanouir tout à coup, rire comme un gosse de son âge, dix-neuf ans de gaieté, de bons mots. Personne ne l'avait connu ainsi.

Avec application, N. s'élève au rang d'un père attentif, prudent et tendre. Francesco est à même de juger qu'il souffre chez sa mère des problèmes inhérents à son âge. Sans argent de poche, les deux garçons sont incapables de se payer ou d'offrir une orangeade. J'ai soufflé à leur père de leur verser une somme mensuelle.

– Mais la pension alimentaire que je verse à leur mère comprend toutes ces dépenses.

– Tant pis si tu la paies deux fois. Tes enfants ont droit à un peu de largesse et de bonheur.

Quand je songe que sa fortune dépasse celle d'Adrien je me demande ce qu'il peut bien faire de son argent. Il va au-devant de ma pensée.

– Que veux-tu, je suis radin.

Il se vante publiquement de son avarice, comme si cette confession devait l'en excuser et faire une vertu de ce péché capital.

Les choses s'arrangent tellement avec Francesco qu'il viendra un jour habiter avec nous.

A vrai dire, nous n'en sommes pas encore là. Deux mois seulement viennent de s'écouler. Je dois regagner Paris pour procéder à des examens gynécologiques. Pourrai-je avoir des enfants ? N'est-il pas trop tard ? Ce déplacement, si court soit-il, m'ennuie beaucoup. Je n'ai pas encore réellement pris pied dans ma nouvelle maison. C'est une tâche délicate, de longue haleine. Il reste maintes questions à régler. Le naturel fluctuant de N. est prêt à reprendre le dessus. Je pars avec un léger bagage. Je n'ai pas l'intention de m'attarder à Paris. Je ne savais pas qu'il me faudrait subir une petite intervention chirurgicale et prolonger mon absence. N. m'apparaît démoralisé au téléphone.

– Mes affaires me retiennent. Reste à Paris encore quelque temps. Je vais devoir travailler tard à Rome, dans l'impossibilité de rentrer déjeuner comme je te l'ai promis.

Et il reprend sa cantilène des mauvais jours.

Je n'aime pas du tout ça. Le revoilà au trente-sixième dessous. Il est temps de revenir, de le remonter, de lui rendre confiance en lui, comme avant. Mieux qu'avant.

Pendant cette courte séparation j'ai eu le temps de réfléchir. Je dois agir avec moins de réserve. M'imposer, me faire respecter du personnel de maison, ouvriers et paysans. Ne pas me contenter de décliner les ordres. « Le prince a dit... Le prince a demandé... » Cette forme détournée affadit l'autorité. Les paysans m'opposent une résistance passive, approuvent et ne font rien. Je suis l'étrangère, la nouvelle venue après l'épouse-princesse – toujours en titre puisqu'il n'a pas divorcé – après l'ex-petite amie qui finalement, je viens de l'apprendre, avait vécu ici toute la dernière année et demie de sa liaison avec le prince! Mais j'ai mieux à faire que de rechigner car aucune de ces dames ne s'est occupée d'embellir, de transformer le domaine, de le prendre à cœur. Je m'y acharnerai, ce sera ma gloire.

N. se range à mon avis.

– D'accord, Michèle, je te charge du domaine entièrement. Je te le confie. Les ordres viendront de toi. A partir de là, ne m'en parle plus, j'ai trop à faire. Débrouille-toi toute seule avec eux.

Ces normes établies, je me jette à fond dans le remaniement de la propriété. Ainsi j'avais noté que le vin de ses vignes, alléchant de par sa belle étiquette, l'était beaucoup moins à la dégustation. Les invités en complimentaient N. par pure amitié ou simple courtoisie. J'avais bien observé leurs mâchoires contractées sous l'effet astringent de cette piquette. Indifférent par vanité à ces réactions, lui se montrait très fier de sa production et l'imposait inconditionnellement.

Il se trouve que je possède, par tradition familiale, quelques principes de base en matière œnologique. Mes longues promenades avec mon père, dans sa propriété de l'arrière-pays niçois, m'avaient initiée de bonne heure dans l'art de cultiver la vigne et de faire du vin. Comme les anciens, mon grand-père maternel et mon père agissaient en fonction de la lune. Par exemple, le premier soutirage après la fermentation se faisait en lune montante; la mise en bouteilles en lune descendante. Le succès est conditionné par une parfaite propreté des cuves et tonneaux, une hygiène très stricte dans leur manipulation.

Le résultat ne se fait pas attendre. Le produit de la vinification démontre le bien-fondé de mes méthodes. Les ouvriers les plus sceptiques en sont convaincus. Tous me manifestent confiance et respect. Je ne suis pas peu fière de « mon vin », enfin digne de leurs élégantes étiquettes.

Comme le domaine, la maison s'anime. Les voisins, les

amis affluent. N., perturbé par ses affaires, ne m'encourage plus à la cuisine où je suis souvent seule au fourneau. Mes besognes s'étirent jusqu'à une heure avancée de la soirée. C'est un peu trop.

– Tu craignais que je m'ennuie dans cette grande maison? Figure-toi, que je n'ai plus une minute à moi. Je suis débordée. Il me faudrait quelqu'un en permanence à la cuisine.

Il se fait terriblement tirer l'oreille. Il joue de son avarice en souriant mais il ne me fera pas taire. Je sais qu'il a les moyens de prendre un domestique. Question de patience. J'attendrai.

En ce moment, il est de plus en plus nerveux. Anxieux. On décide de partir tous les deux en vacances. Francesco a déjà filé je ne sais où. Ignazio et Banté sont en France, en pension, envoyés par leur mère pour apprendre le français. La veille de notre départ, un télégramme des deux garçons. « Au secours on veut rentrer – stop – Venir nous chercher sinon rentrons quand même. »

Adieu les vacances! N. ne veut pas m'en priver ni m'imposer ses enfants durant l'été.

– Ce sont tes enfants. Je reste.

L'été romain est très chaud. Quarante degrés à l'ombre est quotidien. Je parle de la piscine.

– Tu as raison, dit-il, songeur. Ce serait bien agréable.

Les enfants nous envahissent par une journée torride. Nous sommes accablés par la chaleur. C'est intolérable. Nous décidons de partir dans la montagne, à Colfioritto, un peu à l'écart de ce village. N. y possède une propriété de quelques deux mille hectares. La maison est belle, il y fait frais. Pour moi ce séjour est tristounet. L'été sans la mer, c'est un été perdu.

Évidemment, sur place, pas de servante et je dois faire la cuisine pour six personnes, les deux garçons ayant amené chacun un copain.

Pendant la matinée, j'occupe mon petit monde : courses, pluche des légumes. Le reste du temps nous faisons des marches en campagne parmi les centaines de vaches qui nous entourent de partout. N. m'emmène visiter les monuments, basiliques et vieilles églises de la région, Pérouse qui domine superbement le lac Trasimène, Assise, la ville de saint François, aux multiples sanctuaires décorés de fresques, tellement hautes que de les regarder, la tête renversée, j'en ai le tournis. Des ancêtres sont enterrés dans cette célèbre basilique. Nous nous recueillons avec respect devant leurs tombeaux.

La nuit j'ai du mal à m'endormir. Je pense...

Je repense à une personne étrange que nous avons rencontrée peu avant notre départ pour Colfioritto. Étrange ? Le qualificatif est inexact. C'est désagréable plutôt, répulsif à la manière d'un serpent. Il s'agit d'une femme, petits yeux marron à l'éclat dur, bouche mince, courte de taille, avec de grands airs de diva. Démesurément prétentieuse, elle étale des relations parmi les plus huppées dans tout le pays. Je la nommerai Julie.

Cette femme m'a révulsée dès la première minute. Argo a grogné d'une rage contenue sans cesser de lui montrer les dents. Les enfants étaient à l'unisson avec moi. Nous sentions tous un danger. Rusée, l'intelligence maligne, elle se complaît dans des histoires d'hypnose dont elle se prétend plus ou moins initiée. De fait, on a la furieuse envie d'éviter son regard. Il est mauvais. Elle est flanquée d'un mari qui n'a jamais l'occasion de placer un mot.

J'en parlai à N. qui ne tint pas compte de mes avis. Il l'invite souvent. Elle s'immisce dans notre vie, nous tutoie illico avec une désinvolture qui n'a d'égale que son indiscrétion. Elle a compris que pour N. les affaires sont au premier plan. Elle l'intéresse par des marchandages du genre : « Je pourrais te faire rencontrer des personnages influents qu'il n'est pas commode d'aborder. Voudrais-tu en échange me louer à bon compte un appartement de ton palais à Rome? » S'installer dans le palais lui donnerait une position sociale élevée comme de se dire l'amie du prince, de fréquenter avec lui les restaurants, les lieux publics.

A ma stupéfaction, à celle de tout notre voisinage, Julie obtient un maximum d'avantages, appartement compris, sans tenir, pour l'instant, la moindre de ses promesses. Elle trompette sa victoire en m'avouant, dans un moment d'expansion, son regret de n'avoir pu réussir au cinéma. Elle avait pourtant suivi des cours d'art dramatique! Elle porte cet échec cuisant en bandoulière et s'en sert, le culot aidant, pour se pousser dans tous les milieux, s'instituer médiatrice auprès de personnalités réputées inaccessibles. Son génie de l'intrigue lui tient de savoir, sa soif des richesses d'aiguillon à son ambition.

N. a commencé de changer avec la présence de cette femme.

Le bol d'air des vacances est terminé. A Rome, N. retrouve son bureau, les enfants la classe et moi mes fourneaux. En riant, je le prends à témoin.

– Si mes amis parisiens me voyaient, ils n'en reviendraient pas. Ils s'imaginent que je mène la vie de château, disposant de toutes les commodités et servie par un personnel innombrable!

Ma réflexion tombe au plus mauvais moment. Sa morosité s'est accrue depuis quelques jours. Il a fait confiance à un personnage indélicat. L'aventure se solde par une perte financière énorme. Se sont les affaires. Je l'encourage de mon mieux et prépare le premier Noël familial qui sera, j'espère, une bonne diversion à ses soucis. Nous aurons les trois enfants avec nous. On bouscule les meubles pour implanter le sapin, je fais accorder le piano, on prépare un menu princier. L'ambiance familiale est une réussite. Noël n'est pas Noël sans les enfants, même s'ils sont grands. Dans la nuit, N. se met au piano. Il joue divinement. Il a l'air heureux.

Pour le premier de l'An, nous sommes à Paris. Beaucoup de mes amis ont déserté la capitale. Nous en verrons tout de même quelques-uns. Une chance providentielle Roger Peyrefitte est là. J'en profite pour l'inviter à la maison et lui présenter N. Un grand moment que la rencontre de ces deux personnages. L'auteur de *La Nature du Prince* a donné une place particulière dans ce livre à la célèbre famille. Le sujet passionne notre illustre écrivain qui se lance dans une éblouissante évocation de ses souvenirs et de son érudition. Leur conversation est un enchantement, un festival culturel. Nous vivons une soirée exceptionnelle. Roger Peyrefitte, au moment de nous séparer, clôt cet entretien avec le même soin qu'il apporte à écrire les dernières phrases d'un livre. Il laisse libre cours à son amitié.

– Je suis vraiment heureux pour toi, Michèle. Tu as enfin trouvé l'homme qu'il te faut. Tu vois, rien n'est jamais perdu.

Et, se tournant vers N. : « Je connais Michèle depuis très longtemps. C'est une jeune femme merveilleuse, port de reine, âme de princesse. »

– Eh bien, approuve N. l'œil étincelant, je ferai tout ce qui est en mon pouvoir pour lui en donner l'étiquette.

A son sourire spirituel, je note que Roger apprécie la jolie phrase. Il m'embrasse, chuchote : « Ma chérie, bonne chance et bravo! »

N. venait de s'engager devant l'un de mes amis, homme de lettres unanimement célébré.

Nous retrouvons Rome sous la neige. La grande allée qui mène à la maison est jonchée de branches cassées. Il fait très froid. N. semble avoir retrouvé son calme. Depuis peu, il a fait la connaissance de M. Bettino Craxi, président du Conseil italien. Leur entente est spontanée. Nous allons bientôt fréquenter de hautes personnalités politiques.

Le premier repas donné en l'honneur de M. Craxi fut assez protocolaire. Par la suite, nos rapports deviendront rapidement amicaux. Sans façon, il s'invite à l'improviste. Ses occupations absorbantes lui laissent trop peu de temps pour présumer de ses heures de loisir. Je dois être prête à faire face à l'imprévisible, un bon menu toujours sous la main. Dans quelle joie nous l'attendons, lui et ses collaborateurs et amis! Il adore se reposer chez nous, parmi nous, dans le cadre serein de cette maison ancestrale.

Il vient en toute simplicité, seul avec son chauffeur, sans escorte ni flonflons. C'est un personnage impressionnant. Par la taille autant que par l'intelligence et la culture. Ses convictions socialistes font bon ménage avec une certaine nostalgie de la royauté. Un jour il nous a stupéfiés.

– N., tiens-toi bien, je vais te dire : nous sommes cousins!

– Bouh! Euh... et comment?

– Mais par une arrière-grand-mère.

– « Il se peut, bafouille N. Pas de la branche directe en tout cas, je le saurais.

– Quand même eh! mon cher!

Attitude amusante de la part d'un chef de gouvernement socialiste, que cette affiliation nobiliaire? En Italie comme en France, les représentants des « travailleurs » se sentiraient-ils un faible secret pour les aristocrates que leurs pères vouaient à la lanterne? Mitterrand, Dumas... j'ai beaucoup pensé qu'ils étaient un peu royalistes. Je ne sais pas pourquoi!

Bettino, que j'aime bien, toute préférence idéologique mise à part, m'énerve un peu par un souhait à peine dissimulé : celui d'être servi le premier à table avant les dames.

– Enfin, N. c'est malséant une chose pareille!

– Laisse, Misha, cela lui fait tant plaisir! Et prouve qu'il se sent ici en famille. Chez lui on le sert en premier, chose qu'il ne peut demander dans les dîners officiels. Je ne suis pas parvenue en m'en accommoder.

Chaque dimanche, dans la petite chapelle, au su et au vu de tout le village, nous assistons à la messe dominicale. Ensemble. L'un à côté de l'autre nous prions Dieu. Ce qui me vaudra un jour une solide rancœur de la part de sa mère, en visite chez nous. Puisque nous n'étions pas mariés, la place à la droite de son fils lui revenait... et j'y étais! Le village a pu voir cela. Après de telles marques d'amour, pourquoi douter, et de quoi?

Début janvier 1985, l'annonce du divorce civil éclate en bombe.

– On va fêter ça, s'écrie N.

Champagne! J'ai le cœur en joie. N. fait tout pour étaler le plus publiquement nos accordailles. Instants féeriques à peine troublés par quelques rares sourires sceptiques.

– Ils verront bien ce que j'ai résolument décidé, me dit N.

Je m'élance dans ses bras. Dynamisé par la grande nouvelle, il appelle mon père au téléphone pour lui déclarer d'une voix suave à l'italienne : « J'irai bientôt vous demander Michèle en mariage. » C'est convenu. Ils rient tous les deux. Mon père, en terminant, laisse éclater sa satisfaction.

– Avant de mourir, je verrai donc ton prétendant venir vers moi en gants blancs! »

Nous commençons à parler sérieusement du mariage civil. Pour N. ce n'est pas le plus important. L'union fondamentale de notre couple repose sur le mariage religieux, l'unique, le seul qui compte.

– Je dois obtenir une annulation à Rome. Je vais reprendre les démarches.

Sa détermination est définitive. Il doit emporter cette

décision capitale. Il la devance en me faisant visiter, en prélude à la future cérémonie nuptiale qui s'y tiendra, dit-il, bientôt, l'église Saint-Ignace. Sa construction a été financée par le deuxième pape de la famille, Grégoire XV, en 1626. Les ancêtres de N. y sont inhumés en nombre. Sa renommée repose principalement sur l'originalité picturale de ses fresques allégoriques, aboutissement de la technique dite de quadrature.

– Tu vois ce disque de marbre encastré dans le dallage? C'est de là qu'il faut voir la fresque. Lève la tête!

L'effet de perspective est tout simplement prodigieux.

– Si on se marie dans cette église, comme je le crois, il faudra choisir l'heure pour bénéficier de la meilleure lumière.

La décoration en trompe-l'œil, les peintures chaotiques des plafonds à solives du corridor menant aux appartements de saint Ignace prennent, lorsqu'on se déplace, des aspects mouvants pour se dissoudre en configurations abstraites. L'auteur génial de cette peinture baroque, Pozzi, était maître dans l'art de l'artifice.

L'impression est déroutante autant que séduisante. Mais je chemine sans trouble auprès de N., voguant sur mon petit nuage. Mon mariage ici ne sera pas en trompe-l'œil! Après cette preuve d'amour, dans l'église Saint-Ignace, que craindrais-je? Je retiens de cette visite la place occupée en Italie, pendant quatre siècles, par cette famille doublement papale. Ces aïeux ne sont pas drôles à contempler. L'un d'eux en particulier, un portrait de femme, tableau éminemment désagréable. Il domine le salon, me regarde. Me coupe l'appétit ou la digestion selon l'heure. C'est celui d'une proche parente du pape Grégoire XV : visage ingrat, l'attitude dure, elle tient une perle noire dans sa main. Je me suis empressée de le reléguer dans le long couloir où siègent les huit cardinaux du nom, alignés dans les stalles de leur glorieuse austérité. La bibliothèque de la maison est prolixe sur l'histoire de l'illustre famille, entrelacée à celle de Rome et aux couloirs du Vatican. Un trésor. Une mine inépuisable de hauts faits que les enfants de N. frôlent d'un regard inintéressé. J'y ai trouvé une lettre de Louis XIV adressée à un prince ancêtre de N., l'appelant « mon cher cousin ». N. m'en avait d'ailleurs envoyé une photocopie à Paris au début de notre rencontre. Je trouve aussi la pantoufle d'un pape, très très grande! Aurait-il joué un soir les cendrillons?

A partir de son divorce civil, N. me donne une plus grande place dans le monde. Pas spécialement celui de la noblesse avec lequel nous n'avons guère d'échanges. « Pas encore », dit-il, malicieux, « ils y viendront ». J'en doute. Au hasard d'une rencontre on note, sous la politesse des manières, les regards dénués de chaleur.

Ailleurs, nous assistions à des réunions, officielles ou privées, à des repas « privés », comme écrivait si joliment Chateaubriand. Il me présente comme sa femme. On m'appelle « Princesse ». La première fois je fus émue et mal à l'aise. Je porte un titre auquel je n'ai pas droit. Lui en rit bruyamment. Je suis confuse.

N. vivait son protocole particulier qu'il dictait dans son fief en véritable seigneur. J'étais toujours placée à la droite du maître de maison. En raison de son titre, j'entendais « Princesse, est-il vrai que... » ou « Princesse, préférez-vous... » Si j'ai frémi au début, j'en ai tout de même très vite pris l'habitude, il faut bien le dire. Et puis j'ai tourné tant de rôles de princesse, je suis dans mon personnage. Comme au cinéma! On s'habitue à tout.

La contesse Paola Gaetani n'a plus d'hostilité envers moi. Nous allons même devenir amies. Elle m'est d'un grand réconfort. Son intelligence, sa loyauté me seront précieuses.

A son départ, je m'aperçois rétrospectivement que je viens de passer une année très seule. N. me cloître littéralement. Je n'ai pas de véritables amis à moi. Je ne dois voir, et peu, que les siens. Pas du tout les miens de toujours. Chose incroyable quand j'y songe : quand nous sortons dans une réception où le Tout-Rome se côtoie et danse, je n'ai pas le droit d'en faire autant.

– J'adore ça, danser.

– Tant que tu n'es pas officiellement ma femme, tu ne dois pas te faire remarquer. Je ne veux pas qu'on te voie danser et te trémousser en public.

– Me trémousser? Si je danse un tango avec toi, je te promets de me tenir raide comme un manche à balai!

– Non. Un refus net et sans réplique. Je ne dois pas me produire devant ses pairs dans une pose intime, même avec lui. Dans notre intimité, il corrige par de petits écrits, glissés çà et là, ce que son attitude peut avoir de douloureux pour moi.

Lucide, je sens le danger qui pèse sur moi, le risque que j'encours : être rejetée un jour, sous l'influence de cette société aristocratique implacable. A tort ou à raison, le calcul n'entre pas dans mes projets pour lui. Pour l'heure, je fais partie de ce qu'il appelle « sa garde » : Charlie, deux ou trois autres copains et moi.

– Une garde? Tu as besoin d'une garde?

– Tu seras la première.

– Non. Je ne suis pas là pour ça. Ce n'est pas la place que tu m'as donnée.

Il faut sortir de ce marasme, voir d'autres gens. Pourquoi pas mes amis, à commencer par ceux que j'ai ici, en Italie où j'ai tourné vingt-cinq films? Je connais deux douzaines de metteurs en scène, des acteurs réputés. Des gens que j'aime beaucoup, que j'estime et que je serais désireuse de revoir.

– Bof! Qu'attends-tu de ces gars-là? De toute façon, ils ne te seront d'aucune utilité.

– Je ne veux pas les rencontrer dans un but intéressé. Simplement par amitié. Ils sont épatants je t'assure. Un homme comme Mastroïanni par exemple est d'une politesse exquise. Tu ne regretteras pas de le connaître. Et beaucoup d'autres. Il n'en démord pas. Dire que du temps où je travaillais, je ne trouvais pas une minute pour les fréquenter et voilà qu'aujourd'hui il m'est interdit de les voir!

Paradoxalement, N. ne déteste pas de figurer dans des reportages photographiques de presse. C'est moi qui rechigne à me montrer. Je crains la critique, les interprétations malveillantes. Le ciel peut me tomber sur la tête. Je me fais petite, je cache mon bonheur. Ai-je tort? Une chose est sûre : je ne profite pas de ma situation pour me faire de la publicité!

Un beau jour, François Chalais et sa femme me téléphonent. Ils sont de passage à Rome. Je ne puis résister au plaisir de les inviter. De parler de Paris, des amis communs. A quelques heures d'intervalle, Loris Azzaro se fait annoncer. Il est aussi avec sa femme. Quatre copains qui débarquent. C'est fabuleux!

– Bon, bien », dit calmement N., ravi de les voir.

Le repas se passe on ne peut plus aimablement. Je rayonne, N. plaisante, gai, la grâce et le charme italiens. L'œil d'eau verte noie son interlocuteur dans une douce extase.

– Quelle chance tu as, Michèle. Il est magnifique.

Mais le soir même, dans notre chambre, une scène éclate. Pour rien. Il a le génie singulier d'exploser à propos d'on ne sait quoi. Le fait se renouvelle chaque fois que je reçois mes amis. Et pour varier « son » plaisir, ce sera parfois la veille de leur arrivée. J'aurai une tête à l'envers et lui sera l'homme magnanime, toujours enjoué, spirituel, la voix de velours. Une fois seul avec moi, il abat le masque. Après avoir encensé Minouche et tout fait pour l'ensorceler, il m'en dit pis que pendre. C'est lui qui aurait dû faire du cinéma. Il est tellement meilleur comédien que moi!

Nous sommes à la veille des fêtes de Pâques. L'année précédente, en 1984, N. m'avait emmenée chez son demi-frère en Sardaigne. Il tenait vraiment à me le présenter. Ces fêtes de Pâques-ci seront très différentes. Nous les passons à Procoïo. Sur l'oreiller, un mot de N., un mot comme seul lui sait les écrire, un mot qui me fait fondre et oublier toutes mes craintes.

La journée commence sous le soleil du bonheur. Sous le soleil tout court. L'effluve des souvenirs de mon enfance se mêle à mon parfum de femme comblée. Un amour si fort bouillonne en moi que tout le monde doit en bénéficier et, d'abord, les enfants qui nous entourent. La veille j'ai fait emplette de centaines de poussins, œufs de Pâques, cloches en chocolat, sucres multicolores. Aidée d'Ignazio, de Francesco et de Bante, je les dissimule – pas trop – dans les buissons, branches d'arbres, murailles, recoins divers autour du « Vieil abreuvoir ». Tous les enfants du domaine sont conviés à la fête. Je m'amuse follement à les voir si sérieux à leur tâche. Ils courent, furètent, s'extasient dès qu'ils trouvent les douceurs. Le rire retentit et résonne partout dans l'immense parc. N. est content. Je le lis dans son comportement. Ce babillage l'amuse.

Nous déjeunons dehors. Il fait si beau. Les tables dressées sur la grande pelouse devant le salon sont protégées par des parasols. Les cerisiers déploient leurs fleurs. C'est d'une beauté simple, bucolique, détendue.

– Dis-moi, Michèle, le jour de ton arrivée tu as eu l'idée géniale d'imaginer une piscine, là, sous nos yeux. Eh bien, nous allons la construire, cette piscine. Et vite!

Je suis éberluée. « Hourra! » crient les enfants.

– Dessine-la à ton gré et occupe-t'en de A à Z.

Merveilleuse journée.

Le lundi de Pâques, à l'heure du déjeuner, Julie, suivie de son évanescent époux, se pointe, la mine concentrée, porteuse d'un important dossier à décortiquer avec N. Ils se retirent dans la bibliothèque. Les enfants, désorientés, partent chacun de leur côté. L'ambiance est gâchée. La journée est fichue. Je monte au grand salon, allume la télévision, relis pour la dixième fois la même page d'un livre. Je m'accoude à la fenêtre. J'ai les nerfs en pelote. Soudain le grand portail de l'allée centrale s'ouvre. Une voiture noire aux glaces teintées s'approche lentement. Qui cela peut-il être ? Trois personnes seulement détiennent la boîte de télécommande. Adriana a disparu avec tous les enfants depuis déjà un long moment. N. seul a pu ouvrir. A l'instant précis où la voiture s'arrête N. débouche de sous la voûte du garage suivi de la Julie. Quelques mots échangés avec l'ombre assise à l'arrière, un gros dossier lui est remis par la vitre à demi baissée. Une main longue et blanche le saisit. C'est tout ce que je saurai de cet étrange rendez-vous.

Le lendemain N. rentre très nerveux. Visage crispé. Muet. Cela va durer des jours. Je souffre de ce silence subit. Qu'est-ce que ça signifie ? Brutalement, il se délie.

– Ne m'en veux pas, mes affaires... mes soucis... tu n'es pas en cause. Enfonce-toi bien ça dans la tête. Je ne serai jamais en colère contre toi. Tu ne m'en donnes aucune raison. Mais quand je suis ainsi, c'est toi qui prend tout, parce que tu es là !

– Agréable ! Je ne dors plus. Je me mine à chercher ce qui ne va pas. Préviens-moi à temps pour que je ne me pose plus de questions.

Il ne m'a jamais prévenue. Ces derniers jours sont sources de hargne permanente. Argo grogne, montre les dents. Gilde casse des plats et des verres. Étrange tout de même ! Avec le désordre, un vent souffle, un vent de folie. La plus sensible à cette étrange atmosphère est Adriana. Sans prévenir, elle disparaît. On la repère à une fenêtre de la maison d'en face. Visage aussitôt escamoté, comme prise en faute. Parfois ses divagations tournent au drame. Des affaires s'égarent. Je trouve mes robes couvertes de taches qui posent des problèmes insolubles aux teinturiers. Je m'attends presque à voir les objets se déplacer tout seul.

Ce ne sont là que broutilles. Des anomalies autrement pernicieuses me surprennent depuis un certain temps. Argo ne veut plus passer à certains endroits de la maison. Je n'y passe plus non plus sans malaise, sans cause apparente. Argo, par son attitude probablement, m'a mise en alerte. Je veux refaire l'expérience en sa compagnie. Il refuse d'avancer en aboyant furieusement. Je l'oblige à s'approcher. Il s'échappe en courant et en hurlant, à croire qu'il a reçu des coups. On ne l'a revu que trois jours plus tard, misérable tas de boue sous la pluie, une patte entièrement déchiquetée, on ne voyait plus que l'os. Il avait dû être battu par d'autres bêtes. Faut-il qu'il ait eu peur pour fuir la maison comme il l'a fait! Six mois de soins me seront nécessaires pour le rétablir.

N. admet enfin que ce chien est intelligent, bon et utile. Bizarre!

N. avait fait installer un système d'alarme assez sophistiqué. Enfermée dans la maison, je ne dois pas quitter une pièce sans l'enclencher, ce n'est vraiment pas amusant. Un soir, panne d'électricité. Je lis à la chandelle. Inopinément, le son strident de la sirène me fait sursauter. Dans ce cas, Adriana et son mari ont la consigne d'intervenir aussitôt. Personne. Curieux! Il y a un instant il me semblait les entendre parler sous mes fenêtres. J'arrête le boucan de la sirène et j'attends. Toujours rien. Je remets l'alarme en marche. Une voiture que je n'avais pas entendu arriver démarre à toute vitesse par le portail resté grand ouvert.

Adriana arrive enfin, très pâle me semble-t-il.

– La signora m'a appelée?

– Vous êtes sourde? Il n'y a pas trois minutes, vous parliez sous mes fenêtres.

– Moi? J'étais à la coopérative.

– Et cette voiture qui vient de partir, d'où sort-elle?

– Je n'ai pas vu de voiture, dit-elle en bafouillant, les yeux baissés.

La porteuse de clefs a accès à la pièce où se trouve la centrale d'alarme.

Quand N. apprendra ce qui vient de se passer, il les lui retirera pour qu'elle n'ait plus la faculté d'entrer ou de sortir de la maison sans notre permission.

Une nuit de pleine lune, elle se met à courir comme une démente, ouvre les boxes des chevaux qui s'égaillent un peu partout dans la propriété. Réveillée par le bruit de la galopade, tandis que N. dort comme un bienheureux, Francesco et moi la voyant de nos fenêtres respectives, en chemise blanche, passer et repasser devant la maison, le pauvre Roberto à ses trousses qui l'appelle d'une voix implorante!

Dépossédée de ses clefs, Adriana a perdu sa raison de vivre. Franchement, je ne peux les lui rendre. Dieu sait à quels comportements dangereux elle se livrera maintenant! Je n'ai plus confiance en elle. Sa fureur se retourne contre Gilde si douce et dévouée. Elle lui saute au visage armée d'une pierre. Il s'en est fallu de peu qu'elle ne l'éborgne. Elle est devenue le point noir de la maison. Roberto s'emploie de son mieux à la calmer. Je ne fais pas une fixation sur la pleine lune, mais après ce que j'ai déjà vécu je me méfie de cet astre trompeur. Je n'ai pas envie de recommencer à vivre avec un calendrier en bandoulière pour vérifier chaque instant qui sont les gens de mon entourage les plus réceptifs à ce phénomène quand il apparaît.

Comme par enchantement le calme semble être revenu.

Nous inaugurons la piscine le 14 juillet 1985. Le bassin suit un tracé que l'on pourrait croire purement fantaisiste, mais qui épouse étroitement le terrain et contourne les plantations. A une extrémité, le grand fond avec plongeoir d'où le sol remonte en pente douce vers les jacuzzi. Leurs jets d'eau puissants nous massent le dos alors qu'assis sur le banc recouvert d'une mosaïque, nous prenons l'apéritif. Une presqu'île à forme ronde nous sert de table. Nous mangeons et bavardons, le corps à demi immergé.

J'ai surveillé minutieusement les travaux, menant mon petit monde avec le sérieux d'un chef d'entreprise. J'ai regroupé des vestiges antiques, stèles, morceaux de colonne, enfouis dans le parc que j'ai fait disséminer à l'entour du bassin en sentinelles pacifiques et vigilantes.

Soudainement, nous nous découvrons des tas d'amis de l'été. Ils sont nombreux à participer à cette inauguration qui a un air de fête nationale. Les drapeaux italiens, français et les fanions rouge et or aux armes de la Famille, se marient aux guirlandes. N. et moi coupons les rubans. Ensemble, nous baptisons la piscine au champagne. Tout le monde est parti pour un bon week-end de détente.

N. a consenti à engager un serviteur à la rentrée. Ce sera un jeune Indien, Ramesh dit Meshi, vingt-cinq ans, qui ne parle ni l'anglais, ni l'italien, nous nous expliquons par signes. Flemmard au début il se ressaisit très vite. Avec Gilde, nous lui enseignons l'italien et mille choses. Je pressens en lui des dons de cuisinier. Il sert avec une distinction naturelle. Encouragé par des hausses de salaire en fonction de ses progrès et l'attention affectueuse que je lui porte, il m'en sera reconnaissant et me deviendra très attaché.

Trois mois plus tard il sera presque parfait. Je n'ai plus à être sur son dos. La maison devient agréable à vivre. Je peux enfin recevoir sans perdre la moitié des conversations, ni rire après coup d'un bon mot, malheureusement dépouillé de sa saveur originelle s'il n'est plus accompagné de l'hilarité générale.

Faute d'avoir loué à temps en Sardaigne, force nous est d'orienter nos vues vers d'autre lieux. La mère de N. nous invite dans sa ravissante villa du bord de la mer, à San Stefano, au nord de Rome. Elle tient à nous avoir chez elle et je ne suis pas mécontente de m'en faire mieux apprécier. Elle est souvent venue à Procoïo voir son fils et ses petits-enfants. Je sens qu'elle m'aime bien.

Nous descendons à la plage. Je redoute la foule. Elle me terrifie. Et là, je suis immergée dans un film de Fellini à la puissance dix. En dépit de sa prédilection pour les grosses bonnes femmes dégoulinantes, il n'a pas encore assez dépeint de grouillement de chairs étalées au soleil, ces mamelles, ces ventres, ces fesses déballés sans vergogne sur un sable noir, pollué de goudron et de déchets divers. Les radios pinchardes rivalisent d'énergie. Les gosses braillent, les mères crient. Du sable vole dans les yeux, des ballons fous s'abattent sur les baigneurs entassés corps à corps sur la plage.

N. approche. Il dit s'amuser de cette kermesse chaotique. *Comediante!* Il n'en pense pas un mot. Je le plaisante, en rentrant, sur les effets d'une telle cure pour combattre la nervosité, la fatigue, les états anxieux. Exactement ce qu'il lui faut! Cela ne nous empêchera pas de nous aimer jour et nuit.

En septembre, le feu prend dans le domaine. Je suis seule à la maison. Le feu! Mon épouvante. La maison est cernée de résineux. On va griller tout vivants. Je téléphone à N. pour l'aviser. Que se passe-t-il dans sa tête? Au lieu d'accourir, vingt-cinq minutes lui suffisent, il me donne des instructions et conclut par un « tiens-moi au courant! » par le téléphone sans fil. Je suis aux cent coups. Pas rassurée du tout.

Après des allées et venues, des palabres, j'organise la lutte. Munie d'un tuyau au débit maigrelet, j'ai l'impression de ne rien faire. Je protège au moins les arbres les plus proches de la maison. Grâce au talkie-walkie, je communique avec

Roberto et Valentino. Ils remplissent le camion-réservoir servant à l'irrigation. C'est plus concluant. Malheureusement, le feu prend à plusieurs endroits. J'ameute les ouvriers, les paysans du coin, les gens de la Coopérative. En même temps, les pompiers sont alertés.

Toujours pas de N. qui, en revanche, téléphone toutes les cinq minutes.

– Écoute, ou tu viens et tu te mets au boulot avec nous, ou tu arrêtes d'appeler; comprends qu'il m'est très difficile de tirer des tuyaux, jeter des seaux d'eau et organiser un temps soit peu une défense en te parlant en plus au téléphone. Le vent a tourné et cela devient de plus en plus dangereux. Après tout je n'ai que deux mains et je ne sais pas encore jouer avec mes oreilles! Les pompiers débordés n'arrivent que quatre heures après. Il n'y a pas que nous, toute la Province est embrasée. C'est manifestement l'œuvre de pyromanes criminels. Francesco, et Ignazio accourent à la rescousse. Le vent rabat flammes et fumées vers la maison, c'est la panique.

Le soir, N. arrive triomphalement en klaxonnant ses joyeux « je t'aime ». Il est bien temps! Le feu est éteint, mais sournois, il reprend dans la nuit et le jour suivant. Constamment, nous sommes sur la brèche avec les fermiers et ceux engagés en renfort. Le quatrième jour seulement, un samedi, tout danger est écarté. Les sauveteurs exténués rentrent chez eux. Les enfants s'en retournent comme ils sont venus.

Ce soir le personnel a congé.

Je soigne un petit repas pour nous deux que nous prendrons dans la bibliothèque devant la télévision. Vannée, bien que je fasse la gaillarde, je passe par l'escalier de service, le plateau au bout des doigts. Patatras! Je rate la première marche et, la tête en avant, je déboule les douze degrés pour aller m'assommer contre le mur d'en bas.

J'ai dû m'évanouir car j'ai un trou noir. Quand j'ouvre les yeux, je me sens trimbalée, tirée par les bras dont un me fait mal à crier, jusque sur le tapis du salon. Mon cœur se soulève. Je suis prise de vomissements, irrésistibles. Devant moi, le visage défait de N.

A bout de nerfs, les jambes tremblantes, le corps anéanti par la fatigue des jours précédents, je souffre de vives douleurs à la tête, au visage, à l'épaule. L'odeur âcre de fumée me brûle la gorge. Je me dis : « Il me faudrait un médecin. » Mais N. n'y songe pas. Alors, à quoi bon ? Je laisse tomber.

Trois jours après, il faut se rendre à l'évidence. La radio révèle une fracture du crâne, une épaule luxée, arcade sourcilière arrachée. Je garderai la chambre un bon mois. Tout mon côté gauche est noir. Dès mon réveil, je porte un grand chapeau sur un foulard, des lunettes noires et je m'emmitoufle pour dissimuler les ecchymoses. N. n'est plus comme avant. Dans ce moment difficile, je ne retrouve plus l'homme attentionné qu'il était. Plus de dialogue. Je me sens mal, abandonnée. Peut-être qu'au fond de moi quelque chose est atteint. Je ne le sais pas encore.

Vers la fin de ma convalescence, je reçois la visite de Gisèle Garson, une amie de Marina Baie des Anges. Petite, blonde, vive et bavarde, nous serons secourables l'une à l'autre; Gisèle vient d'être opérée gravement; elle a subi des rayons. Son courage force mon admiration. Dans la piscine, nous nous baignons presque habillées, moi pour cacher mon énorme bleu de tout le côté gauche, elle par crainte des rayons solaires. Sa présence m'est douce. Nous nous remémorons mille choses et rions beaucoup. Elle plaît à N. Comment pourrait-il en être autrement? Sa gentillesse naturelle lui gagne tous les cœurs. Je lui dois un peu la paix retrouvée, l'oubli de mes souffrances, physiques et morales. Gisèle repartira pour le Midi de la France revigorée, les yeux brillants de plaisir.

– A bientôt! Pour ton mariage!

Je la vois partir les larmes aux yeux. Cependant, je n'aurai pas le temps d'être triste car je dois préparer une grande réception, prévue dans les prochains jours.

Roland Dumas, ministre français des Affaires étrangères, doit rencontrer Bettino Craxi à Rome. Je serai heureuse de revoir celui qui fut mon avocat. J'ai gardé de lui le souvenir d'un homme courtois, très intelligent et très cultivé. Il aimerait connaître N., un ami dont lui a parlé Bettino. Rendez-vous est pris pour un repas à Procoïo Vecchio, à bonne distance de Rome, loin des oreilles indiscrètes. Ce sera un dîner.

Les Chalais, de passage, sont également nos invités ainsi que Sergio Leone, leur grand ami. Qui ne se souvient de ce metteur en scène, créateur de ce qu'on a appelé au début trop méchamment « le Western Spaghetti ». Personnellement, j'ai apprécié ces œuvres originales comme *Il était une fois dans l'Ouest* ou *Pour quelques dollars de plus*.

Le long de la grande allée qui mène à la maison, autour de la chapelle, des dépendances, et un peu partout dans le parc, des torches sont allumées. Salon, salle à manger, bibliothèque, escaliers sont éclairés aux chandelles. Une fantastique féerie.

Pendant la journée, un des proches de Dumas téléphone à plusieurs reprises : « Faut-il demander une escorte de motards ? »

– Non, non, le Président Craxi n'en serait pas flatté. Il vient chez nous dans la plus grande simplicité. C'est un intime. Mieux vaut ne pas prêter le flanc à son ironie.

Bettino Craxi me téléphone au dernier moment.

– Ajoute un couvert, j'ai un invité.

– Qui est-ce ?

– Tu verras. Surprise!

Gros problème pour la maîtresse de maison. J'ai un

homme de trop. Par l'intercom. J'appelle Paola. Je suis franche.

– Un accroc. Il m'arrive un invité de plus. Il me manque une dame... »

Sans hésiter, elle répond « Présente ». Paola est décidément bien sympathique.

En définitive, Roland Dumas arrive à grand renfort de pétarades, d'uniformes, devant, derrière. Sourires narquois de Bettino Craxi qui descend tranquillement de voiture avec le convive inconnu : Berlusconi, l'homme de la télévision italienne.

C'est un gars sérieux, petit, vif, perpétuellement agité. Il sait pourquoi il est venu et n'a pas de temps à perdre. Après un minimum de présentations, trois paroles de bienvenue, Berlusconi attaque Roland Dumas en aparté. Il n'y en a que pour eux. Les autres n'existent plus. L'apéritif ressemble à un conciliabule. L'annonce du repas est un pensum pour ces gens qui ont autre chose à faire. Quand je suis attirée par la personnalité d'un homme politique, seul l'être humain qui se cache derrière m'intéresse, mais en réalité le sont-ils encore... humains ? Bien des acteurs devraient prendre modèle sur pas mal d'entre eux. Ce sont les plus grands comédiens du monde. La politique ? Ça va trop vite, on n'a pas le temps de se faire une idée sur ce qu'ils viennent de dire qu'ils ont déjà changé d'avis !

Pour le moment tout ce qui me préoccupe c'est mon dîner. Il est réussi. Venu en extra, le portier du Palais, aidé de trois autres, assure le service à table. Pour ne pas désobliger Craxi, toujours à cheval sur ce privilège d'être servi avant les dames, tout en ménageant la politesse raffinée de Dumas qui pourrait trouver ça inconvenant, j'ai résolu de présenter les plats aux deux premières dames en même temps qu'à ces deux messieurs. Pas de jaloux !

Au salon, après dîner, on bavarde et j'apprends que M. Berlusconi a racheté les droits des *Angélique*. Une bonne affaire, à n'en pas douter, pour ce spécialiste et pour beaucoup d'autres aussi sauf pour moi. Je voudrais que l'on m'explique! Dans plus de trente pays les *Angélique* enlèvent les meilleurs taux d'écoute. De son vivant de Gaulle ne faisait pas mieux. Un ministre français en exercice, de peur de faire un bide, avait dû reporter à plus tard son émission, prévue le même jour sur une autre chaîne. Mon contrat avec le producteur de la série prévoyait de me rétrocéder un pourcentage des revenus de son exploitation. Je n'ai jamais reçu un centime. On s'arrache ces films à prix d'or. A qui va-t-on faire croire qu'ils ne rapportent rien? L'occasion est trop belle pour lui poser la question.

Mais le Président du Conseil italien et le ministre français des Relations extérieures ne sont pas là pour mes beaux yeux. On ne parle plus que de Berlusconi, de ses deux ou trois chaînes de télévision, des succès qu'elles remportent en Italie. Pour la première fois j'entends évoquer la création d'une cinquième chaîne franco-italienne en directe des deux pays. Je trouve l'idée très séduisante, égoïstement l'union de ces deux pays me plairait assez, N. ne revient pas de mon enthousiasme.

– N'oublie pas que je suis niçoise!

– Et alors?

– Un petit coup à la Garibaldi ne me déplairait pas!

Craxi en renverse la moitié de sa tasse à café. En lui retirant la sous-tasse pleine de liquide je m'exclame : même le marc de café le dit. Surpris et amusé, Bettino me souffle à l'oreille :

– Mais quoi donc?

– Toi aussi tu l'aimes!

– Mais qui?

– Garibaldi voyons! C'est même ton idole.

Soulagé, semble-t-il, il éclate de rire, mais son regard me transperce comme deux pointes d'acier de la tête aux pieds.

Si on ne peut plus rigoler maintenant! Peu de temps après j'aurai la joie de voir France-Italie sur la Cinq avec Hersant-Berlusconi. Nos invités plaisantent, s'amusent, et bien entendu refont le monde. Ils ne nous quitteront que tard dans la nuit. Cela prouve qu'ils ont passé une bonne soirée, j'en conçois une grande fierté.

Dans notre boudoir N. me prend tendrement dans ses bras.

– Tu es divine. Plus je vis avec toi et plus je découvre tes qualités. Tu vas m'aider à accomplir de grandes choses. Jamais je ne pourrais être heureux sans toi. Je te vois déjà « souveraine » au grand bal que nous donnerons pour notre mariage.

Des réflexions comme celle-là me paient de tous les désagréments.

Doucement nous touchons aux fêtes de Noël. Cette année sera le Noël des mamans. La mère de N. est près de nous, Charlie est venu avec la sienne. Quelques amis viennent nous embrasser après la messe de minuit donnée dans la petite chapelle. Les enfants sont restés cette année avec leur mère, chacun son tour. N. est nerveux, fatigué. Parfois insupportable quand il débite sa cantilène en ajoutant : « Tu n'y es pour rien. Ce n'est pas ta faute... »

Entre deux crises, nous avons des moments absolument sans pareil. Nous écoutons de la musique jusqu'à une heure avancée de la nuit. Mozart, Verdi, Paganini, Vivaldi et tant d'autres. Des instants heureux qui, à la seconde, peuvent sombrer dans l'impossible à vivre. Puis tout redevient normal.

J'en ai pris mon parti. Je l'aime tant. Il est toute ma vie. Je n'en conçois pas d'autre. Ou alors, ce serait le néant. En mon cœur existe un coin secret, un jardin où nul n'a pénétré. Il en est le seul visiteur, le seul maître. Je lui en ai fait don.

Une chose vient de changer dans la maison. Professionnellement il fréquentait des industriels, brasseurs d'affaires, qu'il invitait éventuellement à la maison. Excellentes relations, indispensables à la bonne marche de ses entreprises. Ses nouvelles fréquentations n'ont plus le même standing. Ces gens ne me plaisent pas. Et cet homme tout de noir vêtu qui ne parle pas, qui est-il? Pas de réponse.

L'annulation de son mariage religieux en Cour de Rome n'avance pas. Il ne dit plus un mot des interventions qu'il espérait mener auprès des cardinaux et autres monsignores.

Brusquement, il claironne :

– Je vais au Vatican demain matin. J'ai rendez-vous avec le cardinal X...

– Oh! tant mieux. Je croyais que tes démarches étaient au point mort.

Au retour de sa visite je pose mille questions. Étrangement il ne répond à aucune. Il est là sans y être, insaisissable, mystérieux. Je ne dis plus rien. Lui non plus. Il est très sombre. Agité. Ses gestes saccadés, le regard lointain, fixe et vide. Je ne l'avais encore jamais vu dans cet état. On le dirait anesthésié. Je préfère encore ses colères et ses cris. J'ai envie de le secouer. Je ne saurai jamais ce qu'il s'est dit. J'attendrai qu'il me parle. Et telle sœur Anne sur son donjon... je m'exerce à une longue patience.

Le Carnaval de Venise, on en parle beaucoup cette année. Il y a deux ans, N. et moi y avions fait une brève apparition. Cette fois, subitement câlin, il me propose d'y passer plusieurs jours. Un grand nombre de vedettes de cinéma va s'y précipiter, beaucoup de mes amis parisiens aussi.

Venise, embrumée et austère, m'a toujours fascinée. Mais,

ce soir, elle m'éblouit. A tous les coins de marche accédant aux gondoles, nous allons d'éclatantes surprises en déguisements terrifiants. De masques fantastiques, aux créations excentriques et païennes accompagnés de mandolines, de chants ensorcelants, nous nous aimons, émerveillés, enivrés d'amour au rythme frénétique de ces folles farandoles. Le soir, nous mordons aux plaisirs de la vie en société. Nous voyons tous nos amis. La dernière soirée qui doit clore ce séjour édénique a lieu chez des intimes de N. Petit palais délicieux qui plonge ses fondations dans l'eau du Grand Canal.

Suprême bonheur et consécration étalée de mes liens avec N. : nous dansons ensemble, sans contrainte pour la première fois.

– Qu'est-ce que tu as? Bouge-toi un peu, tu es raide comme un piquet.

– Ah! mais il fallait le dire que ce soir j'avais le droit de danser comme tu aimes et comme il me plaît.

Je croyais qu'il fallait attendre d'être mariée pour montrer, au moins dans ce domaine, mes capacités. Brutalement il m'attire contre lui et comme un beau diable commence à gigoter. Au beau milieu d'une danse effrénée il s'arrête pile, fustigé. Instantanément je m'arrête aussi. Que se passe-t-il? Je suis son regard. Au milieu de tout ce petit monde en folie, un homme vient d'entrer. Habillé de noir, grand, maigre, glacé. Le visage masqué. Cependant je n'ai jamais vu tout au long de ces jours ce genre de déguisement. N. semble pétrifié.

Et sur un ton sans réplique : « Il faut rentrer. »

Il neige. En début de soirée, nous sommes arrivés à pied. Depuis, mes petites chaussures ont bien mérité de revenir véhiculées.

– Il faut rentrer, répète N., impatient. Allons-nous-en!

– D'accord. Appelle un taxi-vedette.

– Tu peux bien marcher. Ça nous fera du bien.

– J'ai froid maintenant. Il est tard. Et j'ai mal aux pieds, et puis j'aimerais comprendre ce qui se passe. Dis-moi? Dis-moi quelque chose?

Fermé, une fois de plus il ne me répondra pas. Il insiste : « allons marchons, c'est juste de l'autre côté! »

– Oui, cela n'empêche pas que je ne marche pas sur l'eau. Il faut faire un grand tour pour atteindre le pont. Il neige de plus en plus et je suis glacée.

La tension s'aggrave. Elle enfle pendant le trajet. La nuit ne l'a pas apaisée. A l'aube il s'emporte, et disparaît sans explication pendant de longues heures. A son retour il a retrouvé ses couleurs et son sang-froid.

La magie a disparu, nous fuyons Venise. Les eaux des canaux sont glauques et sales.

Je me lasse de ce caractère impossible, quelles qu'en soient les raisons. Je sens que bien des choses s'abîment en moi. Je suis prête à tout plaquer, en dépit des mots brûlants d'amour que je trouve toujours en m'éveillant, des livres dédicacés, de cette Bible qu'il m'a offerte en union spirituelle, sur laquelle il m'a juré un amour éternel. Le Vatican qui n'en finit pas de différer sa décision. Ces nouvelles relations, et cette indécrottable noblesse qui ne désarme pas et qui, je le crains, a tout pouvoir sur lui. Elle est momifiée dans son archaïsme. Son prestige est celui des ancêtres, leur gloire est sa gloire et lui suffit.

« Les gens ont des étoiles qui ne sont pas les mêmes.
A attendre j'ai découvert le prix du bonheur...
J'ai habillé mon cœur.
L'essentiel fut invisible à ses yeux,
on ne voit bien qu'avec le cœur. »

Antoine de Saint-Exupéry *(Le Petit Prince).*

La personnalité variable de N. fait qu'imprévisiblement je suis plongée à nouveau dans le bonheur. Il retourne à nos premières amours. Il est l'homme qui m'a subjuguée, mon autre moitié. Je suis lui comme il est moi, en totalité, cœur, pensée, esprit. C'est fou, insensé. Un grand amour sans limite, sans préjugé, sans barrière. Nulle discussion. Gentil, doux, follement épris. Des fleurs. Une lune de miel inespérée que je crois éternelle. Je ne vois pas fuir les jours.

– Je t'emmène à Paris pour y régler tes affaires. Bientôt nous allons nous marier civilement. Ici ou à l'étranger. Qu'importe! Notre voyage de noces se fera peut-être aux Bahamas.

– Dépêchons-nous. Ils entrent là-bas dans la saison des pluies!

Et nous éclatons de rire.

A Paris c'est la fête. Je retrouve tout ce qui fut une partie de ma vie. L'amour transcende tout et nous donne la mesure de l'essentiel.

Vite, je téléphone à mes amis.

– Ah! Tu es là. Magnifique! On se voit quand? Et ton Prince, le mariage?

– Chut! Bientôt... Et je ris.

Tous vivent avec moi « Michèle au pays des merveilles et son Prince charmant ». Ils sont fiers, par mon truchement, de réaliser ce rêve d'enfant. Car mes amis me ressemblent. Ils ont le don d'émerveillement devant ce grand Amour et sa Beauté. J'étais à la recherche du sublime, de l'absolu. Je vais l'atteindre. Avec moi ils le vivent, y croient et suivent avec excitation l'ardeur de nos sentiments. Je leur tairai mes difficultés traversées. Elles étaient les douleurs de croissance d'un couple qui devient adulte. N. et moi sommes sûrs de nous à présent.

François Chalais sera un des mes témoins. Nous prenons date : un jour de juillet. J'ai donc presque deux mois, et ce n'est pas trop, pour tout préparer. Nous dînons un soir avec Roger Peyrefitte qui fera partie du cercle restreint des quelques personnes conviées à cette cérémonie. En aucun cas nous ne voulons ébruiter notre mariage.

Si N. considère que le mariage civil a des avantages, comme de me permettre de le suivre dans ses voyages en Chine, à Berlin, ou ailleurs, en me présentant comme « sa femme », pour lui l'engagement total est le mariage religieux.

– Alors là, ce sera la grande fête, exulte N.

Innocemment, je vis mon amour et ne pressens plus le danger.

– Seigneur, comme il est heureux à Paris. Un vrai prince de légende, et il agit comme tel. En toute indépendance.

– Nous allons rapatrier tous ces meubles à Rome, prends tes dispositions pour le déménagement.

Je ne m'arracherai pas sans chagrin à mes amis, mon cadre de vie, mon Paris. Mais depuis trois mois mon ciel est sans nuage. Je ne me pose plus de questions sur quoi que ce soit. De retour à Rome, nous ne pouvons sortir sans ameuter la cohorte des journalistes.

– C'est pour quand le mariage?

– Qui donc a parlé?

Le lendemain, des photos, commentaires inondent la première page des magazines. Ce n'est pas la première fois que cette question est soulevée, mais aujourd'hui elle apparaît réellement sérieuse! Un boum en Italie! Rien n'est important. Que le bonheur. Et le sien décuple le mien.

La douce Gilde, au lendemain de mon retour à Procoïo, me dit :

– Quand vous êtes partie pour Paris, j'étais sûre que vous reviendriez mariée. Je suis étonnée que ce ne soit pas encore fait.

– Dans quelques semaines, Gilde, nous célébrerons ce mariage. Cette fois vous pouvez en être certaine.

– Ah! s'exclame-t-elle soulagée, je suis contente pour vous, Madame.

Ce soir-là, comme il l'a toujours fait depuis le premier jour de notre union, N. trace un signe de croix sur mon front avec plus de ferveur que d'habitude. Je réfléchis, tranquille à ses côtés. Comment peut-on être aussi heureux sur cette terre? Le bonheur m'éblouit par sa brutalité, sa force. Il m'étreint, me fait mal, m'oppresse. Happée par une main invisible, je suis entraînée dans une valse qui ne doit plus finir. Rien de mal ne peut m'arriver désormais. C'est si doux, tendre, insaisissable, le bonheur, comme le soleil, la mer, le sable, le vent. Si fragile. J'ai peur de le perdre.

Abîmée dans une telle béatitude et gagnée par l'optimisme serein de N., je pars quelques jours en Sardaigne afin de louer une luxueuse villa, avec plusieurs chambres, piscine, au bord de la mer, où nous nous réfugierons, dès notre mariage civil, pour vivre notre lune de miel. Ensuite, les enfants suivis de nos amis respectifs viendront y séjourner à tour de rôle. Je trouve la villa convoitée, N. s'en montre enchanté.

Les préparatifs du mariage s'élaborent dans ma tête tandis que N. s'empresse au bureau. Il veut tout régler pour être libéré de toute contrainte, et vivre dans une détente totale notre lune de miel.

Un midi, Francesco est à table avec nous. N., le regard clair, dit calmement : « Je pars à Milan pour vingt-quatre heures. Affaire majeure. »

Ma demande est instinctive.

– Laquelle?

– Si elle se fait, je t'en parlerai le moment venu. C'est vital pour moi.

Singulier. Ordinairement il me parle de ce qu'il va faire,

pas de ce qu'il a fait, à part ses moments de mutisme et d'attitude étrange évidemment. Je lève un œil interrogateur vers Francesco qui baisse le nez dans son assiette.

– Bon, très bien. Où descends-tu?

Il se renfrogne.

– Quelle importance? On ne va pas se téléphoner pendant cette minuscule séparation.

Je suis alarmée par sa réponse. Mes yeux s'agrandissent d'appréhension.

– D'accord, on s'est rarement séparés mais tu m'as toujours appelée. Rappelle-toi, Pretoria, tu téléphonais et télégraphiais plusieurs fois par jour. C'est toi-même qui avais instauré ces habitudes pendant chacune de nos séparations aussi brèves soient-elles. Milan, c'est pas l'Afrique tout de même! Je te trouve récalcitrant pour une broutille.

Il s'énerve, s'agite devant mon raisonnement logique et mon souhait somme toute normal. Francesco lève un regard de reproche sur son père. Celui-ci le renvoie dans sa chambre.

Nous sommes face à face. Je ressens un grand malaise. Une impression funeste. Cela transparaît sur mon visage.

– Ne fais pas cette tête-là! Milan est à côté et je serai de retour demain. Que dirais-tu d'un petit voyage à Berlin, je t'en ai déjà parlé.

– Quel rapport? Je ne fais pas la tête. Je trouve insolite ton refus de me dire où tu descends. Il y a aussi une anomalie dans le fait que tu ne veuilles pas me téléphoner.

Sur ce, il va préparer lui-même ses bagages, ce qui m'était jusque-là réservé, et s'en va.

J'attendrai toute la nuit son appel. En vain. J'attendrai le lendemain une bonne partie de la soirée son retour. Enfin, à vingt et une heures, les graviers crissent sous les pneus de sa voiture. Il est là. Pour la toute première fois il n'a pas klaxonné. J'éprouve une brisure sérieuse. J'attends au salon en me rongeant les ongles pour ravaler une colère déferlante, houleuse en moi. Je suis environnée d'un grand silence. Personne ne rentre. J'alerte mon indien Meshi.

– Il me semble que le Prince est arrivé. Va voir au garage s'il n'a pas besoin d'aide.

Il descend. Quelques minutes après N. pénètre dans le salon. Je ne prononce pas une parole. Je le regarde. Il tourne en rond deux ou trois fois, glisse un œil superbement vert.

– Bonjour!

– Bonsoir!

Il monte dans notre chambre. J'interroge Meshi.

Que faisait le Prince en bas?

– Oh! Je sais pas, Madame. Il était resté sans bouger au volant de la voiture. Il est seulement sorti quand il m'a vu.

J'entends l'eau couler à l'étage. Il prend un bain à une heure inhabituelle pour lui. De vieux souvenirs se disputent dans mon crâne. « On se lave quand on est sale! »

Les jours suivants seront atroces. Je ne plierai pas. Je réfléchis, cherchant les causes de ce changement radical. Il y a longtemps qu'il n'a plus de ces comportements bizarres. Je dirais même qu'après Venise nous avons vécu dans un bonheur total, et sans nuages. Il s'est produit un événement. Mais lequel? J'observe. Je l'observe. De mauvaises affaires peut-être? Il en a vu d'autres et s'en est toujours tiré.

Les raisons de ce revirement inattendu ne peuvent être que de deux ordres, agissant sans doute concurremment.

D'abord, le Vatican. Je n'ai jamais connu le résultat de son entretien avec le Cardinal X...? Y en a-t-il eu d'autres? J'imagine les admonestations le doigt levé, les remontrances sévères à ce prince-cardinal qui perd son âme. Et à la suite de l'annonce de notre mariage civil étalée dans la presse italienne, le refus pur et simple de l'annulation sollicitée.

Pourtant bien d'autres mariages se sont déliés en Cour de Rome!

Ensuite, déduction toute naturelle, l'aristocratie romaine, dont il est honni depuis des années, depuis sa première escapade avec la toute jeune marquise. Honni, certes, mais tenu serré aux coudes. On ne se désolidarise pas d'un tel clan. Après la lecture de la presse, la noblesse s'est-elle indignée? lui a-t-elle fait comprendre que cette fois il est allé trop loin? Forcé par les puissances combinées ecclésiastique, aristocratique et politique a-t-il reprit le flambeau? Comme son grand-père il est la liaison entre les trois. Une grande différence cependant, il n'est pas ministre. Juste « libéral ». C'est plus pratique. Les intrigues de toutes sortes ont commencé il y a déjà longtemps quand j'y songe. Le bannissement qu'on lui réserverait au cas où il m'épouserait est peut-être plus fort que notre amour?

D'où ce phénomène de rejet de ma personne.

Et sa colère et sa honte des promesses non tenues.

Pourquoi n'ai-je pas compris plus tôt? Crédule, naïve, imbécile. Je suis une fieffée imbécile.

J'ai essayé tout au monde pour avoir un enfant, au risque même d'y perdre la vie. A-t-il donc déjà tout oublié?

... les sautes d'humeur, son mutisme effrayant après des périodes délirantes. Le tout comme par foucades, saccades. C'est bien simple, j'ai eu affaire à deux N.

Celui de Paris. Lui-même. Agile, apte à prendre des décisions hardies selon ses vœux, son cœur. Il m'enlève à ma carrière. Retient date pour notre mariage. Il vit, se libère. Il peut tout. Et s'il perd pouvoir de prince, il y gagne en puissance de liberté.

Celui de Rome : qui, s'il a voix de prince, n'est plus un homme libre. Il m'aime, il ne m'aime pas... par caprices, au gré des pétales de la marguerite?

Moi, je suis affligée d'une tare : je ne fais pas partie, comme lui, du ghetto du Gotha. A cela s'ajoute un vice rédhibitoire et qui consacre sa mésalliance : je n'ai pas d'argent. Il me manque l'épais compte en banque qui, à la rigueur, me tiendrait lieu de quartiers de noblesse !

En aimant un homme, un homme vrai, viril, je veux l'admirer. Dépendre de lui, soit, mais de lui seul.

ARIVEDERCI...

J'ai bien médité. Avec une détermination sauvage, je fais mes valises, ma pauvre Gilde en est toute remuée.

N. est parti à Berlin. Sans moi.

Je lui dis avant mon départ :

– Je vais passer une quinzaine de jours dans le Midi chez Gisèle. J'ai besoin de réfléchir. Nous en avons besoin tous les deux.

Je ne reconnais pas l'homme que j'ai aimé. Froid, dur, le regard d'acier. Tel que je l'ai vu à Venise au cours du bal masqué. N., robot, conditionné, programmé.

Contrainte devant le personnel de maison à me dominer, pour ne pas laisser paraître mon désarroi, je me défoule durant la nuit d'une séparation qui... D'une séparation!... Je mords l'oreiller pour étouffer mes sanglots. Je vais, viens dans la chambre, me rejette sur le lit. Je suis seule dans l'immense maison, je la parcours en tous sens, martelant les meubles de mes poings, les murs de ma tête. Je ne sais plus ce que je fais. Je délire. Je cherche les revolvers normalement toujours à leur place dans un tiroir à côté du lit. Je ne les trouve pas. Pourquoi ont-ils disparu? Dommage, j'aurais bien fait quelques cartons dans cette belle maison que j'ai arrangée, décorée, aimée. Alors je me mets à crier à pleine voix. Je crie parce que je sais que ma décision de le quitter est prise. Parce que je sais qu'à cause de lui je m'arrache le cœur.

Il m'arrive quoi? C'est dingue : du bonheur à revendre, du

malheur à mourir. Des mots d'amour passionnés, des scènes abominables. Des sourires. Du mutisme. Des hauts. Des bas. Je n'en peux plus. La chirurgie s'impose : couper tous nos liens.

Francesco a un air terriblement gêné. Nous devons fêter son anniversaire. Il attend une cinquantaine de jeunes, amis et copains. Il annule tout en bloc. Il viendra dîner seul avec moi. Le repas est lugubre. On mange en silence. Son père l'aurait-il mis au courant de ses intentions ?

– Francesco, que se passe-t-il ? Sais-tu quelque chose ?

Il hoche la tête, soupire l'impuissance d'exprimer ses griefs. Nous avons peine à parler l'un et l'autre plusieurs phrases. Je l'aime comme un fils. Lui aussi je vais le quitter comme Ignazio, Banté. Ces garçons que j'ai aimés de toutes mes forces. Qui ont retrouvé la joie de vivre, ici, dans ce domaine, près de leur père qu'ils ne voyaient que très peu depuis des années et que j'ai réconciliés à force d'amour et de patience. Je ne quitte pas seulement un homme que j'aime passionnément mais une fois de plus toute une petite famille que j'avais réussi à reconstruire. Et eux alors ? Pas étonnant qu'ils soient instables. Leur père égoïstement vit sa vie sans se préoccuper le moins du monde du sentiment de ses enfants. « Vous devez aimer Michèle comme une seconde mère... soyez tranquilles, elle, je ne la quitterai jamais. » Seulement voilà lui a tout fait pour que je parte. Difficile pour moi d'expliciter le fond de ma pensée. Je crains d'aller trop loin, de lui ôter l'image qu'il a de son père.

Il se passe quelque chose de grave en moi. Je ne saurais trop dire ce que c'est exactement. Quand je prends des décisions de cette sorte, c'est que mon subconscient, plus que ma raison, le commande au cœur. Je me sens anéantie. Mon jardin secret est piétiné, retourné, ratissé. N. l'a ravagé. Je n'ai plus rien à donner. Sans don, le couple ne peut subsister.

Sous les yeux hébétés de Gilde, je fais mes bagages. Il me

faudra plusieurs jours pour ranger mes affaires dans ma ribambelle de valises. Le dernier soir, je ne pleure pas. Je ne dors pas non plus. Au lever du jour, je laisse un mot un peu sec dont chaque lettre me glace le sang. Je ne me reconnais pas dans ces lignes impersonnelles, insensibles. En terminant : « Rendez-vous dans quinze jours en Sardaigne. Nous avons à parler longuement et sur tous les sujets. »

Je repense à cette maison que j'avais trouvée et qui devait abriter notre premier bonheur, d'être unis pour la vie.

Au moment de quitter Procoïo, par une ironie que seule la réalité a le luxe de s'offrir sans engendrer l'invraisemblance, je reçois mon nouveau passeport. Je suis admise à résider définitivement en Italie... et je pars!

A l'aéroport de Nice, mon cousin Pierre est là avec sa femme et sa fille. Un trio chaleureux qui m'embrasse avec effusion les larmes aux yeux. J'aime mon cousin. Un être à part des autres. Il vient d'être promu président des sauveteurs de la Société nationale des sauvetages en mer pour la région de Cagnes. Il est furibard. Et dans son accent à la Raimu.

– Ce pauvre fada si je le trouve, je lui tords le cou ou je le noie! Même les poissons en auront la colique! ou n'en voudront pas. C'est bien la peine de nous avoir fait tout ce cirque!

Quant à mon père qui porte admirablement ses quatre-vingt-quatre ans il se croit atteint de sénilité précoce. Malgré son scepticisme lui aussi avait fini par croire au serment. Il est anéanti.

Tous trois me déposent chez mon amie Gisèle. Elle m'accueille à bras ouverts, rassurante : « une petite brouille, ça se requinque »! Je ne suis pas convaincue.

Maria Duval, mon astrologue, accourt, grande, belle blonde, très savante.

– Alors ma chérie, que vois-tu dans ta boule de cristal? Jusqu'à ce jour tu m'as toujours dit la vérité. Tu m'avais prédit il y a trois ans un bonheur immense. J'étais alors en complète déconfiture. Je ne voulais pas te croire. Ce que tu m'as dit c'est réalisé. Mais il y trois ans que je ne t'ai pas vue. Alors aujourd'hui que vois-tu?

– Tu pars, il court à ta recherche, il t'offrira de nouveau sa couronne, tu la lui jetteras à la face.

– Je lui dirai qu'il peut s'asseoir dessus, tu veux dire! Et si cela lui fait trop mal grâce à « la pommade de papa » il pourra toujours se soigner. Nous ne pouvons nous empêcher de rire.

– Plus tard tu trouveras mieux!

– Je ne veux pas trouver mieux, il est toute ma vie, je ne pourrai jamais recommencer. Ça suffit.

– Pars le retrouver, mais je crains que tu ne reviennes sans lui.

Je téléphone à Paule, Paule, mon paratonnerre avec ses énormes cierges à Lourdes et ses ferventes prières, recommence à prier.

Mes amis m'aiment et me le prouvent journellement. Je pense alors que si l'amitié n'a pas de prix, l'amour coûte cher!

Je ne sais pas comment va se dérouler notre entrevue en Sardaigne. Mais je décide de décommander tous mes amis pour la fête que nous avions prévue après nos noces.

Je tombe malade et resterai vingt-deux jours sans manger.

Pierrot-la-tendresse au courant de cette nouvelle situation me propose de m'emmener jusqu'à « Porto Cervo » sur son voilier l'*Emi,* ce n'est pas de refus mais aurais-je la force de tenir debout, en mer, alors que je ne tiens pas debout sur terre.

– Je serai près de toi, dit-il pour t'aider et te secourir. Tu ne mérites pas un nouveau coup pareil, tout va s'arranger, j'en suis persuadé.

Nous parvenons de jour en vue de la villa louée pour

« notre lune de miel », Pierrot jette l'ancre à mi-distance.

– Comment as-tu pu deviner l'endroit exact où je dois me rendre ?

– Tu as oublié que j'étais invité à vos noces. J'avais déjà repéré l'endroit où je devais accoster. Je mets le canot à la mer ?

– Non, Pierrot, pas encore.

Sans un mot, il me tend ses jumelles de marine. Incroyable ! Je suis immédiatement propulsée dans la villa. La piscine grouille de monde. J'aperçois les enfants. Mon cœur bat à coups précipités. Tiens ! La Julie et son inévitable mari – plus loin un homme, grand, maigre, tout de noir vêtu – et d'autres gens qui me déplaisent.

Mais où est-il, lui ? Je le vois enfin. Isolé, de profil au bout de la terrasse, ses rares cheveux, ordinairement plaqués, dressés sur la tête. Un tic nerveux secoue ses épaules par intermittence. Brutalement, il me fait face. De si loin, je ne puis capturer le velours de ses yeux que je connais si bien, mais, en réglant au plus près, je crois discerner un éclat fulgurant dans son regard. Son corps entier semble bouger par saccades. Ses lèvres remuent. Je ne vois pas à qui il s'adresse. De loin, il ressemble à un jouet mécanique dont on aurait perdu la clef. Cet homme n'est décidément pas l'homme que j'ai aimé. Qu'irai-je débattre de sentiments intimes avec lui ? C'est un étranger.

Je m'assieds, les jumelles posées sur les genoux. Je scrute lentement cette maison que j'avais choisie pour la joie, le bonheur, et qui me rebute soudain, peuplée de ce qui me semble n'être que fantoches, guignols, pantins truqués qui simulent l'amour. Leur image a l'apparence de songe-creux qui ne goûteront jamais à la beauté, à la vérité de l'existence.

Ils me paraissent laids, vaniteux, clapotant dans leur médiocrité.

Je demeure longtemps ainsi, revivant, silencieuse, les vies

que j'ai vécues. Mille il me semble. Je n'aime plus. Le néant s'engouffre en moi. Plus de jardin secret. Plus de cœur. Le vide.

Un bruit, une présence. Pierrot s'encadre dans l'entrée de la coursive.

– On reste ou on part ?

– On part !

Résolument, je fixe un ultime regard sur la côte Smeralda, d'une beauté sans pareille, et pourtant, si triste soudain. La villa qui renfermait tant de mes songes s'éloigne, enserrant dans ses murs un Vieux-Monde croupi. Le paysage se replie. La côte s'allonge, plus étendue et mince. Elle n'est qu'un trait. Un petit trait... TIRÉ. Un point.

Je lui tourne le dos.

Tout mon corps tremble, il me semble que mes joues sont inondées. Pourquoi l'eau de la mer a-t-elle le goût des larmes ? L'horizon s'est obscurci.

Les voiles sont hissées sans bruit, l'*Emi* a largué ses amarres. Nous glissons doucement sur les vagues, nous prenons le large...

Le ciel et la mer se confondent, tout est gris. Mais là-bas très loin, ailleurs, je suis sûre que derrière ces nuages se cache *toujours* le soleil.

On me l'a *toujours* dit.

FILMOGRAPHIE

(Principaux films)

Retour de manivelle, *(1957, Denys de la Patellière).*
Donnez-moi ma chance, *(1957, Léonide Moguy).*
Le notti di Lucrezia Borgia, *(Les nuits de Lucrèce, 1959, Sergio Grieco).*
La ligne de mire, *(1959, Jean-Daniel Pollet).*
Mademoiselle Ange, *(1959, Geza Radvany).*
Tirer sur le pianiste, *(1959, François Truffaut).*
La brune que voilà, *(1959, Robert Lamoureux).*
Le Saint mène la danse, *(1960, Jacques Nahum).*
Fury at Smuggler's Bay, *(Les pirates de la nuit, 1960, John Gilling).*
Le meraviglie di Aladino, *(Les mille et une nuits, 1961, Henry Levin, Mario Bava).*
I giustiziere dei mare, *(Le boucanier des îles, Domenico Paolella).*
Le prigionnere de l'isola del diavolo, *(L'île des filles perdues, 1961, Domenico Paolella).*
Anni ruggenti, *(Les années rugissantes, 1962, Luigi Zampa).*
Symphonie pour un massacre, *(1963, Jacques Deray).*
I tre volti della paura *(Les trois visages de la peur).*
– Sketch : Le téléphone, *(1963, Mario Bava).*
L'aîné des Ferchaux, *(1963, Jean-Pierre Melville).*
La Pupa, *(1963, Giuseppe Orlandini).*
A global affair *(Papa playboy, 1963, Jack Arnold).*
Via Veneto *(1963, Giuseppe Lipartiti).*
Frenesia delle'estate, *(1963, Luigi Zampa).*
Il giovedi, *(1963, Dino Risi).*
I monstri, *(les monstres, 1963, Dino Risi).*
Alta infidelta, *(Haute infidélité).*
– Sketch : Des gens modernes, *(1963, Mario Monicelli).*

Angélique, marquise des Anges, *(1964, Bernard Borderie).*
Amore in quattro dimensione.
– Sketch : Amore e morte, *(1964, Mino Guerrini).*
Merveilleuse Angélique, *(1964, Bernard Borderie).*
Casanova 70, *(1964, Mario Monicelli).*
Le tonnerre de Dieu, *(1965, Denys de la Patellière).*
Angélique et le Roy, *(1965, Bernard Borderie).*
La seconde vérité, *(1965, Christian-Jaque).*
I nostri mariti.
– Sketch : I complesso di Angelotto, *(1966, Luigi Zampa).*
Come imparai ad amare le donne, *(Comment j'ai appris à aimer les femmes, 1966, Luciano Salce).*
Le soleil noir, *(1966, Denys de la Patellière).*
Le plus vieux métier du monde.
– Sketch : L'amour à l'âge de pierre, *(1966, Franco Indovina).*
Indomptable Angélique, *(1967, Bernard Borderie).*
Une corde, un colt, *(1968, Robert Hossein).*
Angélique et le sultan, *(1968, Bernard Borderie).*
Lady Hamilton, *(1968, Christian-Jaque).*
Une veuve en or, *(1969, Michel Audiard).*
You can't win them all, *(Les baroudeurs, 1969, Peter Collinson).*
Opération Macédoine, *(1970, Jacques Scandelari).*
Roma Bene, *(Scandale à Rome, 1971, Carlo Lizzani).*
Per amore o per forza, *(1971, Massimo Franciosa).*
Nella Stretta morsa del ragno, *(L'araignée rouge – Edgar Poe chez les morts-vivants, 1971, Antonio Margheriti).*
L'appel de la forêt, *(1972, Ken Annakin).*
Goetz von Berliechingen, *(L'homme au bras de fer, 1978, Wolfgang Liebeneimer).*

Télévision : Les femmes du monde, *(1977, Georges Farrel).*

Théâtre : La Brune que voilà, *(1958, Robert Lamoureux).*
Le Bluffeur, *(1979, Marc Camoletti).*
Banco, *(1984, d'Alfred Savoir).*

TABLE DES MATIÈRES

Cet ouvrage a été réalisé sur
Système Cameron
par la SOCIÉTÉ NOUVELLE FIRMIN-DIDOT
Mesnil-sur-l'Estrée
pour le compte des Éditions CARRERE
le 26 novembre 1987

Les photos illustrant ce livre sont dues à une collection personnelle de l'auteur et à André Grassart, Maurice Chapiron, Jean-Pierre Bonnotte (Gamma), Gian-Carlo Botti, Roger Corbeau, Giuseppe Proja, Gilles Durieux, Maggie Vernadet, Jean-Luc Huré, Mario Gurrieri, Will Appelt, Claude Ducher, Jeannot (Méditerranée photo), Raoul Foulon, Cinéstar, Pic-Photos, Pierre Bajo, Pais & Sartarelli, Photomic et Paris-Match.

Photo de couverture : INTERPRESS
Directeur de collection : RENÉ GUITTON
Direction technique : CLAUDE FAGNET
Direction artistique : JOSCHI GUITTON

Attachés de presse : DOMINIQUE FABER
GILLES PARIS

Imprimé en France
Dépôt légal : novembre 1987
N° d'édition : 7367 – N° d'impression : 8139